白水社
EXLIBRIS
Yao Ming Kan
鬼殺し 上
カン ヤオ ミン
甘耀明
白水紀子［訳］

鬼殺し

上

鬼殺し　上

目次

上巻

下巻

装丁　緒方修一
装画　栄太

僕の夢は今すぐ死んで、愉快で楽しい野鬼になることだ。鬼（グィ）になるのはいいものだ、誰からもとやかく言われず、毎日外で遊んで、家に帰らなくてもいい。鬼になったら、宿題をしなくていいし、学校にも行かなくていい。鬼になれば、ご飯を食べたり体を洗ったりしなくてすむし、もう祖父からたたかれたり叱られたりすることもなくなる。

——関牛窩公学校・劉興帕・作文題目「僕の夢」

未だ心跡は老いず　倩（こ）ふ誰か猜（はか）れ？　翻りて啼血の杜鵑（ほととぎす）と為りて来（きた）る！
耳に盈（み）つる虜語（りょご）已に恨に堪え、目に滿つる蒿萊（こうらい）更に哀れむべし！
世異なれば空しく垂る悲国の涙、愁い深ければ上る莫（な）かれ望郷の台。
死生容易なり何ぞ曾て惜しまん、国に報いんとするに門無く枉（いたず）らに塵埃（じんあい）あり！

——三十遺興・鬼王（呉湯興）

海行かば　水漬（みづ）く屍（かばね）
山行かば　草生（くさむ）す屍
大君（おおきみ）の辺（へ）にこそ死なめ　かへり見はせじ

——第二次世界大戦期日本の名曲『海行かば』

名前の中に蕃(ばん)の字がある少年

人殺しの鉄の怪物が「蕃界(ばんかい)」〔原住民族が住む場所〕の関牛窩(ヴァンニュボー)にやってきた。十本の足と四つの心臓を持ったそいつは、動き出すと地面に水がにじみ出るほど重たくて、まるで道路を進む豪華客船のように見えた。新しい世界の到来は、あらゆるものを揺るがせた。ある者は遠くへ逃げ去り、ある者は物見高く集まってきたが、ただ一人「龍眼園の一族」の帕(バ)(Pa)だけが鉄の怪物の前に立ちはだかろうとした。帕は小学生だったが、身の丈はすでに一八〇センチ近くあった。力持ちで、足の速さときたら影も形も見えないすばしっこさで、これだけでも「超ド級人」と呼ぶにふさわしい。今時の言い方なら「超人」のことだ。

鉄の怪物がやってきたとき、帕は同級生と学校から帰る途中だった。その日は霜がおりるほど厳しい寒さだったが、二人とも裸足で、そのころ特有の軽便(けいべん)鉄道〔軌間一〇六七ミリ未満の狭軌の鉄道。日本統治時期の台湾の軽便鉄道は軌間七六二ミリが主流で、砂糖や材木などの貨物輸送のほか旅客輸送も行ない、蒸気機関車や手押しのトロッコが走った〕の線路の上を歩いていた。足の裏を鉄の線路の冷たさで麻痺させれば、裸足で歩いてもほとんど痛みを感じないが、逆につまずいて足の指先から血が出ても気づかない。突然、帕がしゃがみこんで、線路に耳をつけると、手押しのトロッコが疾走する音のほかに、鉄の怪物の怒号が聞こえてきた。帕は飛び起きて、俺がこの怪物をとっ捕まえてやると大声で叫び、戦闘帽をかぶった。いつも金魚のふんのように帕にくっついている丸帽をかぶった同級生は、ひさしをちょっとひっぱって、帕をまねて両手を広げたものの、こんな間抜けな格好で何をしようとしているのか、自分でもてんでわからなかった。帕の目玉は目まぐるしく動き、筋肉が膨らみ、二、三歩歩いて、できあがったばかりの「香灰橋」〔香灰は線香の灰の意〕の上に仁王立ちした。両足を開き、腹にぐっと力を入れて、胸の筋肉に旺盛な気力がみなぎってくるのを待ってから、大声で怒鳴った。「関牛窩をひっくり返そうとする魔物の力を、この橋の入り口で防ぎとめてやる！」

香灰橋は少し前に百人の若い衆が造ったものだ。彼らは十八の小さな飯場を担いで村に入ってきて、その中で寝起きし、立ち去るときは飯場を担いで帰って行った。皇民化〔台湾人の日本人化を図る同化政策。一九三七年の日中戦争開始とともに本格化し、国語運動、改姓名、志願兵制度、宗教・社会風俗改革など多岐に及んだ〕を推進しているこれらの若い衆は、二本のショベルの絵柄の旗を地面に挿すと、すぐに山道の手術にとりかかった。T字のつるはし、のみ、鍬（くわ）を手に、猛烈に土を掘り返したので、村じゅうが泥とほこりまみれになった。その仕事ぶりは大層な気の入れようで、ほとんど軽業のように見えた。こちら側で道を持ち上げ、あちら側で下にたたきつける。これを何度かやると道はすぐに平らになった。幅を広げるときには手で道の両側をつかみ、体を斜めにして外側に引けばできあがり。カーブしたところをまっすぐにしたいときは、村の両端に立って道を引っ張ればよかった。こうしておいて軽便車あるいはトロッコと呼ばれるものが走る線路を敷くのだが、一連の仕事に寸分の狂いもなく見事なものだった。関牛窩の渓流に出くわすと、ヒノキの橋を架け、補強のためにコールタールを吹きつけた。しかし、彼らが飯場を担いで帰ったその夜、渓流に鬼（グイ）が出た。流れてきた鬼の嘲笑の渦巻き声が橋を突き崩し、川沿いを五キロ先まで探しても、木っ端一つ見つからなかった。

若い衆がまた飯場を担いでやってきて、石の橋を造りはじめ、夜中まで働き通してようやく完成させた。

その夜の川の水かさは少なかったにもかかわらず、鬼の声が怒濤のように押し寄せて、石橋をまたばらばらに崩してしまった。すると今度は、彼らは飯場のほかに、一台の黒い乗用車を担いでやってきた。車を大きなヒノキの板の上に載せて、四十人がかりで担いで走るさまは、まるで神迎えの祭りのときに巡行する神輿(みこし)にそっくりだった。目的地に着いて車をおろすと、中から郡長が出てきた。戦争でガソリン不足にもかかわらず、車に乗りたくてたまらない郡長が、腕がうずうずしている若い衆に担がせてきたのだ。文武官や保正〔保甲の長。台湾総督府は保甲制度を行政の補助機関として活用し、十戸で一甲、十甲で一保とし、役員として保には「保正」を置いた〕は早くから道の端で気をつけの姿勢をとり、足をぴちっとそろえ一列に並んで、恭しく出迎えた。見物に集まってきた村びとは、表向きは真面目に、陰ではもっと真面目に言った。「ここの橋は内地(日本)のお方でも渡ることはでききゃしまいさ。なぜって、川には毛ガニの大群がぞろぞろ住み着いているからな。それは恩主公〔救世の神。関聖帝君、孚佑帝君、司命帝君の三神。ここではそのうち関羽が神格化した関聖帝君を指す〕の兵隊だ。もし前もって廟に行かず、筊杯(ポエ)を投げて恩主公のお許しを頂戴しないまま橋を造ったりしたら、毛ガニが壊しにやってきてあんたのズボンまで脱がされるぞ」

すると郡長が日本語でがみがみと叱りつけた。

「お前らはそれでも大国民か！　大東亜聖戦の非常時であるぞ、橋もろくに造れず、もし軍需品を輸送できなければ、すべておしまいだ！」

内地から来ている技師がそれを聞いて、その通りだとしきりにうなずいた。若い衆が渓流の上に橋の型枠を架けて、針金で縛りつけ、それからセメントに水と砂利を混ぜ、よくかき混ぜてから型枠に流しこんだ。農夫の一人がそれを見て笑い飛ばした。「ふざけやがって、石の橋も木の橋も全部ぶっ壊れたというのに、泥で造っとるわい」。大勢の村びとが膝をたたいて唱和した。その夜、誰かが松明を手に見に行ったところ、毛ガニどもが怒って橋脚に激しくビンタを喰らわせている音が聞こえてきたので、ほくそ笑んでこの話を腹にしまいこみ、翌日村びとが大勢集まったところで披露して笑いを取ろうと考えた。翌朝、空が明るくなると、みんなは直ちに橋のたもとに駆けつけた。だが、神と鬼のペテンにかかったのか、橋は平穏無事で壊れておらず、ただ型枠がなくなっているだけ、鉄でも石でもないものが剥きだしになっていた。あちこちに落ちて散乱している枠板にはちぎれたカニのはさみがびっしりと突き刺さり、蜂のさなぎのようにぶるぶる震えていた。恩主公をお守りしていた大将でもまったく役に立たなかったのだ。子どもが数人、昨日の残りの泥がないかと、地面を探しまわっていた。それを食えば鋼の体になれるという訳だ。年寄りの農夫が我慢ならず叱りつけた。「ばかったれ！　線香の灰なら廟にいっぱいある、奪い合いなどせんでもいい」

「あれは線香の灰でできた橋ではない。橋に紅毛泥を膏した（貼りつけた）から、めっぽう頑丈なんじゃ」

その橋が完成して数日後、帕の祖父の劉金福は橋の入り口で帕に言った。「お前の阿興大叔父が言うには、あの泥は紅毛が持ってきたものじゃそうじゃ。奴らは珍しい石を挽きつぶし、それから鍋で炒めて石の灰にする。使うときに水と砂利を混ぜるんじゃが、乾いたあと思い通りの石の形に変わり、どんな形にもつくることができる。お前は紅毛を知っとるだろう。オランダ人だ、国姓爺（鄭成功）に追い出された奴らだ。奴らの鼻の穴は上を向き、目の玉は色がついとる。大清国のとき、あいつらは関牛窩を通って、紅毛館山（仙山）へ行き、あそこに住みついて脳丁（樟脳職人）を雇い樟脳づくりをやっておったが、一担の樟脳で一担の金に換えることができた」

今、帕はセメント橋で鉄の怪物を阻もうとしていた。ドスンドスンと、鉄の怪物が近づいてくる。煙を空に向かって吐くと、山々の稜線がこすったようにかすかに脹れあがった。カーブを曲がったところで、怪物は青緑色の車体をあらわし、腹には十本のタイヤが生え、激しく上下に突き動く四つの直立式シリンダーがついていた。それは線路の上でなくても走ることのできる汽車だった。汽車の後には二台のトラックと五頭の馬がつづき、いちばん前を四輪駆動車が先導していた。四輪駆動車に乗った憲兵は車夫に向かって大声で、線路の上のトロッコをどけるか、それとも粉々になるかどっちだと怒鳴っていた。肝っ玉の太い子どもらが数人駆け出して行って、日本語で叫んだ。「汽車だ」。また別の子も日本語で叫んだ。「自動車だ〔バスの意。当時バスを「乗合自動車」と呼んだ〕」。子どもらは汽車をはさんで言い争っていたが、大声はすべて鉄の怪物が喘ぐ音にかき消された。村びとの関心はすぐに別の物に移った。汽車に驚かされた一頭の牛が、帕めがけて突進してきたからだ。牛は口から泡を吹き、銅の鼻輪に引っ張られた鼻から血を流していた。うしろに引いていた空の荷車が石の塊にぶち当たって高く跳ね上がり、それを農夫が泣きわめきながら追いかけていた。見ると帕は全身に力をみなぎらせ、片方の手で牛の角をひとひねりし、もう片方の手で鼻輪を引っ張り、箸でおかずをはさむくらいの力で、牛を胸に引き寄せおとなしくさせてしまった。

その瞬間、村びとたちの甲高い歓声が上がった。汽車に乗っていた日本陸軍中佐の鹿野武雄は驚いて、座席から飛び上がり、随行していた村長に、あの勇ましい男は誰かと尋ねた。「帕です。両親に捨てられた子で、体は大きゅうございますが、まだ小学生です」、村長は恭しくつづけた。「あ奴は大の力持ちで、道で何か変わった物に出くわすとすぐに通せんぼをして、北風さえ通そうとしません」。

鹿野中佐は遠くから帕を見ながら、口をすぼめて黙っていたが、心の中でつぶやいた。「力持ちが、かならずしも『超ド級』の人間とは限らんぞ」。そこで帕の腕前を試してみることにした。伝令に命じて、そんなにせき止めたいなら好きにするがいい、世界中をせき止められるなら上等だぞ、と伝えさせた。

鹿野中佐の兵隊の扱いは「鬼も困り果てる」ほど冷酷だったので、周りのお供は一を聞いて百の内容をやってのけねばならなかった。それで「鬼中佐」の称号が与えられたのだが、「鬼」は日本語では凶悪の意味がある。伝令は馬に鞭打ち、大声をはり上げながら命令を伝えに行った。先導の四輪駆動車が帕の前で緊急停車した。行く手を阻まれたのが怖かったからではなく、命令を違えて自分がひどい目に遭うのを恐れたからだ。だが帕は怒りで目を大きく見開き、無邪気に叫んだ。「どけっ、後ろの怪物の邪魔になるじゃないか」。彼は、小便をするほうがまだ力がいらないとでもいうふうに、憲兵たちをはじめ、人も車もいっしょくたに道の脇に押しやった。帕は手のほこりを払うと、戻って橋の入り口に立ち、十本の指の関節を鳴らし熱くしてから、腕を広げた。村びとは死ぬほど大声を張り上げ、帕が鉄の怪物をせき止めるのをゆっくりと待った。

汽車の先頭には小さな運転室があり、中の機関士が大きなハンドルを回していた。鉄の棒を引きさえすれば、汽笛の甲高い音が道行く人の髪を針が刺さったようにピンと立たせることができた。汽笛が鳴ると、帕も大声で返し、気力を体じゅうに蓄えて出迎えた。このひと声に、汽車は紙でできているかのように、横に揺れ震えながらブレーキをかけて停止し、両脇からシューと蒸気のかたまりを吐き出した。このとき、機関車の後方から十七歳の、趙阿塗（チャオアトゥ）という名前の機関助士が飛び出てきた。いつも鼻水をたらし、拭かずに手で振り切っている奴だ。彼は機関車によじのぼって水槽を開け、それから駅の隅の給水塔から輸水器（ウォータークレーン）の「水鶴」を引っ張りだして、汽車に注水した。子どもらが興奮した声で話していた。帕はほんとうにすごいなあ、鉄の怪物に停まれと言えば、もう動けやしない。それから子どもらは軽くため息をついた。というのも数日前に完成した木造の建物がすこしも駅らしくなく、家畜を飼う柵みたいで、給水塔にしても家畜の首を洗うようなしろものだったからだ。機関助士は給水が完了すると焚き口の前に走って戻った。そこは暑くて空気中に透明なミミズがいっぱい浮遊していた。大きな炎が彼の汗をあぶり乾かし、白い体塩があたり一面に落ちて、踏むとサクサクと音がした。彼はショベルで火室（かしつ）に石炭のエサを与えた。すると大きな炎がなめるように勢いを増し、石炭をのみこんで澄んだ音を立てた。石炭箱から石炭のかたまりが滑り落ち、ぴょんとはねて、地面に落ちる前にすばしっこい子どもがさっと受け止めた。その子がひと口齧むと、歯が欠け、口の中を真っ黒にして叫んだ。「この石は火を起こすことができるんだよ」

　鉄の怪物がかかって来ないので、帕は文句を言うために前に進み出た。汽車は実に壮観で、先頭には黒檀に描かれた花輪が掛かり、花輪の中に「八紘一宇（はっこういちう）」の四文字が書かれていた。その意味は、周りのものをみんな同じ家の中に納める、つまり四海一家（しかいいっか）にしようというもので、言葉の裏には世界征服の意味がこめられていた。汽車の先頭にはさらに日の丸の旗と陸軍十六条旗が交差して掛けられ、風を受けてはためき、なんとも勇ましかった。汽車の胴体のラインも精悍（せいかん）そのもので、迷宮のような回転軸と精巧な歯車が驚くほど不思議な動きをしていた。車輪は空洞のないノーパンクと呼ばれるゴムタイヤで、主動車輪の直径は一メートル八〇センチもあった。夕日が斜めから差しこんで、車体は光彩を放っていた。帕が汽車の先についている、障害物を跳ね飛ばす鉄製のアヒルのくちばしを撫でると、その上にずっと貯まっていた静電気が流れて、パチッと音がした。彼は電気に当たって叫び声をあげた。「こいつは人を噛むぞ」。肝っ玉に怖気がついて、恐る恐るもう片方に回って観察していると、思わずさらに大きな声をあげてしまった。今度は感電ではなくて、車体に新聞が張ってあり、トップ記事に「皇軍は米国を奇襲、真珠湾を轟沈した」とあったからだ（一九四一年十二月八日の真珠湾攻撃）。アメリカの真珠湾がお釈迦になった。「轟沈」という言葉を使っており「撃沈」ではない。真珠湾が戦艦のように一瞬にして沈没したことを示していた。帕はうれしくて胸にいっぱい空気を吸いこみ、両腕をぐっと引き寄せて、のどから高い声を響かせた。「米国を爆撃、米―国―が―陥―落した」、陥落とは中国語で淪陥のことだ。帕の叫び声は、山々にこだまし、子どももみんな興奮して何度も「陥落、陥落」と叫びつづけた。

　帕は鉄の怪物をせき止めることを忘れてしまい、興奮のあまりそれをつかんで揺すると、ほかの子どももいっしょになって揺さぶった。汽車が徐々に震えだした。鬼中佐は帕が新式の汽車にどう立ち向かうかを見ようと、兵士たちを待たせていた。たとえ彼らが帕に火をつけられて焼かれようとも、生きながら灰にされる案山子の精神を持つべきだと考えた。子どもらは汽車を揺すり終わると、帕にならって中に乗り込み、走ったりもぐったり、勝手知ったる台所のつもりで遊び回った。このとき、帕ははじめて鬼中佐を見たが、少しも恐れることなく、むしろ彼のそばにいる秀山美恵子という名前の女性に驚かされた。美恵子は白い靴下と靴を履き、薄い青色の長いスカートの上に白い西洋のブラウスを着て、華奢な体つきをしていた。彼女は関牛窩公学校（公学校は日本語を常用しない児童を対象にした初等教育機関）の新任教師で、ズボンをはいている伝統的な女性と比べると、かなり洋風だった。特に頬はリンゴのように赤く、透き通るような色白で、内地人特有の顔つきをしていた。

　美恵子が怖い顔をして、帕に言った。「あなたたち『蕃人』はなんて野蛮なの」。帕が何も言わない様子を見ると、また言った。「あなた、卒業生なんでしょう」
帕は彼女の足元にあるふたの開いた大きな黒皮のカバンに目を留めた。揺さぶられたために本が数冊と日用品がこぼれ落ちていた。「俺はまだ学校に通っている」。帕は答え、夕日の下の美恵子の淡い体の線を見ながら、とても美しいと思った。

堪忍袋の緒が切れそうになったのは巡査だった。彼らは駅の前で恭しく汽車を出迎えるために長時間立ち尽くしていた。大きな鉄の怪物を前にして、興奮した彼らのサーベルがかすかな音を立てたので、あわてて手で抑えたが、手のほうがもっと激しく震えているのに気がついた。駅一帯は髭巡査の管轄で、このあだ名がついたのは彼が仁丹の広告の髭将軍のようなカイゼル髭を蓄えていたからだ。髭巡査は帕をひどく怖がっていたが、このときの帕の好き勝手を見過ごすことはできず、短い鞭を手に車内に入ると、突然鞭を振り回し、打たれた帕の額から鮮血が流れ出た。

「ばか野郎」。車両の後尾から鬼中佐の声が響いた。中佐は立ちあがると、目つきはジャッカルのように鋭く、斜陽がロングブーツの軍靴に反射して刺すような光を放ち、怒りの炎を踏みつけているようだった。傍らの兵士は恐ろしさのあまり全身の毛を逆立てた。髭巡査も両足が乱れ、髭が跳ねあがったが、それでもまた帕を怒鳴りつけて、この清国奴(しんこくど)を車両からたたき出そうとした。鬼中佐がもう一度「ばか野郎」と言い、バンと軍刀をたたいて、巡査の足を指して言った。「すべての文武官は、明日から脚絆をつけるように」。髭巡査は自分が怒鳴られていると知って、その声とともに車両を降りた。このとき、鬼中佐は帕の横を通りすぎたが、もしまともに帕を見たらすこし恐れをなしたかもしれない。鬼中佐は車両から降りると、黒山のような村びとの間を通り抜け、前もって準備されたはしごを上って、車両の上に敷かれた真っ赤な綿フランネルの布の上に立った。彼は縦谷(じゅうこく)の脇にそそり立つ山を眺めながら、銀色に光る軍刀を抜き、集まった村びとに向かって言った。

「新しい時代が、本日からはじまる。お前たちは手足を動かして天皇陛下にお仕えせねばならぬ。どんな犠牲も惜しまず、あの山を平らにせよ。工具をもって、歌を歌って出発だ」。汽車が汽笛を鳴らすと、車体が揺れはじめ、あたりに白い靄のような蒸気が噴き出して、海に浮かぶエネルギー満タンの客船さながらだった。縦谷全体もまるで息を吹き返したようになった。

新しい世界がやってくると、人は逃げ切れない。鬼さえも同じだった。長らく地下に眠っていた「鬼王」が鋭い汽笛の音に目覚めさせられた。彼は十分に眠り、十分に疲れてもいた。長い時間が肉体を蝕んでいたが、鋭気はすり減っていなかった。鬼王が体をほぐし、両手を広げると、硬い大きな鉄の柩に当たり、思わず手をひっこめた。雨が降り出したと思った鬼王は、しとしと降る雨音とともに、一か月後に帕が大暴れをして彼を起こしてしまうまで再び眠りつづけた。雨音は鬼中佐の小便だった。そのとき、鬼中佐は馬に乗って、うっそうとした森林の中へ向かっていた。うしろには四輪駆動車と工具を担いだ数百人の村びとがつづき、山をまるごと一つ削り取りに行っていたのだ。一行は原住民の部落につづく山道沿いを進んだ。道のあちこちにできたくぼみに水がたまり、アメンボが長い脚を伸ばして水面をすべっていた。一行の力強い歩みに合わせて、水たまりが振動し、波が立ち、逃げ遅れたアメンボが密集した人の群れに踏みつぶされて死んだ。頭上に木漏れ日が降り注ぎ、鬼中佐の目じりに光が差した。彼が手綱を引き締めて、暗い物陰にある小道に分け入り明るい場所に出ると、兵隊はうしろからついてくる村びとを遮った。長い草の生い茂るはずれで、鬼中佐はズボンの前を開けて小便をし、熱い尿をまき散らして、地面の下で目覚めたばかりの鬼王にやけどを負わせた。ベルトを締めるとき、鬼中佐は怪しいものに気づいた。刀を取り出して草をなぎ払うと、風雨にさらされ、刻まれた文字がほとんどすり減った大きな石碑が姿をあらわした。鬼中佐は石碑に飛び乗り、そこらを見渡すと、冬の風になぎ倒された草むらの中から無数の墓碑があっちにもこっちにも顔を出し、自分がありふれた漢人の墓地に踏みこんだことを知った。彼は声を上げて笑い、のどがすっきりしたが、鬼王のほうは彼がまいた小便の音を聞いて再び眠りに入った。二人の兵隊が笑い声を聞いて駆けつけた。脇に歩兵銃をはさみ、引き金に指をかけている。「清国奴は清国奴だ、あの世に行っても同じだ」。鬼中佐は点在する無縁墓地を指して、口をゆがめた。「死んでもまとまりのない砂、まったく秩序というものがない」。二人の兵隊はその言葉を聞いても表情一つ変えず、一言、はいと言って銃を収めた。鬼中佐は白い布を取り出して、軍刀についたほこりをふき取り、鞘に納め、馬を引いてそこを離れた。

鬼中佐は、関牛窩が伝説のように毒蛇や赤痢、「生蕃（せいばん）」〔清朝や日本の教化に服しない原住民族〕が人を襲う荒地ではなく、五穀豊穣の天国だと気づき、この地を「瑞穂（みずほ）」――籾（もみ）はふっくらみずみずしく、搾りたての牛乳のように穂先から地面に滴り落ち、搾りたての牛乳のように人を育む――と呼ぶと宣言した。だが惜しいことに九降風〔旧暦九月下旬に吹く強烈な東北季節風〕が烈しすぎ、あまりに鋭利で、皮膚はしばしば切り傷を負い、内地の関東の有名な山おろしと同じように、知らない間に人を傷つけた。鬼中佐は関牛窩公学校のそばの空き地に軍営を構え、軍事訓練をはじめた。兵士たちを九降風のように強く鍛え上げ、戦場に送って敵を打ち負かそうというのだ。しかし、四輪駆動車がエンジンをかける音と馬の鳴き声が、生徒たちの授業の邪魔をした。

生徒は毎日東に向かって旗を掲揚したのち、東北に向き直り、内地の皇居に向かってお辞儀をし、天皇陛下、皇后陛下への敬意を表さねばならなかった。しかし生徒に最も近いところで、うっぷん晴らしをしたのは馬だけだった。生徒に向かっていななくのだ。兵隊が慌てて馬を引っ張って行くと、生徒たちは今度はさらに素晴らしいものを見ることになった。馬の尻が開いたり閉じたりして、糞がドバッと地面に落ち、湯気を上げたのである。帕はこらえきれずに大笑いし、回を重ねるごとにだんだん大げさに、胸がつぶれ腸がちぎれるくらい笑い、お辞儀をするときにはもう腰の骨が曲がったままもとに戻らないほどだった。教師はこの図体のでかい小僧に対しては手がつけられなかったが、もしほかの子が笑おうものなら、すかさず一発ビンタをお見舞いした。特に校長はもっと凶暴で、日ごろ客家語(はっか)やタイヤル語など土地の方言を誰かが話すのを耳にすると、怒鳴りつけてからビンタを飛ばし、五臓六腑がでんぐり返るほど張り倒してから、さらに「清国奴」と書いた札を生徒の首に掛けさせた。罰を受けた生徒は「国語」〔日本語〕を話さない人間を見つけ出して、その札を譲らねばならなかった。これらの札は最後にはぜんぶ主人を見つけ、帕の首に掛けられた。まるで髭がかたまりになって生えているようで、もし普通の子どもだったらとっくにその重さで背骨が曲がっていたにちがいない。札が増えれば増えるほど、帕はますます方言をしゃべり、規則に断固として挑戦したが、校長がもしビンタを張ろうものなら、その手はきっと腫れあがって爪が見えなくなっただろう。そこで校長は、帕が馬に向かって馬鹿笑いしているのを見ても、歯ぎしりするしかなく、思案の末に、彼を国旗掲揚係にかえ、紐でも引いていれば集中できるかもしれないと考えた。三日後の国旗掲揚式典では、たとえ六頭の馬がいっせいに放屁脱糞したとしても、帕は笑いじわひとつ見せず、風に当たった石のように冷静だった。校長はこれを自分の手柄ととらえ、帕を旗手に変更したのは正しかったと思ったが、じつは新任教員の美恵子が知らないうちに黒い丸薬で帕をおとなしくさせていたのだった。

美恵子は生徒に食事の前には手を洗うよう教え、こう説明した。「ハエはとても汚らしくて、腐った物ばかりを食べていますが、それでも絶えず手をもみ洗いし、顔をきれいに拭いてから食べはじめます、まして人間なら言うまでもないでしょう！」　美恵子は食後の歯磨きも教え、歯磨きをしない人は動物園のチンパンジー「麗塔（リタ）」にも及ばない、リタは歯磨きができるのよ、と言った。彼女はさらに生徒たちに毎日風呂に入り、便所に行ったら紙で尻を拭くように指示をした。彼女は新聞紙を小さく切って、共用便所に掛けて使わせた。帕は便所でしゃがんでいるとき、いつも新聞の広告を見ていた。大腸が奮い立ち、尻が大きく開いたり閉じたりするとき、劉金福が教えてくれた漢字をまだいくつ覚えているか数えながら、隣の便所にしゃがんでいる生徒に大きな声で読んで聞かせた。しかし、もっとも気が乗るのはやはり新聞に載っている広告写真や絵のほうで、万華鏡のような世界が目に浮かび、目がちらちらして用を足し終えて立ちあがると、頭がふらふらするほどだった。彼らは学校の卒業旅行ではじめて大都会に行き見聞を広めることになっていたが、広告でとっくにすべてを予習した。それは金さえあればすぐに体験できる新世界だった。たとえば、冷蔵庫なるものは、ひんやり冷たいホルモンの蒸気を分泌してブタ肉を眠らせミイラにすることができ、八角のお金〔当時の台湾の通貨は圓、角、分〕で借り出して使うことができる。水は死んだあと固くなってアイスキャンデーになり、五分払えば、それが口の中で復活する威力を買うことができる。電気扇風機は小型の「神風」を生み出すことができ、そのうえ飛んでいる蚊やゴキブリを巻き込んでばらばらにする威力も備わっており、十圓（えん）で買える。生徒は自分で使える金なぞ持たなかったので、いちばん手軽な楽しみ方は人がアイスキャンデーを食べているのを見て、よだれを垂らすことだとよくわかっていた。だから広告を眺めて上辺だけで満足できた。始業の鐘が鳴るとようやく立ちあがり、新聞から得られる喜びを大切にするために便所紙として使うのはこっそりやめにして、竹片で尻の穴をこすって済ませるのだった。

ある授業で、美恵子は帕ともう一人痩せこけた子を並んで立たせて比べ、栄養不良とは何かを説明した。比較の対象になった子は生気のない薄汚い皮膚をして、竹竿のように痩せ細っていた。それは腹に入った栄養が回虫に邪魔されているからです――回虫は太くて長い、盗賊のように栄養を求めて腹の中を動きまわる虫なのです。美恵子はみんなに、帕はたくましい体をしている、白米を食べている模範生だと言った。みんなは羨ましげに拍手をした。帕は首を振って、自分は一年に一度だけ大晦日に「白湯」〔具が入っていないスープ〕を飲むけれど、中には米粒一つ見つからない、と言った。美恵子は、その白湯は牛乳というのです、こういう栄養価の高いスープを飲むから丈夫な体をしているのですよ、と言った。帕は激しく首を振って、それは「糜飲（モイイン）〔重湯（おもゆ）〕」といって、糸も引かないくらい薄いもんだ。帕は客家語で「糜飲」と言い、日本語で説明するのが難しかったので、チョークの粉に水を混ぜて見本を示した。最後に、帕は本を入れている模様入りの布袋を開けて、彼の食事への美恵子の好奇心を満足させてやった。帕は弁当箱さえ持っておらず、毎日酒瓶を持ってきていた。これには美恵子もびっくりして帕が飲んだくれなのかと早合点してしまった。それは今の清酒の瓶の大きさで、中にはご飯がわりに干大根の千切りがいっぱい詰まっていた。美恵子はこれで体が丈夫になり、病気もせずにすくすく成長できたとはにわかには信じられなかった。でも、と帕は言った。俺は歯の虫が暴れまわる病気を持っていて、その虫は脳みそか下あごあたりに潜りこんでいるんだ。美恵子はそれが虫歯だとわかったので、臭いにおいがする湿り気のある黒い丸薬を帕の臼歯の隙間にうめてやり、言った。「これは天皇陛下がくださった薬です、あのお方をより一層尊敬しなくてはいけませんよ」。虫歯が治ってから、帕はそれがラッパの絵が描かれた赤橙色の容器にはいっている「征露丸」〔「正露丸」の旧名〕という名前の薬だと知った。一九〇四年に日本人が日露戦争中に発明した胃腸薬で、「露西亜（ロシア）」を征服したという意味がこめられていた。

帕は美恵子の話をよく聞くようになり、旗の紐を引くとき、馬が糞を垂れてもみだりに笑わなくなった。しかし間もなく生徒たちは馬が尻を振るのを見られなくなった。鬼中佐が公学校の校舎を練兵場に変え、公学校は恩主公廟に移されたからだ。恩主公の神像は廟の前の広場の供物台まで運び出されて、燃やされることになった。鬼中佐は廟を昇天させるために、日を選んで支那〔中国に対する呼称。差別的なニュアンスを含むとして現在では使われない。本作では原文のまま「支那」とした〕の神を燃やすことにし、みんなにこれからは神社の天照大神を参拝し祭るように、その地位は玉皇大帝〔道教の最高神〕と同じだ、と言った。恩主公は囚われの神となり、供物台には米でつくった食べ物やブタとアヒルの肉が並べられ、これが最後の食事になった。恩主公は幾日も眠れず、瞼はむくみ、目じりには目やにがたまった。間もなく恩主公には連れができた。関牛窩じゅうから二十八体の神像がやってきて、あの世に送り返されることになったからである。かたわらには兵士が立て銃の姿勢で見張りをしていた。恩主公が村びとに略奪されるのを恐れて、恩主公はくぎを打たれ、鉄の鎖でぐるぐる巻きにされて弥勒菩薩のように丸々と太っていたものの、いつものニコニコした闊達さが消えていた。道士による祈禱が終わると、刑の執行がはじまった。火を放ち、柴を加え油をまいて、民衆の神々をその中にしっかりと閉じこめた。それらは燃え盛る欄干を握りしめ、真っ黒な煙が体から立ちのぼった。燃やし終わったとき、恩主公だけが生き残り、ほかは灰になった。だが生き残った恩主公にもいいことはなかった。赤い顔は焼かれて黒顔の張飛〔『三国志』に登場する勇将、京劇では黒い隈取り〕になり、神服と刺球〔刺繡を施した絹の布でつくった小さな毬〕のついた官帽もすっかり焼け落ちて、禿で醜い物笑いの種になってしまったので、できることなら壁に頭を打ちつけて死んでしまいたいくらいだった。

鬼中佐は人に命じて裸の恩主公を運びださせ、駅前に置いて見せしめにし、汽車がやってきてその神像に宿る魂を轢きつぶすのを待った。十五分ほどして、汽車が牛背峠(ニュウボイドゥン)を越え、煙をもくもく吐き出して白雲を黒くいぶしながら、まっすぐ駅に突進してきた。そして恩主公を見るとゴキブリにでも出くわしたかのように踏みつぶしにかかった。恩主公はオゥと声を上げ、歯をぐっと食いしばって、踏みつけられても死なない、おさえつけられてもぺしゃんこにならない、何度踏まれてもつぶれない、轢き砕かれても腸が飛び出さない泥の塊になった。汽車は行ったり来たり、進んだりバックしたりして押しつぶしにかかったがお手上げだった。鬼中佐は汽車を停車させ、恩主公の前まで歩いて行くと、大声で怒鳴った。「帕、出てこい」。帕は背が高いので、頭が人の群れから浮き出てきて、間もなく全身をあらわした。鬼中佐は彼に名前を名乗らせた。

「帕(パ)であります」。帕は両手を腰にあて、目を大きく見開いていたが険しくはなかった。

「それは『蕃名』だ、漢名は?」

「劉興帕(りゅうこうはく)です」。帕はまた付け足して言った、「名前の中には『蕃』の字が入っております」

「お前は両親から捨てられた子だ、俺がお前を養子にしてやる。今後は、お前の名は鹿野千抜(かのせんばつ)だ」。

鬼中佐は言い終わると、帕に何度も「鹿野千抜」と、早くも遅くもないちょうどよい速さで復唱させた。帕はまず拳(こぶし)を握りしめて反抗し、それから耳をふさいだが、もう手遅れだった。その名前は頭の中でずんずん大きくなり、雷のように流れこみ、海のように浸食してきて、追い払うよりも受け入れるほうがましだった。そこで帕は口を開けて心の声を追い払い、言った。「鹿野千抜」

「鹿野千抜、来い。刀を抜いて、支那の神を斬れ」。鬼中佐は腰に帯びた刀をたたいた。帕は数歩前に進み出て、刀の柄をつかみ、鞘から抜いた。刀をさっとひと振りした瞬間、空気が裂けて傷口が見えたかと思うと、大声をあげて神像を真っ二つにたたき斬った。恩主公は分家した。中から大量の塵が吹き出し、さらにスズメバチの一群が飛び出した。スズメバチは御神体をつくったときに神威を高めるために中に閉じこめたものだったが、今突然の襲撃を受けて、羽が風を起こし、針のある尻をもたげて攻撃をはじめた。帕は素手で蜂の群れを引き寄せ、三十六匹をひと摑みし、口に放りこんでおいしそうに食べた。このとき、汽車の火室も燃えるように熱くなっており、炎が自分から釜のふたを押し開け、そこにいる機関助士を飲みこもうとした。日本兵が乗り込んで来て急いで恩主公の残肉を中に放りこんで燃やした。汽車は恩主公の神像に宿る魂を吸いこむと、車輪は飛んだり跳ねたりして、石炭の助けなどかけらもいらずに、あっという間に縦谷の果てまで走り去り、あとには青い空に黒煙がたなびいているだけだった。村の古老たちは次々に地面にひざまずいて、両手でその「神灰」と称される灰を掬い、祭祀のために大切にしまいこんだ。空には石炭雲がごろごろ音をたてて膨れあがり、稲妻が走って、バシャバシャと大粒の雨が落ちてきた。村びとたちは去って行ったが、帕はまだその場に立ちつくし、冷たく紫色になった両手を震わせながら、雷雨が周りの山々の懐の中で轟いているのを聞いていた。なんと神を殺してしまった。どうやって殺したのかも覚えていなかった。彼は逃げるところがなく、一生神に呪われて生きることになった。

恩主公が殺されたのを関牛窩でいちばん最後に知ったのは、帕の祖父の劉金福だった。劉金福はその昔は関牛窩の大地主で、一株の百年龍眼の樹から無数の苗木を繁殖させ、これで子孫を養ってきた。村で採れる蜂蜜は濃厚で、月光のようでも、また年月を経た液状の瑪瑙(めのう)のようでもあったので、季節ごとの珍品はみな龍眼の花を彫った玉缶に詰められた。珍品は台湾初代巡撫(じゅんぶ)の劉銘傳(りゅうめいでん)に貢物として献上され、これを食べた彼のあばた顔はずいぶん良くなったが、しかし彼の妻妾たちはさらに仲が悪くなり、常に美顔美容のために蜂蜜をめぐって悶着を起こした。劉金福はこのために武官八品を得、百人の官兵の隘勇（あいゆう）と民兵の隘丁（あいてい）を率いて、原住民の襲撃に備えた。劉金福は妻を三人娶り、かつては三つのベッドを壊したと豪語していたが、十五人の跡取り息子の排行（はいこう）〔一族中の同世代の者を年齢順に数字をつけて呼ぶこと〕や名前を覚えられずに苦労したものだ。清朝は日本に敗れると、馬関条約〔下関条約〕を結んで台湾と澎湖島を割譲した。劉金福は、日本人がなんでも税金を取りたがり、飯を食い体を洗い放屁しても寺銭（てらせん）を取り、妻と寝ても税金を納めねばならないという噂を耳にした。劉金福は腹の虫が収まらず、軍民一二〇名を率いて「義勇軍」に加わり、「番仔（ばんじん）」を防ぐために火縄銃十丁、イノシシを仕留める台湾ケヤキの柄の鏢刀（フライングナイフ）二十本、竹竿の先に包丁を挿したもの四十本を携えて、日本の近代化した武器に対抗し、俗にいうところの「走番仔反」〔一八九五年日本の台湾侵攻に抵抗した義勇軍の戦いを指す。番は異民族の意で、のちに台湾を占領した日本は原住民族に対して草冠をつけた「蕃」を使用した。本書では日本統治期の日本語の文脈の場合は「蕃」、そうでない場合は原文のまま「番」と訳す〕の戦争を繰り広げ、そのときの「番仔」は日本軍を指した。義勇軍は戦うたびに惨敗したが、負けるほど逆に士気は高まり、最後は台湾中部の山頂で日本軍に壊滅させられた。劉金福は退却して関牛窩に戻ってきた。日本人が村を統治してからは、劉金福にはごまんと反抗の理由があったが、義勇軍に加わったときと同じ理由ほど好都合なものはないと気づいた。つまり、縛り上げられて殺されようと日本人に「漀（シャウ）〔精液〕」税などびた一文払うものか、というものだった。彼は意気揚々と家も子も捨て、一人山奥深くに身を隠し、竹垣で丸く囲いをつくって、「緑巴碧客（リュパビカ）（Republic）」と呼ばれる神秘の小国を存続させた。彼は自らの国璽（こくじ）と国旗を持ち、国土は何区画かの野菜畑、民は数羽のニワトリとアヒルであったが、こうして日本人に消極的抵抗をつづけていた。

国璽は拳の大きさで、官職名は「伯理璽天徳（ポリシテント）」と刻まれていた。英文の「総統」の音訳であったが、はからずも帕に国璽を食べられてしまった。幼い帕の、世界に対する認知は口からはじまった。手にしたものはなんでも食べたので、あやうく山の小川の水は飲みほされそうになったが、おいしいものがないときは自分の親指を吸った。この食いしん坊は、舌はいつも地面に貼りつき、カタツムリがあちこちで物を吸いこんで食べるように、ぱくぱくと二口で国璽を食べてしまい、どうしても大便といっしょに出そうとしなかった。劉金福は洗面器を手に持ってひと月のあいだ根気よく帕を追いまわしたが叶わず、結局ピンクの尻の穴に向かって嘆息し、この間に百回も算了(もういいじゃないか)と言う羽目になった。彼は自分が総統には向いていない、せいぜい青地に黄色の虎の旗を守ることしかできないと自嘲した。彼は急いで旗を揚げ、カタツムリの殻の中に月桃(げっとう)の種を入れて鈴とし、それを旗竿の根元に結びつけて、帕が上に向かって食べはじめたときに止めることができるようにした。青地に黄色の虎の旗は戦場から持ち帰ったもので、半分焼け残り、金糸で刺繍された半身の虎と五つの銃痕しか残っていなかった。そのうち旗を貫通した二つの銃弾は、劉金福の体の中に留まっていた。その国旗を体に巻きつけて日本軍に突撃したのだという。のちに気候と湿度が傷にちょうど反応する時期になる度に、彼は大いに嘆息した。「あぁ、二匹のどじょうが生き返った」。体内の二つの銃弾が走りまわり出し、互いに追いかけているのが仇(かたき)なのか恋人なのか区別がつかず、遠慮なしに激しく器官にぶつかってくるので、死ぬほど痛かった。こんなとき劉金福は何回か『般若波羅蜜多心経(はんにゃはらみったしんぎょう)』を念じて銃弾をなだめたが、さらに自分の気持ちも安定させることができた。

　劉金福は予想外に長生きをして、村じゅうで最も屈強な「活きた死人」になった。彼は垣根の外に小さな墓を造り、石碑に自分の名前「劉金福之墓」と刻んだ。そしてもし会いたくないよそ者が邪魔をしにくると、墓を指して言うのだった。「彼は死んだ、鬼(グイ)はもう唐山〔中国〕に帰って行ったよ」。この神秘の国はますますうら寂しくなり、訪問客は濃さを増す青苔だけになった。旧暦の正月を迎えるときだけ山のふもとの、要領を心得て、味をしめた子どもらが、二時間山道を歩いてやってきて、垣根の外にひざまずいて叫ぶのだった。

「緑巴碧客(リュパピカ)、万歳！　伯理璽天徳(ポリシテント)、万万歳！」

劉金福は満悦至極の体で、彼らに哨官、営官の官職を与え、褒美にご馳走や菓子などを下賜した。そして自分で山のいたるところに新しい封土(ほうど)の線を引きに出かけて行ったが、そのころにはもう、あたりは静まり返り、夕日がどっと森一面に流れこんで、黄金色の光が次から次に墓の上に降り注いだ。帕は顎を窓の台に置き、つま先立ちして、劉金福が石碑の上に座り、ご馳走を両手に捧げ持って、民主国時代にいかにして「走番仔反」をやったか、いかに日本人と戦ったか、どうやって銃弾をこめて銃を担ぐか、いかに竹竿の先に包丁を挿して相手と殺し合いをするかを、何べんも繰り返し語り、お気に入りの場面になると村の子どもらに棍棒で殴り合いをさせて、戦場さながらの光景が繰り広げられるのを眺めていた。帕はいつも考えた。目の前のこの老いぼれはこんなに頑固で、人情も道理もわからず、自分を大切にするのは自分の皮を一枚剝ぐくらい難しいときている。おまけにいつも愚にもつかない、くだらない話をする、それなのに彼とよくまあこんなに長いあいだ暮らしてきたものだ。村の子どもらがこうして調子を合わせているのは、ひとえに褒美のためだ。彼らは最後には紅亀粄(アングーバン)〔亀の甲羅模様がある餡入りの赤い蒸し餅。各種祭祀の時に供される。客家語「粄」は台湾語の「粿」に同じ〕や丁粄(デンバン)〔子どもの誕生や健康を祈る餡なしの祝い餅〕あるいは何切れかのイノシシの肉を手に入れて、口の周りを油でぎとぎとさせ、手にはさらに菓子を握りしめて、道々日本人の悪口を言いながら、にこにこ顔で山をおり、来年また来ると約束する。だが翌年、分別がついてやってこなくなると、劉金福が一人残され、門のところで赤い大皿を両手に捧げ持ち、冷たい風がヒューヒュー吹き去るのを聞きながら、子どもらは「魔神仔（モーシンナ）」という山鬼を怖がって山に来なくなったと恨み言を言い出すのだった。いくら待っても来ないので、彼は部屋の中から覗き見している帕を大声で呼んだ。「大将軍遊びをやろう、どうだ?」「仲間同士戦って、どこがおもしろいの」。帕は急いで窓の下に隠れて、顎についた窓の溝の痕を撫でた。帕が欲しいのはお年玉だけだった。二年前ひいばあちゃんがお年玉代わりにくれたフランキ銀貨――俗称フランキ（スペイン）の植民地フィリピンから台湾に流入した、清末台湾で常用していた民間貨幣――を覚えていた。彼はそれで上下の制服と帽子を買ったのだ。お年玉をもらえるなら、犬の糞を食らうのも厭わなかった。

　二人は、時代の異なる野鬼〔身寄りがなく勝手気ままにさすらう霊魂〕のように、普段はほとんど話らしい話をしなかった。もし言葉が十言を超えるとすれば、そのときはいつもけんかをしていた。帕は垣根の内側では劉金福にとても従順で、言うことには絶対服従だったが、垣根の外ではいいかげんで、しょっちゅう劉金福をからかった。だが彼らは互いに頼り合って生きており、もし相手の屁の音が聞こえない日があったりすれば、体じゅうがだるくて調子が出ないのだった。このような関係は帕が生まれつき持つ特別な才能から話しはじめねばなるまい。帕は生まれて二か月でもう這いはじめたが、父母の運気を剋する〔打ち負かす〕命運を持っていたため、邪説を信じない劉金福が「龍眼園」から引き取って育ててきたのである。帕はその日を忘れることができない。頭に黒い尻尾が生えた人が布団とむしろを一つに縛った荷物を彼に背負わせ、四里もつらい目にあいながら山を上り、草よりも樹木やわらびが多く、雲よりも湿気が多い山の谷間にやってきた。あれから住みはじめてもう十年になる。今では、帕は放課後に毎日、日本語の本と制服を劉金福の墓のそばの小屋に掛け、台湾のシャツに着替えてから垣根の中に入るようになった。

この日、帕は家に戻ると自分から劉金福に、恩主公がたたき壊された、と言い出した。劉金福が尋ねた。「どいつがやった?」帕はちょっと言葉を詰まらせてから、言った。「四本足」。村びとの目には、日本人は犬と同じで人に向かってほえるので「四本足」と呼ばれていた。劉金福はまた尋ねた。「その四本足はなんという名前だ?」「鹿野千抜」。帕がなんとか日本の名前を言い終わるか終わらぬうちに、劉金福から激しく一発殴られてしまった。逃げるすきもなかった。帕は大きなタブーを犯したのだ。なぜなら劉金福の垣根の中では日本語はご法度だったからだ。

劉金福は新しい語彙を発明して、日本語に対抗した。中国語の「手表」は日本語で「時計(とけい)」と呼ばず、「日頭盒仔」と名前を変え、「巴士」は「自動車(じどうしゃ)」ではなく、「木包人」と言った。「蕃茄」は「椭蔓多(トマト)」と呼ばずに、「柔柿仔」だったし、「百香果」は「椭結索(トケイソウ)」ではなく、「酸菝仔」と言った。しかし、劉金福は日本語に抵抗することは、まったくもって太陽の光から逃れるのと同じくらい難しいと気づいた。日本語は愚かにも、どっぷりと生活にしみこみ、思考に影響をあたえ、ひどいときには夢のなかで蛇蛇(にしきへび)に化けて悪さをした。そこで劉金福は消極的反抗を学んだ。帕が話に日本語を混ぜるたびに、大声で遮るのである。もし帕が「便所(べんじょ)」に行くと言えば、劉金福は怒りに満ちた声でこう答えるのだ。「黙れ」。彼は「便所」が何か知らなかったが、絶対にいいものではないことはわかっていた。またあるとき、帕がいい香りのするパンを持ち帰って、さあ胖(パン)を食べようと言った。劉金福がパンをはたき落として、ぐちゃぐちゃに踏みつけにしたのは言うまでもなく、さらに怒って叱りつけた。「黙れ、これは『阿督仔(アトォア)(西洋人)の包子(パオズ)』と言うんだ、俺をばかにするのか!」

帕も利口になり、山の下でたくさん学んだむずかしい言葉を省略して、「これ」とか「あれ」とかあいまいに言い、七面倒な叱責から逃れるようになった。そこで会話はこんなふうに変わった。「そうさ、山の下のこれはもうあれになったよ」または「あれは今は変わって、あぁ！　自分で考えなよ！」さらに簡略化して「あれはとっくにあれになった」とまで言うこともあった。劉金福の答えはもっと巧妙で、「そうだ、みんなあれになった」。いったいどうなったのか、劉金福はまったくわからなかったが、「あれ」をはっきり言わせようとすれば帕の悪智恵の思うつぼだということだけはわかっていた。しかし、最近帕がしきりに口にする汽車の形容は、言葉の使い方がこれ、あれを超えていた。だが劉金福は不快な気持ちにはならず、むしろ逆に下山してひと目見てみたいと何度も心を動かされた。

帕に一発ビンタを食らわせたあと、二人はすっかり静かになった。このとき、山のふもとから汽車の鋭い汽笛の音が聞こえてきた。それとわかるほどはっきりと聞こえた。劉金福はうずうずしてきて、帕に「馬擎仔（マキャエ）」を準備させ、山を下りてそいつを見てみることにした。もうあれとこれのやり取りをしなくてすむかもしれない、祖父と孫のこわばりきった関係を解きほぐすことができるはずだ。馬擎仔とは、劉金福が乗りやすいように、木材を担ぐ工具「竹擎（ズキャ）」を改良した一種の背負い椅子で、帕が肩に乗せて担ぐのだ。劉金福はターバンで――旧時代の長い黒色の布で――後頭部の辮髪（べんぱつ）を束ね、帕に乗って、右に左に風を起こし雲を払いながら、あっという間に数里離れた村にやってきた。そこでは、一面に広がった煙が空を汚し、まるで逃げまわる龍のように、龍尾をばらばらにして、真っ黒な龍頭をしきりに汽車の煙突の中にもぐりこませていた。汽車はすでに五つ山の向こうへと走り去っていたが、巨大な音が十の山の間にこだました。煙の濃さから判断して、帕はすぐに追いついて劉金福に鉄の怪物を見せ仰天させることができると思った。もしさらに汽車を少しばかり罵倒させることができたら文句なしだ。馬擊仔は猛スピードで走った。その振動で劉金福の全身の関節から酸っぱい水が出て、骨があやうくばらばらになりそうだったので、劉金福は帕の肩を踏んで遠回しに言った。「よく考えろ、山の中に火輪車(フォリンツァ)はおらん、鉄の枝の道を走るようなものは、県城しかいない」。帕はこの言葉を聞くと、ますます強く彼に汽車を見せに連れて行きたくなったが、劉金福が骨の関節が揺すられて粉が出そうだとまた言いだしたので、やっとのことで足を止めた。劉金福の言うとおりだ。あの怪物はこれで消え失せるわけではなく、必ずまたやってくる、いま急ぐ必要はないのだ。

山を下りるのはめったにないことだったので、劉金福は帕に村を何周か余計に回らせて、自分の姿を村びとにしっかり見せつけ、それと同時に新しい世界をよく見てみることにした。村びとはこの祖父と孫を「両子阿孫(リョンズアースン)」〔祖父と孫の二人〕と呼んでいたので、それですぐに両子阿孫が来たぞと叫んだ。彼らは劉金福を見ると、喜んで彼を「老古錐(ラオゴーズイ)」〔愛すべき奴〕と呼び、日本人とやりあう気骨を持っているとおだてた。だが彼が行ってしまうと、背後で「死硬殻(シィナンホ)」〔頑固者〕と笑い、山の上でくだらない匪賊になっていたと思ったら、今度は満腹で暇を持て余し鬼皇帝なんぞになりおって、と陰口をきいた。祖父と孫が村を何周か回っていると、子どもらが集まってきたので、劉金福は往年の言い方で、さっきのは火輪車(フォリンツァ)と呼び、それが立ち寄る駅は「火輪車埠頭」と言うのだと話して聞かせた。村の子どもらは大きな拍手でこたえ、このじいさんは実にすばらしい、汽車を流れる火だと呼ぶなら、駅を埠頭と呼ぶのはもっともだ、と納得した。二人は最後に、金持ちの家がつくった新聞掲示板の前で止まった。一面トップは相変わらず皇軍が真珠湾を爆撃したというもので、まもなく一か月が経とうとしていたが、新聞は張り替えられていなかった。帕は大声で言った。じっちゃん見てみなよ、米国人が負けたんだ。劉金福が唯一反論したのは米国を「美利堅(メリケン)」と正したことだった。言い終わると長いあいだ黙りこんだ。この数年、劉金福は山を下りる際には帕の肩に乗っていたので、子どもらが新聞を読みに集まって来るようになり、それで日本語の中に混ざっている漢字を教えてやっていた。日中開戦後、漢文化が禁止されはじめ、中国語新聞が徐々に姿を消していき、学校の毎週一回の中国語の授業も取りやめになった。劉金福の指導のおかげで、これら村の子どもらはすでに十数個の漢字とその読み方を習得した。しかし彼らは遊び心が勝り、いつも頭の中の漢字にかまっていられなかったので、しばしば文字をうっかり耳から外へ逃がしてしまうのだった。

このときまたかつてのように、劉金福は村の子どもらにぼうふらの文字が詰まった新聞の中から、俗に「正字」と呼ばれる漢字を抜き出させて、中国語を教えようとした。帕は山では虫だったが、山を下りると龍に変わり、村では反対に大胆になって、村の子どもらの手を借りて劉金福に悪ふざけをした。帕が地面に足の指で「内地」と書くと、何人かの子どもはそれを見て、指が日本語の新聞のあちこちで止まったが、指差しているのはみな同じ文字だった。劉金福はこれは挑発だとわかった。どの子も同じ質問をするはずがない。そこで怒って言った。「覚えが悪いぞ、この漢字はもう教えたはずじゃ、仰般(どうして)忘れた?」彼は再び、内地とは唐山〔中国〕のことであり、我々はそこからやってきた、と詳しく説明をし、それから俗に「正音」と呼ばれる漢音で内地(ネイディ)と声を出して読んだ。ガキ大将の帕が足の裏を激しく揺らすと、子どもらは大笑いして言った。「違う、内地は日本のことだよ」と日本語で言い返した。劉金福は怒り出した。日本語はぼうふら文字で、声に出せば蚊の音、書いてあるのは人の血を吸うことばかりだ。四本足はちょび髭でなければガニ股で、話すこと、着るもの、使うもの、みんな唐山がとっくに捨てたごみだ。それを犬がくわえて行って東洋〔日本〕で使っておるんじゃ。なのにおまえたちガキどもは反対に学んでおる。最初にできたものを学ばんで、使い古しを学ぶとは、なんという恥知らずだ。

帕は劉金福があまりくそまじめに言うものだから、勇気を出して異を唱えた。「あの火輪車（フォリンツァ）はどこから来たものなのさ？　内地のものだとみんな言っているよ」

劉金福はため息をついて、ぶつぶつ独り言を言った。それはきっと「木包人」だ。この世に鉄の枝の道なしで方向を変えたり、坂道を登って走る火輪車などありはせん、もしあるなら、それはきっと唐山のものだ。

「じっちゃん、俺たち火輪車に乗って阿興（アーシン）大叔父に会いに行こうよ」、帕が突然言いだした。

「言っただろう、俺を連れて行ってくれるって」

「お前の阿興大叔父は忙しいんじゃ、年が明けたら会いに行こう！」

劉金福は急に声を張り上げて、周りの子どもらに言った。

「正月には、山に菓子をもらいにくるのを忘れるでないぞ」

今日から、俺は日本人になる

客家(はっか)語で「年三十夜(ニエンサンセヤ)」と呼ぶ旧暦の大晦日の夜、風がますます冷たくなり、万物は睡魔に襲われていた。ただ遠くの白い山茶花(さざんか)だけは満開で、ひとり芳香を放ち、花が落ちるときには林の茂みに何度かひっかかって、最後にため息をついて地面に落ちた。劉金福(リュウジンフ)は垣根のそばにしゃがんで乾燥させた枸杞(くこ)をおやつ代わりに食べながら、帕(パ)が大木を担いで帰るのを待っていた。ここ数年ますます年越しが難しくなった、と彼は思った。旗に刺繍された金の虎だけとってみても風雪に耐えられず、補修して縫った糸で金の虎はかなりむくんで重くなり、旗ははためくことができなくなってしまった。そのうえ、ガキどもにまで、「見ろよ！　ブタの神様だ」と笑われる始末だ。

山茶花がまた落ち、夜半には白い花は霧のように見えた。劉金福は花がカサリと落ちる音を聞いて、帕が帰ってきたと思い、声をかけた。「おぅ、帰って来たか！」樹々は黙り、山茶花は相変わらず花を落としつづけた。そこで劉金福は花の落ちる音を山鬼〔山の妖怪〕の囁きだと勘違いして、年を取ると鬼を恐れるようになるのかと、思わずぞっとして、両手で鳥肌をさすった。冷たい風がまた吹きつけてきて、彼は胃まで凍えたように震え、ドキドキし出した。ふと門の前の墓碑を見ると、夕方お参りの際にどんぶりに盛った長年菜（からしな）〔大晦日に食べる縁起ものの青菜〕がそこにあり、さらに石碑の名前を見ると、大きく「劉金福之墓」と刻まれている。自分はとっくにくたばっておるのに、それでもなお鬼をこんなにひどく恐れるとはなあ。劉金福は笑い出した。この四方数キロ以内で、自分こそが鬼と呼ばれているではないか。彼は口が卑しくなって垣根を出て、どんぶりを持ちあげ、長年菜をつかんで食べた。長年菜はひと株まるごと煮こみスープにしたもので、習わしでは葉を小さく切らずに一枚まるごと食べると、長生きすると言われていた。劉金福が食べていると、長い葉がのどに詰まり、胸にも詰まり、胃酸がどっとこみあげてきた。野菜畑にいた三羽のニワトリやアヒルが眠りを邪魔されて、最初は寝ぼけた顔をしていたが、まもなく羽をばたつかせて、墓碑のそばまで来て走りまわり、すんでのところで首が一つに結び合いそうになった。劉金福は食べるのをやめて、袖で口の周りをひとぬぐいすると、どんぶりをでこぼこの地面に投げて割り、ニワトリどもに奪い合いをさせた。

「歳歳平安〔歳（スイ）と砕（スイ）とは同音、茶碗を砕いて縁起をかついだ〕、ニワトリどももわかっとる。わしは今日この山すべてをお前たちに与えよう、はっはっ」。劉金福は両手をさっと払うと、田舎のボスになりきって言った。「よく聞くがいい、くそったれの虫には左側の川を進ぜよう。大蛇の兄貴は、あいかわらずエサを横取りして食っているようだが、大将軍になったら、恰好をつけんといかんぞ……」

じつは帕はとっくに山小屋のあたりまで来ていて、大木を手でつかんだまま、遠くの樹の幹の陰に隠れていた。彼は劉金福が墓碑の上で泣いているのを見た。口から煮汁のついた葉がたれさがり、それは長い舌のようで、人かと言えば人ではなく、鬼かと思えば鬼にも似ていなかった。帕はそっと百メートル後戻りして、手に持った大木を小道のそばのケヤキにぶつけて、できるだけ大きな音をさせ、彼が帰ってきたことを劉金福が悟って、涙をぬぐう間があるようにした。枝に残っていたケヤキの葉が震動で落ち、星が姿を見せ、どの星も暗い夜に浸されて白く、大きくふやけていた。帕は家にまもなく到着するところで、「ただいま」と大声で言い、それから地面にひざまずいて保安林からこっそり切り倒してきたその大木を背負って、ひざまずいたまま前に進んだ。劉金福はその声を耳にすると、とっくに黄藤(ひめとう)を準備万端整えて、それで力任せに垣根の外から這うように入ってきた人を鞭打った。黄藤はとげがびっしり生えており、とげは長いものだと二、三センチはあったので、帕の筋肉に刺さると、力を入れて引っ張らなければなかなか抜けなかった。帕は皮膚が痛くてひりひり熱くなったが、打たれながら、じっちゃんは今年たくさん腹が立つことがあったので、鞭打つことでうっぷん晴らしをしているのだろう、鞭ひと振りごとに自分の背骨を捻じ曲げているようだ、と思った。幸い事前に破子布(カキバチシャノキ)の汁を体に塗っていたので、皮膚が麻痺して、痛みは軽くすんだ。帕が大木を背負い這うようにして部屋に入ると、ニワトリやアヒルがでたらめに前に飛びだしてきて立ちはだかり、羽をパタパタさせてからかった。

新旧の年が入れ替わる大晦日に、劉金福は帕のために恒例の「家から追い出す」儀式を取り行なった。家の中の柱を取り換えるのだが、柱を取り換えることは家を換えることと同じで、家を換えたあとさらにその家を移動させた。なぜこの儀式が必要なのかというと、帕の運気があまりに強いので、柱を換えて福を祈る必要があった。これを毎年繰り返し行なわねばならず、さもないと悪運がやってくるのだ。劉金福は、去年は帕を甘やかしたために、今年は運勢が悪かった、今度は厳しくやろうと考えた。そして儀式がはじまった。帕は家の真ん中の床板をはがして、太くて真新しい木を地面に軽く当てて、それを突き上げ、古い柱を抜きとって取り換えた。柱の取り換えが終わると、帕は新しい柱に抱きついて大声で叫んだ。「不孝の子孫劉興帕は、永遠に家を出る」

「不孝の子孫劉金福は、あいつを家から揪（ジュー）する（追い出す）」劉金福も大声で言い、一年間古い柱に積もったほこりを帕の体にかけ、もう一言付け足した。「行け」。ドンという音がして、新しい柱が震動し、家が歩き出そうとした。劉金福は戸口から飛び出して、松明（たいまつ）を持ち、ニワトリやアヒルを追い立てて家の中に入れ、石碑を抜き取った。突然、彼は何を思ったか、家の前方の、帕が勉強道具を置いている日本式の木造の小屋まで走って行き、火を放った。

　木造の小屋の中のみかんはカビが生え、しめ縄にはまだ松葉と古びた白い紙の束が下がり、夜の風にひらひら揺れていた。これは日本人の正月スタイルだった。日本は太陽暦で正月を迎えるので、台湾人も旧暦の正月を捨て去り、屠蘇（とそ）を飲み、黒豆、昆布の煮しめ、揚げ魚の酢漬けを食べるよう言われていた。帕は新暦の正月を迎えたとき、鬼中佐の家から日本風の味付けの残り物をもらって帰り、小さくつぶしたあとドクダミで味を消して、劉金福に食べさせた。ところが、あろうことか劉金福に見破られてしまい、普段食べているものがどこからきた代物か知ると、劉金福は頭に血が上り、足に任せて踏みつけてしまった。どうりで、と劉金福は思い当たるふしがあった。一年中腹がはってむやみに屁が出たはずだ。そのため山のふもとの薬商人から買った恩主公の「目やに」——商人は征露丸を姑婆芋（くわずいも）の葉で包んで山の上の頑固者をだましていた。しかも高く売りつけて上前まではねていた——を服用していたのだ。今も劉金福の怒りは消えておらず、この日本式の小屋に火を放って燃やし、汚い言葉を何度も浴びせてから、おもむろに体の向きを変えて、地面から浮きはじめた竹の家によじ登った。

　家の中央で、帕が全身に力をみなぎらせ、オゥとひと声叫んで、新しい木で家を持ち上げると、その見返りに、家じゅうの骨が曲がり、青ざめた弓のようになってしまった。劉金福もおとなしくしてはいなかった。帕に向かって木の灰を投げつけながらむごい言葉で罵倒して、籐（とう）のつるでさんざんに打った。家は重心がぐらついて、今にも倒れそうになったので、帕がいちばん重い台所の部分を引き上げたが、家はやはり山の下へ滑り出した。彼がぐっと足をふんばり、きっと眦（まなじり）をあげて、突然腰をひねり、柱に抱きついて家を回しはじめた。家は、はじめのうちは軽く回っていたが、ぶんぶんと回転速度を増していった。帕は平衡を保って前に進みながら、やっぱり教科書に書いてあるとおりだ、地球は止まることのないコマで、止まると死んでしまうんだよ、と言った。劉金福は怒りを爆発させた。大晦日に日本の教科書、鬼の本のことを話すとは何事だ。家はますます速く回転し、劉金福の髪はだらしなくざんばらになり、目から火花が出て、胃の中の長年菜の葉っぱを一枚丸ごと戻してしまった。しかし、帕には回転する窓から外の山道をよく見ることができないので、道がわからなくなった。劉金福はもう一度元気を出して家の中を走りはじめ、いつまでもその場を走っていたが、窓も一緒に回っていたので、彼は窓の外を見て道を教えた。家が前方へ進むには何本か大きな樹を迂回せねばならず、さもなくば衝突して粉々になるかもしれなかった。

劉金福はますます速く走り、家の回転もますます速くなった。家具があちこち飛び交い、テーブルの木目の年輪もぼやけ、あらゆる影と主人が部屋の中を行ったり来たりした。ニワトリやアヒルも地面を転がった。帕は全身血だらけになり、ひざの関節が鳴りつづけた。「家から追い出す」儀式は家をもとの場所から百メートル離せばよく、さらに青苔と森林に近づいた。そこで劉金福が止まれと叫んで、儀式はようやく完了した。

儀式のあと、帕は体じゅうが痛んで眠れず、どうにも寝つけないので、しかたなく台所の竈（かまど）の前に寝そべって本を読んでいた。手で本を持って、前歯で燃えている炭をくわえ、かわいそうなくらいかすかな光の下でのろのろ読んでいた。手で書き写したこの本は、劉金福が火を放って燃やした小屋から帕が救い出してきたもので、何箇所か焦げ跡があった。本はそのもっと前、汽車がやってきた最初の日に、美恵子のトランクからこぼれ落ちたのをこっそり拾ってきたものだ。本の題名は『銀河鉄道の夜』、作者は宮沢賢治といった。本には一人の子どもが銀河鉄道に乗り、銀河のあいだをあちこち旅する話が書かれていた。帕の日本語能力では読んでもよく理解できなかったが、生まれつき想像力が豊かだったので、知っているわずかばかりの語彙をたよりに、もとの物語よりもさらにおもしろい世界をつくり出した。数行読むごとに、窓の外の夜空を見上げ、汽車が銀河を疾走する姿を思い描いた。石は押しつぶされて流星になり、煙突から星雲を吹き出している。そんな宇宙に果てがあるなら夢の中でしか測れない。帕は読んでいる途中で、時々我を忘れてぼうっとなり、口にくわえた炭を窓から降ってきた流星だと思いこんで舌でなめてしまったが、どんなに痛くても声を上げることができなかった。

長年菜は塩辛すぎ、唐山の夢は淡すぎた。劉金福がベッドから起き上がって、台所に水を飲みに行くと、帕が日本の本を家の中に持ちこみ、小国の禁を破っているのを目撃して、怒鳴り声を上げた。「畜生めが、よくも鬼の本を読めたもんだ。お前のじっちゃんの目が黒いうちは、謀反なぞ起こさせんぞ」。帕はビックリ仰天して炭を口の中に入れてしまい、慌てて本を隠すべきか、それとも燃える炭を始末すべきか、何をどうすればいいかわからなくなった。鼻の穴から煙が出はじめ、口から蒸気を吐き、舌がひりひりして、たまらず炭を吐き出して、急いで本に挟んだ。ところが思いもよらず、今度はくすぶった濃い煙が本の隙間から漏れ出し、何ページも焼いてから、中で火が燃え上がった。

帕はもはや逃げるしか手がなく、垣根の外へ駆け出たものの、足を緩めておっかなびっくり振り返るのを忘れなかった。いつものことだ。劉金福の怒りを買うと、帕はまず逃げ、追いかける劉金福に少し走らせて怒りを鎮めてもらうのだ。しかし、今度という今度は劉金福の怒りがすさまじく、額一面に青筋を浮き上がらせ、天秤棒を手に追いかけて来た。これ以上やると息を切らして死んでしまう。帕はしかたなしにひざまずいて、追ってきた劉金福にたたかれるほかなかった。帕のほうも、ちゃっかりこの機に乗じて、道の入り口のところに今年山に来なかった子どもらのためにとってあった菓子をつかみ、口の中をぐしゃぐしゃにして食べながら、詫びを入れた。「怒らないでおくれよ、じっちゃんが俺を大将軍に任命してくれるなら、受けるからさ」

劉金福は天秤棒をたたき割り、さらに一つ蹴りを入れてから、帕の眉間を指して命令した。「野鬼が転生したクソ将軍め、さあ鬼の本を出せ」。帕は何度か転がって、小さな木に寄りかかり、劉金福の書籍供出命令を聞いて思った。たかが物語の本一冊くらい、まさか天帝の同意がなければ読めないっていうのか？　彼には合点がいかなかった。この老いぼれがなぜ自分の棺桶の中で生きているのかわからなかった。帕もかっとなって、十言を越えて怒鳴り返した。「そんな無理難題が承知できるか。俺はここを出る、もう俺の本に口出しはやめてくれ。あんたは帰れ、あのみすぼらしいちっぽけな国へ帰れ」。帕は走って出て行き、腹を立てながら本の中の火をもみ消したが、力を入れすぎて、燃え残りの一部が剥がれ落ちてしまった。劉金福はそれが日本語の字と漢字であるのを見ると、怒りのあまり身震いし、ぜんぶ踏みつぶしてそれらの漢字を倉頡（そうけつ）〔漢字を考案したとされる伝説上の人物〕に分類させることにした。劉金福は考えた。分類リストに入らない漢字は日本語にダメにされたのだから、早く死んで早く唐山に帰って生まれ変わるがいい。彼はまた慌てて帕を追いかけた。このとき雨が降りだし、どんどん強くなって、森林は雨に洗われて真っ白になった。劉金福は道に迷い、骨の髄まで冷たくなって、知らぬ間に山のふもとの関牛窩まで来てしまった。雨の中の百余りの土の家は静まり返り、鬼の金縛りにあっているようだった。劉金福は大雨で川のようになった道に沿って歩いたが、足がぬかるみにはまり、道は雨に打たれて喜びに沸き立っていた。一台のバイクが体すれすれに通り過ぎ、乗っていた日本兵が、早くどけ、死んじまうぞ、と怒鳴った。劉金福は何を言っているのかわからなかったが、このすぐあとに耳で聞き、さらに目で見て理解した。鋭い笛の音が響くと、雨の茂みをかき分けてヘッドライトが追いかけるようにやってきたので、彼は目の玉をひん剝いた。そのあと、突進してきた汽車は巨大な龍船（りゅうせん）のように、車両は水煙と光にすっぽり包まれ、想像していたよりはるかに恐ろしかった。目にもとまらぬスピードと、その威風堂々たる姿に、気がついたときにはすでに通り過ぎたあとで、後尾の赤いライトを見るのがやっとだったが、これでも劉金福に感嘆の声を上げさせるに十分だった。「妖怪だ、あれはきっと妖怪だ」

　土砂降りの雨は速射砲のように、山林を爆破して震動させ、いろんな昆虫や鬼魂（ゆうれい）を水がたまった土の穴から這い出させた。帕は山を下りず、わざとあの小道の行き止まりにある墓地の小山に駆けこみ、大きな石碑に目をやった。彼は腹の中が恨みで膨れ上がっていたので、この怪しげな墓を見ると、一層かんかんに怒った。帕は三メートルはある緑の竹を三本、根こそぎ引き抜いて、力任せに石碑を打った。墓の泥が飛び散り、周囲の鬼はみな近寄ることができなかった。帕の理解では、この墓に埋葬されているのは劉金福が何かにつけて名前を出す阿興（アーシン）大叔父だった。これまで数えきれないほど、帕は劉金福のうしろについてここを訪れた。そして彼がひざまずいて叩頭（こうとう）の礼をして拝んでいるのを見た。お供えはとびきりの米酒に、ニワトリのもも肉、ブタの肝、それにアヒルの卵を用意し、墓前で焼く金色の紙銭は天の神様をお参りするときに使う大白銭や寿金で、阿興大叔父を聖人として拝んでいた。今、帕はこの数年来の劉金福への怒りの借りを、元金に利子をつけて阿興大叔父に返していた。竹で鞭打ちを終えると、さらに強烈な鉄拳をお見舞いして、墓を上からたたきはじめたので、盛り土がそのたびに少しずつくぼんでいった。怒りはどんなにたたいても消すことができず、次から次へと沸いてきた。すると墓の底から三丁のさびついた火縄銃とモーゼル銃が姿を見せたので、帕はまた興に乗じてめちゃくちゃにたたいた。一つ硬い音が響き、棺桶に当たったようだ。開けてみると、俗に「大銃」と言われる百キロ余りある銅と鉄でできた大砲が一門はいっていた。砲身は緑さびと泥にびっしりと覆われ、さらにやや膨らみのある英文が一行烙印されていた。帕にはこれがドイツ製の「クルップ式山砲(さんぽう)」の意味だとわかるはずもなく、あの世の陰文だと直感した。帕はのどに急激な渇きを覚えたが、筋肉に力をいっぱい吹きこんで、両手を土の中に差しこみ「大銃」を抜き取って、近くの大きな木に向けてほうり投げた。すると、木の葉から雨豆(レインツリーの実)が大きな音を立てて真下に落ち、地面に響き渡った。「大銃」の中に眠っていた鬼王も転がり出てきて、つづけざまに何度も前のめりに転び、ようやく体を起こすと、怒って目をひんむいて、遠慮会釈もなく向かってきた。

だが、立ち上がった鬼王は、すぐに激しい雨で地面に押し倒された。地面の下で五十年近く眠っていた鬼王が、たった今、帕の騒ぐ音で目を覚まさせられたのだ。彼は骨粗しょう症を患っており、筋肉と骨もしっくりかみ合っていなかったので、ちゃんと立てなくなっていた。鬼王が立ちあがると、帕は足で断ち割るように鬼王を払い倒し、それを何度も何度も繰り返した。鬼王は頑固で辛抱強かったので、倒れるたびに、体をしゃんと立て直した。そのときはまだ風に押し倒されているのだと思っており、土の中からモーゼル銃を一丁手探りで取り出して体を支えた。そしてとうとう誰かがわざと悪さをしているのだと気づくと、彼は簪を取り出して、手のひらに突き刺し、自分を木の幹にくぎづけにした。どうやっても倒れないようにしたのだ。鬼王はぼろぼろの短い夏服の上着に、わらじを履き、滝のように長い髪をたらして、汚らしいことこの上なく、絵の中の清国奴そっくりだった。帕が目にし、息の根を止めたことのある鬼はかなりの数にのぼる。帕に悪態をついたり、彼をひどい目にあわせたりした奴は、死後に鬼魂に変わると一人残らず帕に虐殺され、予定を繰り上げて閻魔大王に会いに行った。ほかの鬼と違い鬼王の恐ろしいところは、両目が見えないことだった。眼窩は黒く深くくぼみ、鬼王が相手をじっと見つめさえすれば、眼窩は鏡の働きをして、そいつの疑心を映し出した。帕はすこし余計に彼を見たので、たとえ鬼王には何も見えなくても、自分が他人から見くびられ、哀れに思われ、小ばかにされることを怖がっているのが露見したのではないかと思った。

「巴格」。帕は先に日本語で彼を馬鹿と毒づいてから、また罵った。「目瞨（目が見えない）鬼！」

「寇賊めが、死ね！」鬼王が片方の手で平手打ちをしかけてきた。帕は腕で防ぎ、すぐにこれは東を撃つと見せかけて西を撃つやり方だと気づいたときには、もう片方の頬が強い痛みに見舞われていた。鬼王からすれば、賊と戦うならそれこそ両側を撃つというやり方で、弓を左右に引いてこそ当たりなのであり、木の幹にくぎづけにしていた手を抜きとって殴ったのだ。帕はこいつは上等だと思った。はじめて自分に手向かう鬼に出くわしたので、彼の死罪は免じてやることに決めた。しかし「目には目を」の原則に基づいて、あいさつ代わりに鬼王を力いっぱい蹴とばしてやった。鬼王は脳震盪をおこして、赤子のような記憶と這い這いの段階まで退行してしまい、忘れるべきことはみんな忘れてしまったが、頭を離れなかったのは、毎日気力を奮い起こして戦いに出かけることだった。

これより毎晩、鬼王は「大銃」から這い出して、あたりの草木を一つ一つ探っては、ゆっくりと記憶の領域を広げていった。空が明るくなる前に、這いまわった場所に簪（かんざし）で線を引いて丸く囲み、草木の位置を暗記した。そして簪を地面にひと挿しして、ニワトリが二度目に鳴いて空が変化する間際に、「大銃」に這い戻り眠った。闇夜が訪れる度に、劉金福が眠りこけているすきをねらって、帕は小道を伝って墓場までやってきて、大きな石碑の上に座り、鬼王が目を覚まして外に這い出てくるのを見張った。七日目、この日は初七日にあたり、鬼王は閻魔大王のところに出頭しようとしていた。帕は少し未練が残った。なんと言ってもこの鬼はすこぶる遊び甲斐がある。この夜も鬼王は鉄の大砲から出てきて、簪を挿しているところまで這って行くと、そこからちょっとずつ探りながら、新しい墓を見つけ、中から白い蛆虫とシロアリだらけの新しい鬼を引っぱり出した。鬼王はオスのアリの羽を吸いこんで、呼吸が荒くなった。彼が死のうとしているのを見て帕は何ともつらかった。ところが思いもかけず、鬼王ののどに詰まっていたアリの羽が声帯に変わり、よろよろと立ちあがると、声を張り上げた。

「行く――ぞ！　軍勇ども！　『番仔』が謀反を起こした、『番王』を打ち取りに行くぞ」

帕は鬼王が自分に向かって言っているのかと思い、石碑から飛び下りて、鬼王に近づき、拳骨（げんこつ）で殴りかかろうとした。ところが命中せず、みぞおちにさっと風が吹いたかと思うと、跳ね起きた鬼王から逆に虎口〔親指と人差し指の間〕でのどを絞められ、窮地に追いつめられた。すると、帕がすぱっと鬼王の手を切り落とした。鬼王は今度は帕の肩に這い上がり、もう一方の手で首根っこを押さえた。帕は十メートルほど高く跳んで、背中から地面に落下し、鬼王を圧しつぶし、その手をもぎ取った。鬼王は両手を失うと、今度は両足を使って帕の腰をはさんで絞めあげた。帕が怒声を発し、鬼王の両足を引きちぎり、さらに腹を引き裂いて穴をあけたので、内臓が外にはみ出した。帕が勝ち、立ち上がったとき、帕の全身から透明な冷気が吹き出して、額に鳥肌がたった。鬼王はまだ成仏しておらず、負けを認めずに、帕の肩を激しく噛んだのだ。帕はどうやっても鬼王を引き裂くことも、押しつぶすこともできないので、がらりと態度を変えて猛り狂い、犬が身ぶるいしながら毛についた水を払うように鬼王の内臓を傷口からすっかり振り出した。今度はうまくいった。ぺしゃんこになった鬼王は帕の足を噛んで影になり、いつまでも帕に張りついて離れなくなった。帕は石碑に戻り、どっかと腰をおろすと、足の指で表面に刻まれた文字をほじくりながら、太陽が昇り背後の鬼王が日に当たって死ぬのを待った。卯の刻〔午前五〜七時〕、冬の太陽がもうすぐ山頂から顔を出そうとしていた。鬼王は復活し、失った手足筋骨がタケノコのように猛スピードで生えてきて、内臓がふつふつと膨張し、かすかな音を立てた。帕は突然、生きたまま鬼王を日に当てて死なせるのは面白くない、もう少し遊んでからにしようと思いなおし、急いで骨拾いが終わった墓を探して、自分を中に埋め、竹の管を外に出して呼吸をした。太陽が出てくると、墓場はとても明るくなったが、深くて重い土の中では、差しこんでくる光は星のようで、ミミズ、ヤスデ、ゴキブリが帕の体のそばをぞろぞろ通り過ぎた。帕は自分が底なしに沈んでいるような感覚を覚えた。体がますます熱くなり、霊魂がまもなく地獄に落ちようとしたとき、鬼王が言った。

「俺は死んだのか？　鬼（グィ）になったのか？」

帕は、とっくに死んでいるのに、まだぐだぐだたわごとをぬかしておるわいと、ずっと黙って相手にしなかった。鬼王は返事をもらえないとわかって、目のまわりにいっぱい涙をため、口を大きく開けて笑った。そして手足の力を抜いて、そのまま眠りに落ちていき、グーグーといびきの音が水泡のように上に向かって噴き出した。帕は泡が浮き上がるのに乗じて、泥を押しのけてこの世に戻った。太陽の光が恐ろしいほどまばゆかった。そして大股で歩いて山に登り、働きに出ることにした。

関牛窩では「奉公」という名前の一種のただ働きが、鬼中佐がやって来るとすぐにはじまり、村びとは半日の労働を提供して皇恩に報いていた。子どもは馬草を刈り、大砲の陣地を掘るか、あるいは飛行機の潤滑油をつくったり、マラリヤの薬をつくるキナノキを植えたりした。大人はザルや鍬（くわ）を持って山を開き、樹木を切り倒し、一路目的地に到達すると、火を放って山を焼いた。その山の頂で、彼らは「愚公山を移す」の精神にならい、山頂の土を掘っては、谷に埋める作業をおこない、毎日数百人の原住民と漢人が働いた。帕のような怪力の持ち主は、忍耐力があり衝撃に強かったので、一トンはある大きな石を谷にころがして落とし、大木をまるで魚の骨のように土の中から引き抜くことができ、一度に八担の土を担ぐので、いつも肩には四本の天秤棒を乗せていた。しかし彼の使い道はこれだけではなく、遊びでも目を見張るものがあった。

休憩のときに、帕は子どもらと「紅白対抗」の遊びをはじめた。二組に分かれて、相手方の陣地の旗を取ったほうが勝ちだった。帕は一人で一組となり三十人の子どもを相手にした。子どもらは石で丸く囲った城壁の外側に立ち、小石を中の紅旗に命中させて勝ちを得ようと挑んだ。だが、帕は棒で野球のボールのように打ち返し、さらには飛ぶ鳥に命中させることさえできた。鬼中佐が馬に乗って通りかかったとき、帕に、戦いは攻撃的であるべきで、バットで鳥を撃つのではなく、反撃せよ、と言った。帕はうなずいて、子どもらに向かって言い放った。「反撃するぞ、戻って守りにつけ！」

子どもらは大急ぎで城を守るために駆け戻り、手をつないで周りを取り囲み、組体操で人の壁をつくって自分たちの旗を守った。帕は東側から雄叫びをあげた。

「行——く——ぞ」

実際には彼は西側から切りこんで、あっという間に敵旗を奪い去った。まったく足の裏に一陣の疾風を飼っているとしか言いようがなく、いつ来ていつ戻ったのかも定かではなかった。鬼中佐は大変驚いて、山頂の砲兵に使いを送り、樹の上に白旗を掛けさせ、それからこちら側の山砲兵たちに帕と勝負をさせた。砲弾が先に白旗に命中するか、はたまた帕が先に奪取するか、勝ったほうに論功行賞（ろんこうこうしょう）だ。号令一下、山砲は向きを変え調節を済ませると、一発目は向かいの山の中腹に当たり、こだまが縦谷（じゅうこく）の間にこもって轟音を響かせ、鳥が飛び立った。二発目は高すぎ、三発目は見事に命中して、目標は木端微塵に砕けて空に舞い、一メートルほどの深い穴をあけた。兵士たちが興奮して歓声を上げ、そのこだまが向う側から戻ってくる前に、帕が半分に折れた標的の大木を担いで戻ってきた。その上方に掛かった白旗はまだ燃えており、樹ごと持ち帰るものだと思いこんでいなければ、こんなに手間取ることはなかった。子どもらが帕を取り囲んで歓声を上げた。帕が手を広げると、手のひらにチーチー泣いている四羽のひな鳥が姿をあらわした。その樹から取ってきたものだった。だが今回の一件には帕も肝を冷やした。鬼中佐は苛酷極まりない人間であり、その気になると遊びでも人を殺しかねないことを思い知らされたのだった。

帕は週に三回は鬼中佐といっしょに食事をした。日本の料理はたいがい冷めていて、味噌汁だけが温かかった。食べ終わると、二人は廊下のヒノキの床板に座った。戸を開け放ち、山に向かうと、風がビュウビュウ吹いて、冬でもこの吹きすさぶナイフのような風に当たらねばならなかった。鬼中佐にとっては涼をとるくらいのもので、存分に味わい楽しむことができた。彼は寒い満洲の出身で、日露戦争のときの孤児だった。ある深夜、日本軍はロシア皇帝のコサック騎兵隊の逆襲を受け、夜明けが近づくにつれ戦況はますます厳しさを増した。誰かが動物小屋から一匹の母鹿をつかまえてきて、腹を切り開き、当時生まれて半年の鬼中佐を中に縫いこみ、頭だけ外に出して息ができるようにした。母鹿は歩き出し、敵の砲火をくぐり抜けて、山中で草を食み、水を飲み、排せつをし、交配した。幼い鬼中佐は腹がへると鹿の乳を飲み、のどが渇くと鹿の尿や雪の塊を飲み、退屈なときは風の音や母鹿や通りすぎる動物に話しかけた。彼が十二分に大きくなったとき、母鹿は耐えきれなくなり、内臓と子宮が破裂して、幼い鬼中佐と弟と妹（母鹿はほかに二匹はらんでいた）が生まれた。彼は手と足で這いながら、母鹿のそばに這いつくばって、悲しげに動物の声を発し、人糞だらけの鹿の腹の中へ戻りたいと思った。三日目、巡回パトロール中の日本軍の曹長が泣き声に驚いて、声をたどって行くと動物に育てられた小さな人間を見つけた。曹長は幼い鬼中佐が頭を母鹿の首の中に突っこみ、鹿肉をむさぼりながら、一方でいたわるように母鹿を撫でているのを目の当たりにした。幼い鬼中佐は鹿の子だと認定され、当時の総指揮官乃木希典（のぎまれすけ）大将が自ら対面し、「鹿野」という姓を授け、陸軍参謀長児玉源太郎から「武雄」と名前を与えられた。幼い鬼中佐は日本の関東地方に送られて教育を受け、成人後に陸軍士官学校で学んで将校となり、数年後中国に派遣され戦った。上海のある戦いで、彼らはビルを死守する官兵を包囲したことがあった。双方が弾道の網を張りめぐらせ、密集した鉄砲の弾が空中でぶつかり合って火花を散らし、真っ暗な夜が真昼のように変わった。一人の中国兵が、下腹部にダイナマイトと銃弾を受けて血が黒い粉に変わっていたが、それでも手榴弾を胸いっぱいに抱きかかえ、ビルから飛び降りて起爆し、五臓六腑がそこいらじゅうに飛び散った。鬼中佐はその爆発で頭をやられ、重傷を負って第一線を退き、台湾にやって来て部隊の指揮をとっていたのだった。

鬼中佐は帕に自分の身の上話をした。すべて語り尽くしたのではなく、ほんの短いものだったが、まるで銃声でも聞いたかのように帕を驚かせた。ほとんどの時間、鬼中佐が話すのは政治のことばかりで、それこそ話がつきなかった。彼は帕に言った。大和民族が支那に進出するのは、輝かしい使命を帯びているからで、支那を栄えさせるためだ。支那の繁栄はこれまでも外部の民族によって弾みがつけられ、蒙古や満洲人の統治下で文武ともにもっとも盛んになった。現在は優秀な大和民族に管理されてこそ、支那は再び上昇できる。蔣介石はだめだ、彼の汚職と思い上がりが、支那をここまで落ちぶれさせたのだ。もし支那、朝鮮、ベトナム、フィリピンなどの国を結びつけて、共栄圏を打ち立て、日本が統率する富強世界となるなら、西側世界の挑戦にともに立ち向かうことができる。鬼中佐の言葉に、帕も熱く血をたぎらせた。

　閑談の合間に、お茶がはいり、女中が帕の前に運んできた。茶碗はとても変わっていて、内地の大萱（おおがや）地区でつくられる「美濃焼」の一種の志野茶碗で、竹筒を押しつぶしたような形をしていた。白釉（はくゆう）にくれない色とソテツ色が染み通り、一面に釉（うわぐすり）の気孔があった。帕は、こんな小さな茶碗で水を飲んでも、まったく胃を満たすことはできない、自分のような無骨者にはやかんに口を当てて飲むか、ひしゃくで飲むのが向いていると思った。へまをやらかすのを恐れて、鬼中佐に先に飲んでもらおうとした。だが鬼中佐は帕に先に飲むように言った。帕ははいと答えて、片手を茶碗の膨らんだ部分にもっていき、親指を茶碗の内側にかけると、口の中に向けてばしゃっと流しこんだ。鬼中佐はそれを見て、彼のお茶の飲み方はまるでのどが渇いて死にそうな鯉そっくりだと笑った。帕も笑って、お茶を噴き出し、袖でぬぐった。鬼中佐も、あのなよなよした茶の作法には頓着せず、茶碗を手に取るとすぐに口へもっていった。まさに戦場の風格というものだ。飲み終えると、戸棚から茶碗を取り出して、一列に並べ、帕にどれでも好きなものを持ち帰るように言った。だが、使った後の油汚れをきれいに洗い流していないようなこれらのちっぽけな碗のよさなど帕に理解できるはずもなく、どれも素朴で奇妙で、スープを入れるには小さすぎ、茶を飲むには上品すぎた。帕は好意をむげにすることもできず、いいかげんに一つ古い茶碗を選んだ。行き当たりばったりに選んだのだが、青と白の釉を施した碗で、つやのある白にわずかに赤みがかった黒色が浮き出ていた。帕は手の中で何度か重さをはかり、これは先ほどのより軽い、碗のふちに釉が塗られていないし、ちょっと汚い。しかもひび割れがあるから、不良品だ、これをもらっても鬼中佐に損はさせないだろうと思った。だが、それは景徳鎮の磁器の碗で、中国から持ってきた戦利品だった。鬼中佐は、帕はなかなか目が高く、物がよくわかっていると褒めた。帕は聞いてわかったようなわからないような気がしたが、褒められようが貶(けな)されようが、叱られようが優しくされようが、ともかく力強くうなずいて「はい」と日本語で返事をした。日本人はいつもこう返事をするので、まずはこれを学んでおくのに越したことはない。

　庭に緋寒桜(ひかんざくら)が花を開かせていたが、まばらで一つずつ、みすぼらしく孤独で、ずっと先のスモモやモモのほうがむしろ懸命に花を咲かせていた。鬼中佐は帕に言った。この桜はずるずると咲きつづけ、しぼんで散るときも思いきりが悪い。お前はぜひ内地に見に行きなさい。あちらのしだれ桜は神霊の哀愁のように、一瞬にして満開の花の海になり、また一瞬にしてきれいさっぱり雪の花となって散る。これこそ命であり、まさに武士道だ。それに桜の花は光を四方に放ち、夜でも明るくて灯りをつけなくてもよいほどだ。散った花は人をやけどさせて殺すことも、圧迫死させることもできる。燃えるような桜の花の下に立つたびに、思わずよじ登って花の海に入り、幹のうえに腹這いになって、まるで鹿の腹の中にいた昔に戻ったような、この上ない暖かさを味わってみたくなる。

「人に生まれたら武士になり、花に生まれたら桜になる。千抜、お前は武士になり、俺を越えるのだぞ」。言い終えると、鬼中佐は木の下に行き、腰の刀を抜いた。刀は腕と手の延長のように、まるでカマキリが鎌のような足で獲物を捕らえるように、さっと振りおろされると、流光がきらりと光り、二本の緋寒桜が切り倒された。鬼中佐は言った。「これはまったくもって桜とは呼べぬ、花も少しも似ておらん。千抜、引き抜いてくれ」

はい、帕は大きくうなずいて返事をしたが、すぐには動かなかった。何度も意味を考えてからようやく、緊張して跳ね上がるように立ちあがったので、あやうく茶碗をひっくり返しそうになった。庭に出て行き、袖をまくって、まず切り倒された二本の桜の木を脇へ寄せてから、両足で地面を踏みしめ、胸をぐっと引き締めると、顔を上下する間に、こともなげに二株の木の根をくるっとひねった。すると庭の土が揺れ動いて、木の根といっしょに引き抜かれた土が空いっぱいに飛び散り、屋根瓦の上に落ちてぱらぱらと音を立てた。帕は木の根と枝を庭の外に投げ捨てた。女中が落ちた花を掃きはじめ、鬼中佐に叱られないように、散り残った花もきれいにかたづけた。

庭にぽっかりあいた二つの髑髏(どくろ)の穴を見ながら、鬼中佐は声をあげて笑い、振り返って帕に、何年かしたら内地に行き陸軍学校で勉強しなさい、費用はすべて自分が出してやると言った。帕の耳と舌は純正の日本語に慣れていなかったので、正確に意味を理解し返事をすることができなかった。また、帕はちょうどよい速さで木の箱の尻尾を回して、黒いレコード盤から不思議な歌声をこすり出すことができた。レコード盤には世界名曲一〇一選もあれば、独国(どくこく)ヒットラーの演説や、米国の国歌もあった——その激しく高らかな歌声は鬼畜の声にあまり似ていなかったので、帕は一度聴くと二度と掛けようとしなかった。ほとんどの時間は、父子二人でワーグナーの音楽を聴いて過ごし、たそがれの木陰が膝に這い上がり、さらにみぞおちに届くころまで聴きつづけた。夕食の前に、帖は恭しくそこを離れ、入り口の迎賓石のところで振り返って別れを告げた。

内地に行って勉強できるということを帖が聞いて理解できたのは、二十八回目の父子の会食のときだった。その帰り道、幸福な夢に浸り、内地への思いが心の中で熱く燃え上がった。巨大な夕日を見ながら、日章旗に向かうような気持ちで誓った。

「今から、どんなことがあっても、ほんとうの日本人になるために努力し、国語を話し、軍事を学び、日本の食べ物に慣れるよう励みます」

彼はうれしくてたまらず、太い蔓（つる）を一本引き抜いて振り回し、道の雑草と石をはぎ取るように打って、リズムに合わせて日本語の歌を歌った。途中まで来たとき、日本の品物を家に持ち帰れば必ず劉金福に叱られるのを思い出して、持ってきた清酒を瓶ごと粉々に割ったが、瓶の底はとっておいて門柱の底に使うことにした。開閉時にきしむ音がしなくなり、開けやすくなるはずだ。また景徳鎮の碗も、内地のものだと思っていた帖は、碗の底の蓮の花模様をこすって消し、見てそれとわからないようにした。さらにタクアン、生姜の甘酢漬け、塩鮭、てんぷらなどを石で擦りつぶし、摘んできた猪屎菜（メナモミ）を加えて味を抑え、紫蘇の葉で色をつけてからようやく家に持ち帰り、劉金福に食べさせた。今では、彼はスープをつくるのにも大して手間がかからなくなったことに気づいた。鍋に湯を沸かし不思議な粉を少し加えるだけで、味がとても甘くなり、劉金福に飲ませたところ、感極まって「食（シッ）百歳（バセ）」〔百歳まで長生き〕したくなり、碗を持ちあげて、大きな声で恩主公と呼びかけたのだ。彼はこの粉は「線香の灰」だと言って劉金福をだましたが、じつはそれは内地人の新発明で、味の素という粉だった。

帖はますます忙しくなった。学校に行く以外に、放課後には軍事訓練もあった。そのころの恩主公廟は瓦屋根の木造の家にすぎず、学校として使うにしてもこんなに大勢の生徒は収容できないので、彼らは脇に竹の家を建て増した。授業の合間に、生徒たちは野菜を植えたりブタや羊を飼ったりしなければならず、野菜についた虫は取っても取ってもきりがなく、ブタや羊はひっきりなしに鳴き声を上げた。ブタがいちばんの厄介者で、恩主公の神馬の赤兎馬(せきとば)の乗り移りとして、神降ろしの儀式のときには出てきて巡回するため、生徒たちは飼っているブタのことをふざけて「ブタ校長」と呼んだ。ブタ校長をつかまえるのには手が焼けた。すばしっこくてずる賢いウナギのように、女の子のスカートに潜りこんだり、男の子の股の下をくぐったりするのだ。取り囲まれて捕まりそうになると、人の壁に体当たりして穴をあけて潜りこみ、猛スピードで逃げて行った。美恵子がオルガンでそよ風のような音楽を演奏すると、ようやくブタ校長はおとなしくなり、ひとしきりジルバかチャチャチャを踊ってから、最後に大汗をたらたら流しながらブタ小屋に戻って寝るのだった。

もともと恩主公を安置していた神棚は、奉安棚に変わった。奉安棚には二つの神聖な物が置かれており、一つは天皇と皇后の写真、もう一つは天皇が公布した教育の詔(みことのり)「教育勅語」で、生徒は毎日それに向かってうやうやしくお辞儀をし、暗唱しなければならなかった。

ある朝、教師と生徒が戸を開けて礼をすると、中から激しく発情する声が聞こえてきた。それを見た男子生徒は面白がって笑い転げ、女子生徒は驚いて顔を赤らめた。二匹のオスのブタ校長がそこで全力で交配しており、天皇と皇后の写真をマットレス代わりに踏みつけていた。学校側は、ブタ校長にその神棚を譲って寝てもらうことにし、奉安棚はさらに大きな奉安殿に建て替えて、廟の前の広場の、もと紙銭を焼く金紙爐（きんしろ）があった所に設置した。奉安殿は小さな神宮に似て、上は石の彫刻の屋根に反り庇（ひさし）、下は大理石の基台でできており、門には一対の金の鳳凰と菊の花模様が描かれていた。地震や空襲に備えて演習があるときには、常に天皇、皇后の写真がすべてに優先され、生徒十人で奉安殿を担いで防空壕へ逃げ、村のはずれのいちばん大きな山の洞まで担いで行った。だが十人でも帕一人にはかなわない。帕は白い手袋をして、まず儀式通りのお辞儀をしてから、奉安殿をまるごと眉間の位置に持ちあげ、うつむいて下を見ながら小走りで運んだので、中のものが落ちて壊れることは絶対になかった。

放課後、帕は教育班長になった。軍の階級では下士官の中の位の「軍曹」にあたり、「当番」と呼ばれる助手がついた。助手は横浜から来た坂井一馬といい、階級は二等兵で、年はすでに四十を過ぎ、かつてチンピラ稼業に足を突っ込んだり居酒屋の手伝いをしたりしたことがあった。彼の仕事は主に帕のために洗濯をしたり、命令を伝えたり、マッサージをしたりするほかは、新兵を殴ることだったが、やくざな日本語も教えてくれた。帕はますます山の家に帰るのが嫌になってきた。あそこは孤独で、家畜しか話し相手がおらず、そのうえ山の上はひどくじめじめしていて、掛け布団に這い上がってくるコケムシを夜中に起きて追い払わなければならなかった。これまでいちばんなりたかったのは野鬼だった。学校に行かなくてすむし、毎日外で真夜中まで遊ぶことができるからだ。だが今は、兵隊になることがいちばんになった。太陽の光、仲間、声がかすれるほど大声を出すのが好きだったし、汗が目に入って目が開けられないほどむずがゆいのが好きだった。これらはすべて練兵場にあった。

最初のころ、訓練を受けに来たのは日本人だったが、のちに大東亜戦争〔太平洋戦争〕が緊迫してくると、台湾人、満洲人、朝鮮人も入隊して訓練を受けるようになった。関牛窩にはどんな気候も森林もあり、戦場の予行演習にもうってつけだったので、鬼中佐はここに練兵場をつくったのだった。訓練の最初の科目は、兵士に服従の真の意義を理解させることだった。鬼中佐は兵隊に「前進」の命令を出し、帕に両手を左右に大きく振り、足を高く上げて隊を率いさせた。うまくできない者がいると、助手の坂井一馬が野球のバットのような警策で、兵士たちの尻をこっぴどくたたいた。坂井はこれをやるだけで手のタコが分厚くなってしまったくらいだ。一個小隊の兵士が、ザッザッザッと縦列に並んで進む姿は、まるで汽車が走るように勇壮で威厳があり、その意気盛んな様子は人々を震撼させるに十分だった。道はいつまでもまっすぐではないので、彼ら人肉汽車は岩壁に出くわすとよじ登って進まねばならず、そこで落伍した者は谷底に突き落とされて処罰された。人肉汽車は、庶民の家に出くわすと、中で人が眠っていようがご飯を食べていようがお構いなしに押しのけて進んだので、関牛窩の家はあちこち移動することになった。もし断崖に出くわすと、人肉汽車を率いる帕は躊躇することなくひょいと飛び降りて、それからその場で足踏みしながら両手を横に振り、軍歌を歌った。あとからつづいて飛び降りた者は手や足を骨折し、野戦病院の花岡一郎医師の忙しさは倍増した。のちに、帕は断崖を飛び降りたあと、つづいて落ちてくる兵士を受け止めてやったので、みんなから敬愛されるようになった。前進の訓練ばかりでは死んでしまう、兵士たちは後退したくて気が変になりそうだった。ご親切にも鬼中佐が、兵士はただ前進して敵を殺すのみ、屍になってはじめて後方に送られる、と諭した。後退の訓練はしなかったが、休憩の練習はやり、食事はそのなかでも最高の科目だった。兵士たちはうれしそうにテーブルにつき、おかずが目に入ると我先にと近寄って行ったが、腰を抜かすほど驚いた。運ばれてきたのはどれも木彫りのカリフラワーとゴボウと海藻で、飯は砂、味噌汁は臭い墨汁だった。鉄の歯を持つ帕はご飯におかずを添えてぱくぱくと平らげ、放屁も尻を上げてひねり出すまでもなく軽々とやり、食後は爪楊枝を使い、目を細めてげっぷをすることも忘れなかった。兵士たちは、ご飯とおかずは本物だと思って食べてみたが、すぐに歯と舌を擦り切る羽目になった。味噌汁だけ勇気を出して飲んだものの、うまいイカのスープを思い浮かべてようやっと飲み下したのだった。だが軍隊で偏食が許されるわけがない。鬼中佐は命令を出して、すべて食べ終えよ、さもなくばテーブルもぜんぶかじらせるぞ、と言った。みんなはありったけの力をふりしぼって、三日三晩かじりつづけたが、食べ終えることはかなわなかった。食べ終わらない者が一人でもいると、全体が「鬢打(ビンタ)」の罰をうけた——兵士が向かい合って立ち、力いっぱい互いに横つらを張るのだ。だがどこに帕と鬢打を張り合う勇気のある者がいるだろうか。しかたなく帕は自分を殴り、顔の皮が太鼓のようにドンドンと響いた。彼らに苦しみと痛みと屈辱を味わわせたあと、鬼中佐はようやく徐々に兵隊を率いる信条を緩め、厳父から慈母の思いやりに転じた。これが兵隊を束ねる道だった。鬼中佐が戦場にいたとき、なんと銃弾にはカーブして飛んで、将校の後頭部にずばり命中するものがあるのを知った。つまり、最初から最後まで厳しくすれば、兵士たちに銃口を自分の将校の背中に向けさせてしまうのが関の山で、戦わずして死ぬ目に遭うのだ。

ある日、帕は新兵を率いて闇夜に前進の訓練をした。彼らは木の上を乗り越え、池や急流や肥溜めを泳いで渡り、最後に墓地に到着した。墓紙〔墓掃除の後に置く紙銭の一種。墓の補修をしたしるしの意味がある。墓土の上に押さえつけるように並べ、墓石の上に置くときは墓紙の上に石を載せる〕が置かれ墓参がすんだばかりで、ススキはすっかり焼き払われていた。数百もの墓が山の斜面に散在し、さらに遠くの山頂には一輪の月がかかっていた。兵士たちの行軍する姿は、まるで戦いを終えて月の宮殿に帰る鬼のようだった。帕以外の兵士たちは、進むにつれてだんだん背筋が寒くなってきた。うかつにも墓を踏んで壊すと、ほの暗い青色の鬼火が飛び出してきて、兵士の尻のうしろでまとわりつくように飛び交うからだ。隊列の最後尾の兵士は肝をつぶして、ただもう前に走るしかなく、跳び箱を跳ぶように前の人の肩の上を跳び越し、全部で五十人も飛び越えて逃げてしまった。坂井が叱りつけて、警策を振り回したが、目の前の兵士たちは若くて足が速かったので、彼が追いつくはずがなかった。隊列が乱れ、みんな前へ逃げて行ったが、坂井がうしろに目をやると、ひとり帕だけが手を横に振りながら闊歩しており、一個中隊の兵隊よりも勇壮で、森林の竹よりも体をぴんと伸ばしていた。帕のうしろには弱々しい光の鬼火が入り乱れ、まるでしおれた地獄花(つゆくさ)の咲く地獄を歩いているように見えた。坂井がいくら声をかけても返事がないので、帕は「無縁仏(むえんぼとけ)」と呼ばれる孤独な野鬼に取りつかれたのだと思い、阿弥陀仏と大きな声で唱えると、つま先歩きでさっさと、莎喲娜啦(サヨナラ)して行ってしまった。みんなすっかり逃げ去り、帕だけが大股であの鬼王の大きな石碑のところまで歩いて行った。石碑の前方に雨でふやけた壽金〔紙銭の一種で、金と赤色で福禄寿の三仙が描かれている〕の束が置かれ、その上に小石が載っていた。帕はまわりを歩いてみて、どうも変だというふうに石碑に跳び乗り、両手を腰に当ててあたりに目をやった。月光のもとで、石碑を中心に、半径五〇メートル以内の石、土、草がすべて「毛穴拡張病」にかかり、地面一面にかすかな陰影が見えた。足で地面を撫でつけてみたが、どれだけ力を入れても大きな毛穴を擦りつぶすことができず、そこでようやくそれは鬼王が簪(かんざし)であけた細い穴だと察知した。突然、帕は大きな石碑の上に、彫りの浅い新しい文字の痕があるのに気づいた。手で触ったとたん、どこからあらわれたのか簪で手を刺され、しびれて毛穴が大きく開いた。そのあと彼の手は後方から飛んできた簪に突き刺されて、地面にしっかりくぎづけになった。

「小僧、ここは俺の縄張りだ、邪魔するな」。鬼王は怒って眉を吊り上げ、がぶりと帕の耳を嚙んだ。帕がもう一方の手でその新しい石碑の字を撫でると、「北白川宮(きたしらかわのみや)之墓」と書かれていた。帕は笑いだした。北白川宮（台湾征討近衛師団長、死後陸軍大将。皇族としてはじめての外地における殉職者となったため、台北に台湾神社、終焉の地には台南神社が創建され、後に台湾各地に創建された神社のほとんどで主祭神とされた）は皇族であり、小学校の教科書には、昔、兵隊を率いて基隆（キールン）から台湾に侵攻した総司令官で、現地の大勢の匪賊を平定したと書かれていた。鬼王がかくも傲慢で、厚顔無恥とは。美徳も能力もないくせに、民族の英雄、北白川宮能久親王を気取るなんて。帕は笑って、軽蔑をこめて鬼王を北白川宮能久親王（よしひさしんのう）殿下と呼び、さらにひざまずいて叩頭した。

鬼王は地団駄を踏んだ。「俺に名前なんぞない、自分の名前など必要もない。北白川宮、この謀反者の『番王』め、すぐさまここで死ねばいいものを。これは奴の墓だ」

だが帕は笑わなかった。ただじっと鬼王を見つめ、線香が一本燃え尽きるまでの時間、時の流れが逆巻いて通り過ぎるのに任せた。このとき、山のふもとから「シンガポール陥落、萬歳（バンザイ）」という歓声が聞こえてきた。帕は鬼王に小さな声で、「匪賊よ、またな」と言うと、手に刺さった簪を抜き取り、血を吸いながら、二、三歩行ってから振り向いて鬼王を一瞥し、言い足した。「お前には骨がある。自分を大事にして、そう早く死のうと思うな。犬にはとくに気をつけろ、奴らは実に凶暴だからな」。そう言うと、帕は小さな山を一つ飛び越えて、何百もの村びとたちが銅鑼（どら）や太鼓を打ち鳴らし、手に提灯を掲げて、山道を燃えさかる大きな火の龍に変えているのを見た。打ち上げ花火が縦谷で炸裂して明るく光り、長いあいだこだましてようやく消えた。天にも地にも光が満ち、帕は大声で笑い、叫びながら、大急ぎで山のふもとへ遊びに出かけた。鬼王と暇つぶしなどしているときではなかった。

大東亜戦争がはじまると、皇軍は、まさに慈雨が東亜の地域に降り注ぐように、武漢、香港、グアム、ビルマ、インドネシアを次々に降伏させた。一つの国が陥落するたびに、背がずば抜けて高い帕が教室の前に走って行って、赤鉛筆で壁の世界地図に陥落地区を丸く囲んでいたが、いたるところ真っ赤になり、喜びにあふれていた。勝利の知らせが届くたびに、村びとは通りを行進して、声高に軍歌を歌い、万国旗を打ち振った。シンガポール陥落の吉報が午後に伝わってくると、鬼中佐は夜に時局パレードを行なうことを即決し、仮装行列をして祝い、小豆餡入りの饅頭と紅白の大福もちを用意して子どもらにも参加を呼びかけた。なぜ連夜の祝賀を行なうのかというと、英国の植民地であるシンガポールを皇軍が数日で攻略したということは、まちがいなく聖戦に大勝したことを意味するからだった。夜のお祭りに繰り出した大勢の民衆の中に、実務派の警防団〔戦時体制下、消防や防災・防空のために民間で組織された団体〕の大男たちがいた。頭に厚手の綿メリヤスの防空頭巾をかぶり、消防はしご、消火棒を肩に担ぎ、二輪の簡易消防車を押して、左右に目をやりながら、落下してくる花火の燃えかすで火事が起こらないよう注意を払っていた。かかる祝いの際にも懸命に消防活動をしているので、人を楽しませる芸当を披露する暇はなかった。楽しむのなら、ちょうどいいことに演劇派の俳優がいた。彼らは牛車の車輪と麻竹（まちく）で大きな戦車を造り、砲身に七色の紙片とアセチレンを詰めてから、水を注いでアセチレンを溶かし白煙を発生させた。火をつけると、ドカンと音がして、紙吹雪が噴き出して空に舞いあがり、人々がいっせいに「バーン！　ついに花瑠璃（ホノルル）をやっつけたぞ」と熱狂して叫んだ。このとき前方の牛車に引かれた竹の檻から、男優が扮したチャーチル、ルーズベルト、蔣介石の号泣が聞こえてきた。この三巨頭が次々に弾に当たって倒れ、口から大量の石鹸の泡を流すと、観衆はどっと沸き立った。だがいちばん人々の耳目を集めたものと言えば、ガキ大将の帕率いる児童楽園隊であろう。十数人の子どもらが中腰になって、拳骨を地面につき、上唇で下唇をすっぽり覆って、鼻にギュッとしわをよせて登場した。ある者はキセルを口にくわえ、ある者はスカートをはき、洋服を着て、またある者は歯磨きの格好をしたりご飯茶碗を持ったりしていた。子どもらは内地の天王寺動物園のチンパンジー「麗塔（リタ）」を演じていたのである。リタは動物界のスターで、当時世界で最も賢い動物とされ、何でもできて、大の人気者だった。この十数匹の小さなチンパンジーは暴れたり騒いだり、地面を転げて目に火花が飛んでもおかまいなしで、まるで縦谷の両側から転がり落ちてきたアカゲザルの参拝団のようだった。このほかにも、さらに十人の子どもが米、英、支那、朝鮮、満洲の捕虜に扮して、肉粽（ちまき）のように縛り上げられたうえに、それぞれ長い縄で一本の太い柱の両端につながれていた。帕は将校の軍服姿になり、体に略綬（りゃくじゅ）〔受章歴を示すために着用するリボン〕や飾帯（しょくたい）〔軍服の装飾品の一つで、腰に巻く幅広の長い帯〕に見立てた藿香薊（かっこうあざみ）の葉をいっぱいぶら下げ、胸には勲章のつもりのサツマイモの葉をたくさん縫いつけていた。帕が顔を上げ胸を張り、風を切るように歩きながら、捕虜の子どもらがつながれた柱を猛スピードで回転させると、彼らは空中に舞いあがって、必死に許しを乞うた。これは回転木馬の出し物だった。帕がこんなふうにして香灰橋にさしかかったとき、空高く何発もの花火が上がり、縦谷を明るく照らした。帕には遥か遠くの川の中にもう一組の冥途の行進が見えた。鬼魂（ゆうれい）が一列になって前進し、ふらふら揺れながら川を上っている。数十人もの大勢だ。鬼の隊列はずいぶんにぎやかで、リーダー役の「鬼王」は背丈が二メートル五〇センチ以上あった。まさか「鍾馗（しょうき）、妹を嫁がせる」〔京劇の代表的演目。魔除けの神様の鍾馗が人間界の妹を親友に嫁がせる話。鍾馗は鬼王、大鬼などと称された〕という芝居の一幕でもやっているのか？　帕はがぜん興味がわいてきたので、鍾馗をちょっとからかいに行ってみたくなった。

　帕が川に入るには、柱につないでいる子どもらを下ろしてからでなければいけない。だが遊びに夢中の子どもらは下りたがらず、縄を引っ張って騒いだ。帕は思った。鬼が見えるのは陰陽の目が備わっている自分だけだ、子どもらの言うとおりにしても問題ないだろう。彼はわざと隊列から外れると、見物人の目を盗み、ハイタカのようにさっと身をひるがえして、二十五メートル下の川に向かって飛び下り、ちょうど鬼の行列の後方に落ちた。川の中で大木を安定して持つのは難しく、速く回転させることで平衡を保ったので、子どもらはみんな目を回してしまった。帕が目を凝らして見ると、隊列の前方はみな抑圧を受けた守護神のグループで、みすぼらしい姿をしていた。先頭に立っている大守護神は伯公(はくこう)〔土地の神様〕と言い、以前は耳が大きく四角い顔をして、人なつこい笑顔をしていたが、今は土地のボスに成り下がり、頭をだるそうに振って、まるで悪人の手下みたいだった。中ほどの大守護神は、前は媽祖(まそ)〔海の神様〕と呼ばれていたが、今は女海賊になりはて、ぼろを着て、そばに千里眼と順風耳とおぼしき鱸鰻(おおうなぎ)の一味が付き従っていた。そのうしろの恩主公(おんしゅこう)〔関聖帝君〕は青龍半月刀ではなく野菜包丁を持ち、赤兎馬(せきとば)に乗らず、裸足で歩いていて、どう見ても梅毒が体に回った羅漢脚(あそびにん)にしか見えなかった。しんがりをつとめるのは落ちぶれた城隍爺(じょうこうや)〔鎮守の神様〕で、額は黒ずみ、瞼(まぶた)に目やにをいっぱいためていたが、反対に手下の七爺八爺(しちじいはちじい)〔警護を担当する神様。背が高く舌を出しているのが七爺、背が低く肌が黒いのが八爺〕は、アヘンでも吸ったようにでたらめに頭を振っていた。これに随行している鬼の手下どもは、村で死んだばかりの年寄りで、風に吹かれてぶるぶる震えながら、刺繍をした剣帯(けんたい)〔帯剣の際に腰に結ぶ帯〕と桌囲(たくい)〔祭事用のテーブルの前面に掛ける飾り布〕を掛けた小さな神輿(みこし)を担いでいた。他にも、ぼろの道具を広げて闘牛の芸当をやる者、古い羅傘(らさん)を持ち、黙って一歩一歩川を歩く者もいた。帕はそのなかに死んだ劉金福を見つけた。彼は紫蘇の葉でつくった鬼燈籠(ぼんちょうちん)を提げ、音も立てずに足跡も残さずに歩いていた。帕はとても悲しくなり、涙が目の縁で渦を巻き、脊髄液がすっかり漏れだしたような冷たいしびれを感じた。前に日本の本『銀河鉄道の夜』を読んで、劉金福から家を追い出されて以来、すでに祖父と孫の関係を断っていた。昼間は学校に行き、夜は練兵場で過ごしたので、家に帰ったことがなかった。ひと月会わないあいだに、今や祖父と孫は生死さえ知らされなくなっていたのだった。このとき、劉金福は足元をよく見て歩いていなかったので、つまずいて下流に流され、後ろにいる声を上げることができない二十数名の隊列にぶつかってしまった。隊列のしんがりにいた二つの鬼（グイ）が岸の両側から蔓で編んだ網を広げ、流れてくる鬼たちをせき止めようとしたが、劉金福はこれにはかからず、逆に強い衝撃を受けた二つの鬼のほうが川の中に引きこまれてしまった。帕が両足を川に踏み入れ、胸を開いて川の流れをせき止めた。そして、「鍾馗鬼を救う」の劇を真似て、一方の手で大木を回し、もう一方の手で蔓の網を引き揚げて、多くの「良き兄弟」〔弔う者のない鬼〕を救い上げたが、突然、彼らはみんな体温がある人間で、鬼ではないことに気づいた。隊列にいた年寄り二人が行方知れずになり、帕が深い川の底から引き上げると、今度こそほんとうに気絶して鬼になっていた。彼らは死体を囲んだが、泣き声を上げようとしなかった。涙が光って警察や憲兵に見つかり逮捕されるのを恐れ、さらに火を起こすこともできず、お互い抱き合って暖を取った。帕はようやく事の次第を理解した。これは近隣の四つ村が合同で行なっている迎神廟会〔神様を迎える祭祀〕で、古くからある宗教活動は、今では暗い河原でしかできなくなっていたのだった。

すんでのところで死にかけた劉金福が帕を見て、平手打ちをした。だが帕はちょっとうれしくなって、その手の痕を頰を隔てて舌でなめた。殴るのは和解のはじまりであり、その厳しい平手打ちの痕が、とても心地よく感じられた。劉金福は声を出さないように口に含んでいたガジュマルの乳濁液を吐き出して言った。「この悪鬼め、人とも鬼ともつかない格好しおって、どけ」。それからまた乳濁液を口に含んで口を閉じた。老人たちは再び神輿を担いで前に進んだ。鬼灯籠の灯りは、腐った孟宗竹（もうそうちく）にしか生えない夜光茸（やこうたけ）をガーゼで包んだものだった。老人たちは両足にそれぞれ五キロの石をくくりつけて、急流に足を取られないようにし、さらに水の中を歩くことで足音を消していた。もっとも苦しいのは守護神に扮している老人たちだったにちがいない。これらの俗に「公仔（グンエ）」と呼ばれる守護神たちは、竹で組んだ枠にきめのあらい古着を貼りつけてつくられており、顔に苦笑いを浮かべ、みじめな歩き方だった。公仔の神像は大きく高すぎて、重心が定まらず、これらに扮している老人たちは数歩歩くとすぐに河原の石につまずいて転び、前につんのめって倒れるだけでなく、ぬれネズミにもなった。しかし彼らが体を起こして立ちあがり、前進しつづけようとする気迫は、関牛窩の川に毎年決まってやってきて、流れに逆らって上る小さな毛ガニやドジョウの稚魚のように、とても感動的で、もっと流れの急な渓流であっても彼らを押し倒すことはできないだろうと思われた。川を数里進む途中で、ひとりの婆さんが岸辺に供物台を置き、ひざまずいて拝んだ。家畜は日本の警察の配給下にあったので、お供えには痩せて小さなカノコバトの卵とフクロウを代用し、線香を焚いて紙銭を焼くことも許されなかったので、箸を手に持って拝むだけですませていた。

　年寄り一行は村を回り終えると、川を出て、小道に沿って進んだ。服は少しずつ体温で乾きはじめ、墓地の竹の小屋に到着すると奉納芝居を行なった。歌声はなく、必要な八音〔発音体の材料によって分類した八種の楽器。金・石・糸・竹・匏・土・革・木〕の演奏は、葉っぱを吹き、石をぶつけ、コオロギを戦わせる音で代用し、大自然の悲しい音楽を伴奏につけた。帕は大木を持ったままあとからやってきて、ふらふらと歩いて、大きな石碑に腰を下ろし、これからはじまる出し物を見物することにした。荒れた暗がりの竹林から鬼王が這い出てきた。口に簪をくわえ、老人たちの前に行って、雲豹（うんぴょう）がほえて出す不気味な風のように、彼らの毛穴を開かせた。老人たちはぶるぶる震えて鳥肌が立ったが、寒気はしなかった。突然、山のふもとから祝賀パレードの隊列が高らかに叫ぶ声が聞こえてきた。打ち上げられた花火が空に明るく輝き、神輿の中に安置されていた、鬼中佐に焼かれた恩主公の神灰が入った壺を照らした。参拝後、老人たちは神灰を分けて符詁に包み、鉄の玉の中に入れてから、日本の警察の捜査をのがれるために、尻の穴に詰めた。こうして神灰をしっかりと隠し終えると、彼らは安心して声を上げて泣いた。そこにまた何発か花火が上がり、うら寂しい墓地に何百ものにぎやかな墓が姿をあらわして、人と鬼の区別がつかなくなった。帕が持っている大木の上にいた子どもらが砲声に驚いて目を覚まし、奇怪な地獄の光景を目にすると、頭がこんがらがって大泣きをはじめた。

火輪車を倒した九蟿頭(きゅうざんとう)

一九四二年春、日本軍は英軍の東方の要塞であるシンガポールを七日で攻略し、これを「昭南島」と改名した。聖戦が大勝利をおさめ、関牛窩(ヴァンニュボー)は狂気の時期に突入した。鬼中佐は戸籍の徹底調査を命じ、すべての者を奉公に投入し、手がある者には手を動かさせ、まだ手の使い方を知らない子どもにはスローガンを叫ばせた。奉公を拒否する者は、軍法による裁判にかけられた。調査の結果、全村の中で劉金福(リュウジンフ)ただ一人が奉公に加わっていないことがわかり、鬼中佐は逮捕命令を出した。帕(パ)は慌てて、祖父の代わりに自分が十人分の奉公をしたいと願い出た。日本人が垣根の中に足を踏み入れようものなら、劉金福は命懸けで反抗することが帕には目に見えていた。

鬼中佐は帕の申し出に取り合わず、秘密裡に兵隊を出して逮捕に向かわせた。三人の武装した憲兵が、風の音と虫の鳴き声に埋もれた山道を通って、さほど迷うことなく、神秘の小国の垣根の前までやって来た。そこで彼らは、一人の老人が上半身裸で、下はゆったりした水褲頭(スイフーテォ)〔農夫がはく腰を紐で縛る幅広のハーフパンツ〕だけの姿で、ぶつぶつと誕生祝いの言葉を呟(つぶや)きながら線香を上げ、今年の春の種まきをはじめたのを目にした。かなりの年寄りで、軍国文明の薫陶を受けずに、自分勝手に昔の帝国時代の生活をつづけており、とりわけ長くて硬い辮髪が、太陽の光の下でつやつやと光っていた。憲兵が垣根の門を押し開けて来意を告げる前に、もうその年寄りが烈火のごとく怒鳴ってわめきたて、鍬を振り回しはじめた。憲兵は話が通じない状況下ではやはり暴力がいちばん有効だと気がついて、年寄りを押し倒し、その頭を耕したばかりの畦に押しつけた。ニワトリやアヒルが数羽、飛びかかってきて劉金福を助けようとしたが、憲兵に刀で斬られてしまった。切り落とされた頭は地面の上で鳴き声を上げたが、体は林のあいだを飛んであちこちにぶつかった。劉金福はそれを見ると、わしの頭も切り落とせ、と大声で怒鳴った。そのとき、風が吹いてきた。遠くから、ゴォーゴォーという震動音を伴っていた。憲兵が見やると、山のふもとに風が流れ、それが通過したところの樹木の葉がめくれ上がった。一人の憲兵が目を大きく見開いて言った。鹿野千抜が駆けつけてきた、気をつけようぜ。もし奴なら、うしろからやられるかもしれない、俺たちが尻を寄せ合えば蹴り倒されることはあるまい。が、言い終わらぬうちに、ドドーンという地響きがして、三人の憲兵が叫び声とともに、一瞬のうちに垣根を飛び越えて草むらの中に頭から倒れこんだ。

　言うまでもなく帕が、邪魔立てするために久方ぶりの家に馳せ参じたのだった。帕は背もたれのない腰かけを引っ張りだして、門の前に置き、足で一気にぐちゃぐちゃに踏みつぶすと、三人の憲兵に向かって声高に言い放った。「これが見えないのか、入ってくる奴はみんなこの椅子のように踏みつぶしてやる」。鬼中佐の命令に、鬼中佐の養子が逆らっているので、憲兵は一旦は致し方なくその場を離れ、しばらくして援護の兵を五十人連れて戻ってきた。彼らはぐちゃぐちゃにされた椅子のようにはならないように、垣根の外を取り囲み、鉤のついた縄を投げ入れて竹の家に引っ掛け、家ごと引きずり出そうとした。帕が手間取っているあいだに、家が動き出してしまった。帕は急いで玄関の戸口まで駆けて行って座り込み、中はお前らの棺桶だ、入れるものなら入ってみろ、と叫んだ。兵士たちはまた別の手だてを考え、家の四隅をもちあげて力任せに揺さぶり、中の人間を振るい落としにかかった。椅子、テーブル、服、鍋や茶碗がぶつかり合って、盛大な音を立て、竈(かまど)の火さえも揺さぶられて液状になり、あちこちに流れ出した。帕は玄関の戸を閉め、鍋や茶碗でできた硬い川の流れに逆らって、中へ力いっぱい泳いで行き、両手で柱を抱きかかえると、両足で劉金福をはさんで、彼をしっかりと室内に引きとどめた。だが劉金福は帕が差しのべた手をありがたく思わず、着ている服を引き破って帕の足から逃れ、ドアをすり抜けて外に出ると、兵隊たちに向かって客家(はっか)語で言った。「わしは自分で出られる。わしにちょっとでも触ってみろ、死人になって担がれてやる」。帕は慌てて通訳した。「欧吉桑(オジサン)にさわりでもしたら、俺が拳骨(げんこつ)をお見舞いする」。劉金福はつづけて言った。「これから飯を食う。この世で飯を食うことほど大事なことはない、飯がすんだらどうしようと構わん」。帕はうまそうな食べ物があることを耳にすると、あやうく充血した舌で自分ののどを詰まらせそうになりながら、しどろもどろに通訳した。「わしらは飯を食う、お前らは、よだれをたらして見てろ！」

　劉金福は、垣根の中の民たち――八羽のニワトリやアヒルをすべて殺した。一羽は先に憲兵に頭を切り落とされていたが。帕は悩み出した。ニワトリやアヒルは、夢の中なら食べたつもりになって十分堪能できるが、実際に食べるとすぐに影も形もなくなってしまう。劉金福はまた野菜畑の野菜をすっかり採ってしまい、一本のケヤキを切り倒して碗や皿を多めにつくり、さらに土の中から秘蔵品――カビが生え、虫がわいている三〇キロほどの米を掘りだした。帕はがらりと態度を変えて大喜びした。なんだ、老暴君はまだ骨からいい物をひねり出すことができるじゃないか。ニワトリやアヒルを絞めて、炒め物に煮物にスープ、あれこれうまいものがテーブルに並んだ。祖父と孫は上品さなどうっちゃって、一気にかきこみはじめた。両手に箸を持ち、直接口の中にほうりこんだ。劉金福は何口か食べると、満腹のふりをしてげっぷを出し、胃がほんとうに小さくなったもんだと嘆いた。彼は爪楊枝を使い終わると、爪楊枝の先についた肉のカスもぜんぶ食べ、そして帕が食べるのを眺めた。帕は劉金福にいっしょに食べてほしかった。見ているだけではダメだと言いたかったが、あいにく口の中におかずがいっぱい詰めこまれていたので、しかたなく劉金福に向かってご飯をかきこむ手まねをした。劉金福は帕に、しっかり食べ、しっかり飲み、しっかり汗を流すように言い、さらに家の隅から薬用酒の甕（かめ）を掘り出してきて、不老長寿の秘伝の酒を味わわせた。帕は酒を飲み終えると、また残りのおかずを食べはじめ、骨をかみ砕いて骨の髄までしゃぶった。胃も腸も膨れあがり、体は皮袋の中にたっぷり鉄が流しこまれたように快活になった。だがすぐに帕は、酒が体の中で暴動を起こしているのに気づいたが、もはや自分では制御不能だった。酒は血や気を運ぶ経絡（けいらく）を突き破り、関節をこじ開けて緩め、骨は蒸されて柔らかくなり、内臓も沸騰する熱湯の中に入れられたように飛び跳ねた。薬用酒には劉金福がこっそり曼荼羅（まんだら）の花の汁を加えていた。幻覚麻痺症状を起こす効能があり、この毒液を飲むと、瞳孔が開き火花が散るのだ。ポンという音がして、帕は自分が酔ってべとべとの泥になった感じがした。テーブルの上のものがぜんぶぼやけて、鍋も碗もいっしょくたに押しのけて地面に落としてしまった。帕は罠にはまった。劉金福は徹頭徹尾、彼を酔わせるつもりだったのだ。そこで、劉金福は布で髪をしっかり巻き、ムシロを持って、裸足のまま、野菜畑へ行って旗の紐を引きちぎった。国旗が風に乗って天空に消えていくのを見送ると、彼はようやく憲兵に護送されておとなしく山を下りた。まるでよその家にちょっと遊びにでも行くように。

　五十三人の兵隊は劉金福を公会堂で行なわれる公開の法廷に連行した。公会堂は不穏な空気に包まれ、周辺の村からつめかけた村びとたちは建物を押しつぶさんばかりに、目を凝らし息をひそめてその劇を見守った。公会堂は村民が集会を開いたり、法令や政令を伝えたりする場で、前方に半月の形をしたステージがあり、万国旗が掛かっていた。スズメが中を飛びまわり、鳴き声が会場に響いて急に遠くなったり近くなったりした。鬼中佐は籐椅子に座り、目の前に机があった。屋根の換気窓から差しこむ長い光の帯が机に当たって光り、鬼火のような埃が湧き上がっていた。しばらくして、日の光が移り、机の上に牛朘鞭(ぎゅうさべん)が姿を現した。牛朘鞭とは牛の男根を乾燥させてつくった鞭で、硬いことこの上なく、とっくに日光に暖められて勃起し、十分長く太くなっていた。

鬼中佐は劉金福に言った。「欧吉桑(オジサン)、お前にいちばん軽い奉公をさせよう。毎日外で小石を一つ拾い、またそれを戻すというものだ。でなければ、保正(ほせい)はどうだ、石拾いも免じてやるぞ」

「今日わしに頭を下げさせ、明日は腰を曲げさせたら、わしの子孫は最後には代々地面を這うしかなくなる。わしを役人にしようと言うなら、関牛窩に大雪が降るまで待つがいい!」劉金福はそう言い切ると、背負っていたムシロを抜き取って足元に置き、死んでも屈しない意思を示した。

奉公を拒否すれば、法に従い牛朘鞭で四十回打たれ、二十九日間牢屋に入らねばならない。劉金福は言った。「鞭なら、自分で打つ。わしの体に触れた者はどいつも、死人を打つことになるだろう」。通訳の話を聞くと、鬼中佐は鞭を放り投げ、地面に落とした。劉金福はそれを拾ったが、日章旗が掛かっている公会堂で自分に懲罰を加えるのは気が進まなかった。彼は表に出て、青空を振り仰いだ。太陽は明るく輝き、雲の縁にぼうっと糸が引き、空はまるで低く立て掛けた鏡のように青く澄み渡り、劉金福には頭上に関牛窩がさかさまに映っているのが見えた気がした。すべてがもっとよくなることも、もっと悪くなることもないはずだ。彼が鞭を振り下ろすと、力いっぱい激しく打つ音があたりに響きわたり、体じゅうの皮膚が裂けて血がほとばしり出た。まさに怒りと意思の力が彼の体から神経の働きを消しているとしか説明のしようがなかった。村びとは鞭うちの回数を数えてやったが、声がだんだん小さくなり、もうそれ以上数えられなくなって嗚咽しはじめた。劉金福が引き継いで大声で数えつづけ、二十九を過ぎるとまた二十から数えはじめるという、きわめて愚かな数の数え方をして見習うべき精神の気高さを示した。三回目の二十九を数えたとき、両足がふらつきだしたので、髪に巻きつけていた布をはずし、長い辮髪を地面にたらした。「支那の辮髪だ、あれはブタの尻尾だ」。子どもが思わず大声で叫んだ。劉金福は辮髪を首に七周巻きつけると、地面に座って、尖った石を探し出し、それで足の裏の硬い皮をそぎ落として、血と肉でぐしゃぐしゃにしてから、つぎにもう片方の足も同じようにした。彼は体を起こして立ちあがり、鮮血とただれた肉を強力な糊にして、足の裏を地面にしっかり貼りつけ、さらにこれで大丈夫かどうか試す格好をした。こうしてからようやく牛腚鞭を高く振り上げ、鼻柱をたたきつぶして、二十回と叫んだ。そしてまたゆっくり鞭を持ちあげて、すばやく前歯をたたき折り、二十一回と叫んだ……

山奥の家の中で、毒にあたった帕は、まだ地面に用無しの肉のように倒れたまま、心臓が皮の袋の中であちこち動きまわり、毎分二百以上の速さで鼓動を打っていた。帕は劉金福が国旗を降ろし、ムシロを持ってここを離れて行ったのを見て、神秘の国はこれで命脈が尽きたことを知った。彼が今回出かけて行ったのは、覚悟を決め、日本人と勝負をつけるためだった。帕は、どんなことをしてでも助けに行こうとしたが、まずは骨と肉をしゃんとしてからでなければはじまらなかった。帕があっちに流されこっちに流されしながら、家から流れ出て、野菜畑のさつまいもの蔓の上にぐにゃりと横になり、日光に当たってみると、汗がひっきりなしに吹き出てきた。だがこれではいつまでもらちがあかない。竈のところに戻り、自分を竈の中に押しこんで、口を大きく開けて炎を食らい、体じゅうのあちこちを火に駆け回らせた。怒りの炎は服を焼き尽くし、皮膚をなめ破り、体は熱くて死にそうになった。アルコールが徐々に蒸発し、帕は苦痛の中で意識がはっきりしてきて、手足がさなぎから返ったばかりの蝶の羽のようにゆっくりとひろがった。帕が手足をぐいと伸ばすと、バリッという音がして、土の竈が割れ、鍋が茅葺き屋根の家を突き破った。それでもまだ骨と肉がぐにゃぐにゃだったので、裸で這いまわるほかなかった。そして洋服ダンスに体当たりしてひっくり返し、古いシャツの中に潜りこむようにして着てから、身を縮こまらせて転がりながら山を下りた。長い時間転がっていると、骨が硬くなってきたので、風を使って飛び、地面に落ちたあとは四肢を使って走った。さらに数百メートルを過ぎると、両足で村に向かって走り、水も漏らさぬほど密集した人だかりの中に入って行った。

帕が人垣をかき分けたとき、劉金福が「二十七回」と怒号のような声を張り上げた。劉金福の足は地面に貼りついていたので、倒れてもすぐに体がはね起き、まるで俗に「阿不倒（アプトゥ）」と呼ばれている起き上がり小法師（こぼし）のようだった。誰かが帕に言った。あんたの家の欧吉桑（オジサン）は自分で百回以上鞭打っているが、数え方がまずい、いくら数えても三十を越えない。そこで劉金福が鞭を振り上げてまた自分を打ちつけたとき、帕が大声で「四十回」と怒鳴った。劉金福はびっくりして手を止めたが、振り返って見ようとはしなかった。ゆっくりと大きく息を吐くと、鼻の穴から血が噴き出し、すぐさままた鞭を振り下した。このとき村びとは帕にならい何度も「四十回になった」と大声で言った。劉金福はようやくみんなの声に従って手を垂れた。そして体じゅうを血に染め、目の玉まで血に染まり、赤く血に染まった歯をむき出して宣言した。「鞭打ちは終わった。わしはここで囹仔（ロンエー）（屋牢）に入る」。

彼は血がべっとりついた鞭で周囲に丸く円を描き「血牢」とした。畳四分の一の広さがあった。鬼中佐ははじめは震え上がったが、そのあと大笑いして、五人の憲兵を遣って監視のやぐらを組ませ、もし囚人が半歩でも外に踏み出したら、構わず銃で撃てと命じた。一人の兵士が命令を受けて、合図の光を山腹の大砲隊に送り、さらにその信号を汽車の誘導車の運転手に転送した。縦谷（じゅうこく）の端のほうから応答があり、汽車が汽笛を鳴らして、猛スピードで関牛窩に向かった。道を塞いでいる劉金福には死の道しかなかった。帕が牢屋の前まで歩いて行き、手を伸ばして劉金福の止血を手伝おうとしたが、彼が振り回した牛腱鞭の痛い一撃を喰らってしまった。劉金福は血に染まった目を大きく見開き、目の前にいるのが帕だと認めると、ポケットの中からフラン銀を一枚取り出し、言い聞かせた。「お前は日本人になれ、わしは唐山の鬼になる。だが、お前はわしの孫じゃ、この『手尾銭（スミチェン）』〔形見の金〕を大事にしまっておけ」。劉金福は、困難や挫折を恐れず志を持てば必ず叶うと励まして、帕に後のことを託した。そして帕に言った。死んだあと、右目を抉（えぐ）り出して、関牛窩でいちばん高い樹の先に掛けてくれ、生きて叶わないなら、鬼になってでも四本足が出ていく日を見届けたいのじゃ。彼はまた頼んだ。死んだあと、ムシロに包んで垂直に立てたまま埋葬してほしい。ここの田畑は安心して体を横にして寝られない、四本足が関牛窩を出て行ってから横に埋葬してくれ。劉金福は話し終えると、身動きしなくなった。帕がどんなに力を入れても、劉金福の足を地面から引き離すことができなかった。

サイシャット族の勇士〔戦場において特に功績のあった族人〕が首長といっしょに献策にやってきた。タイヤル族の狩人も女祈禱師を背中におぶって手伝いにやってきた。女祈禱師は、神と人と鬼の特質を合わせ持つ帕を見ると、まるで狩人が五尖の角を持つ水鹿（サンバー）を見たときのように興奮した。彼女は指の先を噛み切り、血を血牢の上にたらして、血と劉金福の血を通じさせてから、その解釈を恥ずかしそうに帕にだけ伝えた。「彼の血の根は下へ伸び、足の裏に根が生えてしまった」。それから女祈禱師は首を赤くして、恥ずかしそうに付け加えた。「私には血の根を焼き殺して、これ以上伸びないようにすることしかできない」。言い終わると気絶してしまった。そばの者がいくら呼んでも意識が戻らなかったのに、帕がちょっと撫でただけですぐに跳ね起きた。目を覚ました女祈禱師は劉金福の血の根を焼きはじめた。

サイシャット族の首長のほうは人を遣って汽車を止めに行かせた。三十人余りの勇士が鍬を手に持ち、近道をして小道を走った。だがさすがに帕は風の神だけあり、その鍬を一本奪い取ると、影のかけらさえ残さずすっ飛んで行き、風景が変わったと思ったときには、もう汽車に向かって情け容赦なく鍬を振り下ろしていた。だが鍬はすぐに砕けて火の粉になり、汽車は汽車だけのことはあって、山に衝突してもトンネルを抜けることができ、鍬など恐れるに足りなかった。帕は車両の後尾に回って鉄板をひとつかみし、裸足の足を下ろし、突っぱるようにしてブレーキをかけた。道にモウモウと霧のような土埃が舞いあがり、足の裏からも血が吹き出した。一つの巨大な、しびれるような痛みが足の裏から襲ってきて、のどにつき当たり、押し上げられた背骨がもう少しで頭を突き破りそうになった。帕はあまりの痛さに手を放したが、数十回回転した後、勢いをつけてジャンプし、もう一度車両の後尾をつかみ直した。帕はようやく最後尾の車両によじ登ったが、足が痛くて立っていられず、車両二つ分を這って渡り、先頭まで行くと、大音声で、止まれ、さもなくば機関士と機関助士を地獄に突き落としてやる、と叫んだ。

「俺たちを殺してもどうにもならんぞ、死んでもやっぱり欧吉桑（オジサン）にぶつかる」、機関士が正面から風を受けながら答えた。「俺たちが死んでも、また次の人間が走らせる、あんたのじいさんがあそこに立っている限り、永遠にぶつかるんだよ」

機関助士の趙阿塗（チャオアトゥ）が言った。「機関車の中に潜りこんで、蒸気圧を上げている『胆のう』に体当たりしたら、汽車の速度を鈍らせることはできる」。そう言うと、火の熱から体を守ることのできる、ボイラーを洗うときに着る専用の分厚い服を投げてよこして、注意した。「あそこは地獄だ、この服を着ろ」

地獄でも行かねばならない。帕は厚い服を着ると、作業場の水で体を湿らせ、機関車の屋根伝いに先頭まで這って行って、三つ又に分かれたハンドルを回して緩め、ブタの鼻のようなねじ蓋を開けた。強烈な熱風が吹き出してきて、真っ赤に燃え盛る火の光が四方に溢れた。帕が跳びこむと、灼熱の空気が大きく変形し、彼はやみくもに飛びまわる頭のない青バエになった。湿らせた服はたちまち千切れ雲の模様になり、とうとう火がついた。帕は焼けつくような蒸気管と煙管につかまりながら前に進み、左手がすっかり焼けただれてしまう前に胆のう——どんな形をした熱い鉄の塊なのかうまく言えなかったが——を見つけた。鉄の怪獣が無我夢中になって高速運転をしている隙に、帕が鉄拳を振り下ろすと、機関助士が言った通り、汽車はびっくり仰天して一時的に麻痺をおこし、運転速度を緩めた。帕はそこでようやく抜け出したが、ひどいくしゃみをして、鼻水が流れ、寒くて魂が消え失せそうになった。このとき、サイシャット族の勇士が駆けつけて、汽車の速度が遅くなっているあいだに正面の窓に大勢でへばりつき、汽車の目を遮って、停車させようとした。そのあと子どもらと三十人の荷担ぎ隊もやってきた。荷担ぎ隊は荷物の籠ごと車両に乗りこんで、汽車を重みで押しつぶそうとした。彼らはさらにふんどしを取り出して、その端に鉄の鉤（かぎ）をくくりつけ、道端に投げて汽車に錨（いかり）を下ろそうとした。子どものほうは石を投げて汽車をつまずかせ、竹竿を鉄の車輪に差しこみ、首のない鬼の恐ろしい話をして汽車を震え上がらせようとした。だが汽車がもし鬼を怖がるなら、汽車は決して盤石（ばんじゃく）ではないということになり、苛立たせればそれだけ、ますます燃え盛って前に駆け出してしまうだろう。帕は、唯一問題を解決できる者は、悪知恵にたけている鬼王しか残っていないと思った。

帕は汽車を飛び下りて、墓地に急いだ。土まんじゅうの墓は数が半端ではなく、鬼王がこのときどのベッドに眠っているのか探し当てることができなくて、力任せに足を踏み鳴らした。この時分はまだ外が明るいので、鬼は出てこようとせず、もっと深いところに隠れているはずだ。帕は一本の麻竹の節に穴をあけて、土の中に差しこみ鬼王独特の動物のいびきを探しまわり、ある墓のところで、ここだと探り当てた。しかし意外にも、墓の隙間から目をこすりながら顔を出したのは一匹のセンザンコウだった。帕は大いに失望して、根気をなくしてしまったが、ふと湿ったススキを焼く方法を思いつき、その煙を口いっぱい吸いこむと、竹の管から地面の底へ吹きこんだ。濃煙が地下を駆け巡り、墓場じゅうから煙が出はじめ、鬼王のせきが聞こえてきた。帕は竹をそこに挿して、鬼王が動かないよう押さえつけ、逃げ出して夕日に晒され暑気あたりをしないようにした。帕は口を開いて言った。「日本人が攻めてきた。大きな鉄の怪物を運転して人をひき殺そうとしている」。鬼王は即座に話に割って入った。「それは寇賊（こうぞく）と言う」。そのあとずっと、鬼王は帕が「日本人」と口にするたびに毎回訂正を繰り返した。帕がようやく事の次第を話し終えると、鬼王は激怒した。「下衆（げす）な手を使いおって、だがこのわしをどうすることもできはせぬ。寇賊を退治に行くぞ、わしを連れて行け」。鬼王はしょんべん臭い竹の中に這って入り、一緒に山を下りるように帕に言った。ところが、あろうことか鬼王が死ぬ前に当たった銃弾がまだ体内に残っていたので、これらの弾だけで竹の中がいっぱいになり、鬼王の魂体が入る余地がなかった。そこで帕が「大銃（小型大砲）」を持ってきた。これはなかなか貫禄があり、豪勢だ。鬼王はベッドが変わると寝つきが悪くなるほうだったので、やはりこの鉄の棺桶に入って横になるほうが快適だ、棺桶は自分のものがいちばんだ、と思った。

一方、女祈禱師の指揮のもとで、みんなは柴を刈り水をくんで劉金福の「血の根」を煮ていた。彼らはまず血牢の下に鉄線で無数の細い穴をあけて水を注ぎこみ、そこに熱く焼いた石を入れた。細い隙間に通った水がすぐに沸騰して湯気を上げ、劉金福の血の根を茹で殺しにした。村びとは劉金福の体に太い蔓をかぶせ、憲兵が銃を発射するのも恐れずに、百人余りで力いっぱい引っ張って、血牢から彼を引き抜きにかかった。撃たれて全員が屍になったなら、そのときは汽車の前を塞ぎ、挽きつぶされて一面肉の海になるまでだ。やぐらにいた憲兵は的が外れるのを恐れて、いっそのこと牢の周りに立ち、五丁の銃口を劉金福の心臓と頭に向けた。みんながどう引っ張っても、劉金福は山のようにびくともせず、瞬きもしなかった。みんなはもう一度、足の裏が緩んでくるまで「血の根を煮て」、それからまた引っ張ってみることにした。

夕方になった。帕が丘までやってきたとき、公会堂の前一面が明るくなっているのが見えた。数百人が手に持っている松明(たいまつ)は、まるで黄金色に輝く熱々の濃い麦芽糖のようだった。劉金福はその真ん中にしっかり張りついたまま、顔は北方を向いていた。北方から汽車のほえる声が聞こえ、ひたすら南へ向けて突進していた。怒りをほとばしらせた明るい光のかたまりが谷間で挑発するように乱れ跳び、あと十五分もすれば人を吹き飛ばして肉餅(ロウビン)にしようと迫っていた。帕は風を巻き起こして走り、公会堂の前の血牢に駆けつけた。みんなはこれで助かったと言った。なぜなら帕が鉄の大砲を太い蔓で縛って背中に担いでおり、それで汽車を粉々に吹き飛ばすのだろうと思ったからだ。しかし急ぐ気持ちが先だつと、あとでもっとみじめな気持ちになるものだ。彼らは大砲がさびついて亀裂が入り、弾を発射できないのは言うまでもなく、もう二言三言褒めでもしたら震えてばらばらになるような代物なのに気づいた。帕はつるはしで、牢を二メートルの深さに掘った。鬼王のひそかな企みは、汽車を阻むのが不可能なら、地下に隠れるのがいい、というものだった。劉金福は帕の手の内が読めたので、鞭を持って邪魔立てしようと、遠慮なしにまず大砲を打って鉄の粉にし、次に人を打ちはじめた。帕の背中にまた血が流れ、やっとのことで硬くなった背骨がまた緩んで、もう少しで客家の粢粑（チーバー）〔もち米を砕いて蒸してつくった餅〕になりそうだった。

　多くの村びとは見ていられなくなり、涙を流して劉金福に言った。「古錐伯（あいすべきおとこ）よ、孫をたたき殺してしまったら、あんたの活路も断つことになるのだよ」。彼らは花びらや草の綿毛（わたげ）を摘んできて地下牢に投げ入れ、劉金福の怒りを鎮めようとした。

　突然、帕が地面にひざまずいて、まず眉をひそめ歯を食いしばってたたくように乞うた。そうすれば劉金福の怒りを消し去ることができるはずだ。劉金福は遠慮なくたたいた。帕が体をまっすぐ伸ばして振り返ると、どこに白い皮膚が残っていよう、背中全体が自分から進んで打たれて赤くなっていた。最後に帕は胸を開いた。火で痛めつけられた血肉はどこも黒く焦げるかただれるかしていた。劉金福の打つ手間が省けたが、それでもなお鞭を振り下ろして、帕の左腕をたたき折った。「あぁ！」帕は少し笑って、顔を上げて祖父を見た。帕はすでに力尽きていた。もし生死が定められているのなら、今がその別れのときなのだろう！　このとき、劉金福は怒りなどみじんもない帕の両の目を見た。大きなオタマジャクシのように純粋な目が、あふれる涙の中で泳いでいた。劉金福は前に帕が涙を流したのを見たのは、帕がこの世に魂を取り戻したときだったことを思い出した。あのとき帕は生まれてひと月のあいだ食べ物も飲み物も一切受けつけず、呼吸さえしようとせずに、生きつづけることを拒絶した。劉金福が思いつく限りの手を尽くし、やっとのことで乳飲み子の魂を呼び覚ますと、魂を取り戻した帕が声を張り上げ涙を流して泣いたのを劉金福はよく覚えていた。それまで泣かなかったのに、泣くとなると空に雷が鳴り響き地面が揺れるほど激しく泣いたのだった。今、帕は十分頑丈な体になり、十分日本人と渡り合える度胸が備わったが、しかし目はまだ子どものときのままだった。劉金福は心の中で思った。どうして小さな子どもをたたくことができよう、子どもに何がわかるというのか。劉金福は手を緩め、鞭がポトンと音を立てて地面に落ちた。

神様がくれたチャンスだ。帕はつるはしを拾い上げて、一口一口地面をついばみ、一盛一盛土を撥ね上げた。村びとも鍬で懸命に掘り、鉄の鍬が鈍くなり、手がしびれてくるまで掘りに掘った。鬼王は地面に腹這いになって、土の中に手を伸ばして血の根を手探りで取り出し、消化が活発な帕の腹に貼りつけてから、言った。「これで助かるぞ、腹の中のものを吐き出せ」。帕は今日ほど目いっぱい食べたのはめったにないことだったが、しぶしぶのどに指を入れて、粥状になった食べ物を吐き出した。たくさん食べていればそれだけ胃酸の分泌が多く、その強い酸が土壌を腐食させるはずだ。村びとも加勢をして、舌の根に指を突っこみ、地面にうつ伏せになって胃液を吐くと、土は火がついたように下へ陥没した。

地下牢はようやく六十センチほど深くなった。劉金福は絶対に腰を曲げようとせず、頑として直立していた。もう掘る時間がないので、帕は鬼王の新しい計画に従い、みんなに向かって叫んだ。「今すぐここを離れて、汽車を急いで通過させてくれ」。村びとは道端まで退いた。汽車の姿が見え、汽笛がいななくように鳴り、人の心臓も肝臓も飛び跳ねるくらい近くで響いた。汽車には中にも外にも百人あまりが大勢乗りこんで、力いっぱい足を踏みならして押し潰しにかかっていた。車両の後尾には縄で縛った五本の大きな丸太がつながれていたが、車輪を押しつぶすことも、汽車を後ろに引っ張って半死の状態にすることもできていなかった。汽車は丘を越えたあと当たり散らすように猛スピードで坂を下りはじめた。このとき、百人余りの人々は知らせを受けて地面に飛び降り、丸太をつないでいる縄を切った。帕が彼らに汽車をもっと速く走らせるように言ったので、ある者は汽車を押して加速させ、別の者は棒で十の車輪を激しくたたいた。彼らは帕に何か目論見があるのだと深く信じ、すべてを託したが、ただ一つだけ、汽車の先頭に稲わらをつけて、もし劉金福の運が良ければ轢き殺されても無残な姿になりませんようにと祈った。汽車は身軽になったので、煙突から愉快そうに濃煙を吐き出し、すばやく動く連結軸は柔らかい鞭に変わり、車輪を激しく打つ手を緩めなかった。鉄の車輪はシューシューと苦しげな声を上げ、歯車は軋轢でぱちぱち火花を散らして、鉄くずになって地面に落ちた。このとき、鬼王は右手で剣のつもりの左手を引っ張りだし、武器に見たてて襲いかかったが、卵が石に当たるように、汽車に衝突するやたちまち黒煙になって死んでしまった。だがどのみち彼は生き返ることができるので、また一つ経験を積んだというわけだ。

しかし生きている人間は復活できない。汽車は縦谷を走り、まるで砲身から発射した鉄の弾丸のように、祖父と孫の二人に激突して骨粉（こっぷん）にしようと迫ってきた。「目をこじ開けて、よく見届けてくれ」。帕は劉金福の後ろに立った。手を骨折していたので、もう一方の手で劉金福の腰をしっかりとらえると言い添えた。「俺たちは生きるか死ぬかだ」。汽車が突進してきた。帕が自分の難解な名前をぜんぶ心の中で唱えると、全身に力がみなぎってきて、片手で劉金福を空に向かって放り投げた。

劉金福は空を飛んだ。手と足を大きく広げ、いちばん高い煙突を飛び越えた。汽車は前からではなく、劉金福の股の下を這って通り過ぎた。辮髪が黒煙にあたってほどけ、広がって巨大な黒い翼になった。そして唐山の黒い大きな鳥になり、風を受けて羽をはばたかせながら、縦谷のいちばん向こうの、いちばん美しい、消え入るすれすれの落日に目をやった。燃える地平線が、夕暮れの霞が立ちこめるところから、延々とつづく山道に沿って駅まで流れこんでいた。大きな鳥を見上げる村びとたちの目がきらきら光っていた。死は存在しなかった。劉金福が落下しはじめると、村びとの沸き立つような歓声に包まれた。帕は祖父を空へ放り投げたあと、その勢いで仰向けになり、小さな地下牢に潜りこんだ。猛スピードでやってきた汽車の底板に風が生まれ、まるで強烈な台風が森林の蔓や葉をすっかり吸いこんでしまうように、帕の髪の毛と服を吸いこみ、すべてが引力を失い、汗さえ空中に浮かんでいるのを帕は目にした。彼自身もゆっくりと浮遊し、手を広げてその鋼鉄に近づき、風の急流に吸いこまれそうになった。その瞬間、汽車がゴーッと音を立てて通り過ぎて行った。汽車とのすき間が消え、空は澄み渡り、風はやんで、劉金福が星くずの降り注ぐ夜空から、手を大きく広げて、降りてきた。帕はもとの位置で受け止め、祖父と孫は再び目を合わせた。

帕は地下牢を深さ二メートルの円形に掘り、劉金福を中に座らせた。穴の上には板を渡してくぎを打ち、人が落ちることのないように、また劉金福がわざと頭を突き出して様子をうかがい汽車に頭を落とされないようにした。三度の食事は帕が届け、排泄はおまるにして、定時に帕が捨てに行った。劉金福は頑固な気性のために、刑が満了したあとも奉公しようとしなかったので、地下牢生活は二年におよんだ。彼は毎日、板で塞いだ隙間から射してくる痩せこけた光が西側から入ってきて、地面を伝って東側へ移動するのを眺めて、一日を過ごした。夜は、板を外してもよかったので、上空の星の数を数えた。天が少しずつ回り、星雲が飼いならされた羊の放牧のように西へ移り、星が地下牢の上空に流れてきてまた出て行くのを眺めていると、疲れてぐっすり眠ってしまうのだった。劉金福が眠ったのを見計らって、帕は小屋を運んできて、地下牢の上にかぶせるように置き劉金福に付き添った。早朝、空の色が変わるころ、帕は深い眠りの中で、遠くの海の波がひっきりなしに海岸に押し寄せている夢をみた。そして、はっとして目を覚ました。波の音は地下から聞こえていたのだ！　床板の隙間からみると、劉金福が地下牢の土壁を削って、もう一方の壁に塗りつけており、それが波の音を立てていたのだった。まさにこうして一センチずつ土をそぎ落とし、こちらの壁を削ってはあちらの壁に塗りつけて、地下牢は誰も気づかない速度で南に移動していた。看守の憲兵が異変に気づいて、三メートルの長さの鉄の杭を地下牢の四隅に打ちこんだ。痩せて影のようになった劉金福は相変わらず鉄の棒を押しのけて、そのまま掘りつづけた。脱獄ではなく、ただ牢屋を移動させるだけだったので、憲兵は放っておくことにした。しかし劉金福の名声は地下牢の奇妙な移動のスピードさながらに、徐々に付近の村々に伝わっていき、あだ名は「死硬殻（がんこもの）」、「老古錐（あいすべきやつ）」から最後は「九鏨頭（きゅうざんとう）」になった。九鏨とは、粗樫（あらかし）のことで、成長が遅く硬いため、鉄道の枕木の第一候補になる樹木だった。九鏨頭とはつまり粗樫の根元のことで、最も硬い部分であり、「絶対に潰れない枕木」という意味だ。それに九鏨は九層皮という別名があるように、どんなに剝がしても、焼いても、たたき切っても、割っても、熱しても、のこぎりでひいても、刺しても、削っても、嚙んでも、どうやっても死なない。ただ一つ、絶えず葉の芽を摘み取りつづけると死に至り、ようやく斧で切り倒して使うことができた。憲兵は思いつくかぎりの方法で劉金福の「葉の芽」を摘み取ろうと、帕がいないときをねらって虐めにかかり、髪の毛をひどく抜いたり服をぜんぶ脱がせたりしたが、どうしても「若葉」を摘み取ることができなかった。想像力の解読は殺人よりもずっと難しく、さじを投げるしかなかった。多くの老人たちが一生でいちばん大胆で自慢できることをやった。守衛の兵士がいないときや夜を狙い、這って地下牢に近づいて、幾握りか九鬘の種を投下するのである。種子は牢の中に転がり落ちるか周辺に散らばった。種子は硬い殻に覆われ、九十トンの蒸気機関車でも押しつぶすことができなかったが、土の中に埋められると発芽して、地下牢の周囲を小さな森で取り囲むほどに成長した。つづく半年で、地下牢と小さな森は二十メートル移動し、さらに半年後には、四十メートル移動して、目的地――瑞穂駅の街灯の下へと勇敢に進んでいった。

日が山に沈むと、村で唯一の街灯に灯りがともった。この電球のワット数はかなり大きくて、「電火球」と呼ばれ、一般家庭の「電火珠」よりもはるかに明るかった。まばゆいばかりに光があふれ出て、その光で付近の植物は夜のうちに成長し、大きな森のようになった。灯りは近辺十キロの動物も引き寄せた。千匹を超えるニイニイゼミが木の電柱に住みつき、このセミの集団のけたたましい鳴き声に人々は度肝を抜かれ、耳が聞こえなくなった者もいれば、鳴き声の震動で目の玉が破れた者もいた。棒で電柱をたたくと、ニイニイゼミは驚いて放尿してからぱっと飛び去って行くが、空中を何周かするとまた戻ってきて、電球の灯りを濁ったようにかき乱した。トンボ、テントウムシ、蛾の仲間も、千本もの黄金の光のしっぽをつけて飛びかい、それに引き寄せられてきたフクロウなどの夜鳥たちがエサの奪い合いをした。地面には数百のヒキガエルが跳びはね、その口の中には上から落ちてきた虫や人に踏みつぶされて干からびた虫の死骸がいっぱい詰まっていた。光は娯楽の媒介者だ。村の大人たちは地面に座って灯りの暈(かさ)をめでながら、タバコを吸い、酒を飲み、足を組んで、めいめいにおしゃべりを楽しんだ。子どもらは全員ここに集まってふざけ騒ぎ、戦争ムードが一段と高まる中で、男の子は勇ましく敵を殺す遊びをやり、武器を持って追いかけっこをした。女の子は家事を取り仕切るままごとがいちばん好きで、土で多めに泥人形を増産して将来の戦争に備えた。しかし男女を問わず、子どもらは「重慶爆撃」という男女混合の遊びが好きだった。名前の由来は日本軍の爆撃機が五年の歳月をかけて中国の副都である重慶を爆撃したことにある。この種の死の要素を混ぜた遊びは人をとりこにするもので、子どもらは夢中になって自分の未来の運命を探った。ゲームは、鬼になった子どもが電柱に突っ伏して、誰かに襲撃されて肩をたたかれたとき、振り返って声を上げる。「一、二、三、重慶大爆撃」。このとき空襲を避けるために子どもらは直ちに走って逃げ、場所を選んで地面に伏せるのだが、一歩遅れると死んでしまう。このゲームは今の「一、二、三、木頭人（でくのぼう）」〔日本では「だるまさんが転んだ」〕の前身である。また街灯のあるところは教室の延長となった。彼らはそこで宿題を終わらせ、ついでに絵も描いた。いくつかの絵には時代の空気が濃くあらわれ、皇族を雲の上の神様として描き、天皇は桜の花びらをまき、皇后は桃色の石竹（せきちく）の花を下へ投げていた。花は途中で爆弾に変わり、地上のわらじを履いて鍋を背負った支那兵を爆破し、支那兵は破れ傘をさして空の中ほどまで飛ばされていた。子どもらは「重慶爆撃」やお絵かきをしないときは、顔を上げてぼんやりと街灯の電球を眺めた。虫が電球のまわりをあちこち飛び交う様は小型の空中戦を見ているようだった。打たれ強いコガネムシは永遠に皇軍機であり、墜落して死ぬ蛾はいつも米軍機で、小さな足でぐちゃぐちゃに踏みつぶされた。こういうとき子どもらはいつも腰に手を当てて、ワッハッハッと性悪な笑い声をあげ、石で足の裏についた虫の死骸を擦り落とした。そして頭を上げて、街灯があることを幸福に思い、こう褒めたたえるのだった。

「これは世界で最高の小さな星だ」

夜八時、最終列車は関牛窩をうきうきと出発したが、翌朝の七時に始発列車が駅に入るときは常に悪い知らせを運んできた。朝はとても静かで、トロッコが糖膏（トンガウ）や米などの物資を運び、車夫が全力で押すときの掛け声があたりで膨らみ、山の壁にあたってリズミカルにこだました。やや遠くのほうでは、牛が小屋でひき臼を回して白いサトウキビの汁を搾り出し、何度もモウモウと鳴き声を上げ、口をもぐもぐ動かして反芻していた。サトウキビの汁は煮詰めると糖膏になる。煙突から甘くていい香りの白煙が出て、南に向かって旋回し、まといつくようにして消えて行ったが、人の骨まで軟らかくしてしまう甘い香りは五キロ先でも嗅ぐことができた。汽車はサトウキビの香りにつられてやってきて、途中でさまざまな花や木をたたき落として走り、特にカーブのあたりでは、紫の苦楝（せんだん）の花、白い桐の花、緑の烏柏（なんきんはぜ）の花がそこら一面に落ちていた。新聞は汽車の胴体に貼られていたので、よく木の枝で破られたり潰れた花の汁がついたりしていて、しっかり貼りつけていなかったために飛んでいくこともあった。汽車が汽笛を鳴らして駅に入ってくると、多くの人が新聞を見に近寄ってきた。新聞は破れていつも不完全だったが、最も遠い南太平洋の戦場からは完全な消息が届き、多方面におよぶ戦況の変化は馴染みのない古い漢語を使わなければ表現できないようだった。ある日、トップニュースに奇妙な「玉砕」という二文字が載った。悪い予感がして、ニュースを読み終えるとすぐにわかった。アッツ島という地で数千人の皇軍が米軍の逆襲に遭遇し、屈するよりもむしろ死を選んだのである〔一九四三年五月アッツ島の戦い〕。彼らはわずか数日の間に極限まで沸騰した憤怒、絶望、叫び、苦痛を経験し、噴き出す血や涙でさえこれらを鎮めることができず、ことごとく戦死したのだった。節を曲げて生きながらえるよりはむしろ玉砕を選ぶ、人が全員死ぬことを「玉砕」と呼んだ。村びとは南洋に行った自分たちの地元の兵隊たちが心配になってきた。

何度か、帕は数人で徹夜して駅の長椅子に腰かけ、戦況を知らせる報道を待ったことがあった。時計はチクタクと針を進め、ホールに寂しくこだまして、戦場の兵士が長い道のりを歩いて故郷に消息を知らせに戻ってきているかのようだった。太陽の光が窓の隙間からこぼれ落ちてくるころ、汽車がゴーッと音を立てて駅に到着した。新聞は露に濡れてべっとりとして、そのうえ太平洋の赤道付近にあるタラワ島、マキン島の守備隊が殲滅させられたという、血のにおいのするニュースを伝えた。玉砕、玉砕、また玉砕。青年たちは悲しい歌を歌いはじめた。

「海行かば　水漬く屍　山行かば　草生す屍　大君の辺にこそ死なめ　かへり見はせじ」

三度目の玉砕のニュースが伝わると、帕は指を切って血書をしたため、新聞に載っている入隊を奨励する言葉をそのままいくつか書き写し、鬼中佐にみずから上申しようと思った。おそらく水を飲みすぎて血がやや薄かったせいだろう、書きはじめるとすぐににじんでしまい、そのうえ何度も字を書き間違えて、あちこち塗りつぶしたので、最後は腹を立て、えいやと白い布に日の丸を描いてしまった。脇の人たちがその豪快な絵に興奮して大和魂だと言ったので、帕は自分でもほんとうにすごいと思った。彼がひと声かけると百人が応じ、多くの青年たちが袖をめくって真似をし、痛みを我慢して血を滴らせ国旗を描いた。それればかりか心から血書をしたため、銃後（戦火の後方）に留まってはいられない、自分たちが前線へ赴いて「鬼畜」の英米連合軍を撃ち殺したい、と決意表明をした。四十八通の志願書が鬼中佐の執務室に届けられた。体格が合格した者は全員が練兵場に入って入隊手続きをしたが、帕はすべてそろっていたのに、ただ年齢だけが足らなかった（一九四二年より陸軍特別志願兵制度が台湾に導入された。年齢は十七歳以上）。彼は鬼中佐の家の門の前に三日間立ちつづけて離れようとせず、抗議の意思を示した。四日目、鬼中佐は年齢不足を理由にあきらめるよう言い聞かせることがこれ以上できなくなり、静かに許した。

「千抜、お前は俺の息子だ、それに練兵場はお前を必要としている。皆に号令をかけることができる班長が必要だ」

入隊する兵士たちが増えるにつれて、汽車の始発便は車両を追加しなければならなくなり、速度が落ち、遅延して九時になってようやく到着するようになった。新聞が待ちきれない人は、二、三キロ向こうまで走って行ってニュースを待った。まもなく九時になろうとするころ、はるか遠くから勇壮な軍歌が聞こえてきた。百人の若者が三キロ向こうの汽車の中で歌っているのだ。こちらの駅で待つ人も唱和し、汽車がホームに入り二つの歌声が交差して大きなうねりになったとき、帕が広場の半トンはある重い石を持ちあげて地面にたたきつけ、石は巨大な音をたてて砕けた。列車の中の人たちに、この石は図体だけでなく中身も詰まっている、そして自分もそうなのだと証明していたのだ。彼は叫んだ。「俺は軍曹の鹿野千抜である。お前たちの教育班長だ。新兵たちよく聞け、直ちに下車して集合せよ」。誰一人として歓呼の声を上げない者も服従しない者もなく、若者たちは列をつくって練兵場に入って行き、真の前進と偽（にせ）の飯を食べることを学び、銃剣術や射撃の練習をし、ありとあらゆる身体能力を鍛える訓練を受けた。

六か月後に彼らは帕の万分の一の強さを修得して、夜の汽車に乗り、戦地に向かって去って行った。見送りのとき、駅には歓送の人であふれかえり、数百名の兵士たちは五両編成の汽車に乗って、顔を左に向け舞台で行なわれている俳優たちの出し物を鑑賞した。劇の時間になると、舞台にはいつも新高山（にいたかやま）（玉山）の垂れ幕が掛けられ、両側にそれぞれ何本か桃の花が飾られた。桃の木はときには「桜桃」とも呼ばれ、桜の花の直系にあたるので、村の老人は「皇民（こうみん）の木」と言って嘲笑った。劇がはじまった。一匹の山猿が武士の格好をして、手に日本刀を持ち、下駄を履き、頭には日の丸のはちまきを締めて、陽気で楽しそうに飛んだり跳ねたりした。舞台の下の子どもらは興奮して拍手をし、大きな声で孫悟空が来たと叫んだ。つづいて一匹のイノシシが登場し、相撲のフンドシ姿で、鼻の穴を大きく開き、ひどい外股で歩きながら、銀色に光る塩をまいて、しきりに観客の方を見ては幸福を祈るしぐさをした。「猪八戒、頑張れ！」子どもらが大きな声で叫んだ。最後にぼろの上着を着た黒い水牛が登場した。子どもが、「やーい、支那のバカ牛」と声を上げた。水牛は大きな鍋と破れ傘を背負い、わらじを履き、頭に斗笠〔竹の葉などで編んだ笠〕をかぶっていて、顔じゅうにたかったハエをゴマだと言うほどのまぬけだった。子どもらはすぐにシッシッと言って叫んだ。「支那兵、出て行け」。山猿とイノシシと水牛、三匹の動物が一堂に会すや、激しく言い争って、お互いかたき討ちをするしかなくなり、いまにも相手の鼻をへし折る勢いだった。水牛の技量は劣っていたが、転んでも、ぶつかっても、死にそうになってもへこたれなかったので、仕舞いには山猿とイノシシの連携でようやくかたがついた。この劇は「西遊記——牛魔王との大戦」と言った。最後に、赤い衣装を着て、長い棒を足にくくりつけた高足の俳優が登場したが、鼻も目も大きく、皮膚の色は街灯の下でぎょっとするほど青白かった。子どもらはこの男が西遊記の中のどの人物か知らなかったが、石を投げつける相手であることは知っていて、しきりに罵声を浴びせた。「鬼畜米英、鬼畜め」。この劇は「西遊記——紅孩児との大戦」と言い、孫悟空や猪八戒が登場する前に、舞台は投げつけられた石で押しつぶされてしまい、翌日最初からまたつくり直さねばならなかった。劇が終わると、帕は恩主公廟の古い籤筒から一本おみくじを引き、そこに書かれた軍歌の名前を読み上げた。通常はどれも「海軍行進曲」の類の勇壮な曲だった。観衆は軍歌を歌って見送り、力いっぱい日章旗を振った。遠方へ旅立つ兵士は感動して胸がいっぱいになった。

　そのころ、地下牢はすでに街灯の真下に移動し、地下牢の天窓は瑞穂駅に入って来る汽車に遮られて、熱気、炭の燃えかす、ボイラーが稼働する音が上から落ちてきた。劉金福のように信念に取りつかれた者でなければこんな鋼鉄の嗚咽の中で生活し、かつ情緒を楽しむことなどできなかっただろう。彼はもともとこの種の日本の怪しげな機械を拒否していたが、しかし忘れようとすればするほど、頭の中は反対にその影でいっぱいになった。火輪車つまり汽車は、夢よりもさらに執拗に彼を占拠した。そこで彼はそれを受け入れ、かつその音の麗しさを想像した。運転音はまるで春雨のようだ、と彼は思った。柔らかくしっとり降りそそぐと、森林でふくらみを帯びた地平線がかすかに光を放ち、葉はどれも雨滴を受けて、大地がゆっくりと湿っていく。さらにじっくり聞いていると、時が離れ去っていく哀愁の響きがあった。毒でも混ざっているのか、長いあいだ聞いているともはや中毒のようになった。彼は歯ぎしりし握り拳(こぶし)をつくって、どうして四本足のものに心を奪われたりするのかと自分をなじり、壁に頭をぶつけて頭の中の魅力的な音を追い出そうとしたこともあった。しまいには九鬢(きゅうざん)の葉で耳を塞いで、ずいぶん静かになったが、しかし深遠な機械は今度は彼に見るように誘惑してきた。彼は自分を慰め、一日に一度だけ見ることにしたが、しかし見終わると一日中そのことばかり思ってしまうのだった。それからは罵りながら汽車を見ることにした。車両の台枠には大小さまざまな歯車がついていて、鋭い歯が互いに嚙み合って、非常にきびきびと動き、その精密度は二つの小人の国の兵士が死力を尽くして決戦をしているのに劣らなかった。歯車は記憶を蓄積することができ、先頭車両の速度とカーブの角度を一時保存し、次々にうしろの車両に伝えて、列車全体が安全に運行できるようになっており、レールなしでも走れる無軌道列車の神秘を実現していた。たとえたたき殺されても日本語を口にしない数人の老人たちが、汽車が駅に入ってくるころをみはからって、車両の底めがけて九鬢の種をたっぷりひと握り投げ入れると、種は高く跳ねて歯車装置の中に落ちこんだ。劉金福は種が大きな鉄の皿から別の小さな鉄の皿に運ばれ、また小さな皿から軸継手(じくつぎて)に転がりこんだのを見て、素晴らしい、なんと素晴らしい夭折のしかただ、と感嘆した。日ごろ見ていると目がちらちらしてくる汽車の腸の仕組みを、種子が消化されていく流れを見て、彼はすっかり理解した。とはいえ硬い種は汽車に胃潰瘍を患わせてしまうことがある。あるとき、種が歯車に引っ掛かり、歯が欠けて、汽車が腹痛を起こしてしまい、駅を離れたあとの最初のカーブのところで「脱路」してしまった。これ以降、駅の作業員が発車前に車両の下にあおむけに寝て入り、松明を照らして、歯車と潤滑油で構成された経絡(けいらく)〔漢方で人体の気や血の通り道をさす〕に種がないか探すようになり、とうとう訓練を受けたリスを放って巡回させ、ようやくその悪者をつまみ出したのだった。時が経つと、九鏨の種は牢の近くで芽を吹き、枝が炎よりも早く駆け巡ったので、劉金福はこの地下牢を覆う悩ましい枝を取り除いて、やっと汽車の底を見ることができた。壮行の歌声が高らかに響く場所では、民衆が振る日の丸の小旗が街灯の明かりを遮り、地面全体に大きな赤い光が差しんだので、劉金福には血に染まっているように見えた。汽車が駅を出てしばらくすると、天窓は明るさを取り戻し、まぶしい光を放つ街灯が、地下牢全体を明々と照らした。

　このとき、帕が小さな小屋を担いで助手の坂井といっしょにやってきて、劉金福が眠りに入るのを見守った。坂井はほうきを手に、空中に飛んでいる虫を払いながら、台湾には蚊と雑草が牛の糞ほど多い、いまにマラリアにかかってしまうとぼやいた。「七竈桑(ななかまどサン)、クスノキの葉を試してみてください」坂井はポケットから一握りの葉を取り出して、劉金福に言った。「蚊によく効きますよ」

「七竈〔ななかまど〕？　どういう意味だ？」帕が小屋から頭を出した。

酒虫〔体内に棲んで人をいくら酒を飲んでも酔わない大酒飲みに変えるという伝説の虫〕が頭にまで上っている坂井はもったいをつけて、燗をつけた清酒を取り出し、帕の許可を得たのち、瓶のふたを開けて飲みはじめた。そしてポケットから干柿をいくつか取り出して、ひと口酒を飲んでは、ひと口干柿を食べ、本島人（台湾人）がこうして食べるとすかっとして、冷たい風が吹いても死なないし、冷水がかかるともっと勇ましくなる、と教えてくれたのだと言った。

帕はそれを見てしきりに褒めて言った。「すかっと食べて、煞煞（さっさと）死ぬ、冷たい風など恐れるものか」。帕は客家語で話したのだが、どのみち内地の者はこういうのは信じない。しかし、坂井は「死ぬ」の言葉を聞いてわかったらしく、もともと大きな音を立てて柔らかい干柿をすすっていたが、びっくりして柿の果肉を腐った死肉のように鼻から噴き出してしまった。帕はそれを見て、泣くに泣けず笑うに笑えず、そこで大声で言った。俺は七竈とは何か聞いているのだ、お前はそのことを話そうとしたんじゃないのか？

坂井はボスの頼みを聞くと、自然に酒をひと口飲み、それから故郷の「最上川」の恋歌を歌い出した。気分がなごみ、情感にあふれていた。

歌い終わると、また酒を飲み、こいつはなかなかいけると悪態をついてから、ようやく話しはじめた。「七竈は故郷の風変わりな木でして、夏に白い花を咲かせ、秋に赤い実をつけます。その木はとても硬くて、鹿野殿、なんとあなたの骨より硬いのです、信じられますか？　七つの竈の火で燃やしてようやく火がつくので、『七竈』と言うのです。金持ちの家や神社の鳥居はみな七竈でつくられていて、雷が落ちても壊れない。こんなに硬い木を木炭にしたければ、百一日間燃やしつづけて、ようやく炭にすることができます。奇妙なのは、この木炭は白色をしていて、最初は点火するのが難しいのですが、いったん火がつくと七日七晩燃えつづけるのです。この風変わりな木は、欧吉桑の精神にぴったり合っている、そうでしょう！」そう言うと、また半口酒を飲み、半口干柿を食べ、ズーズーとラーメンをすするような音をたてた。それから、坂井は殻を人から踏みつけにされたカタツムリのような顔になり、五官をくしゃくしゃにして、小鼻を縮め、のどをごろごろ鳴らして、ぶっ倒れてしまい、夜が明けてからまた話しますと言った。

坂井はお国なまりが強く、清音も濁音も区別がなかった。帕は坂井が言ったことの半分は推測しておおよそのことがわかると小屋の床板を開けて、下に向かって言った。「あんたのことを竈の神様だと言っている者がいてね、頭が固くて癇癪もちで、ひどい物笑いの種だとさ」

劉金福は帕を口汚く罵りながら、手の関節がしびれてくるまで泥の塊を投げつけ、それからようやく眠りについた。

帕も坂井も眠った。街灯はまだついていて、明かりは小さな小屋を突き抜け、さらに奥の地下牢まで届いた。九鬈の種が発芽して、お湯が沸くような音を立て、グッグッ、シューシューと、夜のあいだじゅうずっと騒がしかった。翌日の朝、小屋が木の枝に持ち上げられて風の中でかすかに揺れ、赤いくちばしのヒヨドリも枝のあいだに隠れてしきりに鳴いていた。朝市のために駅に商いにきた人がその家を見て、感嘆の声を上げ、まるで水草の中に沈んでも先に進むことのできる小舟のようだと言った。帕はこのときこれ以上船酔いの苦しみに耐えられなくなり、頭が痛くて爆発寸前だった。タオルで頭をきつく縛ってなんとか我慢してきたのだが、夜が明けたので、窓から頭を突き出して嘔吐(おうと)し、吐いて気分がよくなると急いで家を担いでそこを離れた。坂井はまだ部屋の中で死んだように眠りこけており、こちら側からあちら側にごろごろ転んでいっても目が覚めず、いびきにはまだ故郷の舟唄のリズムが残っていた。

太陽が出て朝日が駅を明るく照らし出すと、駅の作業員が地下牢のそばの森の木を切りに出てきたが、いつも枝の間に小さな空家の模型のようなものが掛かっているのを目にした。露できらきら光り、まるで夢の中で出会っているようだった。彼らはそれを王船〔民間の伝説では王船がたどりついたところは悪いことが起こると信じられ、紙の船を焼いて厄病が去っていくことを願った〕の抜け殻だと言って、手を合わせてお参りをし、さらには巡査の目を避けて陰でこっそり線香を焚いて、疫病神の寛容をお祈りしてから、心を鬼にしてこの小さな森の木を切るのだった。

父さん、生きてください

街灯の下では常に物語が生まれ、誤解は物語のはじまりだった。ある晩の壮行会に、タイヤル族の娘がやってきた。名前を拉娃（ラーワー）といい、兵隊になる父親尤敏（ヨウミン）を送りにきたのである。拉娃は十歳で、すばしっこさでは猫に負けないほどだったが、道を歩くのは彼女の人生でこの夜が最後となった。娘は広場に小さな森があり、森の中に穴があって、その中に変なじいさんが住んでいるのを知った。そこで竹を一本抜いて、穴の中の劉金福（リュウジンフ）をからかった。「早く出てこい、『穴』ごと飛び出してこい」。ずいぶん経って、劉金福が立ちあがると、複雑に絡み合った穴の中から十五匹のコウモリが飛び出し、さらに壁を這いまわっていたヒキガエルの群れも跳び出してきた。拉娃は怖がりもせず、枝で穴の中をつつきつづけ、タイヤル語で出てこいと言った。劉金福は腹を立てて客家（はっか）語で言い返した。「礼儀をわきまえん『番妹仔（ばんのおなご）』じゃ、あっちへ行け」。拉娃は意表をつかれて、穴の底に落ちてしまい、コウモリを汁が出るほど押し潰してしまった。劉金福が叱りつけた。「わしの蚊取り器が壊れたじゃないか」。穴に落ちて頭がぼうっとなっている拉娃は返事をせず、恐ろしい夢の中にいた。父親の尤敏が戦場で腹を切り裂かれて死ぬ夢を見たのだ。尤敏が穴から娘を救い出したとき、拉娃は何げなくつかんだ九璺の種を握りしめたまま、駅の中の長椅子に横になって泣いた。悲しみの泣き声は力を呼び起こし、手の中の種を握り潰すという、汽車の車輪でさえできなかったことをやってのけた。ちょうど汽車が汽笛を鳴らして駅に入ってきた。尤敏は彼女を背負って駅の中をゆっくり歩きながら、歌ったりあやしたりして、祖先の霊がこの娘にもっと大きな力を与え、はじめて汽車を見てもびっくりしないようにと祈った。だがこのすぐあとに、尤敏をびっくり仰天させることが起きた。拉娃の足が彼の腰をはさむと、さっと体をねじり、両手で柱に抱きついて、自分の体を縄のようにして尤敏を駅の中に縛りつけたのだった。

「このヒルのような足を離せ、離すんだ、汽車がもう来てるじゃないか」。尤敏は大声を出した。「離したら、父さんが死んでしまう」。拉娃は泣きながら周りの人に言った。「みんなは戦争に行くのではなく、死にに行くのよ」

尤敏は拉娃を引き離すことができず、みんなもこぞって手伝ったが、かえって彼女の泣き声を悲惨なものにし、さらにきつく締めつける力を与えてしまった。駅の中は三十分ほどばたばたし、駅の外でも西遊記の劇が終わった。汽車はまもなく出発しようとしていた。鬼中佐は帕に命じてまず大木を一本探して持ってこさせ柱を取り換えて、拉娃が抱きついている柱ごと汽車に乗せるように言った。帕はもとの柱を揺すって緩め、さっと引き抜いて新しいものと取り換えると、柱と父娘を担いで、動き出した汽車の車窓から中へ押しこんだ。歓送の歌声の中で、大きな柱が車窓から横に突き出し、まるで汽車に生えた手のように沿線の樹木の葉を、実に爽快に、払い落としていった。翌朝、始発の汽車から柱は消えていたが、父娘はまだ車内にいた。拉娃の手はしっかり座席をつかみ、両足は父親の腰に巻きついて、「人間鎖」でつなぎとめていた。憲兵隊が車両に乗りこんできて、力の限り引っぱったが、汗のかき損で終わった。さらに二十名の兵隊がやってきて、縄を拉娃の足首に回して両側から引っ張った。拉娃は泣いたが、足を緩めることはなかった。人間鎖は引っ張れば引っ張るほどきつく締まり、兵隊は引っ張れば引っ張るほど息切れが激しくなり、汗が車両から道に流れ出た。

汽車が駅に到着すると、プラットホーム、広場、屋根の上、木の枝の先まで見物人で埋め尽くされ、その折り重なる影につまずいて転んでもおかしくなかった。車両近くの者は、中の人間鎖を見ようとぴょんぴょん跳びはねた。高いところにいる者は目を細めて、何か動きがあれば、たちまち興奮して「あっ、動いた、死んでないぞ」、「ほんとに足かせ罠に『番仔(ばんじん)』がはさまれとる」と声を上げ、さらには怪しそうに、「あいつらは羊だ、父と娘が尻をくっつけるのは羊だけだ」と言う者もいた。あまりのうるささに、駅一帯を管轄している髭(ひげ)巡査が呼子を吹いて追い払うまでおしゃべりはつづいた。

鬼中佐が車両に入り、拉娃の近くに来ると、厳しいけれども殺気を感じさせないまなざしで彼女を見て、言った。「なんでも言うことを聞いてやる、足をちょっと緩めるだけでいい」。拉娃は塩の山に落ちたヒルのように、疲れはて汚れていたが、みんなが嘘をついて自分を言いくるめようとしているのはわかっていたので、さらにきつく尤敏をはさんだ。ただ彼女の視線は鬼中佐のそばにいる帕を避け、彼に見られるのを恐れた。拉娃の行動は尤敏にも理解できなかった。彼は南方へ行くことができないので、死ぬほど恥じ入り、何遍も娘を殴った。拉娃は背と腹の両面から敵の攻撃を受けながら、相変わらずきっぱりとした口調で鬼中佐に言った。「父さんにいてほしいだけです」。鬼中佐はにらみ返して、同じ口調で言い返した。「皇軍は汽車の中で生きながらえることはできない。お前は父親にひどいことをしているのだぞ」。遠方の山道から光が反射するのが見えた。原住民の子どもらが来たのだ。鬼中佐はまた言った。「いい子だ、同級生がお前を迎えにきてくれたようだ」

遠くの小さな山道に、二十人の原住民の子どもらが一列に並んで歩き、どの子の腰も縄で一つに結ばれていた。背に竹の籠を担ぎ、籠の中には消えたばかりの松明（たいまつ）が入っていた。数時間の夜道を歩いたせいで、ひと筋の煙のように憔悴しきっていたので、ふらふら浮かんでどこかに飛んで行かないように縄でつないでいたのだった。子どもらを率いているのは若い原住民の警手〔現地住民から採用する最下級の乙種巡査〕で、「蕃童教育所」〔台湾原住民児童に対する初等教育機関〕の教員がその地区の巡査を兼ねていた。この警手兼教員の動作は大きく、道を歩くとき両手を横に振り両足を高く上げ、子どもらにも彼の動作に合わせるように教えて、改編した山地の童謡をいっしょに歌った。「さあ、鬼ごっこしよう。拉娃早く隠れなさい、いつもおばあちゃんの機織り機の下に隠れるのはおやめ。しいっ！　莎韻（サヨン）姉さんが探しているよ」。子どもらは大きな声で歌ったので、口から虫歯がはみだしそうだった。彼らも手足を高く上げていたが、同じ側の手と足が同時に上がってもおかまいなしだった。「ほら見ろ！　同級生が迎えにきてくれたぞ」。汽車の中の鬼中佐がもう一度促した。拉娃は耳をとがらせて、なじみの歌声を耳にすると、懸命に這い起きて、なんとか視線を窓の外に向け、大きな声で返事をした。「見えたよ、麗慕依（リムイ）、哈勇（ハヨン）、娃郁（ワギ）、尤瑪（ユマ）、low-ga-su〔気元〕?」だが遠方の小さな原住民たちには聞こえなかった。彼らの耳の中は自分の歌声でいっぱい、目の中は山のふもとの色とりどりの景色で満杯だった。人ごみ、四輪駆動車、和洋雑貨店の屋根の上の鯉のぼり、さらに道路で絶えず白い雲と黒煙を噴き出している五節の漂流木のような汽車。彼らの驚きは、煙が出ている油鍋の中に二十滴の水をたらしたときと同じで、大きな驚嘆の声を上げた。世界は恐ろしくて見たこともないものに変わってしまった。

　このとき髭巡査が呼子を吹いて、広場の群集を道の外に追っ払い、原住民の子どもらが早く通り過ぎるように指揮をした。すべての視線が彼らを追い、汽車の発車が遅れたのは、この二十人のがきどもの遠足のせいだとみなした。原住民の子どもらはびっくりして、おびえた目をし、足取りはぎこちなく、列の最後の子が立ち止まってしまったので、前の子どもはみんな縄で引き倒されてしまった。髭巡査がやってきて、縄をほどいてやり、警手に向かって怒って言った。「ひとたび梅の花の金ボタンのついた黒い服を着たからには、警察の威厳を保たねばならぬ、小学生といっしょに大きく手を振るとは何ごとか」

しかしこのすぐあとに、駅のほうで別の子どものグループが歓声を上げ、同じ側の手と足を動かして汽車の周りを歩き、そのうえ、わざといっせいにつまずいて転んで見せた。列を率いていたのは帕だった。鬼中佐が彼にこうするように言い、なんとか拉娃を喜ばせて、楽しい学校生活を送っていたころに戻そうとしたのだ。なんなら教科書だって焼いてしまってもよかった。反対に髭巡査は恥ずかしいやら腹が立つやらで、彼の髭は豚足をぶら下げることができるくらい硬くなり、カッカしながら警手に子どもらをはやく汽車に乗せるように言った。原住民の子どもらは、自分たちが汽車に乗せられるのは、木の籠に閉じこめて売り払われるためだと誤解して、予防接種の注射よりももっと怖がり、いっせいに車両の入り口で金切り声を上げはじめ、肩を寄せ合ってひと塊になった。一群の民衆が駆け寄ってきて、強引に原住民の子どもらを、死のうが生きようがおかまいなく車両の中に押しこんだ。汽車が動き出した。今度は拉娃が彼らを慰めて、汽車の中で生きるのは、母さんのおなかの中にいるように安全だと言った。だが二〇人の原住民の子どもらの泣き声は相変わらずけたたましかった。その泣き方は恐怖を呼び起こし、汽車が動き出すにつれて高まった。警手は、この種のきりのない涙はたとえ止まったとしても、今後彼らの夢の隙間からわき出してくるにちがいない、と確信した。彼らを治せるのは「ごくごく」水薬しかない、かつての自分がそうであったように。彼が十歳のころのことだ。父親といっしょに毛皮を売りに関牛窩（ヴァンニュボー）に行き、バスのクラクションに驚いてしゃっくりが止まらなくなったとき、周りの人に勧められてサイダーを飲み、気体に体の中の恐怖を運び出させるとすぐに治ったのだった。

警手はポケットから三元札を取り出し、窓から頭を突き出して叫んだ。「納姆内（ラムネ）（サイダー）、二十本くれ」。広場の露店商人は心を惹かれ、みんなこの注文を受けたかったのだが、動いている汽車の乗客と商売をするのは、事故のもとだと髭巡査が禁止していた。我慢できなくなった十歳くらいの売り子が胸の前に掛けていた木箱を頭の上に載せて追いかけていき、足元に注意しながら、サイダーを手渡した。受け取った警手はビンのふたを歯でこじ開けて、泣き止まない子の口にまるで乳房を押しこむように一本ずつ与えた。二十人の子どもらは先生がこれまでゆうに数十回は繰り返し繰り返し話していた「泡が沸き立っている冷たい水」を飲んで、たちまち悪夢から覚め、自分たちが揺れる長方形の教室の中でまだ生きているのを知った。

そこは車両の中につくられた教室で、前方には天皇と皇后の写真が掛かり、後方には習字と作文の手本が貼られ、窓の柱の上の標語は相変わらず物騒なものが貼られていた。このときになって彼らはようやく理解した。山の上の教室の物はイタチに盗まれたのではなくて、先にこちらに移動していたのだと。授業がはじまり、級長が「起立、礼」と叫ぶと、生徒たちは「先生こんにちは」と言った。だが先生は警手ではなく、きれいな美恵子先生だった。しかしこの世で最も美しい「先生」は永遠に窓の外にあった。子どもらがしょっちゅう外の風景に目を奪われるおかげで、警手は彼らの視線をもとに戻すのに大忙しだった。拉娃だけは見飽きていて、真面目に授業を受け、そして尤敏に邪魔をしないように言った。空が暗くなるころ、汽車は夕日に染まる瑞穂駅に入り、早目に灯りをつけた街灯に照らされながら、下車した二十名の原住民の子どもらは拉娃に手を振って別れを告げた。計略はほとんど成功したかに見えた。拉娃が降りたくなって体をよじらせたのだ。だが最後に彼女は微笑んで手を振り、さようならと言い、自分は汽車の中がいいとも言った。原住民の子どもらは、夜は駅の公務員宿舎に泊まったが、榻榻米の上に寝ると、怖くてとりとめのないことを考え、気が高ぶってしまうので、サイダーの瓶を抱えて眠りについた。翌日は朝ごはんを食べ終えてから始発に乗り、拉娃といっしょに授業を受け、列車の疲れに耐えた。授業が終わるといっしょにドッジボールをし、イノシシやコジュケイが決まった時間に隣の車両から教室に闖入してきて中を歩き回った。すべて山の上の生活をマネしていた。通過するトンネルがあまりに多くて、一時限の授業の間だけでも、明暗の変化によってまるで幾日も幾晩も過ごしているかのようだった。こんな勉強の中で拉娃がいちばん忘れられなかったのは、帕だった。なぜなら汽車には黒板が入らなかったので、帕が「移動黒板」を担当したからだ。たとえば、クジラの授業のとき、美恵子先生が、クジラは陸上の生活になじめず海に戻った生き物で、尾びれの形や肺呼吸など、陸地の生物の特徴がまだ残っていると話した。すると窓の外にも一匹のクジラが泳ぎ、上に泳いだり下にもぐったり、樹林を突き抜けたりした。しかし、風がとても強くて、目を開けていられないので、生徒たちが窓を閉めるとようやくはっきり見えてきた。なんとクジラは黒板に書かれていて、帕がそれを肩に担いで走っていたのだった。足の裏にまるで鰻の粘液をつけたかのようになめらかに走り、最初の一歩を踏み出すと自動的に前に滑りだして、バランスを保っているだけでよかった。

授業の最高潮は六日目にあった。みんなに映画『サヨンの鐘』を鑑賞させようと、最終列車は慣例を破って広場に二時間停車した。映画は十七歳のタイヤル族の少女サヨンが警察官をしていた教師を見送るために命を犠牲にした話だった。支那事変（盧溝橋事変）後、教師は入隊して中国の戦場に出征することになり、サヨンは自分から教師の荷物を運ぶ手伝いを申し出たが、不幸にも途中で川に落ちて死んでしまった。映画は冗漫で、しかも観衆は学校の教科書で結末を知っていたので、見ているあいだ、口はおしゃべりで忙しいか、あくびをするかのどちらかだった。だが中国籍のヒロイン李香蘭が登場して、歩きながら歌う場面になると、誰もが歓声を上げ、一人で十の口を持っていてもまだ褒めたりないふうだった。彼女はあまりに美しくて、映画のスクリーンさえ溶けてしまいそうだった。しかしこれまでは毎回クライマックスの、サヨンが川に落ちる場面になると、決まって映画は中断し、汽車が動き出した。観衆は不満の声を上げ、口が不自由な人は放屁して抗議し、牛でさえモウモウと鳴いた。六日目のときには、ますます多くの人が集まってきて、もし映画がまた途中で切れたりしたら、李香蘭がスクリーンから出てきて彼らに謝るまで、絶対に帰らんぞ、と先に言い放った。

　映画がはじまり、サヨンが川に落ちる場面に差しかかると、ある者が立ち上がって、大きな声で怒鳴った。「俺たちは美しい水死体が見たい」。川を三本越えたところからはるばるやってきた原住民も言った。「上映を止めでもしたら、明日イノシシを放して突き殺してやる」。だがこのときも、映画はやはり中断してしまい、観衆は勘弁ならず勢いよく立ち上がって、靴を投げて抗議し、ある者はイノシシの怒った鳴き声をまねた。

　ちょうどこのとき、汽車に乗っていた二十人の原住民の子どもらが無垢の歌声で、主題歌『サヨンの鐘』をしっとりと歌い上げたので、みんなの耳からぐったり力が抜けてしまった。観衆が車両の中を見ると、そこは広場で唯一、声と光源が存在するところで、生徒たちが話劇の形でサヨンが川に落ちる場面を上演し、未完の映画のつづきをやっていた。一人の原住民の少女がとても大きな荷物を背負い、激流の川を渡ろうとしていた。車両の天井の扇風機から強い風が吹き出して、紙吹雪が巻き上がり、まるで空から激しい雨が降ってきたかのようだった。銅鑼の音が絶えず鳴りひびき、雷のゴロゴロという恐怖を伝えた。

観衆は息を詰めて待った。誰かがおせっかいにも「気をつけな、橋が壊れるよ」と言うと、シッシッという声が返ってきた。車両の中の拉娃はあっけにとられて、体が震え出し、生の場面が眼前にあらわれると、映画の話の中に溶けこんでいった。頭の中は空っぽで、まさか同級生たちがここ数日隣の車両で練習していたのがこのシーンだったとは思いもよらず、ままごとをして遊んでいるものとばかり思っていた。劇のクライマックスは、麗慕依という名前の女の子が扮するサヨンが橋の中央に来たときで、ゴォーッという音がして、車両のドアが開き、隣の車両の原住民の子どもらが錬鉄に使う大きな鞴を踏んだ。すると強風が吹き荒れ、唸るような音を立てた。風が籠の中の色とりどりの紙テープに当たって、さまざまな色の洪水となり、水が逆巻いて、まるで神話にでてくる、すべてのタイヤル族をのみこんだあの洪水のようだった。偽の川の水が橋を揺らして音をたて、風が車両の前方に貼られた地図にも当たってバタバタと音を立てた。風で地図の半分は引きちぎられ、チョークの粉が舞い上がり、実にリアルな場面ができあがった。

「もうおしまい、私泳げないの」。サヨンは川に落ち、その途中で丸木橋の枝に服がひっかかった。もがく彼女の両手が見え、映画にはない台詞が聞こえてきた。「拉娃、助けて」

「ちょっと待って、すぐ行くわ」、拉娃は言った。

演劇のすべての鍵はここにあった。物語の切迫感を利用して拉娃に揺さぶりをかけ、サヨンを助けに這い出させれば、尤敏が抜け出せると考えたのだ。拉娃はすっかり劇に夢中になってしまい、手を伸ばしてサヨンを川から引き上げようとしたが、しかし両足は父親を締めつけたまま、離すことはなかった。汽車の外の人たちは深く劇の中に入りこみ、車両に押し寄せてサヨンを助けようとした。入り口は鍵がかかっていたので、観衆は窓から這い上がって、上半身を車両の中に突っこみ、外の両足は支えを探してあちこちを蹴った。マスクをした警防団が突進してきて、足をつかんで観衆をひきずりおろした。彼らは駅構内に連れていかれ横になっていたが、まだ「助けに行くよ、サヨン」と叫んでいた。完全に取りつかれたふうで、警防団がアンモニア水を含ませたハンカチを鼻と口に押し当てると、やっと我に返った。広場の人は、半分は車両の中の演劇を見ていたが、残り半分は車両の周りに集まった観衆が劇に夢中になるのを眺めて、しきりに大笑いしていた。しかしかすかな香りを嗅いだあと、眉根を深く寄せて、彼らも原住民の子どもらの三流芝居に心を揺さぶられ、前に駆けよって大声で叫んだ。「俺が助けてやるよ、サヨン」

その香りは警手が車両の中でこっそり焚いていたRongが漏れ出たものだった。Rongはトウハゼでできたタイヤル族の占いの道具で、鉤型をしていた。普段の占いのとき、女祈禱師は乾燥させたイノシシの目を擦り潰して子どもに食べさせ、寝ているあいだに悪夢の様子をくっきりと浮かび上がらせた。そしてRongでその子の頭から少し髪の毛を切り取れば、悪夢をつまみ出すことができ、切り取った髪をRongに結びつけると、さらにその効力を高めることができた。このとき、女祈禱師は警手が演劇で拉娃を連れ戻そうとしているのを知ると、占いに使っている自分のRongを警手に渡して、頭髪といっしょに燃やせば、十数年来頭の中に凝集している子ども時代の夢を解放することができると教えた。誰もがその香りを嗅いだあと、真実そっくりの夢の世界に入ることができるのだ。

車両の中の舞台では、拉娃がサヨンを救出しようと、尤敏を放しにかかった。尤敏も力いっぱい拉娃の足を押し開いていた。彼女の足はクワガタの大顎（おおあご）のようで、もがくたびに骨が押し開かれる音が聞こえてきそうだった。

反対にサヨンは劇に十分入りこんでいなかった。「丸木橋」に彼女の服がひっかかり、川に落ちて死ぬことができなかったからだ。彼女は憤慨して丸木橋をつねり、劇の中であってはならない台詞を言った。「手を放してよ、私を死なせて」。それが叶わないのを知ると、ただもう橋が早く二つに折れてほしくて、力任せに橋をたたき、さらに容赦なく歯でかみついた。

そのとき、拉娃がついに「丸木橋」に届いた。しかしじつは、この劇で彼女がずっと救おうとしていたのは「丸木橋」のほうで、サヨンではなかった。そこで、こう叫んだ。「帕、あんた押し流されるわよ、目を覚まして！」確かに、その「丸木橋」は帕が演じていたのだった。彼は木の衣装を着て二つの椅子の間に腹這いになって大黒柱の橋を演じており、懸命に一本の指でサヨンの服を引っ掛けていた。

帕はこれ以上耐えられなくなり、肺の中のRongの香りを吐き出して、叫んだ。「丸木橋として、折れないように最後まで戦い抜くぞ」。ぐるりと体を回転させると、波打つ筋肉が、全身を包んでいた丸太の衣装を吹き飛ばした。帕は片手でサヨンを救い上げて、窓を蹴り開け、窓の台から身を乗り出して、オゥと叫んだ。そして目の玉をぐるりと回して、広場の視線を一身に集めたあと、声を限りに叫んだ。「見ろ、李香蘭を連れてきたぞ」。群集は響き渡る拍手で褒めたたえ、歓声は鳴りやまず、小さな少女を担いで汽車を飛び降りた帕に対して、胸をたたいた。一人遠くから見ていた鬼中佐だけが怒りのあまり頭のてっぺんから煙を出して、小さな俳優たちを下車させると、汽車を猛スピードで発車させた。

翌日、警手は宿舎に眠っている原住民の子どもらを揺り起こして、蛇口のところに行って顔を洗わせ、山に帰る支度にかかった。彼は十数本の松明に火をつけて、駅のホールを明るく照らし、点呼を終えたら出発するつもりだった。ところが子どもらの松明の火はすぐに消えてしまった。そこで彼らはようやく、松明の先を木のふたで覆うのを忘れて、油が蒸発してしまったのを素直に認めた。警手は駅員に油をもらおうとしたが、駅員は頑として拒絶し、今は油の値段が高くて品も少ない、そのうえ、駅のホールでは火気厳禁だ、標語が見えないのかと言った。原住民の子どもらはホールで待つしかなく、夜が明けてから出発することになった。彼らはしょげ返って長椅子に寄りかかり昨日の失敗に終わった劇のことが頭から離れなかった。一人の原住民の子どもが窓にハァと息を吹きかけ、ガラスに映ったぼんやりした影をなぞってひょうたんの絵を描いた。警手が何を描いているのかと尋ねた。子どもが力いっぱい窓に息を吹きかけると、消えた線がまたあらわれた。「水草の中の沈没船」とその子は言った。しかしガラスの上の霧が消えたあとも、船はまだそこにあり、ガラスのうしろの広場にあらわれ、さらに風の中でゆっくり揺れていた。警手は子どもらに見に行かせた。それはじつは木の枝にもちあげられた家だった。ここ数日彼らは夜早く寝て朝遅く起きていたので、なんとこの美しい陸を走る船を眺める機会を逃していたのだ。

夜が明けるまでまだたっぷり時間があった。広場に続々と小学生がやってきて、その家に向かって叫んだ。お日様が尻を照らしているぞ、怠け者の鬼め、出てこい。帕は助手の坂井を突き出して、彼に相手をさせようとした。坂井は馬鹿の「馬（ば）」と言って、「鹿（か）」と言う前に、瞼（まぶた）がもう垂れてしまい、地面に横になっていびきをかいた。髭巡査がやってきて、恭しく小さな家をノックし、今日は記念日ですので、広場を使います、と言った。帕は急いで飛び起き、死んだブタのように眠っている坂井を脇に抱きかかえて、小さな家を背負ってそこを離れた。このとき駅の前の通路に原住民の子どもらが一列に並んで驚愕したまなざしを向けているのが目に入った。彼らの背中の籠の中には露に濡れた馬桜丹（ランタナ）が入っていた。帕は彼らが村に帰るのだとわかり、近づいて行って昨日の茶番を詫び、日が出てから出発するほうがいいと言った。そうすれば樹林を歩いてもひどく寒くはないだろう。警手は自分が上手にやろうとしてかえってへまをやらかし、Rongを多く焚きすぎたと自分を責めた。そのあと、また尋ねた。朝早くからどうしてこんなに人が多いのですか。帕は、今日は「始政記念日」で、カレンダーに国旗が描かれている休みの日なので、みんなお祝いに来ているのだと答えた。警手が左右を見ると、はたして付近に慶祝旗と標語がかかっていた。暗い朝日の光のもとで気がつかなかったのだ。だが街灯の下で少し問題が起こったらしく、誰かが夜のうちに「死政記念日」と「屎政記念日」と書いた白旗を掛けたため、髭巡査と警防団が竹竿ではたき落として、毛筆の字から誰が容疑者かを割り出しているところだった。

佐官クラスの軍人を示す黄色の旗が掛かった四輪駆動車が到着した。軍服に身を包んだ鬼中佐が降りてきて、広場に集まった人たちに演説をした。広場の地下牢からも邪魔をする屁の音、山歌を歌う声、あれこれでたらめな言葉が聞こえてきた。人々が国歌を歌い、宮城遥拝（きゅうじょうようはい）し、天皇陛下萬歳（バンザイ）を叫んだあと、鬼中佐はみんなを連れて駅に入り始政の光を観賞した。このとき、東方が明るくなり、空の色が橙色から白に変わった。突然、朝日が関牛窩に明るく差しこみ、駅舎の屋根裏の窓からも降り注ぎ、細かい光の霧が薄絹の布のように揺れ動いた。駅の中で待っていた警手と原住民の子どもらは、この聖なる光、神のお告げの時を目にして、賛美の声を発した。「始政記念日」とは一八九五年六月十七日、台湾初代総督の樺山資紀（かばやますけのり）が布政使司衙門（ふせいししがもん）で台湾統治を宣言した日である。瑞穂駅の落成は始政記念日に合わせていた。この日の朝日は窓から直接差しこんできて、しばらく経つと、壁の上方から下方へ這って行き、六分十七秒後に、あの大きな時報時計の上を照らした。時計の文字盤が旋回しはじめ、木の兵隊が開いた時計の窓から出てきて、始政記念歌を歌った。時計の文字盤が朝日を粉々に砕き、光を駅の中に振りまいた。みんなが上を仰ぎ見ると、桁(けた)に映った光と影の魔魅(まみ)は、水のように柔らかく、建材のヒノキの香りも滴になってしたたり落ちそうで、まるで夢中夢(むちゅうむ)のようだった。

警手はこのシーンに身震いするほど感動し、そのあともずっと神経にかすかな電流が流れつづけた。村へ戻る山道でも、頭の中にはまだ雄壮で美しく輝く光と影が残り、これらを消化してしまうにはさらに時間をかけねばならなかった。原住民の子どもらもひどく興奮していた。背中の籠の中には帕がくれたサイダーの壺が入っていて、水を注ぐと沸かさなくてもすぐにグツグツたぎってくるものだった。五つ目の丘を越えたとき、誰かが叫んだ。「見ろ！　谷がゴロゴロ鳴っている」。そこは低温でも沸騰するところで、水蒸気が谷底から沸き立ち、世界がまた雲の懐の中に沈もうとしていた。このとき遠くの山から汽車の汽笛が聞こえ、丘にこだました。彼らは拉娃と尤敏がまだ汽車の中にいることを思い出した。警手は言った。「拉娃には強くなってほしい、雲の影が丘をすべっていく姿、雨がヒノキに落ちたときの香りを忘れないでほしい、みんな彼女を祝福しているのだから」

「それに怖い年寄りの女祈禱師と、あいつが特別に人の頭をつつくよう育てたカラスも忘れてはだめだよ」、一人の男の子が言った。腹ペコの女の子も言った、「まだまだある！　アツアツでいい香りのアワご飯と樹豆湯(キマメスープ)も。私たちおなかすいたよねえ！」

みんな腰に手をあてて笑いだし、登山棒を振りながら、歌った。「おばあちゃんの家はすぐそこだ、雲のそば、雲の上、雲の中」

歩きながら歌っていると、童謡が舞い上がり、半日の時間がゆったりと流れて、六つ目の山頂にやってきた。そこは大冠鷲眼神（カンムリワシの目）という名の山の頂だった。風が吹くと、部落の炊煙のにおいが届き、密集した森林と濃霧が子どもらのほんのわずかな痕跡を覆いかくした。

原住民の救助隊は帰って行った。柔らかいのでダメなら、今度は硬いものでいくしかない、となれば当然帕の出番だった。しかし鬼中佐は先に消耗戦をやって、拉娃を、のどを渇かせて殺し、腹を空かせて餓死させ、よだれを流させて殺そうとした。数人の料理女が汽車の中に石板を置いて肉を焼き、アワご飯を炊き、できるだけにおいが立ちこめるようにした。焼いて焦げたにおいがあればもう文句なしだ。ご飯とおかずの準備が整うと、憲兵が自ら尤敏の口に運んで、好きなだけ食べさせてやった。だが拉娃は飲むことも食べることも許されなかった。憲兵は満腹になった尤敏を眠らせたが、拉娃がまどろむとすぐに平手打ちをして目を覚まさせた。このことが尤敏を激怒させた。自分は腹いっぱい食ってぐっすり眠って死ねるのに、娘が腹をすかし眠ることもできずに死んでいくのを、どうしてむざむざ見ておられようか。拉娃にも同じ食べ物を与えてくれ、さもないと絶食すると言った。憲兵は彼女の前で、絶食している尤敏に食べ物を流しこむ劇を上演した。鉄片で歯をこじ開け、流動食を流しこむのだ。尤敏は抵抗して、食べ物をあたり一面に吐き散らした。憲兵は拉娃の顔に飛び散った物をきれいにふき取り、一滴の水も与えなかった。三日が過ぎて、尤敏は憲兵が悪魔で、死ぬまで痛めつけることのできる奴らだと知り、夜こっそり拉娃に言った。「俺を放せ！　でないと二人とも餓死するぞ」

「いやだ、殴り殺されたって、餓死したっていやだ」、拉娃は拒んだ。

尤敏は拉娃の思いが固く、それは石よりも硬くて、千本の川でなければ彼女の堅固な意思とまなざしを消し去ることができないのを悟り、言った。「生きつづけるのなら、俺は自分の腹とお前の足を切り裂くことにする。あの物語を覚えているだろう！　山羌の母娘が落石で穴に閉じこめられたとき、どうやって難関を切り抜けたか」

翌日、尤敏はかんかんに怒って憲兵を怒鳴りつけた。「食べ物をくれ。山でも川でも運んでこい、ぜんぶそのまま食べて飲んで平らげてやる」

すぐに白ご飯、鶏肉、味噌汁が運ばれてきた。食べ物からもうもうと湯気が上がり、ガラスや天井板についた水蒸気が水滴に変わった。憲兵がそばにはりついて、尤敏が食べ物をこっそり拉娃に握らせていないか監視をした。尤敏はイノシシになり、口を突き出して、ものすごい形相をして食べた。鬼中佐が検査にやってきて、大いに満足し、尤敏のイノシシ野郎が神猪のように太ったとき、きっと拉娃の木の蔓のように細くて小さい両足を内側からはじき飛ばしてしまうだろう、と思った。しかし憲兵はどこか怪しいことに気づいた。尤敏はますますがむしゃらに食べるようになり、ブタの硬い背骨でさえ嚙み砕いて髄を吸い、食い終わるとすぐに死んだように眠った。拉娃は少しも影響を受けず、まったく食べても飲んでもいないのに、服の角で父親の汗をふいてやり、風邪をひかないか心配さえした。問題はどこだ？　憲兵はどう考えてもわからなかった。まさか料理がまずくて、拉娃の食欲を刺激しないのか。半月後、三十名の兵士が始発列車に乗りこんで、半日のあいだ拉娃をいじめてわんわん泣かせ、ようやく最終列車から這い降りてきたが、みな体力を使い果たして地面に倒れこみ、次々にいびきをかいて眠り出した。彼らは父娘を引き裂くよう命令を受けたのに、半日かかって拉娃の髪の毛をちょっと抜いただけで終わった。彼らには理解できなかった。食べることも飲むこともしない沈黙の少女がどうしてこんなに元気で、そのうえ力がますます強くなり、さらに笑い話をして座を盛り上げることまでできるようになったのか。

翌日の最終列車は、鬼中佐がその車両をがら空きにして、帕にいかなる代価をはらってでも人間鎖を解くように命じた。帕は矢のようにすばやく汽車に飛び乗り、父娘の前に立つと、監視の憲兵に入り口のところまで退くよう大声で言いつけた。尤敏はぐっすり眠っていたが、拉娃の目だけはキラキラ輝き、優しく帕を見つめた。列車の灯りの下で、帕はついにその驚くべき人間鎖を見た。拉娃の手は強くつかんだせいで車両にのめり込み、両足は父親の腰をはさんで、かかとの部分をかた結びしていた。道の高低やうねりに合わせて、窓の外から差しこむ月光も上がったり下がったりした。帕は尤敏を起こして、父娘二人に言った。「汽車を下りないと、こうなるんだぞ」。帕は身をかがめて近くの木の椅子を上から押してたわませた。みるみるうちに、椅子を固定しているねじが緩んで、あたり一面に飛び散り、二人掛けの椅子がひっくり返ってしまった。尤敏はタイヤル語で拉娃に言った。「俺を放せ、哈陸斯（ハルス）が来た、お前の足は引き裂かれてしまう」。「まるで夢のようだわ」。拉娃の目の中にはタイヤル族の伝説にでてくる哈陸斯ではなく、大蛇のような陽物と血の滴る大きな口を持った巨人がいて、それは夢で見るよりももっと荒々しい漢人だった。彼女は彼の力、彼の声、彼の視線が列車を震動させているのを感じ取った。帕は、今度はスプリング入りの高級革張り椅子をめくって、父娘の今後はこうなるんだぞと暗示した。二人の腱（けん）や靭帯（じんたい）が椅子のネジのようにシュッシュッと体から飛び出し、内臓は中のバネのように跳ねまわり、しまいには椅子がひっくり返って腹を見せるように、彼らは汽車の中に倒れてぶるぶる震えつづけるのだと。しかし拉娃は思いきり天真爛漫に言った。「素敵だわ、彼が石をすっかり運び出しているから、私たちもっと広い家に住めるようになるわ」、こう言ってからさらに帕をひとしきり褒めた。

帕は手を止めて、父娘に向き合った。窓の形をした月光が車内を上下するのを見ていると、川の中で水草が浮遊しているような静けさが充満し、長く見ていると目を覚ますべきか眠るべきかわからなくなってしまった。帕はついに切り札を出して、冷酷に言った。「お前は引き裂いて殺すが、父親は生かしてやる」。そして急に尤敏の腹を覆っている小さな布をめくって、拉娃の足を引き裂こうとした。拉娃は恥ずかしくて布を奪い取って覆ったが、ある大きな力が父娘を分離させようとしているのを感じ取った。彼女は全身に力をこめて反抗し、甲高い声で泣き叫び、尤敏はさらに激しく帕をたたいて阻止した。帕が二人を離そうとしたとき、反撃の熱い液体が噴き出して、髪が濡れてねばねばした。彼は拉娃が小便で反撃してきたものと思ったが、なめてみるとすぐに人血だとわかった。その瞬間、彼は驚愕して目を見張った。拉娃の両足と尤敏の腹が一つに溶けあっていたのだ。力を入れすぎて引っ張ったために裂け目ができ、血が噴き出していた。彼は拉娃に足を締めつけさせ、尤敏が呼吸できなくなる寸前まで、もっと強く締めつけさせた。じつは、尤敏が尖った爪で自分の腹と拉娃の足を切り、双方の傷口を癒着させて、血管を伸ばし、互いに通じるようにしていたのだった。尤敏は栄養分を拉娃に流し、拉娃は眠気を尤敏に流した。彼らは生命共同体だった。帕は大急ぎで汽車を飛び降り、自分が何かまちがいをやらかした気がして、しばらく頭がぼうっとなり、道端の木につかまってひと休みするしかなかった。

数日後の夜、鬼中佐はまた故意にその車両を空にした。帕は医者の花岡一郎を背負って、うしろから汽車を追いかけた。今や彼らはこっそり事を進めるしかなく、正々堂々と乗車することもできなかった。なぜならこの父娘の名声はあまりに大きくなり、多くの村びとの支持を得ていたからだ。車内は暗鬱として、椅子が散らばり、父娘がその中に座っていた。花岡医師は前に何が起こったのかまったくわからなかったので、鬼（ゆうれい）列車に乗りこんだのかと思った。憲兵はもはや二人に眠ることも食べることも許さなかった。しかし尤敏はほとんど自分を犠牲にして、血管から栄養分を送り出し、拉娃から汚物と眠気を吸い取っていた。そのため拉娃は元気で、ほりの深い目を輝かせ、顔は血色がよくつやつやしていた。だが尤敏は疲労困憊しきって、体はやせ細り、骨が皮膚から浮き出て、生まれつきの大きな目にかろうじてかすかな精気が残っているだけだった。花岡医師は、たっぷり十五分のあいだ、驚きもせず、興奮もせず、父娘の連結部分を撫でてから、帕に尋ねた。「誰を助けるんだ?」

「義父が言うには、男のほうを残せと」

花岡医師は手術用のメスを取り出して、全部で三回尋ねた。「僕が聞いているのは、お前は、誰を助けたいのか?」

「二人とも助けたい」

「彼らの動脈は一つになっている。いちばんの救いは、助けないことだ」

このあと、帕はこの件を鬼中佐に報告したが、だましてこう言った。「自分がどんなに力を入れても、血を分けた親子の情義を切り離すことができませんでした」

鬼中佐はしばらく放っておくしかなかった。

拉娃のことは劉金福でさえ知るところとなった。毎晩牢屋の天窓が汽車に遮られるとき、ヒキガエルを一匹つかまえて、腹の中に九鬣（きゅうざん）の種を一粒吹きこみ、上に放り投げた。ヒキガエルは汽車の底板に逆さに張りついたあと上に這って行き、もし不幸にも真っ赤に焼けた煙管に接触したときは、ジューッと音をたてて、焦げてぶつぶつの皮になり、ひらりと落ちていった。三日後、一匹のヒキガエルが車窓から入ることに成功し、種を吐き出してようやく胃痛が止まった。餓えで気絶寸前の拉娃は尤敏に憲兵の隙をみて種を拾って自分に食べさせてくれと頼み、硬い殻を噛み砕いて種核(しゅかく)を食べた。これより、村びとは窓の外からしばしば九鼈の種を放りこんだ。拉娃一人が食べると二人に栄養がつき、養分を反対に父親に与えられるようになった。

　関牛窩はすでに食料配給制が実施されており、食べられるものは明示しなければならなかった。ブタ、羊、ニワトリ、アヒルの体に穴をあけてラベルを縛りつけ、ときには米やタケノコ、サツマイモまで同様に厳重になり、収穫後にまず練兵場におさめて、それから各家の家族数に応じて分配された。大部分の食料は軍隊に属し、ほんの一部が等級に応じて村民に配給された。拉娃と父親は「蕃籍」に属していたので、配給はさらに少なかったが、九鼈の種から高カロリーを摂取して、互いに寄り添って生き延びた。汽車が駅に入るたびに、拉娃は車両の下に変な老人がいるのを思い出した。彼女にはヒキガエルの郵便配達人がおらず、どうやって手紙を出せばいいかわからなかったので、そこで悲惨な出来事を思い出すことで力を呼びよせた。たとえば目の見えない母ブタが家のアワ畑を踏みつぶしてしまい、とてもつらかったことなど。このことを思い出すと彼女は力いっぱい床板を蹴破ることができ、七日後に床板は麦芽糖のようにくぼんで、小さな穴が開いた。穴の下で、劉金福が牢屋の中を懸命にぐるぐる回りながら、体を鍛えているのが見えた。

　劉金福はますます生き辛くなってきたと感じていた。意思の力が枯渇したのではなく、肉体の衰えのためだった。彼は長く持ちこたえねばならなかった。一日多く生きさえすれば、それだけみんなに精神的な模範を示すことができる。しかし、彼が最も恐れていたことが起こった。ある日体の中で火照るような熱が燃えさかり、内臓がもう少しで焼きつくされそうになり、口を開けると焦げたにおいがした。三日後、乾燥した熱が燃え尽きると、今度は内臓が急速に冷えて凍りつき、唇は霜が降りたように真っ白になった。暑かったり寒かったり目まぐるしく入れ替わり、膨張する部分がまだらだったので体にさらに多くのしわができて、瞬く間に数歳年をとってしまい、ほとんどの時間白目をむいて人を見ることしかできなくなった。「マラリア」と呼ばれる病気にかかったのだ。伝染病だったので、直ちに隔離しなければならない。髭巡査は竹にわら縄を引っ掛けて穴を囲い、外部の者は接近禁止にした。ただ汽車だけが近づく勇気を持っていて、そのうえ封鎖に使っている縄を憎々しげにひき倒した。

この機会を利用して、帕は汽車に飛び乗り、拉娃が開けた床の穴からオブラートの塊を投げて、劉金福のかすかに開けた病気の口のど真ん中に落とした。それは花岡医師が持っていたアメリカ製のキニーネの粉薬をオブラートに包んだもので、劉金福には恩主公の腹からこすり落としてきた神垢だと言って、だまして飲ませたのだった。しかしマラリアは巡査よりも悪辣で、神薬も病状を制御することができず、もはやそれに反撃を仕掛けるしか手は残されていなかった。劉金福が悪寒がするとき、帕は縄を街灯の柱に巻きつけて、彼を吊り上げて日に当てたり、熱湯に青草を混ぜて地下牢に流しこんで中に浸らせたりした。劉金福に熱が出たときは、冷泉の水がよく効いた。ここに至って、死期を悟った劉金福は演説をするちょうどよいタイミングと意義を理解した。汽車が来て人が集まるとき、彼はか細い声で演説をしたが、よほど気をつけないと聞こえないものだった。数日後、ある年寄りが聞き取って理解し、その言葉が広まっていくと、伝え聞いた者はみな感動の涙を流した。これより老人たちは毎日ここに来てその言葉を待った。「時代の苦しさがどんなに長くつづこうと、一つの命を越えることはない」、劉金福は繰り返し語った。

ある日、牢の天窓が汽車の底板で塞がれたとき、彼はまた演説をしようと思った。しかし騒がしい音を立てて震動する鉄板の宇宙の中に、濡れたように光る星が絶えず瞬きをしているのに気づいた。こんなに低く降りて来るとは！　劉金福はつま先立ちをして、先が割れた枝で九藍の種を差し出した。種は持ちさられ、つづいて星が閉じ、拉娃のすすり泣く声が聞こえ、そのうえ滔々と涙が落ちてきた。劉金福は口を開けて涙を受け止め、目を閉じて、舌をしきりに動かした。彼は大きな声で叫んだ。「海だ、海が見える！」演説を待っていた老人たちをひどく驚かせてしまった。

汽車はいちばん遠くの海岸線まで行き、それから折り返して運行していた。木の車両には塩がいっぱいこびりつき、濁った黒煙でさえ塩辛くなった。始発列車が駅に入ると、たくさんの蝶が上にとまって、曲がったストロー状の口で塩をなめた。たっぷり吸ったあとは黒煙に沿って上に旋回したので、鱗粉が浮いてあたりに拡散し、最後は青空に希釈された。汽車に蝶がいっぱい停まって羽を上下に動かしているとき、ゆたかな毛をなびかせて走る大きな馬のように、とても美しかった。太陽の光の下で、そのあでやかな蝶の群れはあちこちに少しずつかたまっているのではなく、液状だった。汽車を降りる訓練兵は手に蝶の羽の鱗粉を付け、襟や手紙の間に隠した。彼らがこのことを思い出すのは、おそらく塩の味も戦火もどちらも塩辛いある海の小島を死守しているときか、あるいはヒルも川の流れも沸き返る森林を通過しているときかもしれない。米軍とオーストラリア軍によって玉砕される前の朝に、彼らの襟や手紙の間から一羽の白い蝶がひらひらと飛びだし、思い思いに、軽やかな風に乗って、桔梗色の青空へ逃げていくことだろう。

しかし関牛窩の青空の下では、海岸線まで往復する汽車に乗っていた拉娃が海の話を持ち帰ってきた。彼女が最初の言葉を口にした途端、蝶が大きな音を立ててあふれるように飛び去った。このために汽車は太陽のもとでぐんと年をとったように見え、騒々しく煙を吐き出した。しかし物語は素晴らしくて、新聞も顔負けだった。拉娃は言った。若い兵士を満載した戦艦は、群れをつくり手をたずさえて港を出ると、波の上を飛ぶように走った。しかし米軍の船は水上を走るのではなく、海の中を泳いだ。ゆっくりと日本の船を追尾し、白い泡をもくもくと吐き出す「イルカ」を発射して艦船を撃沈した。船員はみんな命からがら海に飛びこんだ。海には私たちの父さん、兄さん、姉さん、弟が浮かんで、手をつないで叫んでいた。まるでザルですくって次々に捨てられたごみのように、見てごらん！　泣いているごみ、血を流しているごみ、もがいているごみ、どれだけ捨てても捨てきれない。彼らは銃を背負い、鉄帽をかぶり、絶望的に一つに抱き合って、荒波の中で勇敢に国歌を歌い、波の下に沈みながら涙を流して叫んだ。「天皇陛下、萬載（バンザイ）」。そして全員がすっかりサメの餌食になった。

　物語は風のように広がり、村びとの耳に潜りこんだので、鬼中佐は何とかして消毒しなければならなくなった。翌日汽車が生肉の入った籠を十幾つも運んできた。うしろにハエがまといつくように群がり、まるで気化して黒煙が出ているように見えた。この奇妙なひき肉を食べることができるのは、官兵と純正の日本語を話す家庭〔皇民化運動の際に認定された国語常用家庭〕だけだった。肉は火薬の味がし、地面に落ちると火花が散りそうで、食べるときには、歯にあたって出た火が肉に引火して爆発しないように、注意深く嚙まねばならなかった。鬼中佐は肉の入った籠を一つ駅前の群集に残し、彼らに向かって言った。これはクジラというこの世でいちばんの魚の肉だ。彼はまた言った。米国の潜水艦が発射しているのはイルカではなく、魚雷というものだ。だが戦艦大和は天皇陛下のご加護を賜り、クジラが魚雷に体当たりして、お国のために体を捧げた。この肉に火薬の味がするのはその証拠だ。これらのクジラの魂はすでに靖国神社に祭られて人々の参拝するところとなり、錦鯉に生まれ変わって皇居の二重橋の下のお濠で生きている。鬼中佐は説明を終えると、皆にならわせ、皇居の方角を眺めやり、両手を挙げて叫んだ。「天皇陛下、萬載（バンザイ）」

翌日の夜、月明かりが道を照らしているあいだに、帕は渓谷からするすると道によじ登り、すばやく最終列車に飛び乗った。車両の中は兵士で満席になり、みなぼんやり窓の外の景色を眺めていたが、悪魔の班長の帕がやってくるのが見えると、慌ててあごを引き、椅子の手前三分の一に掛けなおした。帕はこっそり拉娃に尋ねたいことがあったので、兵士たちに軍歌を歌うよう命じてごまかしてから、拉娃のそばに座って鬼中佐の意図を伝えた。もしこれ以上でたらめな話をしまくると、お前の口を縫いつけるぞ！　警告が終わると、七、八センチはある肥料袋用の針を前の椅子の背もたれに挿した。針の穴には太い糸がとおしてあった。しかし拉娃は勝利した。物語を話す目的はじつは帕がもう一度汽車に乗りこんで来るように仕向けることだったからだ。帕のことが好きになり、愛情とは死と同じように、霊魂を果てしない暗闇に陥れて道に迷わせるものだと拉娃は思うのだった。だが帕は自分のために尋ねた。

「話はほんとうのことなのか？」

尤敏が口をはさんで言った。「鹿野中佐が尋ねているのか、それともあんたが尋ねているのか？」

帕は答えずに、大きな声で新兵たちに歌をやめさせ、腰かけるように言ってから、立ち上がってドアを開けた。そして汽車から飛び降りようとしたちょうどそのとき、拉娃が驚くようなことを言った。

「ほんとうのことよ、どんどん悲惨になっていくわ」

声が車両の中に響き、遠い旅に出る兵士たちは自分の運命に思いをはせ、うなだれて涙を流した。

空気は完全に沈滞し、車両は残虐な死の静寂に変わった。帕はもう一度兵士たちに軍歌を歌え、それもほえるように歌えと命じた。

「敵は幾万ありとも、あまたの砲火をもろともせず、大和魂充ち満ちる……」

その場で足踏みする音に軍歌の響きが加わって床板が脈打った。汽車はまもなく出発となり、車体を大きく上下しながら駅を離れていった。帕が歯ぎしりをして、ドアのそばの手すりをぎゅっと握りしめると、クロムメッキに亀裂が入った。彼は周囲に広がる大地に目をやった。暗夜はすべてを腐食し、関牛窩のかすかな灯りがそこで上下に揺れ、左右に揺れ、燃え残りのようにうら寂しかった。風がひと吹きし、道を一本曲がると、世界はまた暗黒に戻った。

俺は鹿野千抜だ

時局はますます緊迫してきた。米国の飛行機がたびたび飛来したが、来るときも去って行くときも自由気ままなものだった。子どもらはヘルメットをかぶって登校し、肩にカバンと小さなスコップを掛け、足にはゲートルを巻き、地下足袋をはいた。男は戦闘帽を、女は防空頭巾をかぶりモンペをはいて、いつ終わるとも知れない防空演習と救護演習をやった。終わるとへとへとに疲れて、番薯籤飯は半分しかのどに通らず、そのうえ都会の人間といっしょに食べた。米国の爆撃機が大都市を爆撃したため、都会の人たちが田舎に疎開して避難し、始発列車は七両編成の車両にあふれんばかりの人を載せてきた。夜も灯火管制が敷かれ、最終列車が駅を出たあとは、村は灯りを消し、川の流れが穏やかな場所でも木の葉をまいて光の反射を防がねばならなかった。関牛窩の上空は航空路になっており、米軍機はここを通って、定時定刻に大都市を爆撃しに出かけて行き、またここを通って南海の航空母艦へ戻って行った。駅の兵士や村びとはいつも空を仰いで、南方からゴロゴロと雷のような音がして、一群の細い航空灯が北へ向かって去って行くのを眺めた。最初のころは、若者は空に向かって石を投げたり、つばを吐いたりして、それらのホタルをひねりつぶそうと思った。だがあるとき爆弾が落ちてきて、彼らはようやく考えを改めた。米軍機が帰る途中に、光を反射している川を道と勘違いして、爆弾を落としたのだ。爆弾はあまりに柔らかい川に落ちて爆発を忘れ、水面を跳ねて、岸に上がり、三軒の土の家と二つの坂道、一匹の牛を突き破って、最後に駅の地下牢の上で止まった。劉(リュウ)金福(ジンフ)は車輪が破裂して汽車が上に這いつくばっているのかと思い、怒鳴りつけた。「天窓を押しつぶす気か」。そして竹を手に持ってひっかいた。汽車がくすぐったがって体をぴんと起こせば、底板に向かって投げいれたばかりのヒキガエルが車窓までたどり着けると思ったのだ。村びとはずっと遠くに隠れて様子をうかがっていたが、一人の子どもが大きな声で叫んだ。「飛行機の糞だ、たった今飛行機が糞するのが見えた」。爆弾のしっぽには高速で回転する小さなプロペラがついており、ブンブンと耳障りな音を立てた。慌てて駆けつけた帕は足でさっと爆弾を踏みつけ、両手を広げて、みんなの沸き立つような歓声を浴びた。

　すぐあとに到着した練兵場の四輪駆動車から一人の兵士が飛び降り、震えながら這って近づいて、小さなプロペラに向かって勢いよく息を吹きかけた。もし回転が止まると爆発するというのだ。帕(パ)は急いで一匹のコオロギをつかまえてきて前に置き、ジッジッと高い声で鳴かせて、小さなプロペラに仲間をつくってやり、いっしょに鳴きつづけるようにした。帕はその二五〇キロの爆弾を抱えて四輪駆動車に載せ、兵士にゆっくり運ばせた。このかわいい子を飛行機に積んで米国にお返しするためだ。車は上下に揺れながら去って行ったが、このとき爆弾の下にへばりついていたヒキガエルがやっとのことで這い上がり、九鏨(きゅうざん)の種を吐き出して、歌を歌っていたコオロギを食べてしまった。すると、ドカンと大爆発が起きて、村全体がドーンという音をたててひっくり返った。村びとが這い起きて、心臓をたたきながら、ふと見ると、なんてことだ、遠くに癇癪持ちの太陽が出現し、三人の兵士と、一台の車と五人の村びとが消えて、代わりに乾いた池ができていた。

　他にもみんなをひどく驚かせたことがあった。それは雷が鳴り、稲妻が真下に向かって光の糸を引いていた、雲の多い夜のことだった。戦闘機が二機、まず低空飛行をし、それからでたらめに発砲してきたが、家が二軒やられただけですんだ。山の中腹の大砲は反撃が間に合わず、防塵カバーをとる間もなかった。つづいて、今にも風邪をひきそうなかっこうをした巨大な女が箒星（ほうきぼし）にまたがって、とても長い花火を後ろに引きずりながら、関牛窩の上空に闖入した。距離が十分近くなったとき、大砲と機関銃はすばやく反撃にまわり、それぞれの銃口から手堅く銃弾が発射され、火花と生臭いにおいを噴き出して、飛び去って行く女に自分の息子を孕ませようとでもしているかに見えた。このとき、村びとはその標的が、とっくに砲撃を受けて傷ついた爆撃機であることを知った。後尾から火を噴き、巨大な女が飛行機の頭部にまたがって、手でハスの花の形をつくっていた。飛行機は巨大な女もろとも最後は山奥に激突して大破した。

　鬼中佐は大勢の人間を招集して捜索に向かわせ、帕も派遣された。六時間後、彼らは墜落地点に到着し、そこで鉄片や潰れた人肉を見つけた。空気中にガソリンと香水のにおいがした。帕は肉汁や内臓を見たとき、それを死んだブタや犬だと思うことでまだ我慢できたが、ちぎれた手足を見たときには吐き気をもよおしてしまった。慌てて吐く場所を探していると、途中で飛行機の頭部をひっくり返してしまった。なんだこれは！　突然みんなは、その女が死んでおらず、破裂せずに残った機体の頭部にまたがって、あでやかな視線を投げかけているのを発見した。そして彼らはようやくその西洋女が機体の頭部に描かれた絵だったとわかった。水着を着て、その下に英語でIrisと書かれていた。その女は貧しくて病気もちだった。わずかな布きれしか身につけられないほど貧しく、乳房や尻は大きく腫れ上がり腫瘍末期の病を患っていた。ある者が、「アイリスは指でハスの花の形をつくっている」と言ってから、頭を振りながら嘆いた。「やれやれ！　観音様は米国に行ってダメになってしまった、あと数年したら着る服を何も持っていないと笑い者にされただろうよ」。一人の農夫が寒いのに構わず、服を脱いでアイリスに着せ、むりやり木の蔓を使って大きな鉄のかたまりに縛りつけ、それから「小便に行って来る」と言って、人の群れから遠く離れたところに姿を消した。彼は、日本の警察に見つからずにそこからアイリスを見ることができるので、彼女にお祈りをするつもりだったのだ。

　数日前の空襲による爆弾投下で、この老農夫の息子は爆弾にあたって亡くなった。彼は麻袋用の糸で、破損した息子の死体のかたまりを縫い合わせたが、一つに組み合わさった死体はかなり縮こまっていた。まるであどけない赤ん坊のように目を開けて、どんなに慰めても目を閉じて眠ろうとしないので、しかたなく糸で瞼を縫いつけるしかなかった。そして今、老農夫の体は寒さでこわばり、冷たい風が彼の関節に鍵をかけたようになった。そこでまず小便をして、尿で足を温め、それから手で尿をひと掬いして顔を赤くなるまでこすって気合を入れた。彼はひざまずいたが、体はぶるぶる震え、頭の中は息子が顔を血だらけにしている恐ろしい光景でいっぱいだった。毎晩夢の中でこんな画面が繰り返され、そこから息子を救い出せないことほど父親失格と思わせるものはなかった。救いもなく、涙を流す以外、ほかに仕様がなかった。そこで祈りの言葉を呟いて、米国のアイリス菩薩様、私どもをお守りください、飛行機で爆死しないようにお守りくださいと祈った。このとき、胃の中の物を戻し終わった帕がちょうど通りかかったので、全身に鳥肌が立つほど老農夫を驚かせた。目はおびえ、自分が「西洋女の神様」を拝んでいるのを密告されるのではないかとひどく恐れていた。帕は背を向けて歩き出したが、老農夫がこれからずっと恐怖の中で生活するかもしれないと思い、言った。「俺は見たし聞いた、だが安心しな、何も覚えていない」。そして爆撃で折れた木をまたぎ、松明（たいまつ）を振り回して、平たくて重いアイリスを運び出しに行った。

　水着姿のアイリスは捕虜とみなされて駅に移送され、ペンキで上から体重よりも重い和服の絵が描かれた。夜中の十二時前には老人が参拝に駆けつけて、線香の燃え残りをひと山残して帰って行ったが、夜中を過ぎると寂しい男たちが彼女の服を剝がそうとやってきて、指の痕と精液の痕をくっきりと残していった。最終列車のライトがその丸く突き出た機体の頭部を照らし出すとき、西洋女はまた生き返って微笑んだ。出征する腕白な兵士たちは歓声を上げ、ペンキの下の水着のショートパンツからはみ出たむっちりした尻の痕を見ようと、急いでちょうどいい角度を探し、粗野な目配せをして、言った。「アイリスに会いに行こう」。だが誰かが生真面目に窓の外に向かって彼女につばを吐きかけると、性の妄想にふけっていた男たちは口調をがらりと変えて怒鳴った。「さあ、アイリスの旦那どもをたたき殺しに行くぞ」。そしてさらに軍歌を歌って身の潔白を示した。

　あるとき激しい西北雨（サイパッホー）〔台湾北部特有の八月半ばに発生する激しい夕立〕が降り、関牛窩はぼんやりかすんだ景色に包まれた。草木がなぎ倒され、魚は河岸から落ちてくる激流に乗って上流へ流された。魚はあちこちの家へ遊びに行っておかずにされたのもいれば、道路を泳いで村見物をしたのはいいが、太陽が出て水が干上がると、互いに身を寄せ合い、つばで体を潤しあうのもいた。学校帰りの子どもらは、麻袋をレインコート代わりにかぶっていた。手足を外に出して、愛らしく駆けまわる姿が麻竹（まちく）の筍（たけのこ）のようだったので、「雨筍鬼（ホースングイ）」と呼ばれた。「雨筍鬼」のカバンには鰻（うなぎ）や三角鮎（たいわんギギ）がいっぱい詰まっていて、膝まである水の中を歩いて帰った。子どもらは駅を通りすぎるとき、地獄から這い出してきた老鬼の長い髪の毛が水に漂っているのを見た。劉金福の髪の中を鯲仔が泳ぎまわり、彼はとろんとした目をして、口から泡を吐き、地下牢のそばにぼうっと座っていた。翠鳥が頭の上にとまり、直接鯲仔をつついて食べていたが、しばらくするとげっぷを止めることができなくなって、七色の羽をブルッ、ブルッと震わせた。

鬼中佐は劉金福が一生地下牢から出る気がないと判断し、とっくに憲兵を引き揚げさせていたので、誰も構う者はいなかった。だが今度は「雨筍鬼」が彼のことを構いはじめ、どうやってこの脱獄者を処罰するか激しく討論をはじめた。劉金福が一歩でも地下牢から這い出そうとすると、まだ結論が出ていないからと穴に押し戻し、浮き木の代わりにノートを投げ入れてやった。地下牢はとっくに水牢になっており、劉金福はノートの上に腹這いになって、しきりにせきをした。彼はノートの中から日本語の文字がごっそり跳び出し、油のしみのように拡散して色付きの光に変わるのを見ると、にやりとした。日本語の文字は痩せこけた乾いた薪だ、油がでてくるはずがない、これは夢だ、とつぶやいて、辮髪の鞭を手に取り、日本語をたたいて手慰みをした。翌日、帕は何かを思い出したかのように駆けつけてきた。穴の中にはオタマジャクシや魚が住み着いていた。水草を抜き取り、手を差し入れて探ってみると、柔らかくてつるつるするものに咬まれてしまった。じっちゃんはあい変わらず元気に生きているじゃないか、帕は心配事が消えてうれしくなった。しかし、帕がつかまえたのは水獺で、水面にいる目の大きなトノサマガエルに見えたのが劉金福だった。鼻の穴を水面に出して呼吸をしていたが、体じゅうにヒルがぶら下がり、水でふやけた皮膚には、ロウソクが一度に溶けてこぼれ落ちたような白いしわがよっていた。帕は怒って、炭火で百匹余りのヒルを焼き、血を搾り出して劉金福に飲ませた。このあと、帕はしばらく牢に住んで、汚泥を取り除き、乾いた木炭で湿気を取り、祖父の病気が治るまで介抱することにした。最終列車が駅に入ると、あまりの轟音に寝ていた劉金福が驚いて目を覚ました。そして漆黒の空中に手を伸ばして、大きな声で叫んだ。ああ、星が見える。帕はそれが拉娃(ラーワー)の大きな目だと気づき、すぐに劉金福を肩に載せて、できるだけ高くしようとつま先立った。それは悲しい星だった。帕は星を見るとすぐにうつむいて視線を避けた。拉娃が昨晩夢の中で彼を見て、つらい思いをしていることなど思いもよらなかった。劉金福は手を震わせながら星に触った。そのとき、拉娃の熱い涙が手を伝って流れ落ち、全身のヒルの傷をきれいに洗い流し、傷痕だけが残った。涙が数滴、帕の目にも入った。帕はとても恐ろしくなった。涙を通して劉金福の死期の光景が見えたのだ。劉金福が川で溺死し、帕がその大きな原因のようだった。

　気温が上がり、ますます暑くなってきた。劉金福は大雨を乗り切ったが、自分の体内で猛スピードで燃えつづける月日に耐えるのは難しかった。マラリアの発作は三日置きから毎日に変わり、そのうえ乾燥熱よりも悪寒が頻繁に襲ってきた。当面の対策として、帕は劉金福を街灯の柱につるして、汽車の煙突の煙を利用し、いぶして治すことを考えた。汽車は石炭を燃やしているので、煙も地獄の熱さがあり、多少なりともマラリアの寒気を治療できるだろう。劉金福は街灯の下に高々と掛けられた。大勢の人が見にやって来て、「押密(ヤミ)〔闇市〕」をやった奴が日本の警察に捕まり、街灯の下につるし上げられて懲罰をうけているのだと思った。「鬼だ、あいつは『遮仔鬼(ザアエグイ)』〔遮仔は客家語で傘のこと〕だ」。一人の子どもが彼のことを雨傘の鬼だと叫ぶと、自分でもこれほどぴったりの言葉は他にないぞと思った。劉金福は腰まで届く長い髪をたらしていたが、それが絡まって一つの束になり顔を覆っていたので、たたんだ破れ傘そっくりで、すえたにおいを発散していた。夕方になった。電球が明るく照らすと、彼の体は強力な光に巻きつかれて小さくしぼみ、地面の上に巨大な黒い影を落とした。苦痛で失禁した糞尿もズボンの股から地下牢に落ちた。臨終に際して、頭がおかしくなったのか、あるいは無意識なのか、何度も唱えるように言った。「海だ、海が見える！」電球の刺激を身近に受けて、目を辛そうに細め、汽車が大きなライトをひけらかして丘を越え、光と影が入り乱れながら、駅に向かって突進してくるのを見た。また地上では誰かが地下牢に生花と九藍の木の葉を投げ入れているのが見え、さらに髪が金色に輝き、白い顔の、和服を着た「白番婆(はくじんのおんな)」が自分に笑いかけているのが目に入った。アイリスだった。いちばんたまげたのは地上に、つるつるに禿げた、大きな鳥がいたことだった。これは劉金福を気絶させるほど驚かせたが、意識を取り戻すとそれが自分の影だったと気づいた。彼は何かを思いついたように見上げた。電球はすぐ近くにあり、信者が神に対面したときのように、手を伸ばして電球をつかみたくなった。汽車が駅に入ってきた。猛烈に熱い石炭の煙がまっすぐのぼり、街灯の柱にぶら下がっている劉金福を吹きあげた。彼が頭上の電球にぶつかりそうになると、不意に帕が縄を下へおろし、防毒マスクをつけた劉金福を煙突の中に入れていぶし治療をはじめた。このとき人々は別のことで騒ぎ出し、汽車に近寄ってきた。そこに山間部からの消息が貼ってあったのだ。帕は縄の端を鞭のように振って、群衆を追い払うと、久しぶりに「陥落」という文字を目にして体が震え、ニュースを大きな声で読み上げた。「『紅毛館山』から泉が出た。泉の水はマラリアを爆撃し、マラリアは陥落した」。子どもらはみんな拳(こぶし)を挙げて、久しぶりに陥落、陥落、陥落……と叫んだ。

紅毛館山では、かつてオランダ人が原住民と客家人を使ってクスノキを伐採し、竈(かまど)に詰め、蒸して樟脳をつくっていた。一世紀ものあいだ、まるで若い女の硬くて張りのある豊かな乳房がぺっしゃんこになるまで搾り取ったので、すでに老婆の乳房のようにだらりと垂れさがり、半滴も出なくなっていたが、今、マラリアを治す仙女の涙が噴き出したのだった。じつは、紅毛館山のある家の者がマラリアに苦しんでいるときに、九天玄女〔古代中国神話の女神、のち道教の女仙〕が夢枕に立ち、その憐憫の涙で病を治すことができるという神託を受けた。夢から覚めると、主人は一家八人総出で門の外を探させたが、涙がどこにあるかはもとより、九天玄女の影も形もなかった。三日目になると、この家の八歳になる子どもが、あちらこちらと探しているうち全身の筋骨が寒気を催してきて、マラリアの発作が起きた。樹の下で体を縮めて震えているとき、ふと見上げると木の上の巣にいる藍鵲（やまむすめ）もマラリアにかかっているらしく、しきりに震えているのに気づいた。子どもは木に登ってそれをつかまえると、かわいそうに思って、懐の中に入れて温めてやり、自分も苦しみに耐えながら歌を歌って慰めた。鳥がなんと涙を流したので、子どもは珍しく思って涙をなめてみると、マラリアが意外にも治ってしまい、全身に力がみなぎって家に駆け戻った。駆けながら、僕みつけたよ、山姑娘（やまむすめ）〔藍鵲〕が九天玄女観音だったんだよ、と叫んだ。家に着くと、鳥が死んでしまったので、その子は驚いて手を離した。鳥が地面に落ちると、尖ったくちばしが地面にあたって穴があき、そこから泉の水が噴き出した。それを飲んでマラリアを屁のようにひり出してしまえばいいのだ。この奇跡は広く伝わり、数えきれないほどの人々がいくつも山を越えて、あちこちから紅毛館山に押し寄せた。金持ちは汽車に乗り、紅毛館山に直行する「超特急」便さえ出るほどだった。瑞穂駅を汽車が轟音を立てて通過するとき、駅は音量を吸収してしばらく震動音がつづいた。金（かね）のない人は手押しのトロッコに乗り、それもできない人はお茶と握り飯を持って歩いて出かけ、疲れると軒下で一夜を明かした。纏足をした閩南（びんなん）の女たちも、ただ仙女の涙をいただくためだけに、数十里の道のりに耐えたのだった。山のふもとに着くと、そこからは徒歩で登り、患者たちは夜は松明を持って登ったので、その灯りで紅毛館山はまるで火山が爆発して溶岩が流れ出ているように見えた。帕が大きな木の桶を持って人の群れを突破し、泉が湧き出ている場所に到着すると、尻の穴ほど小さな泉の湧口があるだけで、そこに数百人が押し寄せて、我先にと争っていた。待ちきれずに癇癪を起こしたり、かたき同士のように殴り合いをする者もいれば、いっそ自分で泉を掘って水を得ようとする者、どろどろの泥をいきなり飲みこんで病気を治そうとする者など、みんな半狂乱だった。帕は桶を二つ提げていたので、尻で人を押しのけ、強引に泥を掘って桶をいっぱいにした。そしてふと見ると、泉のそばに苔ですっぽり覆われた大きな石が一つあり、十人余りの人たちが気がふれたように、その苔を口で削りとっており、石の表面は歯形がいっぱいついていた。石の中には少なくとも数両〔一〇〇グラム前後〕の水が含まれているので、帕はまた尻で人を突き飛ばして、足の先で石をひっかけ、首をちょっとすくめて、ひょいと額の上に石をのせ、いっぷう変わった格好で十キロの道を走って地下牢に戻った。そして液状の泥を地下牢の中に流しこみ、さらにその大きな石を細かく砕いて、手の皮がすりむけるほど水を搾りだした。帕の鮮血が混じった仙女の涙が落ちて、劉金福の口の中に入った。

　二日目、穴のそばに寝ていた帕は始発列車の汽笛で目を覚まし、あわてて体を転がして穴の中に身を隠した。と、そのとき劉金福の意識がとてもはっきりしているのに気づいた。頭の上に凝固した泥をつけ、まだ手足を動かすことはできなかったが、口を動かして人を罵倒することはできた。しかし、彼らはすぐにいつもの愛情たっぷりの口げんかはやめて、駅に入ってきた汽車の底板を仰ぎ見ると、複雑な歯車が出す美しいリズムに耳を傾けた。朝の太陽が、車窓を突き抜け、車両の床板にあいた小さな穴から地下牢に差しこんできたが、車内を行き来する旅人によってたびたび踏みつけられて途切れた。汽車が発車するとき、拉娃の大きな目が突然小さな穴にあらわれて覗きこみ、一粒の種子があちこち転がりながら地下牢に落とされた。そのあと汽車は走り去り、朝日が再び地下牢全体を明るく照らした。世界は静けさを取り戻し、ただその種だけがまだ転がっていた。種は風に乗っているのか、牢の壁を伝って何周かしてのちようやく止まり、日光の下で明るく光って注目を一身に集めた。帕と劉金福は、それが何の植物の種かわからず、片方は七層塔(バジル)だと言い、もう片方は月桃(げっとう)だと言い、二人はつばで相手を溺れさせる勢いで言い争った。とうとう劉金福が種を自分の足の指の間に押しこんで、芽が出て大きくなったら決着がつくさ、と言った。

毎年秋になると、九降風が吹き、乾燥した風が、階段状の渓谷に沿って吹き降ろした。風が山を降りて、ひとこすりすると、九降風はナイフに変わった。多くの植物は一見なんともないように見えたが、じつは風に切られて、ちょっと触っただけでばさりと倒れた。鬼中佐は六か所の大砲の要塞を視察するために、馬に乗って山道を進んでいた。冬の風が激しく吹きつけ、ピカピカに磨きあげた鞍やくつわが冷たい光を撥ね上げた。ブナの木はすっかり葉を落として、空に向かって木のまたを露出し、小道には生姜色のぎざぎざの葉が敷き詰められて、すがすがしい景色が広がっていた。鬼中佐は明治天皇の和歌を思い出した。「新高(にいたか)の　山のふもとの　民草も　茂りまさると　きくぞ嬉しき」「たへがたき　この日ざかりに　おもふかな　高砂島の　あつさいかにと」。だが今は暑くもなく、むしろ涼しくて、このうえなくすがすがしい。小さいころに聞いた話では、台湾は猛烈に暑い蕃人(ばんじん)の島で、昼の太陽に向かってニワトリを投げると、ちょうどよく焼けて戻ってくるとか、夏の日の池は魚スープになり、川は温泉に変わり、卵を割って石の上に置くと目玉焼きができるとか言っていた。今これらの言い伝えが自滅してしまったようにみえた。遠方の次高山(つぎたかやま)（雪山）〔台湾領有当時の「日本最高峰」の新高山の次に高い山の意味で命名された〕は厳かな積雪の姿を呈し、山のふもとでは亜熱帯にしかいない魚、馬蘇（マス）〔俗称は次高山鱒〕が採れた。冬景色は美しく、眼前には渓流が延々とつづき、縦谷（じゅうこく）にやさしく水を供給しながら、甘い囁き声をもらしていた。この小さな山道は絶景で、山の入り口の道の部分は鬼中佐が人に命じて石板を敷いて階段をつくり、「乃木坂」と呼ばれていた。そして最後の段からつづく土の小道は「乃木の道」と呼ばれ、自分の義父である乃木希典（のぎまれすけ）大将を記念したものだった。何度も、鬼中佐は帕といっしょにここを散歩して、歴史、科学、哲学を語り、またただ単純に山道をぐるりと歩いて、温かい太陽と林からのそよ風を満喫した。

　鬼中佐は、帕とこの「乃木の道」を散歩したときのことを思い出した。あるとき山の中腹から瑞穂駅を眺めていると、景色は遥か遠く、春雨でぼやけたように見えた。そこで汽車が駅に入る手前にある小さな山を指して、帕に「あれは何という山か」と尋ねた。「牛背峠（ぎゅうはいとう）です、牛の背中の山という意味です」と帕は説明した。鬼中佐はもちろん知っていたのだが、ただ父と子が同じ山のことを言っているのを確認したまでだ。なぜならその山は見るたびに日露戦争のときの２０３高地を思い起こさせるからだった。日露双方は、長さ二〇五メートル、幅三五メートル、高さ二〇三メートルの、満洲の旅順港に近いこの要害の高地を奪い合うために、三万人近い人命を差し出したのだ。鬼中佐は帕に言った。乃木希典大将は天皇自らによって日露戦争の第三軍司令官に親補（しんぽ）されると、旧居に三つの墓碑を建てた。それは皇居の方角を向き、それぞれ自分と二人の息子である乃木勝典（かつすけ）、乃木保典（やすすけ）の名前が刻まれていた。碑を建てて死を求め、その後三つの柩を担いで戦場に臨み、武官の決死の覚悟が揺るぎないことを示した。鬼中佐は言った。一進一退の戦いだった２０３高地で、ロシア軍は山頂を占拠し、昼間はセメントのトーチカや鉄条網で阻止し、夜はサーチライトで日本軍の目が見えないようにして、最新のマキシム機関銃で掃討した。塹壕はあっても、そこはすでに死体が溢れ、身を隠すところがなく、前に進撃するしかなかった。乃木大将は最後に危険な賭けに出た。肩に白いたすきをかけた三千名の決死隊の突撃を断行したのだ。自分は機関銃を持って後方で戦況を見守り、ためらったり退却する兵士がいれば直ちに射殺した。若い兵士は強い酒を飲み、強いタバコを吸って、やっとのことで突撃の勇気を得るのだった。何度か失敗を繰り返して、ようやくロシアの大軍を２０３高地から完全に追い払った。鬼中佐はここまで話してから、そばにいる帕に尋ねた。もし自分が将校だったら、兵を率いて目の前の牛背峠をどう攻略するか。

「多桑（トウサン）がやるとおりにやります」と帕は答えた。

「やるとおりにやる？」鬼中佐は大笑いして、帕を馬鹿な奴だと叱り、諭した。「戦争は将棋と同じで、勇気と知恵がいる。この将棋の駒は木でできているのではなく、血と肉をもっているので、弾に当たれば死ぬし、泣き叫ぶ声はとても耳ざわりなものだ」

「僕は軍隊を率いて殺しに行きます。前線で動きを監督し、後方にはいません」

「馬鹿もん、指揮というものはそう無鉄砲ではいけない。軽率に敵の火中に身をさらすのか？」

「僕は死にません。祖父が僕のために運命を占ってくれたことがあますが、僕は九十九まで生きると言っていました」

「馬鹿もん、迷信を戦場に持ちこむものじゃない。銃弾は血に飢えているのだ」

「どっちにしても僕は勝ちます」

「なぜだ？」

「夢でもう何遍もそんな場面を見ましたが、毎回戦って勝っています」

会話は荒唐無稽な話で終わり、鬼中佐は泣くに泣けず笑うに笑えなかった。帕にもっと大人になってほしいと望んだが、また一方で天真爛漫なら徹底的にそうであればいい、しかしその間で揺れてはいけないと思った。帕が世界を動かす不思議な力を持っていることは鬼中佐も知っていた。しかし力が過度に満ち溢れているのは反対に危険だった。銃を使えば引き金を引き切ってしまい、銃を槍のように使って敵を射ることしかできず、手榴弾も遠くに投げ過ぎてしまう。白兵戦に適しているだけで、手はいつも血にまみれているが、しかしうまく制御できなければまるで運転する者がいない戦車のように、塹壕に落ちて廃棄処分にされてしまうだろう。

同じく帕との別のおしゃべりの中で、鬼中佐はもう一つ乃木大将の話をした。話は鬼中佐が士官学校で学んでいたときに聞いたもので、鹿野の姓をいただいてのち、彼は義父の乃木大将に一度も会ったことはなく、その証明を求める手紙を書いたこともなかった。しかしこの物語は義父がまがいもなくこの世に生きた人だと彼に信じさせた。話はこうだ。乃木大将は日露戦争に勝利したが、二人の息子をこの戦争で失った。戦後彼は東京に住んで、皇太子の教育に従事した。講義のない日には、地味な服に身を包んで各地に赴き、戦死者名簿を頼りに、家々を訪ね位牌にお参りをして歩いた。そこを離れるときには、門の前で深々とお辞儀をすることを忘れず、そのお辞儀の仕方は告別ではなく許しを求めているように見えた。あるとき、一人の老女が乃木大将に言った。「あんたは人殺しだ、勝つために私の孫を殺したばかりか、自分の二人の息子まで殺したじゃないか」。乃木大将は否定もせず肯定もせずに、頭を挙げて、顔を涙で濡らしている老女を見つめた。そして背を向けてそこを離れた。このとき老婆に言われたことは乃木大将にとって大きな打撃となり、半年延ばし延ばしして、ようやく勇気を奮い起こし、再び戦死者の家族の家を回ってお参りをはじめたが、しかし家には入らずに、門の前でお辞儀をするだけになった。そのうち、乃木大将はどこの家に行っても、門の前にツバキの花が挿されているのに気づいた。彼は自分よりも一歩早くお参りをしているのが誰なのか見てみようと思い、あるとき、心臓が止まるほどの冷たい風に耐えながら、柱のうしろに身をひそめ、そしてとうとうよく見知った姿が大通りの端から歩いてくるのを見た。静子だった。じつのところ、彼はとっくに妻の仕業だと知っていた。なぜなら彼女しか彼の毎回の行方を知らなかったからだ。静子は彼の代わりに罪を引き受けようと、兵士たちに献花していたのだった。しかし乃木大将があらわれると、静子は振り返ってすぐに走り去った。待ってくれ、静子！　乃木大将は叫んだ。路地は狭く、深い静寂に包まれ、声はこだましてあたり一面に響き渡ったが、カラスが何羽か羽をばたつかせて遠くへ飛んで行き、遠くの朝日が路地に流れているのが見えるだけだった。乃木大将がしばらく追いかけていくと、道の真ん中に女物の下駄が片方落ちているのを見つけた。傍らにはツバキの花びらが散っていた。下駄は自分が妻に買ってやったもので、板の部分に描かれた桜の花模様はよく見覚えがあった。鼻緒は切れておらず、きちんと置かれており、静子が苦心して、乃木大将に追わないでほしいと告げたものだった。乃木大将は下駄を懐にしまい、地面に落ちているツバキの花びらも拾って、汽車で東京の寓居に戻った。出迎えた静子はしとやかに玄関口で深々とお辞儀をし、お疲れさまでした、熱いお茶が入っています、と言った。それから彼女は背を向けてそこを離れ、すべてが何も起こらなかったかのようだった。乃木大将が下駄箱を開けると、もう片方の下駄がそこにあった。雪の汚れがついており、触るとまだぬくもりがあったので、自分の懐から下駄を取り出して、そっといっしょに並べた。このような夫婦の情ゆえに、明治天皇が崩御し、霊柩車がゆっくりと皇居を出て、弔砲が高く鳴り響いているとき、二人は礼服に身を包み、寓居で殉死を遂げたのだった。血の海に、一対の古い下駄が浮いていたという。

「僕は今後この山道を歩くのが嫌になるかもしれません」。帕はとても誠実に自分の思いを述べた。

「この道がずっと僕にこの物語を思い出させるからです」

五か所の大砲の視察が終わり、鬼中佐は六か所目に向かった。山道を通っているあいだ、馬は足を踏ん張ばりながら上り、スゥースゥーと息を吐く音がした。ある小さな曲がり角で、太陽の光が道端の山芙蓉を照らし、白い花が日の光を受けて徐々に深紅に変わって、かぐわしい香りを漂わせていた。花の群の先に視線を移すと、背後に広がる風景に圧倒されて鬼中佐は目を細めた。なんと美しい！驚きの声を上げた。冬の太陽の光が豊かに差しこみ、視野を明るく塗り替え、さびしい気分も吹き飛ばされた。近くの村は、レンガ造りの家が入り交じり、鶏や犬の鳴き声が聞こえる平和な風景が広がって、汽車がシュッシュッと山道を通り過ぎるときには、坂道を登る強力な加速の音を聞くことができた。彼が冬の桂竹（けいちく）に目を向けると、「山吹色（やまぶきいろ）」と呼ばれるキツネ色をしていた。ふと風がどこから吹いてきたのか、山全体が舞いしきる落葉に包まれ、馬が前に進めなくなった。九降風の威力だった。彼は高台の大砲へ向けて前進をつづけ、全部で三時間かけて視察を終わらせた。時局が思わしくなく、しばしば砲台を移動させて、米軍による爆撃を避けねばならなかった。現在の制空権は日本のものではなくなってしまい、空に飛行機が長くとどまり互いに戦うことは少なくなった。飛行機が攻撃されて谷間に墜落するたびに、村の子どもらはこれまでどおりまず手をたたき、うなずきながらいいぞと叫んだ。そして二時間かけて墜落した飛行機を見に行って、また零戦機だとわかると、しょんぼりと六時間かけて帰って行くのだった。鬼中佐が空を仰ぐと、相変わらず旭日旗（きょくじつき）のような太陽が輝いている青い空が広がっていた。いつになったら日本帝国の飛行機でいっぱいになるのだろうか？

ちょうどこのとき、練兵場のほうから甲高い叫び声が聞こえてきた。「九百九十九人目」と叫んで、大きな太鼓の音で鬼中佐に知らせていた。彼はそれを聞いて、いよいよその時が来たことを知った。この疲弊した時局に、まだ人を奮い立たせる知らせがあるのだ。彼は手綱を引いて振り返り、馬にひと声かけて、森林を疾走し、谷を渡り、野菜畑を飛ぶように駆け抜けた。一刻も早く練兵場に駆け戻りたい一心で、身を切りそうなサトウキビ畑では刀を振り回して突き進み、心ゆくまで勇敢に戦った。練兵場ではちょうど帕が、相撲で使う土俵の上でフンドシをしめ、両手を地面につけてしゃがみ、両の目を鬼のように鋭くしていた。相撲用語に、相手を五人つづけて打ち負かす「五人抜き」というのがあり、相手に勝つことを日本語で「抜く」と言う。鬼中佐は今月帕に抜かれる千人目になるはずだった。それは帕に「千抜」と名付けた彼の大きな期待のあらわれでもあり、大きな力を持つ恐れを知らぬ大和武士になってほしいという願いが込められていた。

鬼中佐は馬に乗って土俵の周りを回りながら、怒って叱りつけた。「本気を出せ」。そう言うと、馬の鞭を振りまわして兵士を前に突き出し帕を引き倒すよう迫った。百人余りの兵士が声を上げて、四方八方から土俵をめがけた。後方にいる鬼中佐は回りながら鞭を振りまわし、怠慢な兵士の背中に鞭を浴びせた。埃が舞いあがり、兵士たちは激しい感情のこもった怒鳴り声を上げて、まるで狂気じみた死の境地に一歩足を踏み入れるかのように、土俵の上に突進し、帕を粉々に引き裂こうとした。

土俵の上の帕はでたらめに土を踏んで、兵士たちの目を埃で見えにくくし、一人来ようが、一ダース来ようがお構いなしに片っ端から放り投げ、あたかも天下はすべて自分のものであるかのようだった。鬼中佐の鞭がもう一度土俵に向かって振り下ろされ、兵士に無理強いをしたとき、思いがけず鞭がどこかにひっかかってしまった。目をすえてよく見ると、鞭の先を帕がしっかり摑んでいた。鬼中佐は革靴を馬の腹に当てて後退させ、帕を土俵の上から引きおろそうとしたが、鞭をまっすぐ引っ張っても何の役にも立たないことがようやくわかった。引っ張り合うあいだに、帕がまた優勢になり、ハンマー投げのように鞭を水平に回して馬に土俵の周りを走らせ、これで兵士たちを押しのけてしまった。

「ここはごみ溜めか？　どいつもこいつも役立たずめ、どけっ」。鬼中佐の胸中は恥ずかしさと怒りでいっぱいになり、兵士を怒鳴りつけて退かせると、馬を御して、ほぼ壊滅状態の土俵に突進した。そして手綱を引き締めて馬の体の向きを変え、うしろ足の蹄（ひづめ）で激しく蹴りつけた。帕は両手で囲むように胸を守り、体を安定させて、片方の足を土俵の輪の縄に当てて突っ張った。鬼中佐は叫んだ。

「馬鹿もん、お前は何者だ？　何をそう息巻いている？　本気でかかってこい」。この父子対決は、鬼中佐のアドレナリンを大量に噴出させ、そうやすやすと帕の思い通りにさせてはなるものかと思わせた。

　帕は少しも怒らず、歯を食いしばり拳を握りしめて、何者をも恐れぬ視線を返した。鬼中佐は馬の前足を高く上げていななかせ、鞭を前に振り下ろして、泰山圧頂〔頭の上に泰山がのしかかるような姿勢〕の迫力を見せた。今度は帕が腰に強烈な鞭の一撃をくらった。帕は烈火のごとく怒りの炎を燃えあがらせ、隙をみて跳びあがり、両足を地面にしっかり着地させると、超人的な力で両手を大きく広げて輪をつくり、まず怒鳴り声が先に、気力は後から追いかけてきた。もはやこの数百キロの馬と主人を胸に抱きかかえたあと土俵の外に出すことは確実となった。鬼中佐は、これ以上やっても無駄、さらにもがいても骨折り損であることがわかった。彼は息子から「抜かれた」千人目となり、千抜が完成した。鬼中佐の目が赤くなり、鞭を捨て、威厳もすっかり打ち捨てて、両手を広げて叫んだ。「お前は何者だ？」

「俺は、鹿―野―千―抜」

帕は目を怒らせ、風に向かって、雲に向かって、果てしない空に向かって叫んだ。

からりと晴れた青空の下で、風が静まり、雲が停まり、世界は果てしなく広がった。世界の最果てで、一本の地平線が切り開かれて天と地が生まれ、細い線のあいだに、一羽の大冠鷲（かんむりわし）が風に逆らって旋回していた。傲慢に、翼を大きく広げ、得意げに周囲を見回していた。その目は無尽蔵で、地球をまるごと捉えることもできたのに、なんと地上のとても小さな人影にばかり気をとられ、その人影がこう叫ぶのを聞いた。

「俺は、鹿─野─千─抜……」

少年の夢の中は戦車のことばかり

昭和二十年、西暦一九四五年の春、マッカーサー元帥は太平洋戦争の中で最も激しかったルソン島での市街戦に勝利すると、次は台湾に進攻すると語った。日本の台湾総督府は学徒動員令を公布し、五年制中学の修業年限を四年で終えることを認め、最後の一年は学徒兵（学校に籍を置いたまま戦争に動員された兵士）として徴用することになった。特攻隊が村で編成され、新聞が大々的に「学徒出陣、米英に対抗」と報じるや、少年たちが新竹州と台中州から関牛窩へ急ぎ集合してきた。大きな町から来た者もいれば小さな村から来た者もおり、また原住民族も漢民族もいた。彼らは夜、各々の学校から旅装を整えて出発し、足にゲートルを巻き、国防色の制服を着て、背のうを背負い、その中に墓碑を詰めて、隊列の最後尾にいる配属将校（教練指導官）に護衛されて、明け方に関牛窩に到着した。それぞれの山道から縦谷の古い小道に入ったとき、風が鎌のように吹きつけて、彼らは顔を真っ白に剃り上げられ、歯をがちがち言わせて全身を震わせた。始発列車がちょうど駅に到着し、彼らには縦谷の中にあるその駅がまるで急流の中の渦のように見えた。おびただしい数の美しい蝶がそこに巻きこまれていき、それから再び汽車の煙に乗って青空へ噴き上げられ、入り乱れながらゆらゆらと飛んでいた。澄みきった朝、音は遠くまで響きわたり、学徒兵の誰かがこちらの山で軍歌を歌うと、あちらの山からやって来ている学生が呼応し、ややくぼんだ石段を下りて、急ぎ駅前の広場に集合した。そこで歩調をとって足踏みをしていると、舞い上がった埃が互いの目に入り、涙が流れてきてもお構いなく、誰もがひどく興奮していた。そのあと、荷物の中から一族の墓碑を取り出して、他の人の墓碑と年代を比べ、陰気の中の邪気の程度を比べ、さらには世代をさかのぼって比べられるものはなんでも比べあってから、めいめいが墓碑を思い思いの場所に立てたので、いたるところ瞬く間に無秩序な墓地に変わった。

　将校と数名の兵士に指揮されて、彼らは森林に兵舎を建て、便所をつくった。夕方になると、夕焼けの中で、樹の影が燃えさかる炎のように見えた。このとき、戦闘帽をかぶり、カーキ色の防寒コートを着た一人の将校がやってきた。服の下の筋肉が大きく盛り上がり、いつでも人を粉々にしそうだった。視線は、二本のナイフを顔に突き刺したように鋭く光り、かなり遠くから大声で怒鳴りはじめた。俺は兵を率いるために来た、銃後に引っ込んでいる古兵（こへい）（古参兵）どもは、とっとと練兵場に戻れ。学徒兵たちは恐怖にかられた。彼こそが伝説の鬼軍曹（おにぐんそう）の帕（パ）、恐ろしい悪魔の班長にちがいない。鬼軍曹は石を食べて、柔らかい糞をし、胃はダイヤモンドさえ砕く粉砕機だという。それに、腕から血管を引っ張り出してオスのクマを絞め殺すことができるとか、一撃で軍馬を殴り倒し、あたりに血の霧が立ちこめたとか、まさに筋肉でできた戦車だという噂だった。その鬼軍曹がもう一度声を張り上げて、「練兵場にまだ戻っていない、のろまな奴らは、見てろ、俺さまの拳骨（げんこつ）の大砲を浴びるからな！」と言ったときには、隊を率いてきた将校と古参兵は大きな声で、はいと返事をして、影もろとも、すばやく駆けて行ったあとだった。その鬼軍曹は酒を飲んだ。腰のあたりに酒瓶を挿し、短銃のようにオーバーコートの内側に隠していて、余計なことを言いでもしたら指をちょっと曲げて打ち殺されかねなかった。学徒兵は口出しする勇気はなく、その場に立って、鬼軍曹がわめいたり酔って悪態をついたりするのを見ながら、罵声を浴びつづけた。「役立たずの一銭五厘めが、他にやることがなくて兵隊にきたのか。俺はしかたなく来ているというのに、お前ら本島人〔台湾人〕は志願して来たんだってな」。一銭五厘とは軍部が徴兵の赤紙を送るときの葉書の郵便料金のことで、最低の金額だったので、新兵をさげすんで呼ぶ言葉になっていた。

「よく聞け、俺は坂井一馬だ」。酒の勢いに任せて、また声をからして怒鳴った。「どいつもこいつも馬鹿ばっかりだ、志願して死を望むとはな。来たからには、お前たちを毎晩寝床で泣かせてやるぞ。新兵よ、さあ泣くがいい！」そう言うと、学徒兵たちを兵舎のベッドの前に戻らせ、定位置につかせてから、また緊急集合せよ、と命じた。これを何度か繰り返すうちに、学徒兵たちは通路でぶつかって団子状態になったり、広場でつまずき、前につんのめって倒れたりした。この前日には体力訓練のために関牛窩まで歩いてきたので、足の関節がすでに破裂しそうになっていた。まさかここで鬼軍曹に出会うとは思いもよらず、お先真っ暗だとつくづく思い知らされた。つづいて、坂井は腰のあたりから酒瓶を抜き出し、がぶがぶと数口飲むと、今度は天皇制に反対する共産党員がいるかどうか調べるという理由をつけて、新兵の荷物検査をはじめた。背のうには研修用の本も入っていて、文字がびっしり並んでいた。数行読んだだけで頭がくらくらしてきた坂井は、大いに悪態をついた。「お前らこんな本読んでルーズベルトの目を潰すつもりか、それとも先に自分の目を潰す気か？」しかし、背のうの中から大量の食糧が出てくると、これらは坂井の見聞を大いに広げることになった。冬瓜の氷砂糖煮、パイナップルの芯の砂糖漬け、大学イモ、ピーナツおこし、煮汁たっぷりの各種煮物など間食が入っていた。坂井はこうしたものを多少は見たことはあったが、口にする機会がなかったので、今度は食指が大いに動き、舌も銃身のようにそれらの食べ物にぴたりと狙いを定めて打ち震えた。なかでも、サトイモやサツマイモの千切りにバジル、紫蘇などを加え小麦粉の生地で包んで油で揚げた、客家（はっか）語で「烰菜（ポーツォイ）」というとても珍しい食べ物を見て、坂井は目の色を変えた。一人の学徒兵がご機嫌を取って言った。「隊長殿、ちょっと食べてみてください。熱いうちに食べると、ほんとうにおいしいんですがね。これは私の姉の得意料理で、なかなかよく揚がってます」。坂井はそれを聞くと急に怒り出し、「馬鹿もん」と言って、酒瓶でその学徒兵の肩を力いっぱいたたいた、そして学徒兵を地面に腹這いに倒してさらに殴り、油がぱちぱちはねるように転げまわらせた。学徒兵は動けなくなるまで痛めつけられて、びっくりしてしまった。なぜ殴られなければならないのかわからず、目に恐怖の色を浮かべて、とうとう地面に座って泣き出してしまった。ほかの者も驚きうろたえ、気まずい空気が流れた。

「お前たちに言っておく、皇軍は賄賂（わいろ）は受け取らないのだ。どうした？　そばに立っている一銭五厘のお前らは、奴を助け起こしてやらんのか？」大きな声でそう言うと、ひと口酒を飲んでから、つけ加えた。「奴は我々に一つのことを教えてくれた。皇軍を甘くみてはいけないということだ。お前らはこの学徒兵にありがとうと言え、奴がまちがった手本を見せてくれたのだからな」

　みんなはその学徒兵に向かって腰を曲げてお辞儀をし、恭しくありがとうと言った。このとき、坂井はもう一度酒瓶でその小麦粉の生地で揚げた食べ物を指して、腹を立てて言った。「俺は、これが何と言うのか知りたいだけだ」。こう言い訳して、恐怖に満ちた雰囲気を和らげようとした。整列している学徒兵たちが疑い深い眼差しを向け、何も答えないのを見て、坂井はのどに怒りをためて怒鳴った。お前らはほんとうに知らないのか、それともわからないふりをしているのか！　どいつもこいつも巴格野鹿（バカヤロウ）ばかりだ。そう言ってから前列の最初の者から順番に平手打ちをしていった。五人目の学徒兵が殴られる番になったとき、彼は利口にも先に答えた。「報告します、隊長殿、それはいわば本島風の天婦羅（てんぷら）です」

「吧嘎（バカ）！　お前の髪はなんだ、兵隊になろうというのにパーマをかけるとは何事だ」。坂井は口実を見つけてまた殴った。その男が髪にパーマをかけたことを懲らしめようとしたのだが、天然パーマだとわかるとようやく、首を振って言った。「本島人で髪が縮れている奴らは、恨むなら自分の両親を恨め」。このとき彼の怒りは半分に減った。だが、まちがって殴ったことに対して先に誤りを認めたからではなく、その食べ物が「本島風の天婦羅」だと聞いたからだった。内心思った。参ったなあ！　天婦羅ならどうということはないが、本島の味がするのか。彼の酒虫が額からのどに這って行き、のど仏をピクピク突き上げた。彼はこらえきれずに木の箱の中から烰菜をつまみ出して、先に逃げ道をつくっておくために言った。「これは検査だ、お前たちが嘘を言っていないか調べるのだ」。言い終わると、のど仏が快活なうちに、歯で痛快に攻撃して全滅させ、舌できれいさっぱり屈服させた。

「巴格野鹿（バカヤロウ）」、坂井がまた怒鳴った。地面に胡坐（あぐら）をかいて、腰の手拭いを頭に巻き、酒瓶で人を指して、言った。「出せ、まだ検査が終わってないのはどれだ？」学徒兵たちはみな上官にはお仕えすべきだと理解した。いっとき、検査に出された食べ物は台湾の味づくしになった。粽（ちまき）は「本島風の握り飯」に変わった。麻竹の葉で包んだあと月桃の紐できつく縛ったもので、中の餡は干大根、干豆腐、シイタケなどが入っていたが、内地〔日本〕の味がする梅干は入っていなかった。だが本島の梅干は紙に包まれていて、陳皮梅（ディンピィモェ）と呼ばれた。坂井一馬の目玉がますます飛び出し、口はますますとがり、興奮して、他にどんなものがある、みんな出せ、とわめいた。ふと見ると、誰かが消毒用の綿をひと包み持っているのが目に留まった。なんだ？「肉鬆（ロウソン）と言います。母さんが夜なべしてブタ肉を糸状になるまでほぐしながら炒めてつくった肉でんぶです。ご飯に添えると絶品です」。ある学徒兵が説明した。坂井は袋を開けて、ペロリと平らげてしまうと、大声で言った。これは醬油に浸した雲じゃないか！　雲がしょっぱかったとは思いもしなかった、きっと海の雲だ！

食べ物が次々に登場し、完璧な本島と内地による共演になった。金橘醬（きんかんジャム）は、本島風の味噌と名前を変えて呼ばれ、広東族（客家人）にとってはホルモンみたいなもので、何につけて食べてもおいしいと言う。坂井が干大根につけて食べてみた。嚙むと音が歯の隙間にこだまし、舌は雷に当たったように跳ね、確かにどんなものでも味がおいしくなった。次は本島の万年卵（皮蛋の別名。千年蛋とも）だ。坂井は思った。万年二等兵、万年筆は聞いたことがあるが、卵で万年も腐らないのがあるだろうか。急いで皮蛋（ピータン）の殻をむいてみた。卵白は透き通って固まり愛らしかったが、卵黄は反対に鬼の黒い鼻汁のように汚く、嚙むと舌が痙攣をおこした。坂井は口をつぐんでもう食べようとしなくなり、口を開いてこれは「混蛋（ばかもん）」だとこき下ろした。言い伝えでは、それは馬の尿に浸したしろもので、鬼でさえ食べようとしないとか。万年経っても腐らないのはもっともだった。次は本島の覚せい剤で、一粒一粒が丸薬の形をした緑の果実だった。坂井が、これは違法なしろものだ、食べてはならん、と厳しく叱り飛ばしていたちょうどそのとき、それを持参してきた学徒兵があわててお辞儀をして言った。これは檳榔（びんろう）というもので、自然の覚せい剤です。「自然のものです」、と繰り返し強調して、父が持って行くように言ったのです、一粒で、夜に歩哨に立ったとき怠けたりせず、家を守り敵を殺すことができます。それを聞いた坂井の目から火が噴き、今にも檳榔の姿が目の中に浮かび出てきそうになった。そして食べた途端、額に汗をかき、頭皮がしびれ、五臓が一つにかたまったようになるのを誰が知っていただろう。

あぁぁ！　彼は十年間禁欲してようやく交配に出された種馬のようにうめき声をあげ、目に映る風景ぜんぶにしわがよった。坂井は降参した。あぐらをかき、酒瓶を地面に置き、たとえ天皇陛下がお出ましになってもかまうもんか、白目をむいて迎えるまでだ。だが意外にも面白い劇はそのあとにあった。一人の原住民の学徒兵がにこにこしながら、うやうやしく本島の「高砂（たかさご）」という銘柄の清酒を差し出した。酒があると聞くや、すぐさま酒の神様がまた所定の位置につき、坂井はそのアワ酒を押収すると酒の底の沈殿物を振りもせず、いきなり酒筒の口をのどに押しこんで牛のようにがぶ飲みした。だが、変だ、まさか万年酒に仕上がらずに、腐ってしまったのか。飲めば飲むほど蜂蜜の味がして、のどに苔が生えたのか、味がずっとそこに引っかかっているような気がした。そこで、この酒は飲むとどうして鼻汁が出てきて、少しねばねばして、少し甘いのかと尋ねた。原住民の若い兵士が彼に言った。アワ酒は、口で米をよく噛んで酵母とし、蒸したアワの入った甕（かめ）の中に吐き出して酒を醸造するのですが、米を噛む作業は母が担当します。「その甘さは母の味で、ねばねばしているのは母のつばです。飲むと母を思い出します！」坂井は自分が他人のつば入り酵母を飲んだと知り、目をむいて、舌を震わせながら言った。

「あぁ！　酔っぱらっていてよかった、覚めたら忘れているさ」

坂井は話しているうちに、涙がさらさらと落ち、鼻水をすすりあげる音もさらさらと響いた。目の前の、学徒兵たちが持ってきた食べ物は、好みに合わなかったけれども、みんなそれぞれ故郷の味が詰まっていた。坂井は日本の東北の山形県の出身で、美しい最上川が家の前を流れ、その川の恵みによって一年じゅうもたらされる故郷の味は、これまで一度も心の中から消えたことがなかった。濃厚な旨みの毛ガニ鍋、マスの味噌漬け、豆腐と鴨児芹（みつばぜり）の煮こみ、それにむせて涙が出てくる小ナスのカラシ漬け、これらの味が記憶の淵から口の中にどっと流れこみ、つばが激しく湧き出てきた。もしさらに姫筍の酢漬けがあって、炊きたてのきらきら輝く白ご飯があれば、腹いっぱい食べたあと、両足をゆっくり伸ばし、最上川の流れに身を任せて死んでも構わないと思った。彼は若いときに故郷を離れ、東京の渋谷界隈に紛れこんで、高利貸しや、みかじめ料をとるやくざなことをやり、自分にできないことはないと嘯(うそぶ)いていたが、いつも母親を悲しませる過ちをしでかした。母親はこの末っ子のことをひどく心配していた。坂井がある集団の暴力沙汰で怪我をして休養していると、母親が山菜取りに行き川に落ちて溺死したという電報を受け取った。急いで葬儀のために帰ろうとしたとき、母親がその数日前に知人に託して山形から送ってきた故郷の好物がちょうど届いた。開封する前にもう涙が落ちてきた。最上川の香りと水の音が溢れ、最上川の舟歌が聞こえてきたからだった。中には味噌や塩に漬けこんだ食べ物や、人形の形をした缶入りのキャンディー、それに手紙が入っていた。手紙には、傷をちゃんと治して、二度とまちがった道に足を踏み外さないように、いつか母さんがお前とあの世で再会したとき、生まれたときと同じ五体満足な体でなかったら母さんは辛い、と書かれていた。坂井は手紙を読み終えると、ひざまずいて長いあいだ慟哭し、涙はいつまでもとまらなかった。まるで母親の霊魂がその贈り物を届けにきたように思われた。彼は即座に過去を捨て、横浜の下町に身を隠して居酒屋の料理人になった。それでちゃんと生きていけるはずだった。しかし戦況が緊迫しはじめると、四十歳のときに召集令状が来て入隊し、転々としたのちに台湾の防衛にやってきたのだった。

涙は情緒のホルモンで、坂井は酔った勢いで『最上川舟唄』を歌い出し、酒瓶を櫂にみたてて漕いだ。そして松尾芭蕉の俳句を朗読した。「五月雨(さみだれ)を集めて早し最上川」。内地出身の坂井は、俗に湾生(わんせい)と呼ばれる台湾生まれの日本人のように、小さいころから強烈な植民地の階級概念はもっていなかったので、ヤクザ風の、兄貴風を吹かせるのをさっさと自分で取り払ってしまった。彼は檳榔に金橘醬(きんかんジャム)をつけて食べ、アワ酒をがぶ飲みした。さらには軍服を脱ぎ捨てて、ふんどし一つになり、手拭いでねじり鉢巻きをすると、神輿(みこし)を担ぐ格好をして踊りながら、卑猥な顔をして横浜の春歌をうたった。聞いて意味のわかる学徒兵はむずむずしてきたが、わからない者はぽかんとしていた。しまいに、坂井は手足を大きく投げ出して、ぐうぐういびきをかいて地面に寝てしまった。「これが兵隊というものさ」。一人の学徒兵が言い、大胆にも坂井の鼻をつまんでみたが、ひねりきっても目を覚ましそうになかった。事態は平常に戻り、学徒兵たちは地域や民族ごとにめいめい小さなグループをつくっておしゃべりをはじめた。彼らが死亡する八か月前のこのとき、未熟な日本語で友だちになり、それぞれ使い慣れた方言や母語で相手の悪口を言い、最後は殴り合いのけんかをして互いの仲を深めた。

　翌日、軍隊の臭くてまずい飯が口に合わない五人の学徒兵が便所の近くに隠れて、農民から買って来たアツアツのサツマイモご飯を食べていた。糞のにおいでご飯の香りをごまかして、見つからないようにした。慌てて食べているので顔は歪み、やけどした舌をしきりに冷ましながら、フーフー息を吹きかけていた。「おい！　見ろよ、象人間だ」。一人の学徒兵が箸で谷の小川を指して、驚嘆の声を上げた。髑髏(どくろ)のような顔に、象のように長い鼻のついた一人の少年が、大げさに足をまっすぐ伸ばし高く上げて、川の中を歩いていた。鬼だ！　五人の学徒兵はびっくりして立ち上がり、もっとよく見ようとした。すると少年は川の深みまで歩いていき、片手で六〇キロはある大きな石を持ち、もう一方の手で鼻を頭の上まで持ち上げて息を吸って、ゆっくりと体を水に沈めて消えてしまった。

　それは帕だった。防毒マスクをつけて行進の練習をしていたのだ。帕が小川のもう一方の側から姿をあらわし、マスクのホースの先についている濾材(ろざい)の入った吸収缶を腰の帆布袋にしまってから、便所にやってきた。そのとき、竹林の裏でざわざわと音がしたので、帕はイノシシがエサを探しているのだと思い、回り道をして見てみた。おっと！　学徒兵たちを見つけて大笑いしてしまった。手探りで魚を取っていたら便所に行きついたってわけか〔「摸魚摸到大白鯊」（手探りで魚を取っていたら大きなサメに行きついた）という、思わぬ大変な結果になることのたとえをもじったもの〕。そこで手に持っていた石をどしんと地面にたたきつけると、地表がぎゅっと縮んだ。まだ箸を口にくわえてイモの葉に飯をよそっていた学徒兵たちは弾かれたように跳びあがり、空中に箸を飛ばし、立てつづけに悲鳴を上げて、顔は鬼（ゆうれい）にしてもおかしくないほど真っ白になった。帕は軽々と彼らを引き寄せて、サーカスのピエロがボールを次々に投げ上げるように彼らを空中でくるくる回し、道々放り上げながら、軍歌を歌って、兵舎の前の小さな広場までやって来た。学徒兵たちが走って集まってきて、仲間が数人、宙に投げられて鋭い叫び声を上げているのを見た。ズボンは濡れてびしょびしょになり、舌をひっこめるのも大変そうだった。帕はぺしゃんこになった五人を木にひっかけて乾かしてやり、マスクをとって集合をかけた。「よく聞け、ふらふらするな。俺は軍曹の鹿野千抜、お前たちの隊長だ」。このとき二日酔いの坂井が帕の大声で目を覚まし、駆け寄ってきた。両足の膝がぶつかり合って蛇行し、敬礼しながら学徒兵に早く集合しろと叱りつけていたが、自分がいちばん遅れているのに気づいて、もうお仕舞いだと思った。帕が坂井を馬鹿もんと怒鳴りつけ、勢いに任せて踏みつけてから蹴り飛ばすと、ひっくり返ってあやうく両足が身体から離れそうになった。坂井は転げて木の幹にまたぐらをぶつけ、あまりの痛さに大声を上げたが、最後は尻を空に向けてかがみこんだ。この一幕を見ていた学徒兵たちは両足をぎゅっと引き寄せ、自分の金玉まで痛くて痙攣をおこしているような気がした。これで彼らは状況をはっきり見てとった。目の前の少年こそが最高の指導者だったのだ。伝説の中の、いや、生き生きと目の前にいる鬼軍曹だった。

頭からもんどりうった坂井は前に一回転して体を立て直し、打撲傷を負った子孫袋をもんでいたが、ひざまずいたまま立ちあがることができず、腰をかがめてお辞儀をしてから、小さな声で何やら詫びを言った。

「万年二等兵の坂井一馬、昭和になって何年にもなるのに、まだ寝ぼけたことを言ってるのか」、帕が怒鳴った。

坂井は窃盗と命令拒否の前科があり、いつまでも最低の階級である二等兵にしかなれず、軍隊用語では万年二等兵と呼ばれた。坂井は帕の怒りを無視するつもりはなかったが、まだ体を元に戻すことができず、体内にアルコールがたっぷり残っているのを恨むしかなかった。無理をして立ち上がり、酔いの回ったとろんとした目で言った。「報、報告します、軍曹殿、私めがたった今申し上げたのは、五月雨を集めて早し関牛窩川、であります」

帕はもう一度踏みつけにして、彼の酔いを押し出すようにして、言った。「そうなのか？巴格野鹿（バカヤロウ）、『五月雨を集めて早し最上川』だろうが。貴様が毎日この寝言を言っているから、俺がまちがうはずがない。過ちをしでかしたくせに、言葉を入れ替えて俺に取り入ろうなどと考えるな。覚えておけ、耳の穴かっぽじってよく聞け、皇軍は賄賂は受け取らないのだ」。帕は学徒兵の方を振り返り、のどを引き締めて、高い声で言った。「兵士はいいかげんに過ごしてはならない。この古兵（こへい）はでたらめがひどすぎて、欧吉桑（オジサン）になってもまだ二等兵だ。それに、俺は皇軍を甘く見る奴が大嫌いだ。坂井はみんなにいい手本を見せてくれた、皇軍を甘く見たらこうなるのだ。俺が奴の大和魂を蹴り出してやる。みんなは坂井に感謝せよ、奴はまちがった手本を見せてくれたのだからな」。学徒兵はそれぞれ感謝の言葉を、ある者は大声で、ある者は小声で言い、ある者は頭をさげてお辞儀ですませた。

帕は、音が出るまでやるぞ、と言ってから、さっそくまず彼らに「休め」と「気をつけ」を何度も繰り返させ、みんなの両足から揃った音が出るまでやらせてから、ようやくやめて休ませた。

学徒兵が地面に座って凝った足をもんでいると、帕の股間がもっこり膨らんで跳ねているのが見えた。みんなは目を見開き、鬼軍曹のアレはものすごい、馬の陰茎より立派だと思った。学徒兵の中には帕が山奥に住む狸猫（やまねこ）ではないかと疑う者もいた。彼らは日本の戦争漫画で、ヤマネコの陰嚢が防毒マスクやパラシュートの大きさに膨らんだり、さらには盾に変化して米国の銃弾を防ぐことができるのを見たことがあったからだ。帕はみんなが驚いているのを見て取り、集合をかけると、腰を伸ばしてその部分をテントのように突っ張って、言った。「俺の弟がここに駐屯している。名前は鹿野山狗（サンギュウ）大（タイ）〔客家語でキノボリトカゲ〕だ。いいか、よく聞け、こいつは今から出撃する。もし腕立て伏せでこいつに負ける奴がいたら、運が悪かったと思え」。それからズボンのポケットに手を突っこんでアレを引っ張り出して、隊列に投げ入れた。兵士たちは少女のような悲鳴を上げてちりぢりに逃げた。帕のアレは皮膚がごつごつして、毛がまだ生えそろっておらず、気性がとても激しくて、口を開けてしきりにほえた。なんとそれは本物のキノボリトカゲだった。学徒兵はおかしかったが、笑う勇気がなく、その身体能力はいかほどだろうと思った。腕立て伏せの試合がはじまった。鹿野山狗大は地面に腹這いになって腕を伸ばしたり曲げたりしていたが、スピードはかなりのろかった。「坂井、『恩賜の煙草』を出して弟に吸わせろ」。帕が言うと、坂井はしぶしぶ天皇陛下が下賜された、紙巻き部分に菊の紋章の入った煙草の箱を取り出した。そしてアルミ箔の包みを破り、火をつけて何口か吸ってから、粗末なことをして、と嘆いてトカゲの口に押しこんだ。トカゲは皇室の煙草をくわえて、何口か吸うと、口を開けて激しくせきをし、顔が大きく開いたり閉じたりした。すると前足が汽車のシリンダーの連結棒のように快速で動き出し、学徒兵たちはそのテンポに追いつけなくなった。残ったのは帕だけで、指一本で腕立て伏せをしてそれと力比べをした。腕立て伏せで誰も勝てなかったので、帕は言った。「競走ならいいだろう。競走で鹿野山狗大に負けた者は、不運だと思え」。そして、大足で地面をどんと踏みつけた。トカゲは煙草の吸殻をぺっと吐き捨て、煙をもくもくと吐き出すと、後ろ足を外股にまげ馬にまたがる恰好をして、滑るようにすばやく木の上まで走って行った。学徒兵はまた負け、帕だけがいつまでも笑いこけた。

そのあとで、帕は彼らをいつものやり方で訓練しはじめた。例によって直進と偽の飯を食べることからはじめたので、学徒兵は疲れ、腹を空かせた。そのうえそれから数日間はこの繰り返しだったので、彼らは陰で恨み言を言った。銃をまだ触ってもいないじゃないか！　もしこのまま餓死してしまったら、歩兵銃の照尺の上に刻印されている菊の紋章さえ見ることができないのだ。夜寝るときには、隙間なく並べられたベッドに百人余りがぎゅうぎゅうになって眠ったが、冷風は分厚く、布団は薄く、新しい竹のベッドでよくひっかき傷ができた。フクロウの鳴き声を聞いた者は怖がり、ホーホーという声が彼らをからかっているようで、夜中に小便に行く勇気が出なかった。その状況の悲惨さは涙を呑むとしか言いあらわせないものだった。

しばらくして、鬼中佐がようやく新しい任務を与えるためにやってきた。彼は墨色に白い斑のある馬に乗り、後方に馬に乗った二人の憲兵を従えて、兵舎の前の広場に到着した。憲兵は白馬を刺繍した旗を持っており、白馬の傍らには刀と盾が描かれ、風を受けてパタパタ音を立ててはためいた。旗に刺繍された光沢のある馬はやや粗雑にできていて、刺繍の糸が乱れており、慌ただしくつくったものだとわかった。鬼中佐は旗を地面に突き挿して、理由は言わずに、ある話をして学生たちの任務を伝えた。彼は言った。一八六八年のことだ、場所は内地、当時はまだ新政府に降伏することを望まない藩主が大勢いた。徳川将軍と姻戚関係にあった会津藩は、新政府に力で対抗した勢力の一つだ。会津藩の軍隊編成は年齢による組分け方式を採り、支那の四方守護獣にならって、玄武、青龍、朱雀、白虎の四つの部隊に分かれ、その中の白虎隊は十六歳前後の少年で編成された。新政府の官軍が城下まで迫り、激戦はひと月あまりつづいた。最後に三百名の白虎隊は手に日本刀と槍を持ち、武装して城を出ると、武士道精神で近代化した武器の大砲や銃弾に立ち向かい、官軍との決戦に臨んだ。鬼中佐はこの話を終えると、鍵となる言葉や、聞きなれない意味のわかりにくい言葉を、馬もわかったとうなずくまで、再度解釈してやった。最後に、鬼中佐は激しい感情のこもった口調で学徒兵に向かって結論を下した。戦車や飛行機は長持ちしない、ただ大和魂こそが真の武器であり、最強の精神的な鋼鉄である。「貴様らは天皇陛下の醜い盾となり、米軍に抵抗せねばならない、貴様らは現代の白虎(びゃっこ)隊(たい)だ」。鬼中佐は高い声で言った。

白虎隊が成立した。正式名称は「対戦車肉迫特攻隊」と言った。彼らは銃を持たず、十五キロの爆薬か対戦車地雷を背負って、武士道の精神にのっとり、米軍の戦車めがけて突進し自爆するので、足を使う神風特攻隊だった。毎朝、帕が笛を吹いて起床を知らせるとき、白虎隊は声を揃えて一生懸命(いっしょうけんめい)と叫んで士気を高め、谷間に駆けて行って洗面をした。川岸に人が多くなると、押しのけられた学徒兵が谷川に落ちることもあった。朝飯を腹いっぱい食べてから、彼らはまた谷川の冷水の中にしゃがんで、両手の五本の指を合わせ、敬虔に座禅を組んだ。これは冷水で自分をメッキして鉄人にする電気メッキの時間だと言われた。体のメッキが終わると、今度はフンドシと呼ばれる腰巻——緩く縛ると、チンポコが頭を出すし、きつく縛ると、タマタマが窒息してしまう——を着けて走ったが、激流に逆らって走るか、木を引きずって道を走るかのどちらかだった。訓練が度を越すと、動いているときはまだよかったが、止まると体のどこもかしこも痛くて、髪の毛でさえ凝(こ)ってギシギシ音がした。体も洗わずに寝床に倒れこんで眠ったので、体は臭くマメだらけで、体を横にして眠るしかなかった。夜中にもしフクロウが特別大きな声で鳴いたりすると、帕の起床命令と勘違いして、谷川に突進し、中指で歯をごしごし磨きはじめる者もいた。訓練がはじまったと思ったのだが、ようやく目が覚めると、そこにしゃがみこんで声を上げてひとしきり泣くのだった。

　夜が更け、月の光が窓から差しこみ、コオロギが榻榻米(タタミ)の縫目でしきりに鳴いていた。誰かがそっとドアを開けて入ってきて、ベッドの縁に腰かけた。その男は上半身裸で、体にびっしり生えた黒い光を抜き取っていた。学徒兵は鬼(グィ)だと思ったが、よく見てみるとなんとあの恐ろしい鹿野軍曹だった。帕は数人の学徒兵を起こして、体じゅうに刺さった鬼針草(せんだんぐさ)と含羞草(おじぎそう)のとげを一本一本抜き取らせた。下向きに生えた種子の鋭いとげが皮膚に刺さり、いたるところに切り傷ができて、ただれていた。学徒兵の中にはこう推測する者もいた。帕は夜になると鬼と交流して、不死身の体を手にしている、きっと比類のない力をもっているにちがいない。そう考えると、彼らは恐ろしくなって布団をかぶり大声で泣き出した。声は布団を墓場の盛り土のように持ちあげ、外に流れ出て、マラリアが伝染していくように、その声を聞いた者もすすり泣きが止まらなくなった。帕がこのとき大声で、馬鹿もん、静かにせんか、と叱りつけた。寮の中はようやくまたコオロギの巨大な鳴き声のなかに沈んでいった。

　訓練のとき、彼らは持参してきた祖先の墓碑を背負った。重さは十五キロくらいあり、これを背負って山や谷を駆け巡り、身体能力を極限まで鍛えた。あるときは、叫び声をあげて民家に突進し、住民たちが台所で炊事をしていようがベッドで睦み合っていようがお構いなしだった。あるときは、炎がどれほど情熱的か非情かはお構いなしに、火の中に突っこんだ。またあるときは、高射砲が発砲している中を突進したので、それからというものウォンウォンという耳鳴りから長いこと抜け出ることができなかった。演習の重要な任務は肉攻と言って、爆薬を背負い敵陣に突っこんで、敵の体温を感じ取ったときに起爆するものだった。彼らは汽車を仮想敵とした。始発列車が駅に着くころ、白虎隊は山頂で時機をうかがい、車両の上の蝶が反射する光を見つめた。汽車が駅を発車し、蝶が飛び去ると、決死隊が四方から押し寄せ、サトウキビ畑や河谷を突き抜けて、汽車に向かって激突した。機関助士は関牛窩を離れる前に、まず原住民の若い兵士たちが竹竿を持って攻撃してくるのを見た。竹竿の先には爆薬に見立てた石灰の袋が装着されて、車体に当たるとすぐさま灰が飛び散った。それから間もなくして、三人一組の学徒兵が突進してきた。鉄帽をかぶり、墓碑を背負っていたが、つまずいて転び、体力がつづかずにひざまずいてしまうか、汽車の煙塵にむせてひっくり返るかのどちらかだった。帕は車両の上に立って、パチンコを銃に、拳大の石灰の袋を手榴弾に見立てて反撃した。パチンコの弾に当たったり、石灰をかぶって白くなった者は、戦死したと見なされ、晩の点呼のあと夜の行軍が課せられて特訓を受けた。肉弾攻撃の目標は、汽車に当たって接触すればいいというのではなく、必ず汽車の先頭部分の煙室かブタの鼻の形をしたふたに突撃しなければならず、それでようやく車体に起爆したとみなされた。まさに神風特攻隊が爆撃機を操縦して航空母艦に迫り、煙突に突入してボイラーの爆発を引き起こしたり、戦闘機の離着陸区域に激突して船室の爆発を引き起こしたりするのに似ていた。白虎隊は任務を達成すると、汽車の屋根の上に立ち、興奮して拳を高く掲げ「虎、虎、虎」と叫んだ。だがこうした機会は少なく、夜の行軍のほうが多かった。

のちに、白虎隊は名案を思いついた。夜が明ける前にそれぞれ偽物の墓場に埋まって、土の中で汽車がやってくるのを待つのだ。アリと静寂の妨害に耐えながら、待つとなれば数時間は待った。腹が減ってくると、墓の中で缶詰を食べ、ときには大正年間に貯蔵して二十数年経った牛肉の缶詰にありつけることもあった。肉質は綿のように柔らかく、口に入れた途端とろけてしまいそうで、さすが缶詰の「天の覇王」だと公認されているだけはあった。彼らは感激のあまり自分が死んだふりをしなければならないことをすっかり忘れ、墓から飛び出して夜道を急ぐ人を驚かせたりした。太陽が出てくると、陽光が土を突き通し、砕けてキラキラ輝いたので、彼らは満天の星を見たのだと思った。しばらくして村に入ってくる汽車が世界を震動させると、星雲が懸命に瞬き、墓が崩れ落ちるときもあった。自分で墓の盛り土の中に埋まっていた学徒兵たちは墓が震動で崩れるのにあわせて跳び出し、墓の前に挿していた石碑を背負って、三人一組で汽車めがけて体当たりの攻撃をした。今では彼らもコツを学び、漢人がでたらめに埋葬する習慣を利用して、いつでもどこでも墓をつくったので、汽車に近づく機会がさらに増えた。組をつくって肉迫攻撃をするとき、さらに名案があって、いちばん体力のない者が「先に行きます」と死別の決まり文句を叫んだあと、途中で自爆して混乱を引き起こし、その間に身体能力が高い他の二人が両側から挟み撃ちの攻撃をしかければ、必ず一人は成功した。演習が終了すると、百人余りの学徒兵は全身が埃と汗にまみれ、ゲートルが緩んでほどけたり、ズボンのすそから長いフンドシがはみだしたりして、まるで疲れきって脱肛し、大腸がこぼれ出たように見えた。彼らは村の入り口に集合して、帕の引率のもとで汽車に向かって手を振り、叫んだ。「莎喲(サヨウ)娜啦(ナラ)！」車上の機関助士が防煙のガラスメガネを取り、目に涙を浮かべて、石炭を掬う小さなショベルを振って答えた、「阿礼嘉多(アリガトウ)」。汽車は向きを変え、再びはるか遠くの山や川の向こうに消えてゆき、双方の目には滴るような青い空と、広々とした晴天が残り、太陽はまさに青春まっただ中にあった。

　夜になると、関牛窩ではさまざまなものが毛穴を開いた。呼吸のためではなく、空気を出すためで、川の水さえこのためすぐに蒸発して雲になった。二年の歳月をかけて鬼王は村じゅうに小さな穴をあけてまわり、目印になる場所を探っていた。いずれ鬼の兵隊を率いて村を出て、北白川宮能久親王（きたしらかわのみやよしひさしんのう）を攻め殺す日が来るだろうと思っていたのだ。帕は鬼王の出征を遅らせようと、鬼針草（せんだんぐさ）の草むらの上を転げ回り、まず全身をとげだらけにしてから毛穴を大きく開いている地面の上を転げ回った。地面の毛穴は収縮して、元の地質を回復し、そのうえ滑らかにもなったので、道を歩く鬼王が滑って転ぶこともあった。あるとき、鬼王は出征を望む年寄りの鬼を何人か率いて、アリが記憶の道をたどるように前進し、谷間にさしかかったとき、イノシシが転げまわる音に気をとられて、うっかり石の上で滑って転んでしまった。鬼王がうつむいて撫でてみると、石がとてもつるつるしていて、前に簪（かんざし）でつけた目印が完全に消えており、記録が壊されたのはこの数か月で七十一回目、章回体小説〔中国の長篇小説の一形式。話は回ごとに一定程度独立し、数珠つなぎ式につながっている〕よりも多かった。鬼王は簪で、その発情しているイノシシともども、そこらじゅうを突き刺して元に戻そうとした。地面の上でイノシシに扮して転げ回っていた帕は身を固くして、声を出さないように口をきつくつぐんだ。鬼王の簪が帕の目に突き刺さりそうになったとき、クマが驚いて叫ぶ声がしたので、鬼王は我慢できずに文句を言った。「ガマガエルの鳴き声みたいだぞ」。クマになりすますことができなかった帕は、急いで地面でカエル跳びをした。鬼王が跳んでのしかかってきて、今度はヤマネコになったのか、と毒づいた。帕がネコを真似て木によじ登ると、鬼王は思わずため息をついた。「帕、ようやく猿に変わって、人間に近づいたな」。そう言うと、鬼王は帕が彼の地盤をめちゃくちゃにしたと罵倒し、なぜこんなまねをするのかと尋ねた。帕は反対に鬼王に、どうやって偽の動物がみんな帕だとわかったのかと、尋ねた。鬼王は答えた。「お前は三つの心臓を持ち、人より走るのが速く、力もある。お前がどんなに化けても隠しおおせるものではない。わしは手で触ることができなくともお前の血が人の三倍速く流れているのを聞くことができる」

「俺はあんたに話があって来た」、帕は埃をはらい、ひと息吸ってから、言った。「あんたの仇（かたき）がやってきた、あんたと勝負をつけるつもりだ。しっかり準備したほうがいいぞ」

鬼王はカラカラと笑って言った。「お前の三番目の心臓の音が乱れている、何か隠し事があるのだな」

「勝手にしろ」。帕はその場を離れ、子飼いの兵士を率いて鬼王と一戦を交え、訓練の成果を試してみることにした。

翌日の夕方、夜間訓練を強化していた白虎隊は墓地まで行軍した。彼らの顔かたちは端正で、歩調も泰然としていた。これらの学徒兵は地元の子どもらからふざけて「大街憨（タイゲハン）（憨（ハン）は「バカ、間抜け」の意で、漢（ハン）と同音。大街漢（町の男）にかけたもの）」とあだ名されていた。当時の市町の行政単位は「街（グィ）」と呼ばれていたからだ。この大街憨は成績が優秀で、和洋の文化にも通じていたのに、古い祖先の鬼を怖がって、墓地に近づくにつれ、いやがうえにも鳥肌が立ってきた。陰気このうえない墓場に到着すると、強風が吹いてススキが頭を低く垂れ、隠れていた墓が姿を見せた。実に見事な荒れ果てぶりで、鬼が増えればもっとうら寂しくなりそうだった。このときあろうことか帕が対戦車攻撃の準備を命じた。学徒兵はびっくりして一瞬うろたえたが、直ちに三人一組になった。そのうち、先に取り掛かった者は早い者勝ちで墓のそばの空き地に穴を掘ることができたが、遅れをとった者は地団駄を踏むしかなかった。とうとう帕が不機嫌に怒鳴った。お前ら馬鹿か！　墓はもうあるじゃないか、そこに隠れろ。そこで各組は、遅れをとったいちばんおとなしい仲間を骨拾いが終わったばかりの空の墓穴に押しこみ、すばやく埋めて、墓碑を立てた。太陽が山頂に落ちる前に、全員が見せかけの墓に自ら埋まり、帕が一つ一つ点検をして、さらに墓の盛り土を踏みつけてしっかりしているかどうか確認した。そのうちの一つの墓は梵文（サンスクリット語）が一面に書かれた、俗に卒婆塔（そとうば）と呼ばれる細長い板が立てられ、白い提灯が掛かった和式の墓だった。しかも、墓土から出ているのは煙で、鬼火ではなかった。帕は怒って、片手をずぼっと突っこんで、中で煙草を吸っている坂井を引っ張り出し、鬼になっているときに煙草を吸うとは何事か、死んでいるのにまだむずむずするのか、と叱りつけた。帕は大足で煙草の火をひねり消すと、その煙草をまた坂井の口にくわえさせた。

　夜中過ぎまで待ったが、鬼王は依然として姿を見せなかった。墓からは甲高い鬼の叫び声ではなくて、大勢の兵卒どものいびきが聞こえてきた。おかげで帕が集合点呼をかけたとき、本物か偽物か見分けがつかない墓を開けて探さねばならなかった。ある墓は死人が、ある墓には爆睡している人間が入っていた。翌日の夕方になると、帕は再び兵隊を連れて戦いに出かけ、同じように夜中過ぎまで待った。ぎゅうぎゅう詰めの墓場はいまにも学徒兵たちの寝言の楽園になりそうだった。寝言は野菜市場で買い物をするときのように、うるさく値段を値切り、買いたたいたあとさらに葱を一本つけさせるまで長々とつづいた。三日目、自分で墓に埋まっていた学徒兵は、あっちを蹴ったりこっちを蹴ったり、少しもじっとしなくなった。帕は不思議に思って、白虎隊に命令を出した。「肉迫攻撃だ、出てきて戦え」。だが生きている者は誰も墓から跳び出してこなかった。帕が一つ一つ掘り開けてみると、中の学徒兵は母親の羊水のような柔らかい液体の中に浸かって眠っていた。彼らのへそから細い糸が生えて、地下を突き抜け一つにつながっていた。帕がすべての糸を引っ張り出すと、墓場に巨大な網があらわれ、もっとも目の粗い糸の先は鬼王が眠っている大きな石碑から出ていた。帕は糸を力いっぱい自分の方に手繰り寄せて、鬼王を土の中から引きずり出した。鬼王は恐ろしい形相をしていた。なぜなら彼は糸を通して学徒兵一人一人の夢の中に進入し、日本人がとっくに村に進駐して、世界ががらりと変わり、帕がその「小寇王」〔侵略者の手下〕だということを知ったからだった。鬼王は歯を噛み砕き、歯のくずを帕の顔一面に吹きかけて、言った。「走狗、厚顔無恥のガキめ」

ここ数年、帕は死んだばかりの新しい鬼には、目が見えないように、そして耳が聞こえないようにし、ある鬼からはさらに脳みそを掬い取って記憶の一部分を破壊し、鬼王に時局を話さないようにしてきた。しかしやはりばれてしまった。それも自分で台無しにしてしまったのだった。帕は、鬼王の機嫌から見て、まだ時局がどれほど大きく変わっているのかまでは知らないようなので、こう言った。

「俺に勝てば、それこそあんたが言っている『番王』の北白川宮大将を打ち負かすことができるぞ」

鬼王は腰に手をあて大笑いして、言った。「自分でまいた種は、自分できれいに刈り取るものだ」。それから、帕を真似て日本語で叫んだ。「肉攻、肉攻」。百人の学徒兵が直ちに土の中から跳び出してきて、夢遊病にかかった状態で、厳めしい顔で帕に猛攻撃を加えた。帕は腕をひと払いして押し倒し、足で二回蹴り上げ、三回目には全員を地面にたたき落とした。しかし夢の中で狂ったようになっている学徒兵たちはまた起き上がり、もはや倒れることを恐れない完全な肉の抜け殻になっていた。帕は逃げはじめた、そうしないと彼らは殺されるまで戦いをやめないだろう。夢遊病にかかっている学徒兵は次々に追いかけてきた。ある者は地面に落ちたときに怪我をし、ある者は追いかけて心臓が力尽きる寸前になっていたが、夢の中では痛みを感じないために、出血過多で死なない限り肉攻〔肉迫攻撃〕をやめようとしなかった。このままだと大変なことになる。どんどん状況が悪化すると感じた帕は墓場に駆け戻り、鬼王に許しを請い、自分の率いる兵士たちがはやく目を覚ますことだけを願って、鬼王を連れて北白川宮をやっつけに行くと約束した。鬼王は帕に、彼らが知っている童謡を歌えばいいのだと教えた。帕は鬼王の耳たぶを耳の穴に押しこんで、彼に聞かれないようにしてから、大きな樹の枝先によじ登り、日本の童謡『夕焼け小焼け』を大きな声で歌った。月光のもとで、ゆったりとしたメロディーが広がり、それを聞いた学徒兵はあちらこちらで目を覚まして、しくしくとすすり泣いた。それからおもむろに川や谷、草むらから這い出てきて、膝を抱きかかえ、月が山に落ちていくまで眺めていた。

翌日の夜、帕は約束通り墓地へ行き、鬼王を連れて北白川宮をやっつけに行くことになった。鬼王はそこに立ち、タケノコの皮の服を着て、わらじを履き、手に竹の矛（ほこ）を持って完全武装し、生死をかけた一戦に臨む顔つきをしていた。帕が鬼王を連れて村に入ると、うしろで犬の群れがすさまじい声でほえ、カラスもけたたましく鳴いた。月光が土の家の周りをぐるりと照らし、軽便鉄道の線路は冷たい光を反射した。道にかすかに残っていた風が揺れ、木の葉が落ちる音がした。彼らは駅前の地下牢を通り過ぎ、公会堂、郵便局、出張所、村役場を通り、神社の鳥居の下までやってきた。鬼王は神社に足を一歩踏み入れた途端、おかしいと察知し、わらじを脱ぎ捨てて歩き出した。はたしてここは関牛窩にあって彼が一度も簪で刺したことのない場所だった。というのも、帕が半年かけて、用意周到に鳥居の周囲に、城のお濠と同じように細い穴をあけて鬼王をだまし、心が傷つくこの場所に入らないようにしていたのだった。鬼王は簪を取り出して、陰風の速さで突き刺してまわり、あたりをくまなく攻め取った。唐獅子、高麗狗（こまいぬ）、青銅馬、石灯籠、手水舎（ちょうずや）が、すべて月光の下で毛穴を開いて呼吸をはじめた。つづいて拝殿と神饌所を攻め取り、そこは帕と学徒兵たちが毎月初めに定期的に参拝している場所だった。かすかな灯のともる本殿で、鬼王の体が神道の「大麻」と呼ばれる白い束状になったお祓いの道具に触れた。本殿の中には全部で三体、中央に最高神の天照大神、左側に五穀大帝に類似する、農業を司る稲荷大神、右側に一八九五年台湾攻略のときの近衛師団団長の北白川宮が祀られていた。鬼王が一気に撲殺しようとしたとき、右側にあったその大麻に触れて、虎口（親指と人差し指の間、人体のツボの一つで、非常に危険な場所）を切ってしまい、この上ない痛みとしびれを感じ、悲憤と殺気が全身に溢れた。鬼王は怒りをこらえて、全身に鳥肌を立てながら、帕にここはどこだと尋ねた。

「ここは日本人の廟だ」。帕は正式なやり方で参拝し、鈴を鳴らして参拝に来たことを知らせてから、二礼二拍して、願い事をつぶやいた。「能久親王殿下、支那の老鬼があなた様を訪ねてきました。彼をどうぞお許し下さい」。そのあとようやく帕は、待ちきれなくなっている鬼王に言った。「怒って責めないでくれよ。あんたは出差世（生まれる時代をまちがえた）のさ、目の前にあるのは北白川宮能久親王の位牌だ。彼は神様になったが、あんたは死んでもうじき五十年の死人の骨だ」

「まったくもって不公平だな！」鬼王は大笑いして言った。「奴を見逃してやったことになるな、わしに殺されなかったのだから」

「あんたは運が悪かったってことさ。俺たち、もうちょっと遊ぶのは、どうだ？」帕は言い終わると、鬼王に力いっぱい一発おみまいした。殴られて鬼王の記憶が二年前に戻り、何もかも忘れてしまったが、北白川宮をやっつけに行こうとしたことだけは覚えていた。

墓地での「鬼王の役」のあと、鬼王の邪気に当たった多くの白虎隊員は虚実の見分けがつかなくなり、昼間に父母の幻を見たり、夜の夢の中で五百両連結の汽車にひかれる夢を見たりした。情緒が錯乱し、とうとう耐えられなくなった者は、夜中に集団で、一度に十数名が脱走した。翌日の朝、帕は点呼をして、それを練兵場の鬼中佐に報告した。五十人の憲兵と兵士が直ちに山を捜索し、ある者は家に帰る途中で捕まり、ある者は越境して親戚の家で捕まり、ある者は山奥で発見された。脱走の空気が蔓延したので、憲兵が兵舎の門や窓のあたりをがっちり監視し、夜中に頻繁に寝床の周りを巡回した。またもや三人の隊員が逃亡して姿が見えなくなり、空気のように森林の中に溶けてしまった。帕は二人のタイヤル族の狩人を連れて、足跡とにおいをたどり、青苔に覆いつくされて崩れ落ちた巨木の下で彼らを発見した。三人の隊員は泣きじゃくり、遺書を書き上げていた。それには「死を以て罪を償いたい、決して家族や友人に累が及びませんように」と書かれていた。帕は読んで心を動かされ、彼らに言った。「台北の菊元百貨店の若主人は兵隊になったときに自殺して、金持ちは教練に耐えられないと人から笑われた。だが、お前たちが行きたければ、行くがいい」。帕は遺書を持ち帰って報告し、その三人が天地の果てまで行くに任せた。鬼中佐は遺書を見て、悲しんで何も言わなかった。しかし数日後、鬼中佐は帕が見逃してやったことを知るや、直ちにすべての白虎隊を集合させ、互いに二発ずつ殴らせて、頭にマグニチュード8の大地震を起こさせた。鬼中佐は先端部分に「精神注入棒」と彫られている木刀を持ち、帕に鉄帽をかぶらせて、白虎隊の前で彼の頭めがけて力いっぱい振り下ろした。鉄帽はくぼみ、木刀は二つに折れたが、鬼中佐は先が裂けた木刀で打ちつづけた。帕の体から血が流れるまでたたいてから、大声で怒鳴りつけた。

「清国奴（しんこくど）、支那猪（しなぶた）め、また誰か逃亡させたら、軍法会議にかけてやるから覚えてろ」

じっと黙ってなすがままにされていた帕は、うなだれて考えこみ、隊を率いて帰る意思はなく、何も食べず、飲まず、語らずに何日も立ちつづけた。百人近い隊員が彼のそばに立ちすくんでいたが、二時間で十人倒れ、一日後にはたった五人しか残らず、ほかの者はみな担架で病院に運ばれた。鬼中佐は目障りだと言って、憲兵に彼をどかせるよう命じた。だが憲兵に動かせるはずがなかった。昇級を控えた憲兵隊長が帕に練兵場を離れるよう千回、万回頼んだが、上手に出ても下手に出てもだめだったので、ある作戦を立て、実行することにした。帕の足元の土を掘って、彼を倒し、三頭の馬と十人がかりで威風堂々と関牛窩じゅうを引き回したのだ。帕は道中一貫して軍人の儀礼を保ち、両足を引き寄せ、手をズボンの脇の縫目にぴたっとつけていた。憲兵は最後に帕を川に投げ捨てた。川は流れるまま蛇行して帕を運んでいくはずだった。しかし帕は水に落ちたあと、カーブした所にひっかかり、渦の中を数日回りつづけても村を出ることができなかった。

帕は隊長の職を失い、鬼中佐は別の人間を派遣して白虎隊を率いさせた。学徒兵たちの毎日はさらに辛いものになった。代理の日本人少尉は気性が激しく、彼らに度を越した訓練を行なった。足の爪が剝がれれば足の側面を使って走らされ、厳しさのあまり血尿が出て、ひざまずいて小便をしなくてはならないほどだった。食べるもの飲むものには大量の征露丸が混ぜこまれ、病気をすることも、さらには体じゅう傷だらけにすることも許されなかった。彼らは苦しい訓練に励み、仲間うちのごたごたに対処する以外に、さらに一群の新しく来た古参兵とも向き合わねばならなかった。これらの古参兵は大半が満洲から来た関東軍の速射砲の砲兵あがりで、もともとフィリピンの戦いに馳せ参じたのだが、護送船が次々に米国の潜水艦に撃沈されたため、途中で台湾防衛に転じたのだった。彼らは普段は丘に駐屯して対空警戒を行なっていたが、山を下りて道行く姿は風格があった。特別だったのは布靴や夾脚鞋(ぞうり)は履かずに、一キロ半はある戦闘靴を履いていたことで、それで尻を蹴られると、痛さは脊椎が口から飛び出るのではないかと思われるほどだった。これらの古参兵は学徒兵が訓練に出かけている隙に乗じて、彼らの父母が送ってきた食べ物を平らげてしまい、家からの手紙をでたらめに書き換えて木に貼りつけ、家族の思いを侮辱した。学徒兵に嫌悪感を抱かせたのは、より凶暴な古参兵が台湾人で、日本兵にいじめられた恨みや怒りを彼らに転嫁することだった。学徒兵たちは毎晩竹のベッドの上で涙を流したが、孤立無援で言う言葉もなかった。彼らは『月月火水木金金』という歌を思い出した。兵隊は土日返上で週末がなく、死ぬほどとことん教練を受け、休みがないのはしかたないが、さらに地獄に突き落とされる、という内容だった。とくに消灯を知らせるラッパが、人をからかうので有名な『消灯の歌』を吹きはじめると、古参兵は腰かけた足を組んで調子を取り、笑いながら歌うのだった。「新兵さんはかわいそうだね、また寝て泣くのかよ」。学徒兵は、じめじめした、しらみだらけの布団の中で涙を流し、歌声を聴くと歯を食いしばって、激しく竹のベッドを打った。やがて彼らは団結して、食べ物にこっそり下剤の巴豆(ハズ)の実を入れたり、家からの手紙には「古兵は地獄へ落ちろ」と楷書で書いた紙をはさんだりした。三日後、古参兵の大腸は沸騰するように激しく動き出し、這うようにして便所に駆けこんだ。中にはいっそのこと草むらに転がりこみ、ズボンを下ろすのが間に合わずに音を立てて漏らしてしまう者もいて、尻の穴が開きっぱなしでしびれて痛くなると、ようやく木片で尻の穴を塞ぐのだった。古参兵たちは尻を引き締め、怒ってさらに団結し、内務班の大検査の機会を利用して学徒兵の迷信を徹底的に取り去った。媽祖や関帝廟の紊(キエン)(紅いお守り袋)をポケットにしまっていたり首にかけたりしているのが見つかると、まず背負い投げをされ、それから罰として天照大神を祀っている伊勢神宮の方角を向いて正座をさせられた。そのあと、体力訓練の罰が与えられて、ふんどし一つで干上がった谷川の上を転がされ、ふんどしが緩むと、ひざまずいてそれに向かって、「越中褌殿、真っ白に洗って差し上げます」と声に出して、五百回謝罪させられた。次は銃剣を刺す訓練が待っていた。銃身の先に鉄帽の顎紐をひっ掛け、鉄帽の中に石を詰めておいて、銃を落としたものは罰として、「三八式歩兵銃殿、傷を負わせてしまい、申し訳ございません」と叫ばされた。千回以上言わないと許されず、銃身が自然に火を吹いてよしと言うまで叫ばねばならなかった。

こんな苦しい日々に学徒兵たちは我慢の限界に達した。夜こっそり何人かを川辺へやり、水に飛びこんで、渦の中で回っている帕の体によじ登って言った。「隊長、早く出てきて僕たちを助けてください」

「自分の尻は自分で拭け!」帕は目を見開いて答えると、また両目を閉じた。

十人の学徒兵でどんなに引っ張っても、その丸太は岸に上がろうとしなかったので、川岸に座っておいおい泣くしかなく、夜が明けてようやく帰って行った。古参兵は彼らが帕に助け舟を出してもらおうとしているのを知り、夜中に学徒兵をたたき起こして、この万年二等兵どもめ、報復する気かとすごんだ。そして、銃身より背の低いひよっこだろうが、銃より頑強で、不満がある者は、肩章を外して一対一の対決をしてもいいぞ、と言った。だがこの挑戦に失敗した六番目の白虎隊員が尻を腫れ上がるほど蹴られると、一部始終を強制的に見せられた百人近い学徒兵たちは突然、計画通りいっせいに逃げ出し、一分後に再び四方八方から駆け戻ってきた。胸に墓碑を抱いて、涙を飲んで力に変え、決然とした態度で十人の古参兵に死なばもろともだと迫った。白虎隊の暴動がはじまった。二日目に入っても収まらないので、鬼中佐は憲兵を率いて捕えにやってきたが、兵舎から悲壮な『荒城の月』の歌声が聞こえてくると、虫の息の古参兵を担いで帰ることしかできなかった。誰かが少しでも近づこうとすると、五人一組の若き肉弾組が鉄帽をかぶり、墓碑を背負い、「天皇陛下萬載（バンザイ）」を叫んで、次々に殺しにかかってくるので、防ぎようのない混乱の渦になった。鬼中佐はしくじったことを認めたが、学徒兵に頭を下げるのではなく、憲兵を派遣して帕を川から引き上げて事態を収拾させることにした。帕は死んだふりをして、川を寝床にして死んだように眠り、どうしても起きようとしなかった。そのため憲兵は大忙しで、木の棒で十八頭の水牛を追いたてて帕を引っ張り上げようとしたが、水牛の群れは反対に川の土手までひきずられ、大きな水しぶきを上げた。このときちょうど一人の老女が川辺におまるを洗いにきて、南無阿弥陀仏と念仏を唱えてから、こう言った。あの水死体は川の土手のところに張りついておる、引き上げられないのなら、人と川をいっしょに抜き取るまでじゃ。そう言うと、木の葉を一枚川に投げて帕に見立て、おまるに川の水と木の葉を同時に汲んで、人を掬い上げるお手本を見せた。憲兵はこれを理解して、三十名の警防団に手伝わせ、駅の裏手にある消防用の木製の貯水池を空にしてから、水ごと帕を入れ、水に浮いた帕を練兵場まで盛大に担いで帰った。

「軍法にはかけないから、すぐに戻って兵を率いよ！」鬼中佐は言った。

「いやです」。帕は堪えきれずに話しはじめた。口調は罪の許しを得るための告解のようだった。「多桑（トウサン）、僕はこんなにも日本人になろうと努力し、あなたの息子になろうと努力しました。いい時はいいのですが、でも、なぜまちがったことをすると、僕は清国奴（しんこくど）、つまり支那猪（しなぶた）に変わるのですか。いくら努力しても、僕はあなたの中では永遠に日本人になれないのですか?」

　鬼中佐は背を向けて離れて行き、執務室のドアを開ける前に、振り返りもせずに言った。「千抜、帰りなさい！　よくわかったから、安心するがいい」。その後、鬼中佐は部屋に三日間閉じこもったまま、中は静まりかえり、届けられたご飯やおかずはドアの外に積まれて腐ってしまった。

白虎隊の兵舎へつづく山道には、咸豊草(こせんだんぐさ)の花が道の両側に咲きほこり、一面真っ白で、風を受けてかすかに上下に揺れていた。帕の皮膚はふやけ、頭にはまだ水草がついていた。髪の中のカエルの鳴き声が帕の喘ぐ音を圧倒し、瞼(まぶた)はむくんで目を閉じることができなかったので、まるで城隍爺(ちんじゅのかみさま)に許しを請いにきた衰弱した鬼そっくりだった。新任の憲兵隊長は磨き上げた迎賓石のように、目つきが凶悪で、折り目がきちんとついた黒い服を着ていた。彼は「ふやけて腐った豆腐」がやってきたのを目にすると、柔道五段の実力に物を言わせて、早くからこの伝説の金太郎——日本の伝説に登場する赤いひし形の腹掛けをつけ、斧を手に、クマにまたがった怪力の神童——と力比べをしたいと思っていたので、帕の行く手を遮り、とっくに書き終えていた署名済みの誓約書を差し出して見せた。それには、軍階を問わず私的に武芸の試合を行なった場合、敗者は意のままに侮辱される、と書かれていた。帕は傍らにいる、憲兵に逮捕された三十数名の学徒兵を見つめた。彼らは墓碑を背負い、地面にひざまずいて、何か話したそうだったが、唇がソーセージのように腫れ上がり、まなざしには言い尽くせぬ疲労の色が浮かんで助けを求めていた。帕は微笑み、うなずいて承諾し、勝ったら、学徒兵を解放してくれるだけでいい、と言った。帕は震える手で、印度の渦巻き模様にビクトリア朝風のレリーフが施された万年筆を持ったが、一瞬どの名前で署名するか頭に浮かばず、とても疲れていたので、もう一方の手で腕を支えてようやくひらがなで幼名の「ぱ」と書いた。

試合がはじまった。隊長は肩章を取っただけで、服は脱がなかった。傍らの騒がしさと張りつめた雰囲気は付近の雑草を絞め殺さんばかりで、風も木の梢で停まってヒューヒュー音を立てた。隊長のほうが先に我慢できなくなり、両膝を曲げて腰を落とし、目ざとく、豹のようなすばやさで突進して、力いっぱい帕を背負い投げにしたが、意外にも両足が浮いた感じがした。言うまでもなく、帕が隊長の首根っこをつかんで前に向かって歩いていたのだ。帕は最初から最後まで相手のことは眼中になく、ただ森の中の小道に注意を払っているだけだった。帕が圧勝し、ついに承認が得られたので、学徒兵たちに言った。「お前たちは誰だ?」帕は何度もこの言葉を繰り返した。最初は小さな声で尋ねるように言い、最後は激しくほえるように言ったが、目はずっと遠くに注がれたままだった。学徒兵たちはぽつりぽつりとばらばらに答えていたが、地面にひざまずいて悲しい声を上げている者、ぐったり地面に倒れている者、ひいては殴られて呻くことさえできない者まで、徐々に同じ口調で、自分たちの答えを口にした。

「お前たちは誰だ?」帕が声をからして叫ぶと、声は森を揺らし、まるで森の木々に口を開いて答えさせようとしているみたいだった。

「白虎隊!」。学徒兵たちは全員立ち上がって叫び、その声は森全体を震動させ、遥か遠くまで伝わっていった。坂井さえも立ち上がって叫び、さらに身の程知らずにも、そばの劣勢になった憲兵をからかった。

「支那の劣性を捨てよ。お前たちは天皇陛下の赤子だ。さぁ、行くぞ! 顔を上げ、胸を張って、兵舎へ帰るのだ」。帕は言い終わると、森に向かって歩きだした。白虎隊は互いに支え合って歩き、涙を拭って前進した。腫れ上がった尻はアヒルのように横に揺れていたが、咸豊草(こせんだんぐさ)も風の中で彼らを真似て揺れていた。陽光が降り注ぐ谷間には、真っ白でとても明るい花があった。

山の上の白虎隊の兵舎では、食料を断たれたもう一つのグループが包囲されて憲兵と対峙をつづけていた。彼らは飢えのために目が回り、こちらにやって来る人影が見えると、先発の五人がまず榻榻(タタ)米(ミ)のわらを食べて腹を満たしてから、墓碑を背負い飛び出して行って憲兵と戦った。憲兵は彼らを捕まえるとすぐに蹴り飛ばし、頭を殴り、背負い投げをした。それから中腰を命じて、痩せた尻を出させ、棒で滅多打ちにした。これはもっとも厳しい海軍式の制裁で、抵抗しようものなら即座に銃殺された。学徒兵の尻は紫色に変わり、脹れて糞を出せなくなった。ちょうどこのとき、兵舎に隠れていた残りの隊員が遠くから伝わってくる声を聞いた。白虎隊、白虎隊……、声には高鳴る感情がこもり、去年の台風で吹き倒された樹さえ立ち上がりたくなるほどだった。しかしその声は、まるで死を前にした告白のようでもあった。そうでないならどうしてこんなに真心がこもり、聞いた者の意気が上がるのだろう。彼らは包囲を突破して合流することに決めた。

だが今度向こうからやって来たのは憲兵だけでなく、帕もいた。あの恐ろしい鬼軍曹が、片手に憲兵隊長を高くもちあげ、包囲している憲兵と警察を撤退させた。それから、帕は隊長を木に引っ掛け、両腕を広げて、向かってきた学徒兵を掬い上げ、サーカスのピエロが玉を放るように彼らを空中でぐるぐる回しながら、兵舎の前の小さな広場まで歩いて行った。二つの白虎隊がすぐに一つに集まり、つまずいたり這ったり叫び声を上げたりして、もともと叫んでいた「萬載攻撃（バンザイ）」が「萬載歓迎（バンザイ）」に変わった。彼らは帕を胴上げしはじめた。手の力は若々しく感情がほとばしり、まさに水しぶきのように、自然と彼を高く投げ上げた。とっくに川の水で疲労困憊していた帕は空中でひっくり返りながら、目を閉じて言った。「よく聞け、俺は軍曹の鹿野千抜だ。今からまたお前たちの隊長になる。部隊は命令に従い、出発だ」。彼は再び兵を率いることになった。帕は心ゆくまでいびきを立て、崩れるように眠ってしまった。隊長をこのまま眠らせておこうと、帕が五時間後に目を覚ますまで、学徒兵たちはかわるがわる順番に帕を絶えず高く上げつづけた。この間彼らは五つ山を越え、星やホタルの光が満天に輝く山道を歌いながら行軍したが、元気いっぱいで尽きることを知らないように見えた。

天公伯はとうとう目が見えなくなった

白虎隊も少年工の仕事をやるようになり、飛行機をつくりはじめた。飛行機は竹製で、本物の飛行機ではない。鬼中佐は、偽(にせ)飛行機をもっともそれらしくつくった者には、内地の高座海軍C廠〔高座海軍工廠。計画段階では海軍空C廠と呼ばれていた。一九四四年神奈川県高座郡（現在の座間市）で操業開始、主に海軍の戦闘機を生産。深刻な労働不足を補うために台湾から約八千人の少年が動員された〕に派遣して本物の飛行機をつくらせると約束した。白虎隊は全力で働いた。内地の観光ができ、飛行機を製造して給料ももらえるなら、少なくとも関牛窩(ヴァンニュボー)で戦車にぶつかって自殺する練習をするよりずっといい。彼らは三人一組で、細い枝状に割いた孟宗竹(もうそうちく)で飛行機をつくった。竹の強度を高めるために、ときどき火で炙って柔らかくする必要があったので、竹の飛行機ができあがると熱々で、上に放り投げながら担いで歩いていたが、不注意で川に落としたりするとジューという音を立てて蒸気がでた。村びとも飛行機をつくりだした。鍬(くわ)の背で竹の棒をたたいて柔らかくしてつくるのだが、完成までの速さときたら竹林から掘り起こしてきたと言っていいくらいだった。村びとたちがこんなに精を出すのは、ひとえに鬼中佐が行なう飛行機製造大会で、一等賞の大きな去勢したニワトリ十羽を手に入れるためだった。

一週間以内に、村じゅうに百機あまりの竹の飛行機が姿をあらわしたが、大部分は白虎隊がつくったものだった。どの飛行機も、二人が腕を広げた幅と、三人分の背丈の長さがあり、空き地はどこも駐機場になった。鬼中佐は馬に乗って巡視し、五時間かけてすべての飛行機を見終わった。竹の飛行機の外観の比率は正確で、細部もきちんとつくられており、翼には日の丸も描かれていた。しかし一機だけ人の笑い物になっている飛行機があり、恩主公廟を改築してつくった学校の広場に置かれていた。それは中央が膨らんだ大きな円形の皿で、飛行機にあるはずのものは何もなく、あってはいけないものがいっぱいついていた。誰もそれが何かわからず、大きな斗笠（トウリ）だと言って笑った。この大皿づくりを手伝った白虎隊員はひどく馬鹿にされ、緊張のあまり冷や汗を流して、このくだらない思いつきを出した隊長をみんなの前に押し出した。帕（パ）は体をぴんと伸ばして、口ごもりながら言った。「これは神様の飛行機だ。夢で天皇を見たが、こんな皿に乗って降りてこられた」。ようやっと静かになった人たちはまた笑いこけてしまった。鬼中佐は騒いでいる者たちの口元のあざけりをきれいに拭い去らせようと、こう言った。「競争はまだ終わっていない。審判は米軍機が下す。奴らをいちばん引き寄せることができた者が勝ちだ」。なんと、竹の飛行機をつくった目的は米軍機をだまして引き寄せ、高射砲がその隙に撃ち落とすというものだった。村びとはだまされたと思った。またしても四本足〔日本人〕の人をだますやり口に対して、腹が立っても口にすることができず、怒りのあまり目から火を噴き、夜道を歩くときに灯りはいらないほどだった。

　飛行機をつくり終えると、白虎隊はパイロットにもなった。十五キロはある竹の飛行機を背負い、布紐で腰に縛りつけ、手はしっかり飛行機の両脇のフックをつかんで、静かに帕の離陸命令を待った。竹の塔から空襲警報が鳴り響き、村びとの半分はのんびり歩いて防空壕に入ったが、残り半分は田で野良仕事をつづけていた。学徒兵は竹の飛行機を何回かぴんと立てて部品の留め具合を確かめ、帕の手の合図に合わせて、陰に隠れたところから突然姿をあらわして、堂々と道路でラストスパートをかけた。帕のおもちゃのほうは、とても大きな竹の皿で、重さは百キロに達し、直径は六メートル、超ド級の竹の飛行機だった。帕はこの飛行機をきれいに飾りつけ、上面にガラス片、光る金属、トンボの羽をびっしり貼りつけて、原住民族の綾織の模様を描いたので、他の飛行機はその影にすぎないように見えた。彼らは滑稽な格好でこの飛行機を動かして、高空飛行をしている米軍機を引き寄せて攻撃しようとした。だが、米軍機のへそには目がついてないのか、ブンブンと音を立てて飛び去って行き、百機あまりの竹の飛行機はただ走っただけのくたびれ損に終わった。

　太陽が目を刺すように照りつけていたある日、巣に戻っていた米軍爆撃機が一滴の光を落として、山間部にまっすぐ堕ちていった。目撃した学徒兵は騒ぎだし、あれは飛行機の糞ではない、飛行機が落とした悲しい涙だと思った。彼らは探索に出発し、ついに山奥で一つの赤い楕円形のものを見つけた。それは爆弾の数倍の大きさで、生い茂った樹木の枝や葉をたたきつぶすように落下して、日が落ちると、七色のさざ波のような光の輪を燦然と輝かせた。「中に何かある」。帕が大胆にも体をつけて中の音を聞いてみると、ポンポンポン、わぁ！　非常に強い心臓の鼓動が返ってきたのだ。ほかの学徒兵も胸をつけてみると、もちろん自分の心臓の鼓動が聞こえてきて、申し合わせたかのように声を上げた。「これは飛行機の涙ではない、飛行機の卵だ」。彼らは用心しながらこの大きな機蛋(ジーダン)〔鶏蛋(ジーダン)（ニワトリの卵）と同音〕を担いで帰り、稲わらでつくった大きな巣の中に置いて、孵化して飛行機が生まれるのを待った。このニュースが広まり、見物にきた村びとは地面に腹ばいになって、これは超級爆弾だ、どう見たって機蛋(ジーダン)には見えないと言った。この季節は、しつっこい蚊が乱れ飛んでいたが、刺されて皮膚がヒキガエルのようになっても誰もたたこうとはしなかった。騒いで爆弾が目を覚まし、爆発して村全部が吹き飛びでもしたらどうする。そのうち鬼中佐と憲兵隊が馬に乗ってやってきた。彼は状況を見ると、鐙に足をかける間もなく、するりと馬を降り、大笑いした。「これは爆撃機の燃料タンクだ、いらないから捨てろ」

それでも白虎隊はまだそれが機蛋で、燃料タンクではないと信じていたので、孵化させて飛行機の赤ん坊を産ませたいという決意は固かった。機蛋の上に白虎隊が次々に覆いかぶさり、手本としてそばに卵をかえしている母鶏を置いた。母鶏がやるとおりに学徒兵はやろうとした。母鶏が鶏蛋を裏返しにすると、学徒兵は力を合わせて大きな機蛋をひっくり返した。母鶏がクークーと鳴くと、学徒兵の腹もクークーと鳴った。母鶏が楽しそうにカブトムシの幼虫をついばんでいると、学徒兵たちはその楽しそうな母鶏を食べたいと思った。ニワトリの卵はとうとう殻が破れ、中からふわふわの黄色いヒヨコが転がり出てきて、学徒兵に向かってピヨピヨと笑った。ここにきて彼らの自信は崩れ去った。自分たちに失望したのではなく、飛行機だって無精卵を産んでもおかしくないことに気づいたのだ。しかし、長く温めた機蛋は熱によって膨張し、隠れたところにあった給油口からシーシーと気体を出しはじめた。幼い鉄の鳥が殻を破ろうとする呼吸のようだったので、彼らは歓喜した。一週間後、卵の中の鉄の雛が殻をつつきはじめ、その鋭く響きわたる音に小鳥たちは大鷲の到来を予感して、とにかく遠くへ逃げられるだけ逃げ去った。さらに半月が過ぎて、学徒兵たちの萬載という歓声の中で、飛行機の子どもが誕生し、それを担いであちこちにお披露目した。それは前に笑いものになった例の大きな皿で、今では新たに鉄の皮と肉を持っていた。日光の下で、まぶしい光を放つ最新型飛行器になったのだ。村びとがお祭り騒ぎでやってきて、驚いて言った。「これは、恩主公の鉄の大鍋が落ちてきたものじゃ。ではシャベルはどこだ?」彼らはしまいに、この飛行器は機蛋が孵化したものではなく、学徒兵が剝がしてきた燃料タンクの殻を金槌で竹の大皿に打ちつけ、さらに色を付けてでき上がったものだと知った。あのトンカチいう音も鉄の鳥が殻を破っていたのではなく、学徒兵が鉄の皿をつくっていたのだ。

　白虎隊は今、新機種を有するようになった。何と説明したらいいのか誰もわからない大きな鉄の皿だった。警報が鳴るたびに、帕はその鉄の皿を持ちあげて走り、うしろには小さな竹の飛行機がつづいた。通常は縦谷（じゅうこく）の入り口にある防空塔を起点として、警報が鳴りはじめると、直ちに走り出した。樹木にカムフラージュしている防空塔は高さが六メートルあり、頂上で哨兵が警戒にあたり、飛行機のエンジン音によって敵機か味方機かを判断した。防空塔のメインの警報が鳴り響くと、各歩哨所の警防団は手動の「水雷（すいらい）」警報器を動かし、機器の中の牛皮軸を摩擦させて、ホーンホーンと長い音を出した。あるとき、米軍機が三機、静音戦術を採って、五キロ先の高空でエンジンを切って音を消し、太陽を背に降下して、防空塔の兵士に飛行機のエンジン音が聞こえないようにした。だが帕は空の風が張りつめ激しく流れ出したのを見てとり、彼の命令ひと声で、百機の竹の飛行機が波のように次々と姿をあらわした。突然、米軍機はエンジンをかけ、防空塔に向かって発砲した。帕は米軍機が不意打ちをかけてきたのに気づき、振り返って大きな声で怒鳴った。「伏せろ」。帕は走って引き返し、一気に百機の小さな飛行機を道端の草むらに押しやった。話せば時間がかかるが、実際はあっという間のできごとだった。米軍機の射撃はやまず、地面に当たって埃が舞い上がり、一瞬にして牛の皮を突き抜けて血まみれの内臓が飛び散り、そばの農夫を呆然とさせた。このとき防空塔の警報器がようやく鳴りだし、村びとは蜂の巣をつついたようにあちこち逃げまわり、やみくもに人について走った。防空壕は人であふれかえり押しつぶされそうになっているところもあれば、人っ子一人入っていないところもあった。米軍機はきびきびと機体を翻して、今度は大きな鉄の皿に向けて攻撃をはじめた。銃弾が下に向けて発射されると、地面に土が舞い、学徒兵二人が瞬く間に打たれて死んだ。アメリカ人がほんとうに来たのだ。数日前アメリカ人は、航空写真から、関牛窩に空飛ぶ円盤が移動し、そばで多数の偽飛行機が援護しているのを発見した。検討の末、そのＵＦＯはドイツが発明したもので、設計図を潜水艇で日本に運んで製造させ、秘密裡に山村でテスト飛行をしているのだと判断した。そこで戦闘機を出して何がなんでも破壊することにしたのだった。

帕は大きな鉄の皿を持ちあげて、道端のサトウキビ畑に飛びこんだが、びっくり仰天して手足の力が抜けしまった。まさか単発エンジンのグラマン戦闘機ワイルドキャットが三機も自分に攻撃をしてくるとは思いもしなかったからだ。米軍機が四度目に帕に向けて発砲したとき、帕は恐れを力に変えて、このままでは臆病な人間になってしまう、応戦してこそ大和武士だと思った。そして体の縄をほどいて鉄の皿を縛り、空へ向けて投げ上げた。凧を揚げるように、力を入れて引っ張りながらあちこちを走り回った。鉄の皿はＵＦＯになって空を漂った。帕のテンポは軽快で、走れば走るほどいろいろなやり方が浮かび、自分の影さえもするっと滑り落としてしまうほどなめらかに移動した。何万本もあるサトウキビの葉は行く手を遮るどころか、反対に彼の行方がわからないよう隠してくれた。三機の米軍機は一旦離れ去ったあと、交差攻撃を仕掛けてきたが、直角に曲がることができるＵＦＯにいくら機関銃が命中しても、墜落させることができず、しつこい攻撃を十分ほどやってから恥じ入りながら飛び去って行った。このときようやく日本軍の高射砲が発砲し、黒い雲がいくつかできたが、何一つ命中せず、まるで音の反響で米軍機を脅しているようだった。草むらに隠れていた白虎隊は取り乱した心がやっとおさまったところで、空を見上げると、大きな鉄の皿は相変わらず静かに漂っており、心ゆくまで楽しんでいるように見えた。突然、ゴォーという音がして、晴れた空に雷の音が炸裂し、また別の戦闘機が三機、低空飛行で飛んできた。機関砲を鉄の皿に向けて発射し、砲弾が光線のように飛んで地面に落ちると、大量の火のかたまりが撥ね上がった。サトウキビ畑に火煙が上がり、空気に甘みが出て、葉が狂ったように燃え、炎が空いっぱいに投げ上げられた。遠くに身を隠していた白虎隊はへなへなになり、目を凝らして見てみると、やって来たのはほかでもない、防空ハンドブックで紹介されていたP38戦闘機だった。機体は二機の飛行機がくっついてできており、一機で二機に匹敵し、もとより「双胴の悪魔」と呼ばれていた。その双発エンジン型飛行機はほえるような音を立てて飛び去ったが、エンジンが排出する熱煙は天空を捻じ曲げ、まさに悪魔の飛翔のようだった。

二個分隊の兵士が練兵場から駆けつけてきて、遮蔽物のうしろに腹這いになって、銃を持ちあげて射撃した。これはのちに村びとから羽毛で雷神の尻をかくようなものだと形容されてしまったが、まったく物の役にも立たなかった。飛行機を撃墜できるのは山頂にあった高射砲と速射砲しかなかったが、山のふもとまで運んでくる必要があった。高射砲は解体したあと六頭の馬に載せて運ばねばならず、位置に着くには一時間はかかる。だがそのときにはもうすべてが去ってしまったあとで、空気を打つしかない。そこで、二個分隊の兵士は速射砲を分解して、山道を使って背負って走ってきていたのだが、重砲の部品で背骨が擦りきれそうだった。彼らが稜線を越えていたとき、飛行機が一機、高速で水平飛行をして通り過ぎた。その神経が張りつめ、気持ちが破裂しそうになる短時間のあいだ、お互いの距離は握手できるほど近く、兵士たちは操縦室のパイロットが振り向いてこちらに目をやったのさえ見ることができた。双方とも若く、手には相手を殺すことができる武器を持っていた。速射砲の兵士はすこし躊躇してから、引きつづき下山した。彼らの躊躇は悪い予感だった。なぜならその

P38は空中で大きくカーブして、元の位置に戻って発砲し、機関銃から発射された銃弾の火の光が前方数十メートルの樹林から襲ってきたからだ。兵士は急いで谷に飛びこみ、坂を転げまわった。なかには百メートル下の山のふもとに転げ落ちて、足を粉砕性骨折した者もいた。ある者は重砲の部品に押しつぶされて傷を負い、ある者は弾に当たった。帕は自分の戦いは速射砲部隊が応援に駆けつけてくるまでの代わりだと思っていたが、今この瞬間に、後方支援をなくしたのだ。そのうえ帕はこのことを知らなかった。

一方で、白虎隊は山の斜面に隠れて震えるだけで、頭の毛一本立てることもできず、飛行機から銃弾が掃射されると、叫び声を上げて応えていた。一人の学徒兵が銃弾に当たり、頭の頂の傷口を押さえながら泣き叫んだ。「俺は死ぬ」。しばらくして、その学徒兵は頭がまだ大丈夫だと気づいた。飛行機が落としていった熱い薬きょうでやけどをしただけで、流血といっても蚊に刺されたほどもなかった。一度恐ろしい経験をした者は肝っ玉が大きくなり、力いっぱい深呼吸して、恐怖を吐き出し、坂の上に頭を出して外をうかがった。すると米軍機が帕の操る鉄の皿に激怒し、鳶(とび)に変身して猛烈な攻撃を仕掛けていた。だが帕のほうがもっと激しかった。鳶と勇敢に格闘する烏秋(おうちゅう)に変身して、何度も大きな鉄の皿で米軍機に応戦していたのだ。白虎隊はその様子を見てひどく感動し、心臓にボイラーをつけたように力がみなぎった。誰かが軍歌『爆弾三勇士』を大きな声で歌い出した。この歌は一九三二年の第一次上海事変の際に、破壊筒を持って鉄条網を爆破し戦死した三人の工兵をたたえたもので、身命(しんめい)を賭(と)して任務を全うしたと神格化されていた。白虎隊の歌声はますます大きくなり、一つにつながって勇壮な大合唱になった。数名が命を顧みずに飛び出した。帕の走りがあまりに速くて体が鉄の皿に引っ張られて浮いていたので、重しになるのを手伝おうとしたのだ。四人目の学徒兵が帕の腰に抱きついたとき、帕は声をからして大きな声で怒鳴り、鉄の皿を操っていた縄を放してしまった。鉄の皿は上に飛んでいき、その瞬間、高速低空飛行の米軍機と接触した。飛行機のプロペラが折れ、バランスを崩してシューシューと旋回し、墜落して爆発した。機体から吹き出る火と煙はすさまじかった。ほかの二機が事故現場の上空をぐるぐる回って、地面に腹這いになっている大きな鉄の皿めがけて、それが生き返ったように飛び跳ねるまでめった撃ちし、弾を打ち終えてからようやく飛び去っていった。ずいぶん経ってから、ようやく風が吹き、お日様が強く照っているのにみんなは気づいた。学徒兵は歓声を上げた。「帕が米鬼(べいき)をやっつけた、米鬼をやっつけた」。歓声は雲まで響き渡った。このとき、みんなはどこに行けば面白い見物(みもの)があるのか知っていたので、仕事を傍らに打っちゃって、足がもつれそうになりながら、すばやく路上にあった攻撃にも防御にも使えそうな物をつかんで駆けだした。

　世界はとても静かになったが、あの米軍機だけが火の中でもがきつづけ、巨大な爆発音は苦しみ以外の何物でもなかった。村びとはこの火は実に達者だ、噛む力は強力で、機体を檳榔(びんろう)のように噛んで、鉄のカスと汁を外に吐き出している、と褒めそやした。こんな火勢なら米国人はもちろん、その影さえも焼いて灰にしてしまうだろう。村びとは次々に不敵にも近づいていった。米国人は武器が強いだけで、それがなくなれば残りかすだと知っていたからだ。また、米国人は劇に出てくる俳優のようで、軍事訓練に出る必要がないこともわかっていた。なぜなら皮膚が、化粧に使う新竹特産の白粉(おしろい)を塗ったようにつるつるで白く、月光に当たっただけで傷がつきそうだったからだ。それに鬼畜(きちく)が生きているのは食べるためで、食べ物を大きな目で探し、大きな鼻でくんくん嗅いで、たらふく食べ、たらふく眠るの繰り返し。体はでかいが衝撃にはめっぽう弱いのだ。案の定、飛行機が墜落した場所にはちぎれた死体が散乱し、さらには白粉状の細かい粉も落ちていて、訓練をちゃんと受けていない人間はまさにしっかり固めていない泥の塊と同じで、さすが落下の仕方はお見事なものだった。現場にはチョコレートや櫛（くし）、腕時計、それに忍者の手裏剣（しゅりけん）とまちがえられた十字架もあった。帕は黒いメガネを拾った。前に古雑誌で米国のスターのクラーク・ゲーブルがこんなのをかけていたのを見たことがあった。帕がメガネを鼻にかけると、方向がはっきりわからなくなった。こんなに世界を暗くして、鬼畜はどうして自分を隠そうとするんだ？　だが、そのサングラスを通して一人のパイロットが操縦室から跳び出してくるのが見えた。服は燃え、真っ赤な火がジュウジュウ音を立てていた。白虎隊はびっくりして叫んだ。「ひぇー！　紅孩児（こうがいじ）〔『西遊記』に登場する妖怪で、目、鼻、口から火や煙を出す術を使う〕がやって来るぞ」。しかし、一本の鉄の棒がパイロットの腰を貫通しており、抜いても抜かなくても痛さは同じ、地面に倒れて悲しそうに泣き叫んだ。「マミー、黒婆蜜（ヘイポーミィ）(Help me)」。「わぁ！　俺たちは孫悟空じゃない、こっちに決着をつけに来ないでくれ」。白虎隊は答えた。すると黒人のパイロットは燃えている服を脱ぎ捨てて、裸になり、さらに飛行用ヘルメットをはぎ取って、縮れ髪を見せた。村びとはパイロットが服と頭をはぎ取って、焼け焦げた体としわしわになった脳みそを露出したのだと思い、びっくりして叫んだ。「大変だ！　真っ黒の、炭火男がこっちに来るぞ」。村びとたちは黒人を見たことがなかったのだ。人が生きたまま頭をこじ開け、手足を焼いて炭にし、口と鼻が外にめくれるまで煮ても、平気でいられるのが信じられなかった。それにもっと恐ろしいのは、炭火男は黒目で見るのではなく、白目で人を見つめ、どこに隠れてもすっかり見通されてしまうことだった。とうとう炭火男は火を垂らしながら這うようにして走って、森の中に逃げこんだ。白虎隊がこっそりあとをつけたところ、地面のいたるところに火種が跳ねているので、我慢できなくなってもみ消しに出て行くと、それが血であることに気づいた。

憲兵と歩兵がＵＦＯに駆け寄って見ると、表面に銃弾が貫通した穴が密密麻麻とついていた。それから墜落機を見に行くと、火が密密麻麻と表面を覆っていたので、帕のところに走って行って、彼に密密麻麻と褒め言葉を贈った。しかし、鬼中佐は全員に片時の休みも与えず、炭火男を逮捕するよう命じ、先に捕まえた者には十匹の太ったブタを褒美として与えると言った。米畜無用論を再度証明する出来事だったので、鬼中佐は説明した。炭火男は黒人で、赤道下のアフリカというちばん太陽に近い地域に住んでおり、生まれるとすぐに黒く焼けてしまう。米国人はアフリカから黒人を捕まえてきて奴隷として働かせ、何も事が起きないときは門番の犬として、有事の時は馬として乗りまわす。彼らは黒人に飯を食べさせてもらい、黒人に抱きかかえられて便所に行き、黒人にまたがって戦場に向かい、黒人にまたがって飛行機を操縦するが、飛行機が墜落するときは黒人を海や川に突き落とすことも忘れない。この話を聞いた村びとは黒人にひどく同情しはじめ、肩ごしに目をやり、自分の背中にも誰かが乗っているような気がしてきた。炭火男は森に入って身を潜めたのち、しばしば夜になると出てきて盗み食いをしては、黒い体の特性を生かして姿を隠した。家畜や食糧が消えたり、掛布団や服がなくなったりしたとき、炭火男のせいにするのはいいとしても、女に逃げられても、炭火男のせいにする者まであらわれた。そしてとうとうみんなは日本人のせいにしはじめ、一本の火のついた木炭が村の中を走りまわると、数百人を動員して探したが、灰さえ見つけることができなかった。

大勢の者が炭火男恐怖症に罹った。夜間に彼を捕まえられないのなら、昼間は言うまでもなかった。ある男が言った。夕方道を歩いていて、振り返ったときに腰を抜かしてしまったよ。炭火男が俺の影になりすましやがって、一瞬のうちに水蛇のように逃げ去っていくのが見えたんだ。ある者が誓って言った。炭火男の一物はそりゃあデカくてなあ、股の下に握り拳が突き出ているようで、男を見ると振り回し、子どもを見ると絞め殺そうとするが、女を見ると手招きしやがる。いちばん苦悩したのは鬼中佐で、人望が地に落ちただけでなく、米国人もああしろ、こうしろと指図しはじめ、こんなことを書いた宣伝ビラを飛行機から投下してきたのだ。「捕虜を手厚く保護し、かつ飛行機の保全に努められたし」。三日目になると、鬼中佐は帕を「米鬼捕獲隊」の隊長に任じ責任を持ってこれに当たらせ、必要なだけ存分な後方支援を提供すると言った。黒人を捕まえるのは夜空に生まれたばかりの一粒の星を見つけるようなもので、帕にもできることではなかったが、しかし彼には炭火男の叫びが聞こえないときはなかった。それが唯一の手がかりだった。帕は夜になる前に墓地へ急ぎ、鬼王の助けを借りることにした。彼が駅前の地下牢を通り過ぎたとき、中から劉金福の声がした。「アメリカ人が報復にくるに決まっておる、お前は村びとを死なせることになる」

　長く会わないうちに、鬼王の記憶はまた空白から徐々に回復し、国の指導者が替わったことを思い出して、人生はここに至りすでに悲惨なものになったと感じていた。死んで鬼に身をやつしていることを思うとなおさらだった。彼は戦う気力をなくし、あちこちを勝手気ままに遊び歩いては、しばしば流れの止まった川のほとりにたたずんで、木の枝で詩を書いた。「死し去れば　元より万事の空しきを知る　但だ悲しむ　九州の同じきを見ざるを　王師　北のかた中原を定むる日　家祭して忘るる無かれ　乃翁に告ぐるを」〔原文「死後原知萬事空／但悲不見九州同／王師北定中原日／家祭無忘告乃翁」。南宋・陸游「示児」より〕。風が吹いてきて、波がすべてを洗い流した。あるときはまた妻を思う詩を書いた。「十年　生死　兩つながら茫茫　思量せざれども自ずから忘れ難し　千里の孤墳　凄涼を話するに處無し　縦使相逢うとも應に識らざるべし　塵は面に滿ち　鬢は霜の如し」〔原文「十年生死兩茫茫、不思量、自難忘。千里孤墳、無處話凄涼。縱使相逢應不識、塵滿面、鬢如霜」。北宋・蘇軾「江城子」より〕。そして悲しみがこみ上げてくると、水の膜をはがし、空に向かって投げて雲霧をつくり、雲中の錦書に変えて届けてみたくなった〔南宋・李清照「雲中誰寄錦書来」（雲の中に、思いを織りこんだ錦の手紙を、誰が寄こしたのだろう）より〕。だが故郷はどこにある？　一本の簪（かんざし）をたよりに道を探って行ったとしても、着くのはいつのことだろう？　鬼王は、人に記憶があるのは感情面の退化であり、死後までも人を苛む、と大いに嘆いた。帕は鬼王の前で、さまざまな手を使って鬼王の意気を上げようとしたができなかった。そこで拳を振り回して殴りかかり、記憶をかつての猛々しかったころに戻そうとした。かなり手荒に頭を殴りまた肩を揺さぶって目を覚まさせ、たたいたり揺らしたりすると、鬼王はやっとのことで帕が望んだ記憶の時点まで戻り、叫んだ。「いまいましい『番王』——北白川（きたしらかわの）宮（みや）はどこだ？」

　帕は心の中で大いに喜んだ。憎しみこそが力だ！　彼は鬼王を肩に載せて走った。丘を越えると、夜の闇に沈む村に小さな火が見えてきた。数百名の村びとと兵士が指揮を待っていた。帕には秘かな企みがあって、全員に日本語をしゃべることを禁止し、鬼王に見破られないようにした。鬼王が帕の頭の上に立ち、耳をそばだててよく聞いてみると、遠くで確かに誰かが泣き叫んでいたので、こう言った。「こだま戦術を使え」。帕がそれを客家語（はっか）で伝えると、閩南語（びんなんご）〔狭義には福建省南部の閩南地方の言葉。台湾では台湾語、ホーロー語とも呼ばれる〕と原住民族の言葉に翻訳され、白虎隊と村びとは松明（たいまつ）を持って散らばり、村全体をぐるりと取り囲んで、炭火男を中に封じこめた。炭火男がマミーと叫ぶと、誰もがマミーと叫んだ。炭火男がそれをこだまだと思って啜り泣きすると、みんなも泣いて返した。こうして人の囲いは縮まって千坪ほどになったが、まだ炭火男の位置がわからなかった。鬼王が胡散臭さを嗅ぎ取り、不機嫌な顔をして言った。あれはアメリカ人が母親を呼ぶ声だ、何が「番王」だ。帕は、奴はアメリカの言葉が話せる「番王」なのだと答えた。そして小石を拾って、怒りっぽい学徒兵に投げつけ、振り返ったそいつに日本語で罵りまくらせた。鬼王は日本語を聞いて俄然士気が高まった。「四面楚歌戦術を使え」。帕はそれを聞くと、一計を案じて鬼中佐の家に駆け戻り蓄音機を持ってきて、ゆっくりとその尻尾を回した。蓄音機のラッパからザーザーという音がして、かすかにアメリカの国歌が流れ出し、音が徐々に大きくなると、数百人がそれに合わせて口ずさみだした。突然、炭火男が警戒心を解いて、駅前の地下牢から大きな泣き声をたて、村じゅうにその巨大な泣き声が響きわたった。憲兵が地下牢から捕虜を、まるで水に落ちた犬を引きずり出すように、引っ張りあげているあいだ、二十丁の銃口が狙いを定めていた。そのあとも炭火男は二十数時間泣き止まなかった。数人の男が、守備兵にそそのかされてわざと下駄で彼をたたいた。だが反対に、分娩を今しがた終えたばかりの女の乳を搾って陶器の瓶に入れ、持ってきて炭火男に飲ませてやり、もう泣かないよう、泣き声が米軍機の爆撃を誘発しないよう願う人もいた。花岡医師がこの米国人の病状を診たあと、鬼中佐に言った。炭火男は重症でもはや助かるまい。鉄の棒が貫通している腰の部分がひどく腐乱して敗血症にかかっている。泣くことで傷の痛みから気を紛らせているのだから、死ぬまで泣くのがいちばん幸せだろう。

　ちょうど汽車がやってきた。機関車は真っ黒で、煤煙はさらに黒かった。炭火男は汽笛に吸い寄せられ、頭を上げて、神様が汽車に乗ってやってきたのを見た。神様は車窓の一つから手を出して力いっぱい振っていた。十字架を背負った、そのうえ黒人の神様だった。駅に集まった人もこの黒人の神様が見えたが、真偽の区別がつかないほど真っ黒だった。神様の専用車が駅に着いた。神様は機嫌が悪く、汽車を降りるとき、引きずっていた大きな十字架を車両のドアにひっかけてしまった。神様は巴格野鹿（バカヤロウ）と声を荒げて、それを足でひょいと遠くへ蹴とばした。憲兵は神様に対して気をつけの姿勢をとり、白虎隊は敬礼をした。九十を過ぎた老人が感動して言った。「鬍鬚番（ひげのばんじん）がお出でなさった。長くお目にかからないあいだに、髭が体じゅうに生えておられる」。「鬍鬚番」とは、清末のころ関牛窩を通った際に、列に並んだ二十人の虫歯を鉗子(かんし)で一度に抜いたという伝説をもつ馬偕(マッケイ)〔ジョージ・L・マッケイ、一八七一年にカナダ長老派教会から台湾に派遣された宣教師。医師、教育者としても有名〕のことで、満面髭に覆われているのが特徴だった。その場にいた、宗教弾圧を受けてきたキリスト教徒たちがあわててひざまずき、哈雷路亜(ハレルヤ)とつぶやいて、神を賛美した。多くの人が神様の機嫌を取ったので、神様の気分も少し穏やかになり、微笑んで、手を高く上げて挨拶をした。一人の小学生がこらえきれなくなってひざまずき、たまらず大笑いして言った。脇の下にカビが生えている。高く上げた腕から下に視線を移すと、脇のところの化粧が汗で剝がれ落ちているのが見えた。神様は怒って白虎隊に石炭の灰で補修させた。この神様は帕が扮装していたのだ。裸になって汽車の煙突から出る石炭の灰で黒くしたので、全身が真っ黒で、目だけが人を見通すように白かった。帕は炭火男のそばに行き、十字架を地面に立て、両手を大きく開いて、遠くの白虎隊が持っている壁新聞をこっそり盗み見ながら、やっつけの英語で言った。「私はマミーよ、マミーがお前を家に連れて帰ります」

どんなに屈強な男にも恐れる女はいて、どんなに多情な男にも一生惚れこんだ女がいる、それが母親だった。炭火男は帕をきつく抱きしめながら言った。「マミー、たすけて」

帕はつづけて場面がまちがっている壁新聞の通りに読んだ。「僕の名前はトム、今年十五歳です、君は?」誰かが機転を利かせて炭火男の腰に刺さっている鉄の棒を抜いた。炭火男から鮮血が吹き出して、帕の石炭の灰を洗い流し、肌脱ぎの、ふんどしを着けた帕の裸身があらわれた。炭火男はもう血を流さなくなり、目の周りに涙をためて、永い眠りについた。

「米鬼(べいき)が家に帰るぞ」。帕がこう言うと、命令を待っていた白虎隊が大きな鉄の皿を運んできた。かれらは墜落した飛行機の残骸で新たに鉄の皿をつくったのだが、プロペラだけは、どうやってもうまく取り付けることができず、皿のいちばん高いところに取り付けてみるとようやくうまくいった。帕がちょいと力を加えると、猛スピードで回転しはじめ、プロペラはなめらかな透明な膜になって、ヒューヒュー音を立てた。帕が叫んだ。「飛行機が歌を歌っている、道をつくれ」。白虎隊は道路わきの竹を引き倒して、一本の長い滑走路をつくった。炭火男の魂が飛行機に乗り、窓の外の村びとが自分に向かって手を振っているのが見えた。鉄の皿は、神様が乗り移った神輿(みこし)のように、白虎隊に担がれてゆらゆら揺れ動き、帕が鉄の皿に結んだ紐を引っ張って鉄の皿を浮上させた。そして百メートルほど引っ張ってグラマン戦闘機が墜落した場所に戻り、紐を近くのガジュマルの樹に縛りつけた。大きな鉄の皿は強風を腹一杯食べて、プロペラは回りつづけ、いつまでもそこに浮かんで、米鬼に帰途についたと思いこませ、めまいがするほど喜ばせた。それは空中の大きな鉄の墓となり、彼はこうして旅路で葬られ、もう泣き叫ぶことはなくなったが、いつか出てきて悪さをするかどうかまではわからない。

劉金福が炭火男をかくまっていたことは、軍法に基づけば起訴されるはずだったが、鬼中佐は反対に彼を地下牢から出す命令を下した。釈放の理由はたくさんあって普通の人間には想像がつかないものばかりだった。たとえば地下牢が汽車に足をひっかけてつまずかせたとか、地下牢の上の小さな森が蚊や虫をはびこらせてマラリアの温床になっているとか、あるいはただもう目障りだ、などなど。憲兵は何度も令状を持って劉金福に確認のサインを求めたが、令状は逆に飯の代わりに食べられてしまった。彼が地下牢を出ないと言えば無理に引きずり出そうとしても無駄で、かりに関牛窩をひっくり返したとしても彼を外に出すことはできないだろう。とうとう劉金福は秘密のやり口で自分を地下に縛りつけてしまった。彼は雷の音を真似ながら、小便を九鏨（きゅうざん）の木にまいて、しょっぱさのあまり九鏨の木が飲み水を求めてたくさん根を張るようにしたので、洞穴の中は根毛が張りめぐらされ、万を超える蜘蛛が糸を噴き出したような有様になった。最終列車が駅に入るとき、拉娃（ラーワー）が小さな穴から下を覗くと、地下牢はとても暗くて何も見えず、落とした種が跳ね返ってきた。小さな穴から車両の灯りが下へ届くようにしたところ、地下の洞穴を埋め尽くさんばかりの木の根と、その中に湿って濁った両目が隠れているのが見えた。中の老人がタイヤル語でさようならと言った。「スガガイ・タ・ラ！」〔また会いましょうの意〕拉娃は耳を疑い、その言い方があまりにきっぱりとしたものだったので、泣き出してしまった。汽車が動き出した。拉娃もただ「スガガイ・タ・ラ！」と叫ぶことしかできず、心から再び会えることを願った。このときの彼女はどれほど汽車を憎いと思ったかわからない。もしこの火を食べる怪獣がいなかったら、この世界に戦争や別離、そして哀しみも生まれなかっただろう。とくに汽笛は、人の魂をくじいて消し去ってしまう。翌日になると、地下の洞穴はなくなり、始発列車を運転する機関士も地下牢にぶつからないようよけて通る必要がなくなった。憲兵が小さな森を切り払うと、細い根が洞穴に張りめぐらされ、小さな盛り土の墓場のようになっており、ナイフでもその屈強な根を断ち切ることができなかった。劉金福は自縄自縛（じじょうじばく）、自分をその中に縛りつけて巨大な九鏨の種の核に変わり、永遠に屈服しないと決心したのだった。

　鬼中佐は帕に劉金福を連れ帰るよう命令するしかなく、この任務に褒賞はなかった。「お前の祖父のような者は、飲まず食わずだと三日はもたないだろう」。鬼中佐は心情に訴えて、この件は帕に自分で片をつけさせた。帕は自分でも赤面してしまうような理由をでっち上げて、また鬼王に助けを求めた。鬼王も出し惜しみせずに計画を教えた。帕はその日の夜さっそく鬼中佐に言った。「わかりました。百キロの大きな金槌さえあればすぐにできます」。翌日は曇り空で、小雨がちらちら降り、駅の電球の傘からかすかに雨のため息が聞こえた。始発列車が到着した。五人の憲兵が汽車に乗りこみ、届いた大きな金槌を運び出そうとしたが、手間取って走行スケジュールを遅らせてしまい、機関士が汽笛を強く引いてせかした。帕が乗りこんで、体をちょっとかがめ、百キロはある金槌を軽々と手に持った。雨足がだんだん強くなり、そのうえ雷が鳴り出したので、帕は大きな金槌を駅の中に入れて雷を避け、胡坐(あぐら)をかいて瞑想した。白虎隊はシャベルとツルハシを持って、五メートル離れたところから地下牢に向かって掘り進み、金切り鋏で九鏨の根を断ち切っていった。だが地下牢に近づくほど根は密集して太くなり、掘る速度も落ちてきた。別に十名の学徒兵が稲わらを地下牢の上方から差しこんで、中に流れこんだ大量の雨水を吸い取ろうとした。しかし雨が激しく降りつけ、劉金福がひどくせきこみながら、救援の稲わらをぜんぶ抜き取ってしまった。二時間後、一人の学徒兵が駅に駆けこんできて、青く震える唇で言った。「隊長に報告します。欧吉桑(オジサン)が溺れて死にそうです」。瓦屋根に豪雨が跳びはね、その震動で埃が室内に舞っていた。帕は閉じた目を動かすことなく、五分経ってから体を起こし大きな金槌を持って出て行ったが、外に出てはじめて土砂降りの雨になっているのに気づいた。世界がいまにも溶け出すかのようで、広場は陥没して大きな窪みができ、その中央にロウソクの芯のような黒い虬(みずち)が突き出ていた。帕が大声で、やめ、と言うと、忙しく作業をしていた学徒兵が集合して雨宿りをした。穴から這い上がってきた学徒兵たちは駅や民家の軒下にぎゅうぎゅう詰めで立っていたが、体じゅうに水の跡をつけてがたがた震え、口からしきりにくしゃみの音をさせた。帕が穴に飛び降り、濁水の中を歩いて九鏨の根の繭に辿りつくと、力を入れてたたいた。すると繭を覆っていた泥がすぐに崩れ落ちて、繭の中にたまった水を抜くことができた。劉金福がせきをする音が中から聞こえ、腹を立てて怒鳴りつける声がした。「おまえらが勝つわけがない」。話が終わるのを待たずに、帕が唸り声を上げて、大きな金槌を地面に向けて打ちつけると、穴の中にたまった数トンはある雨水が跳ねて外に飛び出した。付近の窓ガラスが振動し、木の葉が落ち、みんなは米軍機が前に落として行った不発弾が爆発したのかと思った。帕は穴の水が戻ってくる前に、大きな足で踏ん張って立ち、九鑿の繭の底部に向けて力いっぱい金槌を振った。地盤が緩み、ポーンと音がして、ホームラン！　その「巣」が洞穴から二十数メートル先へ飛んで行った。そして道路に落ちると、水しぶきを上げながら滑り、最後は、駅に入れずに立ち往生していた汽車の底板に引っかかって止まった。拉娃が車両の小さな穴から覗くと、大きな繭が見え、関牛窩を皮がむけるまで洗うことができる大きなスポンジのようだった。繭の中からまだ順調な呼吸の音が聞こえたので、彼女は安心して言った。

「ねえ、欧吉桑(オジサン)の『巣』って、空を飛べるのよ」

三菱製の四式重爆撃機「飛龍」が青空を行ったり来たりして、細かい雨を降らせた。雨は風に乗ってあっちにもこっちにも漂ってゆき、旋回したり、跳びはねたり、舞い上がったりした。大勢の人が農作業の手を止めて空を見上げ、手を広げてその乾燥した雨を受け取った。それは種子だった。一部の種は細く柔らかい毛が生え、風をつかまえて飛んでいき、川や森を越えて、山林で奉公している人々のところまでやってきた。今、彼らはさらに多くの時間と労力をかけて山を削り谷を埋めていた。毎日村びとが何百人も投入され、何が何でも早急に完成させなければならなかった。そこに落ちた汗は、地面の塩分濃度を極端に引き上げ、植物がほとんど育たなくなったが、反対に動物が夜中に塩をなめにくる聖地になった。白虎隊もこの作業に加わり、体じゅうについた細い毛の生えた種子が、汗といっしょに地面に落ちた。帕は暇を見つけて、山道に沿って山を下り、森に入るとそこに無理やり家に通じる新しい道をつくって通り抜け、垣根の中に入る前に種子をはたいて落とした。垣根は帕が新しくつくったもので、中にはそれぞれ十羽のヒナ鶏と十匹の子ブタが飼われていた。どちらも米軍機を落としたり、米国人を捕まえたりして得た、当初の約束より縮小された褒美だった。しかし老主人はもうこれらの世話ができなくなっていた。

　帕は劉金福を包み込んでいる木の根の繭を山に担いで戻り、繭をほどくだけで三日かかってしまった。幸いなことに根が生きていたので、塩水に浸すと根は死んで縛りが少し緩んだ。劉金福は強制的に地下牢から引っ張り出されたと知って、屈辱を感じ、これ以後は自分の夢の中に閉じこもり、目覚めるのを拒否した。歯をきつく嚙みしめ、爪が手のひらの肉に食いこむくらい両手を強く握りしめ、憤怒がくっきり肉体に刻まれていた。この植物人間の世話をするために、帕は三度の食事を、軍からの配給米をかみ砕いて竹の管に入れ、これにニワトリの腸をつないで祖父の口に注ぎこんだ。決まった時間に劉金福の手足をマッサージし、背中をたたき、口や鼻から膿を吸い出した。時間通りに体を返して、床ずれにならないようにもした。毎朝、手を差しこんで祖父の肛門からぽろぽろと粒状の硬い大便をかき出し、夕方には祖父を背負って散歩に出かけ、歌を歌いながら尻を軽くたたいて、屁をすれば腸がすっきりするよとご機嫌を取った。こうして半月が経ったころ、飛んできた新しい種が垣根の門の前で三十センチほどの丈の山菜に成長し、頭を垂れた赤い花を咲かせた。帕はそれを摘んできて茹でて、嚙んでから劉金福に注いで食べさせた。それは、俗称、南洋春菊、日本の漢字では紅花（べにばな）襤褸菊（ぼろぎく）と書いた。茹でると襤褸のような色になり、少し苦味があって腸にねばりついたが、なんとこの植物が、のちに村びとが凶作で飢えたときの食べ物になった。ある者は、飛行機がまいたので、飛行機草だと言って、我慢して食べた。ある者は飢餓草と呼んだ。腹が減り、何も食べるものがないとき、とにかくも当座のしのぎになるからだ。だが名前をつけるなら光栄なる天皇より値打ちがあるものはない。帕は天皇の年号を使って昭和草と名づけた。「今上（当代の天皇）」から下賜された物、という意味だ。

植物人間は足の爪と髪が毎日驚くほどよく伸びた。帕が軍用の鋏で足の爪を切ると、カチッと音がして爪が割れ、飛んだ爪の断片が竹の壁にはまった。それからさらにやすりで足の爪を整えた。足の爪はとても処理が難しく、劉金福は手で自分の足の指を強く握りしめるので、いつも足の爪が手のひらを刺して傷つけ、あちこちに膿んだできものができた。帕はのちに、手を握りしめるのは戦闘を意味するのではなく、孤独で仲間がほしいのだと気づいた。そこで自分の手を劉金福の手の中に滑りこませてみた。その手は拠り所をつかみ、そっけなくつないでいたが、化膿したできものがすぐによくなった。ただ帕が外出するときだけ、自分の代わりに二匹の子ブタをつかまえきて劉金福と手をつながせた。劉金福の髪は伸びるのがさらに速くなり、流水が下へ落ちるように、いたるところに白髪まじりのうしおが積み重なり、野菜畑にも流れ出た。ある日、髪が日光に当たって、一瞬のうちに白髪に変わり、陽光が髪の毛を通じて彼の頭に伝わった。夢の中の劉金福は突然、街灯が明るくなったのを見た。自分は街灯の下に胡坐をかいて座り、一本の街灯を除けば、それ以外はみな「堅壁清野」〔深溝を掘り、城壁の守りを堅くするとともに、田野にあるもののいっさいを除去して、敵を苦しめる戦術〕で、無限の世界が広がっていた。そこで彼は、灯りを消せ、と叫んだ。帕は劉金福の寝言を聞くと、彼の頭髪を木の上にのせて、野菜包丁で断ち切ろうとした。だが髪はとても強靭で、切ることができず、むしろ包丁に押されて木の中にのめり込んでしまった。帕はあっけにとられ、手で力いっぱい髪をつかんで引き抜こうとしたが、あまりの痛さに叫び声を上げた。髪の毛が非常に細いナイフのように手のひらに食いこんだのだ。それは劉金福の憤怒の髪であり、断ち切ることができず、梳いてもまた乱れた。劉金福は不満をすべてそこに寄せ集めていたのであり、そうしなければ悶死していたにちがいない。

大雨が降ったある日、強烈な雨足が屋根に穴をあけ、晴れたあと日光がそこから差しこんできた。落ちてくる光の跡は太陽とともに移動し、暗くてじめじめした部屋の中で何か探し物をしているように見えた。太陽が北へ移るのに従って、光の路線もやや南に移り、九日後に劉金福の足を照らした。ポッと音がして、植物人間が発芽し、足の指に植物が生えた。葉は勢いよく成長しはじめ、上方にはきらきら光る埃が跳ねまわり、あたかも空の鳥が十の小さな森の周りを円を描いて飛んでいるようだったので、見ている帕は胸がいっぱいになってため息をついた。じつは劉金福の足の爪は石灰化してスカスカで、そこに土がびっしり詰まっていた。拉娃が車両の穴から投げ入れた種がすべてそこに保存されて、全部で三百あまりの苗に成長したのだ。そのうち親指の森林がいちばん勢いがあって、一センチの厚さの石灰化した層にたくさんの情熱的な秘密を蓄え、なかでも雀榕(あこう)が最も幅をきかせて、あふれ出た根毛が彼の足の裏をびっしり覆った。帕は、劉金福が植物を介して帕と話をしたがっているような気がしたので、片方の耳をその中に入れて、しゃがんで、もう片方の耳を塞いで聞いてみた。あぁ！　根毛の中をゴロゴロと長く響く音がした。最初は風が強いのかとも思ったが、しかし、劉金福が昔、植物は雷が鳴っているときに急いで根を伸ばして、まもなく降ってくる雨を飲もうとする、と言っていたのを思い出した。そこで、劉金福の夢の中では雷が鳴っていて、豪雨が近づいていることがわかった。彼は祖父に蓑(みの)を掛けてやり、船をつくってベッドとし、祖父を二匹の子ブタの真ん中に寝かせて手にブタの足を握らせた。昼間も、ベッドの近くにランプを掛けて空の色がいつ暗くなってもいいようにして、祖父を安心させた。そのあと帕は祖父の足の指に生えた苗をすべて抜き取って野菜畑に移し換え、腰に両手をあてて太陽を眺めくしゃみをした。帕が竹のドアを閉めて作業場に戻ろうとしたとき、子ブタとニワトリのヒナが垣根の中で遊んでいるのが目に入った。子ブタは鼻で土をほじり、ヒナ鶏はでたらめに土を掘り、いたるところ穴だらけだった。屋根の上の雑草を見上げると、太陽の光に磨かれてつやつやと光り、遠くの森はほんのかすかな風の中で揺れて、まるで息を切らしている川のようだった。さらに遠くには木の梢で縁取られた山の稜線が浮かんでいた。帕は長いあいだ眺めすぎて、自分が家を出ようとしていたのか中に入ろうとしていたのか忘れてしまった。そこでやはり中に入って、二匹のブタの間に横になっている劉金福に、まだ鼻息があるかどうか確かめた。帕の頭の中にはいつもこんな躊躇(ためら)いや愁いが濃霧のように立ちこめ、拭いさることはできなかった。つまり、劉金福が息絶えてしまわないか、いつもひどく恐れていたのだ。最後にひと握りのブタクサの種をまいて、ヒナ鶏と子ブタを呼びよせ、それから大きな声で歌を歌いながら、小道に沿って山林へ奉公に戻り、しばしのあいだすべてを忘れた。そろそろ作業場に着くころ、耳の中に残っていた植物がまだ成長をつづけ、ごろごろ音を立てているのが聞こえてきたので、道端に生えた雑草や石をきれいに取り除いて、そこにそれを植えた。この植物は日本の漢字で躑躅(つつじ)と書いた。中国語では杜鵑で、さらに正確に言えば玉山杜鵑と言った。これは拉娃が族人から分けてもらい、劉金福に譲ったものだった。玉山杜鵑は、雪の中で葉を少し巻いて冬を忍び春を待つ。それゆえタイヤル族では北(ベイ)徳拉曼(ダラマン)と呼び、「もう一度試してみよう、あきらめてはいけない」という意味だった。拉娃の族人はこの種子を持って五日五晩歩き、夜に玉山〔旧称新高山〕の山頂を目指した。そして曙光に向かい、帝国最高の海抜にある神社の「新高山社」を背にして、手のひらに種を盛り、海抜の低い劣悪な環境でも発芽できるように祈りを捧げ、ひざまずいて世界中のタイヤル族の霊魂がこれらに力を与えるように祈った。それから拉娃に渡して、植物の発芽する力を彼女が獲得するよう期待したのだった。

　夜露に潤されて、北徳拉曼はひと晩で三センチ伸び、半月後には木に成長し、白い花を咲かせた。山を掘っていた数百人の人びとは、ついに平坦になったいちばん先のところに花を咲かせている玉山杜鵑を見た。そしてようやく自分たちの憶測が正しかったことを知った。眼前の長さ一キロ、幅八〇メートルの平地は、雲霧で隠された簡易飛行場だったのだ。次に彼らは滑走路の整備をはじめ、十六人一組で大きなローラーを引っ張って土に圧力をかけ、平らにした。ローラーは巨大な岩をくりぬいてつくった、家くらいの大きさのものだったので、一つができあがるのに三か月の時間を費やした。ローラーは転がすと汽車の車輪のように圧延して、地面の石に火花が散り、灰と燃えさしが残るほどだった。帕は一人でこれをやった。ローラーに拳の太さの麻縄（あさなわ）を縛りつけ、体を前のめりにして引っ張るたびにナイフのように皮膚を裂いた。苛酷な労働のため、人びとの手足には豆ができ、しばしば半ば起きている状態で作業をし、半ば眠った状態でご飯を食べた。疲れて放棄したくなったとき、山の下から勢いのいい歌声が聞こえてきたので、白虎隊は木の枝や崖の縁から眺めやった。群山が沸き返り、大勢の人が三方向からこちらに向かっていた。大きな雲があちこち漂い、雲が流れて人々の頭上を覆うと、そこの人たちが意気盛んに軍歌を歌った。北方からは新竹州の二百名の警防団員が、西側からは苗栗（ミャオリー）郡の百名の愛国婦人が、南側からは台中州の三百名の中学生の女子挺身報国隊がこちらに向かっていた。彼らは睡魔、疲れ、のどの渇きに耐えながらここへ奉公にきていたのだが、白雲が頭の上に流れてくると、空高く響き渡る軍歌を歌って雲を追い払った。人々の声に追い立てられて、白雲は東の方角の飛行場に逃げていくしかなかった。突然、飛行場に天気雨が降りだし、厚さがまちまちの木の葉に当たってリズムを奏でた。白虎隊は彼らがなぜ歌っていたのかわかった。これは「西北雨(サイパッホー)」の雲だったので、歌を歌って対抗し、雨の中で気持ちを奮い立たせていたのだ。飛行場は千人を超える人が奉公に投入され、二日以内に猛スピードで完成した。

気温は徐々に暖かくなった。太陽は明々と照り輝き、躑躅(つつじ)の花は日がたつにつれて躑躅(行きなやみ)し、艦褸菊(ぼろ)は風に当たって艦褸になった。ある山道の曲がり角で、山菜摘みにきた子どもが龍葵(いぬほおずき)の上に白いものがついているのを発見した。その子は大きな声で、雪が降った、と叫んだ。だが雪と言った途端に、それはすぐに飛んで行き、まるで風の精霊のように引っ越ししてしまった。子どもは追いかけながら叫んだ。「こんなに暑い日に、大雪が降った」。視界のよい山頂まで追いかけて、あたりを見てみると、いたるところに同じような雪が降りはじめていた。雪景色の中央に、一台の新式機関車が瑞穂駅を発車し、うしろに一両だけ花で飾りつけられた車両をけん引していた。カタツムリの殻の模様のような山道を回って、殻の先の飛行場まで走って行くので、シリンダーはずっと興奮状態にあった。その音は遠くまで響きわたり、動物は走って逃げ去り、風はいたるところで乱れ、山の家の柱はゆがんで、太陽の光が直接劉金福の瞼(まぶた)を突き刺した。目玉は夢の入り口だった。水晶体が屈折してできた七色の光が劉金福の夢を焼いて破壊し、白い寂寥さえも残さなかった。夢による鎖国計画は失敗し、一か月間昏迷状態だった劉金福は目を覚ました。のどの乾きを覚えたが、体を支えることができないので、しかたなくベッドから床に転げ落ちて、台所まで這って行き、水甕(みずがめ)に体当たりしてひっくり返して水を飲んだ。そして異変に気づいた。水たまりに絶えずさざ波がたっているのだ。そこで、ひっくり返った水甕の底を集音器にして耳を当ててみると、遠くから泣き叫ぶ声が伝わってきた。まちがうはずがない、あの魔魅（まみ）の力が彼を夢の外に押し出したのだ。劉金福がその魔物を殺そうと、頭を包丁立てにぶつけると、一本の菜切り包丁が落ちて地面に突き刺さった。それを口にくわえて、ドアを下からこじ開け、庭の満開の杜鵑花（つつじ）とぶんぶん騒いでいる蜜蜂のそばを這って通り過ぎた。だが驚いたことに、いたるところに雪のようなものが落ち、山の稜線を膨れあがらせるほど大量の昭和草の綿毛（わたげ）が、空いっぱいに舞っていたのだった。劉金福はこの厄介な綿がどこからきたのか見当もつかなかったが、しかしすぐに気に入った。白い綿毛が彼にくっつき、風がさっとひと吹きすると、体が弓から離れた弓矢のように軽くなり、長くて白い髪をなびかせて走り出した。彼は突如ある感覚がよみがえった。憤怒と、いつまでも絶えることのない復讐の力だった。道で目にした日本人をすべて、自分が日本人に殺されるまで、殺し尽くしたかった。劉金福は復讐の力が自分を最初の約束——雪が降った日に投降する——に向けて加速させていることに気づいていなかった。彼は帕がこの一月往復してできた小道を走った。わからない、この道はいつできたのか、彼をどこに導いているのか？　小道の終わりは飛行場へ行く山道につながり、巨大な音の源に行きついた。

　それは新式の機関車で、花で飾りつけされた一台の車両をけん引して、飛行場へ向かっていた。花列車は黒檀で造られており、両側に皇室の十六花弁の菊花紋が嵌めこまれ、金で箔押しされていた。車内は生花の香りが満ち溢れ、数名の十八歳の神風特攻隊の少年がスプリングの効いた皮製の椅子に腰かけていた。顔に薄く化粧をして、首にシルクのスカーフを巻き、片手を窓の台に置いて、ぼんやりと北の青空を眺めていた。飛行場の零式戦闘機には火薬が大量に積みこまれ、行きのガソリンしか入っていなかった。聖なる酒を一杯飲み終わると、彼らはここから太平洋へと飛び立ち、米国の航空母艦に体当たりして、肉体は聖戦のために喪い、魂は靖国神社に帰っていくのだ。この新式の機関車は「紫電」と呼ばれ、三本のシリンダーをもち、ノーパンクのタイヤには細いくぎが打たれて摩擦を増やしていた。その力のすさまじさから、村の子どもは「天の覇王」と呼んだ。天の覇王の煙突から吐き出される煤煙と昭和草の白いわた毛がひと筋の煙の泉となって上に吹き出し、煙塵に染まった白いわた毛は重くなりすぎて落下した。昼から夜に変わると、汽車の先頭のライトに灯りがついて、懸命に飛行場へ向かって進んだ。道は坂道で険しく、三本のシリンダーがシュッシュッと音を立ててピストンを突いていたが、それでもまだなかなか動かず、二百名の村びとの助けが必要だった。帕は体を斜めにして十頭の気性の激しい馬といっしょに先頭から荒縄で機関車を引っ張り、兵士と壮年の男たちは横から押し、子どもらは松明を持って道を照らして、『大地は招く』〔元歌は一九三三年コロンビアレコードから発売された『望春風』。台湾で最も流行した閩南語による歌曲。皇民化政策により中国語の歌詞が禁止されると、日本語の軍歌に書き換えられ盛んに歌われた〕を歌って元気づけた。車輪が空回りするたびに、白虎隊は木の棒を差しこみ、砂利をまいて摩擦力を強めた。飛行場への最後の急な坂道で、天の覇王は下に滑り、大きな車輪が二人の村びとの足を轢きつぶしてしまった。その苦痛の声を聞いた誰もが、錐で胸を刺されたような気持ちになったが、もし少数の者が手を離して助けに行けば、さらに大勢が災禍を被ることになるので、そのまま作業をつづけるしかなかった。

　このとき、木の上に停まって近くで見ていた劉金福は、村びとの死を嘆き悲しむ気持ちが全身から猛烈に沸きあがってきた。彼はちょうど、死んで自分に翼をつけ、この世を去ろうと考えていたところだったが、無数の親しい者たちが地獄にはまって手を振っているのを見てしまった。これは最大の苦しみだった。思わず声を出して泣くと、涙が体の白いわた毛をすっかり洗い流し、体が軽くなる力を失って、少しずつ落下しはじめた。九降風が吹いてきて、彼の髪、うぶ毛、陰毛を一瞬のうちにすっかりもぎ取って、風とともに消え去った。慈悲の心が、九鬣頭と呼ばれてきたこの老人を、瞬く間に無毛人間にした。彼はひざまずいて天の神様に許しを乞うた。「天公伯（ティエングンバッ）、あなたは目が見えなくなったのじゃろうか？　わしはあなたのために牛や馬になるから、あなたは今から関牛窩を守ってくだされ、台湾人を守ってくだされ！」劉金福は涙を拭いて、歯を食いしばり、よろよろとした足取りで、森を出て、天の覇王を押しに行き、奉公隊の一人になった。

　鬼中佐に臣服した劉金福は瑞穂駅の「助役」に抜擢された。これは副駅長に相当し、駅長は内地人しかなれなかったので、本島人としては最高の職位だった。仕事は軽く、ネクタイを締めて、制帽をかぶり、手に信号燈を持って、もっとも複雑な気持ちでもっとも神聖で純潔な仕事――星を磨いた。劉金福はこの仕事に異を唱えることもなく、むしろ少し好きになってきた。彼が唯一要求したことは裸足でいることで、ズボンの裾をかぶせてみっともなさを隠していた。毎回日が落ちてから仕事に入る前に、日本の警察は彼が焼香することを許可した。劉金福は駅の裏手で、両膝をつき、額を地面につけてお参りをした。「不孝の子孫の劉金福です。頭が老いぼれてしまいました。ここでご先祖さまにお参りいたします」。そして、線香を地面に挿してから、仕事に向かった。彼が行ってしまう頃合いを見計らって、巡査がその線香の火を足でもみ消し、崖の下へ蹴り落とした。

　駅の広場には早くから百人を超える人たちが集まり、息を殺して、瞬きもせずに、星磨きの面白い劇を見逃すまいと待ちかまえていた。間もなく、側車をつけた先導のオートバイが先に駅に到着し、後方へ向け信号灯で通行信号を送った。すると八両編成の汽車が牛背峠（ニュウボイドウン）を越えて坂を下り、ブレーキ音を大きく響かせつつ、ブレーキパッドからぷくぷくと火の泡を吹きながら進んできた。一本のさざ波を立てて流れる銀河鉄道ができ上がり、まるで空から汽車が大急ぎで駆けおりてきたように見えた。村の子どもらは息をひそめていたので、歓声を上げることができず、声をぐっと抑えつけた。天の覇王もこのあとから駅に入ることになっていて、シリンダーが遠くで雷鳴のような音を立てていた。ヘッドライトはこっちを選んだかと思うと、またあっちを選んで照らし、まるで稲妻そっくりで、非常に壮観だった。

やがて、村の子どもらから「製雲機」と呼ばれている天の覇王が、額の直径一二〇センチほどある菊の紋章を光らせて、牛背峠を登りはじめた。それは戦艦大和と同じランクの超ド級の機関車であり、皇室が乗る「御召機(おめしき)」の栄光をこれも持っていた。天の覇王が牛背峠を登り切り、息切れもせず、汗も流さずに、汽笛一声、飛ぶ鳥の十羽分の高さに蒸気を吹きあげると、空に大きな雲がぽっかり浮かんだ。坂を猛スピードでおりるときは、ブレーキの火花を後方に捨て去り、花の刺繍をしたショールを投げ捨てているようで、細かく砕けた光の水晶を、道端の草木は影を長くして見ようとした。しかし火花は火災防止のために、すぐに車両の脇の散水器から噴き出す水の網につかまって消された。子どもらはこれ以上息を詰めていられなくなり、萬載(バンザイ)を連呼して、歓声を上げながら力いっぱい跳びあがり、機関車の王者である天の覇王の到着を歓迎した。この場面を彼らはもう数十回も見ており、さらにこれからも百回以上見るだろうが、毎回はじめて見たときのように感動するのだった。

天の覇王がようやく駅に到着すると、だれかが車両の脇にはしごをかけた。劉金福が背負い椅子に座り、帕がそれを肩に載せて一歩一歩車両の屋根に登った。そして砂嚢を積んだ中に座っている一人の機関銃兵の前を通り過ぎて、街灯の下――それはこの世で最も低いところにある星だった――にやってきた。劉金福ははたきで電球に着いた煤塵を払い、ポケットから柔らかい布を取り出して、電球を包みこんで拭いた。そっと、優しく動く指の間から光が漏れ、駅にかすかな光と影が流れた。劉金福は布を裏返してきれいな面で再び電球を拭き、少し手に力を加えたので、ガラスがキュッキュッと音を立てた。子どもらは目を閉じて聞いた。このキュッキュッという音に子どもらはつばをごくりと飲みこみ、全身がむず痒くなってきたので、劉金福が病気のときにいつも叫んでいたあの決まり文句を叫んだ。「海だ、海が見える！」。海だ！　子どもらはみんな空を仰ぎ見ながら、その灯りが海の波のように谷全体を飲みこんでしまうのを想像した。もっとも暗い、もっとも湿った片隅がゆっくりと乾きはじめ、陰にかくれたもっとも微細なものまでポッと音を立てて影を長く伸ばした。光と影がぐるぐる巻きあって、猛烈な勢いで湧きあがり、放射線状に広がった影によって、駅は満開の月見草の雄しべと雌しべのように幻想的な姿になった。ピカピカに磨いた電球はさらに透明になり、二〇キロ離れた場所からでも見ることができたので、さらに多くの虫がどっと飛んできて、危うく劉金福を突き落とす勢いだった。電球がもっとも明るいときに、劉金福は「西遊記」の影絵芝居をした。手を電球に近づけて、影を付近の山肌に投影するのだ。虫は芝居の中で降りしきる豪雨になったり大雪になったりした。仰ぎ見ているみんなの首がしびれはじめ、虫の雨が駅じゅうに落ちていっぱいになる、その一分後に芝居は終わった。劉金福が手を裏返すと、山肌の三蔵法師とその従者たちはみんな大雪の中に姿を隠した。この世の恩怨は、すべて今宵の夢枕の中、行路遥々として、つづきはまた明日。影絵の中の人物はどんな衣装を着ているのか見分けがつかず、無声だったので、もっぱら観衆が各自で音をつけた。もっとも完成した美しい台詞は個人の内面世界から生まれた対話だった。憲兵は、これは違法ではない、声のない芝居は、鬼にしかわからないと考えて、片目をつぶって見て見ぬふりをした。

「十、九、八、七、六、五、四、三、二、一、消……灯……」

影絵芝居が終わると、帕は劉金福を背負って汽車を降り、消灯の準備をした。広場の百人余りの人たちは、いっしょに消灯のカウントダウンをするとき、大きな声を出して、世界中の夜がこの灯りを見てから眠りにつけますようにと祈った。

少しでも長く灯りを見ようと、子どもらは「灯」の字を引き延ばして、たっぷり一分かけて言ったので、山は眠気を誘われていびきをかきはじめ、クマやイノシシやムササビが騒がしい声を上げた。劉金福が街灯のスイッチのレバーを下へ押すと、パチンと音がして、電球はゆっくりと目を閉じ、灯心が光を電線の中に回収した。そして独立系統の水力発電機を通って、水力タービン、流水、坂道、流風、白雲へと伝わり、瞬時に空に戻って行った。あぁ！ 誰もが甲高い声をあげた。電気が天に帰り、散らばって満天の星になった。生まれたばかりの新鮮な天の川、きらきら輝く星図、話しかければ瞬きをして返事をくれそうなほど星は近くにあった！ 全宇宙が関牛窩のために遥か遠くから明かりをともした。夜は深まり、風は冷たくなった。星は清風に吹かれて肩を少し怒らせ、ヒューヒューと吹かれて、満天に流星が広がった。

まもなく、村全体に夜間外出禁止令が発令されて灯りが消え、汽車も消灯しなくてはならなくなった。兵士が数名で、四本の竹で四方を支えたアルミニウムの板を汽車の煙突の上に置いて、火の粉が飛び出さないようにした。やがて、夜空がウォンウォンと響きだし、定時に北方へ爆撃に向かう米軍機が夜空を横切り、その機体に取りつけられている衝突防止灯が銀河を飛び越えて行った。村びとは米軍機が関牛窩を爆撃しても何の役にも立たないことを知っていた。彼らは何度も爆弾が投下されるのを見たが、どれもみんな観世音菩薩が受け止めて持って行くか、恩主公が牛車を出してきれいに回収していくかのどちらかだった。だから彼らは鬼中佐のやり方に同意しなかった。おかげで村のあちこちに防空壕を掘らされ、どの家の敷地にもへそができてしまったのだ。もっとばかげていると感じたのは、なんと山に五〇メートルの深さの大きな穴を掘ったことで、汽車の防空壕だということだったが、今ではコウモリを養って住まわせる旅館になっていた。

米国の爆撃機と戦闘機が飛び去ったあと、汽車は移動して車両の編成を行ない、連結器がゴトンと音を立ててつながった。天の覇王が先頭で引っ張り、旧型の汽車がうしろから押した。ヘッドライトがつき、汽笛が鳴ると、起動時の駆動輪の摩擦力を高めるために、砂まき管から砂が放出された。天の覇王は先導車を追いかけて出発し、轟音が駅の出征祝いの幟(のぼり)の前を通過した。八両の車両は確かに多すぎるので、各車両に整備士を一名増やし、カーブを一つ曲がるごとに工具を使って歯車を調整し、車両が安定してカーブできるようにした。歯車はスピードにのってこすられて、奇妙なルールーという動物の鳴き声を発し、牛の群れと鬼(グィ)の歌声が混ざり合ったメロディーを奏でた。ボイラーが高速で運転し、汽車は山道伝いにくねくねと進み、崖の山肌に接近して走るときには、乗客は奇怪に変化する光と影を見ることができたが、長く見過ぎると吐き気に襲われた。そのため谷側の座席のなかでも、視野が開けた座席がよい席ということになった。内地に派遣される一人の白虎隊員が、その席に座って外をぼんやり眺めていた。窓台に伏して、谷川に落ちていく窓の明かりが、近くになったり遠くになったりするのを見ていたが、急に大きな声で、「おい、鹿野殿がおいでだ」と言ったので、みんなが騒ぎ出した。

月光が降り注ぎ、光と動物の鳴き声と小川の音が堆積している深い谷間に、突然、灯りの影がちらりと見え、川の水がこすられてキラキラ光った。と、そのとき帕が両方の手に大きな小便担桶(しょうべんたご)を提げて、一瞬のあいだに、川の中の踏み石を飛び越えて、体を突き出し、小道を伝って駆けてきた。肩の上の椅子には劉金福が座り、片手に信号灯を持って道を照らし、もう片方の手は帕の短い髪をつかんで、猫のように尻を立て、目を虎のように光らせていた。劉金福には秘かな企みがあった。昨日まであの独りよがりの小国の皇帝をひどい目に遭わせることができなかった以上、今日からは自分を捨てて戦火の中にいる子どもらのために常雇いになり、彼らを救い、少しでも彼らの命を取り戻そうと思ったのだ。しかしこの種の救援行動は駅の日本の警察に見つかってはならなかったので、汽車の発車直後をねらって行動した。最後尾のドアまで追いかけて行って、帕がまず小便担桶を汽車に乗せ、それから劉金福を乗せた。祖父と孫の二人が最後尾の車両の中に入ると、そこには硬貨、鉄くぎ、鉄窓がいっぱい積まれていた。これらは強制的に徴収されたもので、造兵廠に送って精製し大砲や戦車をつくるために使われた。帕はさらに公学校にあった銅像――楠木正成と二宮尊徳の像を見つけた。体に「祝出征」の白いたすきがかかっていた。前足を上げた軍馬にまたがっている鎧兜(よろいかぶと)姿の楠木正成(くすのきまさしげ)と、柴や薪を背負い手に本を持って読書している二宮尊徳は、以前校門を入るときに必ず敬礼しなくてはならない文と武の二大将だったのに、とうとう溶かされて砲弾になり、お国のため身を捧げて出征することになったのだ。二宮尊徳が背負っている柴の束の底を帕が見てみると、たくさんの名前が刻まれていた。そのころ生徒たちは、柴や薪の束を献上するとき、生まれたばかりの弟や妹の名前をこっそり刻んだ。そうすれば赤ん坊はうるさく泣かなくなると信じていた。二宮尊徳がおんぶして面倒をみてくれるからだ。

　祖父と孫の二人が次の車両に移ると、三百名の工業戦士〔皇民奉公会は東南アジア進出要員を養成するために「拓南工業戦士訓練所」などを設立し台湾の青少年を訓練した〕や志願兵がこちらに押し寄せてきた。その中の四十名の白虎隊員はとりわけ興奮していた。彼らは徴用されて内地に飛行機製造に向かう少年工で、この汽車で行くところだった。帕は微笑みを返して言った。「見ろ、お前たちの戦友も来たぞ」。このときほかの六十名の学徒兵が窓の外から中に頭を突っこんで、両手で窓の木枠を押しのけるようにしながら、笑って言った。「肉攻成功」。彼らは尻をもちあげ、体を突っ張って、片足を引っ掛けて窓から車内に入って来た。そして外でもがいている仲間を車内に引っ張り上げてやった。みんなは背のうの中から油紙の包みと苦楝(せんだん)の花を次々に取り出した。日本式の卒業式が三月末に行なわれたので、その季節に紫の花を咲かせる苦楝が卒業式の花の代表になっていた。花は室内灯のもとでつやつや光り、汽車といっしょに小刻みに震え、これからもっと咲きほころびそうに見えた。皆は口々にきれいだと褒めたたえ、胸に卒業の別れの寂しさが広がった。

帕が提げていた桶の中にも百あまりの油紙の包みが入っていて、逆さにして中身を全部出すと、車両を飛び降りて行ってしまった。油紙の包みはこぶし大で、赤と緑が半分ずつあった。劉金福はみんなにそれを一つずつ持たせ、これは媽祖にお祈りをしていただいて来た海上専用の妙薬だ、いざというときに役にたつ、と言った。みんなは大喜びしたが、どうやって使うのかと不安になってきた。このとき、バタンと音がして、汽車の後部ドアが開き、ヒューヒューという風の音と巨大な機械の運転音が跳びこんできた。帕が戻ってきたのだ。彼は土手から水の入った大きな桶を両手に提げて入ってきた。歩き方が猫のように安定し、体が風のように移動したので、水は桶の中で眠ってしまい、どんなに揺れても動かなかった。しかし、劉金福の前の床に桶が置かれると、汽車の揺れといっしょに、水が目を覚まし、桶から飛び出してきた。

「青年諸君、お前たちは港を出るじゃろう。だがアメリカの潜水艦はお前たちが乗る大型船を攻撃して沈めることができる。ほとんどの者が海に飛びこんで溺れ死ぬか、サメのエサになるかのどちらかじゃ。大型船が沈むとき、二つのことをよく覚えておけば助かる。まず赤い包みを開けて、中の唐辛子粉を海にまくと、人食いサメをむせ返らせて追い払うことができる。もしサメがまたやってきたら、慌てるでない、底褌（ふんどし）を解いて片方を腰に縛れば、サメは自分より長いものを見て驚き、食べようとしない。海に飛びこむ前に、緑の包みの桐油を服に塗れば、水に浮くことができる」。話し終わると、劉金福は桐油を服に均等に塗り、桶の水の上に置いて救命胴衣をつくりあげ、三人をその上に立たせてみた。救命胴衣の薄いシャツは油を吸って、丸太のように太り、もう数人多く乗っても沈みそうになかった。手本を見せ終わると、劉金福はまた客家語で話し出した。「青年よ、よく聞くのじゃ、お前たちが腰に結んでいる『針布』は、村の女たちが特別につくったもので、半分は酸梅汁に漬けたもの、半分は粥に漬けたものだ。戦争でのどが渇いたときは、ちぎって吸えば乾きがおさまる。腹が減ったら、ちぎって水でふやかして食えばよい。みんな、絶対に忘れてはならんぞ、持ちこたえて戻ってくるのじゃ、歯を食いしばって最後まで頑張れ、命はお前たちのものだ」。帕は劉金福を連れて各車両をまわり、みんながやり方を飲みこむまで、通訳して伝えた。

汽車はすでに遠くまで来てしまった。六十名余りの白虎隊は上り坂にさしかかったときに列車から飛び降りて、大きな声で言った。

「同期之桜、沙喲娜啦」

同期の桜とは、同じ階位の戦友という意味だ。

車内の白虎隊は情熱をこめて言った。

「同期の梅檀よ、さようなら」

汽車を飛び降りた白虎隊はそのまま追いかけて、三キロ先まで見送り、互いに手紙を書いて連絡を取ろうと励まし合い、最後に「蛍の光」——メロディーはスコットランド民謡のAuld Lang Syneで、卒業歌の『驪歌』〔『蛍の光』とメロディーは同じだが歌詞は異なる〕——を合唱して、はなむけとした。汽車に乗っている白虎隊も唱和して別れを惜しみ、窓から身を乗り出したり、汽車の屋根によじ登ったりして、苦楝（せんだん）を振って別れを告げた。カーブを曲がり終えると、苦楝の紫の光を放っていた汽車は山水のうしろに姿を消した。汽車の灯りは薄暗く、夜風は冷たく、世界はついに暗くて難解なものに変わった。ただ歌声だけが細く遠くまで伸びて、お互いの記憶の中で互いに糸を引き合う思いに変わった。

沙哟娜啦（サヨウナラ）、大箍呆（トアクウタイ）の閣下殿

劉金福（リュウジンフ）が言った酸梅汁（うめジュース）や粥に漬けたというあの特製の「針布」は、ほんとうは「千人針（せんにんばり）」といった。長さ一メートルほどの、幸運を祈る布で、祝福の文字が刺繍されており、一人ひと針、せんぶで千人に縫ってもらって完成するもので、兵士たちはそれを腰に巻いて港を出て行った。女たちは毎日朝から夫や息子のために家々を回り、幸運の布にひと針縫ってもらうのだが、往々にして十数キロも歩くことがあった。これによってずいぶんたくさんの人たちが針仕事を覚えたが、自分のために縫うのではなく、人のために祝福を紡いだのだった。

これより半月前、拉娃（ラーワー）は汽車の中で千人針を拾い、父親の尤敏（ヨウミン）に何の字が刺繍されているのか尋ねた。「武運長久（ぶうんちょうきゅう）」、父親は言った。その瞬間、拉娃の腹が急に締めつけられるように痛み、日ごとに頻繁に痛むようになった。拉娃は歯を食いしばって耐えたが、足に力を入れたので、挟まれている父親は耐えきれずに泣き叫んでしまった。そのすさまじい声に、乗車して往診した花岡医師は、病気なのは尤敏だと誤解したほどだった。

「私、前におばあちゃんが塩漬けにしたムササビの腸をこっそり食べたことがあるの。ムササビの

腸が蛇に変わって、お腹の中で悪さしてるんだわ」。拉娃は医者に言った。

「確かにそうだ」、医者は彼女の腹を触って言った。「ガラガラヘビだな。尻尾を振って歌を歌っておるが、切り取ってしまえばすぐに治る」

盲腸の手術はその日の夜に行なわれることになった。さらに日を延ばすと、尤敏が挟み殺されかねなかった。白虎隊は指示を受けて石鹼で車両内をきれいに洗い、さらに過マンガン酸カリウムの水溶液で消毒をした。最終列車は早目に駅に到着し、花岡医師と二人の看護婦（かんごふ）が乗りこんだ。看護婦が麻酔薬を注射するとき、拉娃は悲鳴をあげた。自分が眠っているすきに誰かが父親を連れて行くかもしれないと思ったのだ。それで力を入れて皮膚をこわばらせたので、注射針が六本も折れてしまった。

「俺の体に打っても同じことだ」。尤敏はそう言うと注射を受け入れ、さらに自分から麻酔吸引マスクを手に取って鼻に当て、むさぼるように吸った。麻酔薬は尤敏の体内から拉娃に流れていったが、循環の速度はとても遅く、アワ酒をひと瓶飲んで盛り上げても効果がなかった。拉娃に執刀するタイミングがなかなかやってこないので、みんなは疲れてしまった。

空が暗くなりはじめ、街灯がついた。帕（パ）が車両の上の換気窓を開けて明かりを中に入れて言った。

「小さな星がやってきた」。突然の強烈な光に、拉娃は一時的に目が見えなくなり、そのあと世界がようやく少しずつはっきりしてきた。自分が井戸の底に生きていて、換気窓のそばの帕は井戸の水をくむ子どもだった。帕は歌を歌って縄を下ろし、楽しそうに笑って、遊んでいたときにぶつけて折れた前歯を見せた。背後の空には午後の雲を突き抜ける太陽があった。なんて美しい景色だろう。そのうえ、帕が言った「小さな星がやってきた」を拉娃は「小さなムササビがやってきた」と聞きまちがえた。小さなムササビ、それは死ぬほどの褒め言葉だった。拉娃というこのタイヤルの名前の意味はまさに小さなムササビだったから。彼女は恥ずかしくて、微笑んでうつむき、しびれるような力の抜けた世界に酔いしれた。愛情はいちばんよく効く麻酔薬だ。拉娃の頭はこの役にもたたない幻影を分泌し、両の頬は紅くなり、両目がぼんやりしてきた。今こそ執刀のタイミングだ。花岡医師がすぐにメスで彼女の腹を開け、鉗子(かんし)やピンセットで内臓を選り分けていると、驚いたことに、拉娃が長期間力を入れていたために、臓器が絡まってひと塊になっていた。ようやく盲腸を探り出して切除したときには、失血はすでに彼女の将来の十年分の経血の量になっており、かなり長い時間がかかってしまった。花岡医師は失血のことは心配していなかった。体内でつながっている父親が自動的に彼女に輸血するからだ。心配していたのは時間が迫っていることだった。八時の灯火管制時刻になると、街灯は消え、ロウソクさえもつけてはならず、手術の灯りがなくなってしまうのだ。拉娃の命が危ぶまれ、車両は豪華で大きな彼女の柩になろうとしていた。

じつは街灯の電球に灯りがともった瞬間、郡山の淡い景色の中で、関牛窩(ヴァンニュボー)はとっくに空に向かってその位置を露呈していた。今では、米軍機は定時の爆撃ではなく、地面に光があればすぐに爆弾を投下するようになっており、あるときなどは千を超える蛍の集まりを誤爆したこともあった。五人の憲兵が瑞穂駅に入ってきて、消灯を命令した。しかし劉金福は頑強に八時まで消灯しようとしなかった。時間は分秒刻みで流れ、待つほうはほんとうに忍耐力を消耗したが、とりわけ花岡医師が「八時までに手術を終わらせるのは無理だ」と言ったときには、みんなを大慌てさせた。八時十五分前、山道の暗がりでかさかさ音がして、しばらくすると、二百人近くの女たちが走ってきた。みんな自分の家の厚手の綿入り布団を背負っていた。聯庄(れんそう)〔地域の治安をまもるために組織された村の連合会〕から来た千人針婦女隊だった。女たちは劉金福の指揮のもと、直ちに四〇メートル四方の大きな電灯の傘を縫って、街灯と汽車を覆い隠そうとした。女たちは麻袋用の針を使って縫った。力を入れやすく、石で針の頭を叩いて布団の中に通すことができた。針がない者は、鉄線を布団に突き刺して穴をあけ、粗い糸でつないだ。時間が迫るにつれて女たちはますます緊張し、体が震えてつづけられなくなり、口の中で「観世音菩薩様お守りください」と唱えはじめた。爆弾が落ちてみんな蒸発してしまうのが怖かったのだ。このとき、誰かが口火を切って山歌を歌いだしたので、合唱して集団で恐怖を忘れた。八時になった。汽車は消灯し、火室の扉が閉まり、煙突は大きなアルミ板で隠された。どの車両もまったく光源がなくなり、ボイラーの運転音がするだけになった。憲兵が街灯のスイッチを切ったが、劉金福が小細工をしていたので、電気は消えなかった。電気局の作業員が隠された電線を探し出して切断しようとしたが、不思議なことにどこにも見つからなかった。憲兵は劉金福を街灯の柱に押しつけて、銃口を口に押しこみ、消灯を命じた。そばにいた人が悲鳴をあげ、そのあと周囲は木炭を敷き詰めたように静かになった。劉金福の歯が一本たたき折られた。最初は恐ろしかったが、しかし口の中の血を飲んだあと、たとえ銃弾を喰らっても言わねばならないと思った。そして舌で口の中の銃身を押しのけて、言った。「もう少し待ってくれたら、俺は命を投げ出す」。もしこのとき帕が駆けつけてきて阻止しなかったなら、彼の脳みそは飛び散っていただろう。

七キロ向こうの縦谷（じゅうこく）の入り口にある防空塔では兵士が対空警戒をして、目と耳で爆撃機の影を探していた。彼らは点滅する飛行灯を探すのをフクロウに手伝わせ、飛行灯を見つけても鳴きつづけるとたたいて鳴きやむように訓練した。数羽のフクロウが一の字に並び、敏感な目を見開いて、空に向かってホーホーと鳴いた。突然、フクロウが首を縮め、目をつむって鳴かなくなった。ぶたれるのが怖いのだ。B29爆撃機の重苦しい音が遠くの空から聞こえてきた。兵士は急いで警報器を鳴らし、縦谷は警戒態勢に入った。空襲だ。一人の憲兵が銃を撃って電球を消そうとしたが、電球の光の輪があまりに大きくて、目がかすみ、なかなか命中しなかった。そこで銃を持っている憲兵がいっせいに撃つことになり、銃を構えたそのとき、関牛窩の地盤が震動しはじめ、物が揺れて線ができているのに気づいた。

汽車も震動で飛び跳ね、車内はもっとめちゃくちゃにあらゆるものが飛び跳ね、花岡医師のメスが鉄のトレーの上でバレエを踊った。花岡医師は慌てて窓の外に顔を出して、帕にその大きな石を割らないよう言った。帕はそこでようやく駅にいるすべての人たちが拉娃を助けるために必死になっているのを目にした。布団を縫い合わせる者、祈りをささげる者、空襲だと叫んでいる者など、まるで狂った殺人犯が夜市に飛びこんできたような騒々しさだった。だが帕は、五人の憲兵が電球に向けて激しく発砲しており、もし帕がその半トン近い石を絶えず割って地面を震動させていなければ、電球は今にも打ち割られてしまうだろうこともわかった。

体力の消耗がだんだん激しくなったことを感じ取った帕は、大きな石を頭より高い位置にもちあげて、のど仏が外に飛び出るほどの大声で言った。「肉攻星だ」。言い終わると、石を地面にたたきつけた。地表がギュッと縮こまり、五十人近い白虎隊員が豆のように跳ねて、すばやく車両に突進した。そして車両の上で組み体操の五段の人間ピラミッドをつくり、ぴたりと電球を取り囲んだ。憲兵はそれを見て発砲できなくなったので、力を合わせて街頭の柱を倒しはじめ、足で蹴って、とうとう柱をへし折ってしまった。しかし帕がとっくに電球と電球の傘を外して、電線といっしょに天窓から車内に投げ入れていた。電球はもはや星ではなくなり、焼けつくように熱い蒸気で覆われた太陽になり、強烈な光が車内のすべての影を窓にくっきりと映し出した。村びとは地面にもれ落ちてくる影を見て手術の進行具合を知った。花岡医師が慌てて拉娃の腹を縫っており、汗が流れ落ち、器具をひっくり返した。もしこのとき電気が消えたら、きっと拉娃の腹の中にメスが縫いこまれて、将来道を歩くときに、さびの生えた鉄の器具の音がするだろうと村びとは思った。五人の憲兵が列車に乗りこんできたが、眼球が爆発するような強烈な光を急に浴びて視線が定まらなくなり、目を閉じて歩かねばならなくなった。両手をカタツムリの触覚のようにあちこち手探りして、電球を打ち壊すはずだったのが、反対に手術室で目隠し鬼ごっこをする羽目になり、最悪の場面になった。突然、婦女隊の歌声が消え、分厚い黒い風が吹いて汽車を覆い、空気が澱んだ。灯りを覆う大きな布団のカバーがついにでき上がり、帕が車両に引き上げてかぶせたのだ。みんなは空を見上げて、ほっと一息ついた。米軍機がちょうど群れを成して飛び去り、新竹、台北方面へ夜間爆撃に向かって行った。

翌日汽車がやってきたとき、拉娃の腹痛は治り、胃腸がすっきりして、新しい白雲が頭上にじっと浮かんでいるように実に気分がよかった。拉娃は谷に面した車窓の側にたくさんの人が座っているのに気づいた。そこには、将官とその随行の者の他に、飛行服を着た数人の神風特攻隊がいた。彼らは頭に白い布を巻き、その上には「七生報国(しちしょうほうこく)」と書かれていた。七度生まれ変わっても皇恩に報いるという意味だ。正規のパイロット以外に、大学卒業後に短期訓練を受けた者が数名いて、その中に一人の本島人〔台湾人〕がいた。名前は金田銀蔵、漢名は劉興全(リュウシンチェン)と言った。このとき、銀蔵は窓から見える風景を手帳にスケッチしていた。汽車がトンネルを過ぎたあと、彼は窓の外に手を伸ばして、うっかり馬纓丹(ランタナ)でひっかき傷をつくってしまったが、少しばかりいいこともあって、馬纓丹の蜜を吸っていた蝶が一匹、車内に飛びこんできた。蝶はあちこちぶつかり、窓の外から吹きこんでくる風にあおられて、羽が瞬く間にぼろぼろになってしまった。銀蔵が傷ついた指を挙げると、不思議なことに、蝶が指先にとまり、ストローのようにまるまった口で血をなめだした。ほかの神風特攻隊員がそれを見て、蝶の専門家だと銀蔵をほめそやした。銀蔵は、蝶は血の中の塩分を吸っており、これは自然な反応なのだが、故郷の言い伝えでは、蝶が血をなめるのは、人が死後に蝶に転生しているからで、血をなめて人に戻りたがっているのだと説明した。「人に生まれ、死んで蝶になる、これも結構なことじゃないか！」銀蔵は親指で軽く抑えて、指先の蝶を捕まえ、窓の外に放してやろうとした。だがその瞬間、銀蔵は窓の外を見て驚いてしまった。軍服を着て背中に墓碑を背負った三十人あまりの少年たちが車両にぶら下がって、窓から這い上がろうと、しきりに体をもがいていたのだ。

ドン！　誰かが車両の屋根の上で力いっぱい足を踏み鳴らし、帕がそこで叫んだ。「お前たちは誰だ？」

「特攻隊だ」。車両の外の少年が答えた。

車内の青年たちはどきりとして、互いに見つめあい、この少年たちも特攻隊だったことをようやく知った。

「巴格野鹿(バカヤロウ)！　まったくの大箍呆(トアクウタイ)めが。カタツムリども、お前らはいったい何度やったら手足が出てくるのだ、舌で這い上がろうとしてるのか」。帕はまた力いっぱい車両の屋根を踏みつけて、声を張り上げた。「汽車から降りろ。お前らの歓迎の出し物は失敗だ、さっさと駅に戻れ」

学徒兵は泣き声を出すこともできず、汽車がカーブを通過するときにスピードを緩めるのをねらって、次々に汽車を飛び下り、瑞穂駅に駆け戻った。

汽車がまたカーブを曲がったとき、銀蔵はようやく我に返り、手の中の蝶を放した。だが思いがけず強風にあおられた蝶が窓の枠に張りついてしまい、羽が飛び散って、頭と胴体だけになってしまった。銀蔵は胸がギュッと締めつけられる思いがして、窓の溝にはまった傷ついた蝶をつまみ出し、つくり笑いをしてすまない気持ちを表現した。前の乗客が弁当を食べて窓の台につけた乾いた飯粒を銀蔵は一粒口に入れると、つばで柔らかくして糊をつくり、その蝶を糊で手帳に貼りつけ、ペンで羽を描いてつけ足した。このとき一人の青年が銀蔵のそばにやってきて、じつに美しく描けている、本物そっくりだと褒めた。銀蔵は手帳を閉じ、万年筆を胸のポケットに挿して、二言三言言葉をかわしてお茶を濁し、自慢しようとしなかった。他の特攻隊の青年たちも近寄ってきて、手を椅子の背もたれにおき、窓の外から吹いてくる涼しい風に吹かれながら、本島の軽食のビーフン炒め、おやつの糖葱(トンツァン)〔サトウキビを煮溶かして固めた、葱のような空洞がある棒状の砂糖菓子〕、そして阿里山の景色のことなどおしゃべりしていたが、突然誰かが大箍呆(トアクウタイ)とはどういう意味だ、と尋ねた。大箍呆とは閩南語で「うどの大木」という意味だが、音が「特攻隊」に近いので、風刺の意味がこめられていた。銀蔵はこの解釈は人を意気消沈させるような気がして、大箍呆が特攻隊なら、本島人の発音は不正確だ、と言った。

まもなく、汽車はにぎやかな瑞穂駅に到着した。広場には憲兵、兵士、白虎隊が大勢立ち並び、歓迎に用いる大きな赤いフェルトの布がずっと遠くまで敷かれていた。一人の将官が車から出てくると、盛大な軍楽隊の演奏を伴って、軍服につけられた勲章が朝日を受けて輝いた。広場に歓迎の拍手が沸き起こり、小学生が国旗を振った。銀蔵の平静な心に再び波が立った。彼は内地の大津陸軍少年飛行兵学校を卒業後、熊谷陸軍飛行学校の操縦分科で学んでいたときのことを思い出した。乗っていた汽車が駅に着くたびに、プラットホームにはセーラー服姿の中学校の少女や小学生があふれんばかり待っていて、軍歌を歌い、懸命に旗を振って歓迎した。女学生はさらに、皇室の菊の御紋が描かれ、感情のこもった美しい文章が綴られた手紙を贈って敬意をあらわした。今、それと同じ盛大な歓迎式がまさに自分の故郷で行なわれていることを思うと、感動を禁じ得なかったのだ。しかし銀蔵は同郷の人たちの前で身分を知られたくなかったので、理由を仲間に話して、別の車両から出て行き、熱情あふれるあまり今にも煙を出しそうな群衆を離れた。

そこでは神風特攻隊を歓迎する以外に、さらに帕の表彰式も行なわれた。将官は広場の演壇の上で、背骨をぴんと伸ばした帕を見ながら、内心は感動していたが、冷たく険しい態度を装っていた。「大日本帝国陸軍軍曹鹿野千抜」。将官は我慢できずに自分から先に拍手をして言った。「素手で米軍機を撃墜した功績により、即刻少尉に抜擢する」。台湾兵が将校に階級昇進する、このニュースほどびっくり仰天させるものはなかった。将官が高い栄誉を象徴する金の雉(きじ)の勲章を帕の胸に付けた。帕も広場の大きな石を持ちあげて、地面に向かって何度か投げつけ、関牛窩の地盤を数回震動させて、自分が虚名を博しているのではないことを示した。帕は勲章以外に、さらに軍部から贈り物があることを知ると、これまでの冷静な表情が一変し、童心を取り戻して汽車の上によじ登って見た——その贈り物のおもちゃには二つの大きな目がついていて、汽車の振動に合わせてくるくる回転することができた。帕は自転車を高く持ちあげると、煤煙の中で息をつめて、人ごみのなかにいる劉金福をじっと見つめ、彼がこれに名前をつけるのを待った。みんなは盛大な拍手を送り、掌がしびれるまで拍手しつづけたが、帕は次の動作に移らず、また誰も拍手を止めようとしなかった。十分後、街頭の柱の下に立っていた劉金福が我慢できずに感動の涙を目に浮かべて、客家語(はっか)で叫んだ。「それは鉄馬(ティエマ)だ」。「これは鉄馬だ」、帕は、肺の中の空気を使い尽くすほどの声で、みんなに向かって、彼の手の中にある奴はこう呼ぶのだと教えた。日本人でさえ興奮して客家語と日本語を混ぜて言った。「鉄馬(ティエマ)、萬載(バンザイ)」。

駅に喜びの声が雷のように響き、電柱がウォンウォンと鳴った。

四月になった。小川の水はさらさらと流れ、山桜はすでにしぼんでしまった。樹木はよく茂り、苦楝（せんだん）の木陰も徐々に濃さを増して小道を覆いはじめた。空気に柚の花の甘いミルクの香りが漂い、湿った奥深いところからは、オスのガチョウののどを盗んできたかのような、くぐもったカエルの鳴き声が聞こえた。森林に入った銀蔵はこの風景に夢中になった。頭に飛行帽をかぶり、口に酢醤草（かたばみ）をくわえて、硬い泥の道に沿って歩いていた。彼は酢醤草の味が好きで、春そのものだと思った。渓谷の奥深いところでは赤楊木（はんのき）がよく茂り、小川の水の音もそれに負けないくらい勢いがよく、聞こえてくる少年兵の操練の声もそうだった。角を曲がると、火焼柯（マングローブ）の下に木銃を持った若い哨兵がいて、銀蔵がパイロットの服装をして、そのうえ大型の透明な羽を背負っているのを見ると、慌てて敬礼をして、尋ねた。「飛行士閣下殿、何の御用でしょうか？」将官より下の将校〔将校は将官・佐官・尉官の総称〕に対しては敬称の「殿」を使い、将官以上には「閣下」を使うのだが、この哨兵は二つの敬称をどちらも使ったので、銀蔵は吹き出しそうになった。だが相手が非常に緊張しているのがわかったので、わざと厳しい口調で言った。「俺は鹿野殿と競走をしにきた、勝った方がお前たちの新しい隊長になる」。哨兵は一瞬どうしていいかわからず、彼が背負っている血脈のはっきりした羽に目をやってから、状況を報告するために兵舎に駆け戻った。十数段の階段を駆け上がって、白虎隊が鉄棒にぶら下がり、腕立て伏せをして身体能力を鍛えている広場に駆けこむと、帕のほうへ走って行って、大きな声で言った。「隊長、飛行機に乗って隊長と試合をしにきた者がおります」。広場がしんとなった。高所に渡した竹竿の上を歩いていた学徒兵がバランスを崩して、竿の上に横座りして言った。「来たぞ、奴が来た」。まず階段のいちばん上に一対の緑の大きな羽が見え、それから威勢よく足を鳴らして人があらわれた。その場にいた誰もが、羽はただのバナナの葉で、背中に挿して形を真似ているのだとわかり、歯を見せて明るく笑った。まるで歌仔戯（ゴアヒ）〔台湾の伝統芸能で、台湾オペラとも呼ばれる〕に登場する豪華な死に装束の背中に挿している小道具にそっくりだ、とささやく者もいた。

「吧嗄（バカ）、笑っているのは誰だ？」帕が怒って声を荒げ、銀蔵を指さして言った。「よく見ろ、奴は俺の従兄で、加藤隼（かとうはやぶさ）戦闘隊の飛行士だ」。加藤隼戦闘隊は、ビルマ、マレーシア一帯の南方の空を飛ぶ日本軍の飛行隊で、鷹のように上空を旋回し、勇猛で精悍だとその名を馳せていた。

銀蔵は微笑んでこれに応え、ただお国のために命がけで戦うだけで、取り立てて言うほどのことではないと言った。だが帕は得意げに隊員に向かって、銀蔵は鉄棒のチャンピオンで、郡内競技会で優勝したことがあると紹介した。話し終わると、手本を見せてくれるよう頼み、鉄棒の下に立っている者を離れさせた。銀蔵は何度も辞退したが、そのうち、学生たちはこの谷間で特訓を受けて、気持ちが苛立っているだろうから、ここは少し激励の意味をこめたものを披露すべきだと思い至り、「お粗末ながら『大』の字の動作をお見せしよう」と言った。地面の細かい土を手のひらにつけて汗を吸わせ、鉄棒に跳び乗ると、下腹を鉄棒にあてて体をエビのように曲げ、回転しはじめた。そして雷の音かと思うほどの大声で叫んだ。「これは、大和撫子（やまとなでしこ）」。とたんに、誰もが声を殺して笑い出した。大和撫子は女性の貞淑さやしとやかさなど美しい内実の象徴で、女性に対してのみ使われるほめ言葉だったので、パイロットである銀蔵の口から出ると、やや女々しく聞こえたのだ。その笑い声に向けて、銀蔵はさらに誇らしげにもう一度繰り返した。「これは大和撫子」。日ごろからおふざけ好きの数人の学徒兵がとうとう声をあげて笑い出した。わめきながら笑ったものだから、舌が二つに割れそうになり、帕でさえ何度か声を抑えて笑ってから静かにするよう言った。簡単な大和撫子の動作でも、銀蔵は非常にきびきびと、きっかり一回転するごとにしばらく静止し、これを繰り返すこと五分間、笑い声が止まるまで回りつづけた。

次に銀蔵は体を正面に向け、鉄棒にまたがって股の間にしっかりはさむと、回転しながら大楠公だと言った。大楠公の本名は楠木正成と言い、日本中世の知勇兼備の武将だった。どの公学校の門にも、武徳を偲んで、大楠公が馬にまたがった勇姿の銅像があった。銀蔵の大楠公は馬術の動作を真似たもので、その難しい動きに、学徒兵たちはあっけにとられ、目を大きく見開いて敬意を示した。つづいて、銀蔵は手で鉄棒をつかんで馬乗りになり、足をまっすぐ伸ばして、「大車輪」と叫んで扇風機のように猛スピードで回転しはじめ、ヒューヒューと手加減なしに音を立てた。さらに、「大日本帝国」という声がして、鉄棒の上で少し止まったときに体を横向きにし、方向を変えてまた大車輪を回しはじめた。この迫力満点の体勢は、風もかき混ぜられて痛がるほどで、学徒兵たちが近づいて見てみると、グラウンドの空気全体がその筋肉扇風機に吸いこまれて、よけいに息ができなくなっていた。遠くの木の下で休んでいた人たちも立ち上がり、人だかりのうしろまで来て跳びあがって中を覗きこんだ。銀蔵が三〇回ほど回転すると、地面に固定していた鉄棒の脚が緩んでギシギシ音を立てはじめたので、数人の学徒兵が慌てて支えに入った。終わると、銀蔵は勢いに乗って体をひっくり返し、手を放して空中で大きく回転して、きれいに着地を決めた。摩擦のために皮がこすれて血が出ている手を高く上げると、斜陽に当たって明るく輝いた。「これを、大和魂と言う」。彼の声はアリのせきほど小さかったが、学徒兵には心の対話のようにはっきりと聞こえた。彼らは飢餓や傷の痛みに耐えることに対してはこの上ない天分を有していたが、感情のちょっとした揺れにはもろかった。このとき彼らの気持ちは高ぶり、こうして孤独に回転しつづけることができる人がいることに胸をうたれ、吹き出る汗が見ている彼らの顔にかかると、自分たちの数か月来のここでの苦しい訓練が理解を得られたような気がしてくるのだった。学徒兵たちは銀蔵を取り巻いて手を振り挙げて呼応し、しきりに大和魂、大和魂、と歓呼した。彼らの声は若くて柔らかだったが、涙はすでに年を取っていた。叫んで魂をのどの外に吐き出したくて、森が静かになって風が彼らのために再び流れはじめるまで叫びつづけた。

夕方になった。数名の学徒兵が練兵場から夕食を担いで戻り、海藻入りの味噌汁を配った。全員がご飯とおかずをよそうと銀蔵の周りに集まり、ひっきりなしに質問攻めにした。たとえば南洋の戦況はどうか、沖縄の軍民がいかに米軍に抵抗したかなど。銀蔵はある質問に対しては心ゆくまで答え、ある質問については微笑んで答えなかったが、飛行に関することになると滔々と語って飽きることを知らなかった。たとえば、彼が最も好きな月刊誌『飛行少年』や人気のある『航空の驚異』という本を読んだことがあるかと学徒兵たちに尋ね、それにはたくさんの面白い話が書かれていると話した。銀蔵は、すでに十六歳のときにハンググライダーを操縦して三六〇度の大回旋と上空で八の字を描く旋回を連続ででき、官立の学校で名操縦士一位の栄誉を博したことがあったが、思いがけず内地の同級生の嫉妬を買い、彼が学校の食事に不満を持ち、池の錦鯉を盗んで売り払って学校の外でたらふく飲み食いしたというデマをでっちあげられてしまった。どれほど言葉を尽くしても弁明が受け入れられず、怒りのあまり零下五度の気温の中を消防用水池に飛びこみ、それからグラウンドを腹ばいになって五〇周した。凍えてもう少しで体が箸のようになるところだったけれど、本島出身の学生が応援してくれ、冷たい風の中を防毒マスクをつけて彼のうしろをいっしょに這ってくれた。こんなことをしたのは自分の潔白を証明したかったからにほかならない。この一件は中将である校長を驚かせ、問題となるデマをでっちあげた学生を訓戒処分にして、ようやく嵐がおさまった。

　戦争の話になると、銀蔵は「撃墜王」の坂井三郎が台南の航空戦闘隊にいたとき、いかにして米軍戦闘機カーチスＰ40を撃ち墜とし、また豪州の航空戦では、頭を射抜かれ片目を失明した状態で、いかにしてチーズのようにまとわりつく米軍機の間を操縦しつづけてピンチを脱したかを語った。最後に、みんなにせがまれて、銀蔵は加藤隼戦闘隊の隊歌を高らかに歌い、しばしご飯のおかずの足しにした。このときようやく、銀蔵は終始微笑んで黙って耳を傾けている帕が、食事をしていないことに気づき、自分が彼の分を食べているのを知って、立ち上がって詫びを言った。帕は首を振りながら、飯はほんの少しの米粒に過ぎない、胃の中で何回かすりつぶされたら腸に届く分はなくなってしまい、屁さえ出ないさ、と言った。そしてそばにいる坂井一馬に尋ねた。「今日の飯は何粒だった？」「三五一粒であります。昨日より五粒少ないです」。戦況が緊迫して、量が減っていくのが常態化していた。帕は銀蔵が顔じゅうを真っ赤にしているのを見ると、彼にそう遠慮してほしくなかったので、坂井に命じた。部屋に掛けている山羌(キョン)の干肉を持ってこい、みんなの歯に動物の油を塗ってやるぞ。食べ物があると聞いて、坂井はようやく勇猛な軍人のように突撃の声をあげ、攻め入って食べ物を持ってきた。だが帕は卒倒しそうになった。坂井は帕が私蔵していた麦芽糖、牛肉の缶詰、数羽のムササビの干肉を全部持ってきたのだ。それもわざと山羌の肉は持ってこないで、うっかり忘れたふりをしてまた取りに戻った。これらは帕が戦闘に備えてとっておいた食料だったが、見られてしまった以上は、気前よく部下に振舞ってねぎらうことにした。みんなは肉を手にすると、飛び跳ねるようにして散って行き、好きな場所を見つけて横になった。幸せな時間だった。肉の塊を口に入れてゆっくり吸い、舌を転がしながら、肉が白い蠟のようになるまで、まず繊維の中の甘い汁を全部吸い、それから骨もいっしょに細かく嚙み砕いて食べた。そして小枝を折って、歯の隙間に引っかかった肉のくずをかき出して飲みこみ、シーシーと音を立てた。しばらく、あちこちでのどからため息が漏れる音が聞こえ、動くのもおっくうになった。肉を食べて、動物の油で口が少し滑らかになったみんなは、また銀蔵を褒めだした。誰かがもう一度「大」の字の鉄棒の動作を見たいと言うと、あいにくその機会を逃した飯上げ当番班が、銀蔵の腕前をみんなが誇張して話しているのではないかと疑い、中の一人が自分も鉄棒はできると言って、ズボンで手を拭いてから、さっと鉄棒に跳びついた。だが、思いもよらず手が滑ってしまい、手足を四本とも上に向けた格好でひっくり返ってしまった。みんなはどっと笑って、銀蔵は鉄棒の上だが、お前は鉄棒の下で「大」の字の動作を実演した、と皮肉った。地面に落ちた学徒兵は立ち上がって、開口いちばん、誰かが鉄棒につばをつけて滑り落ちるようにしたのだと怒りだしたが、手をひろげると、それが血であることに気づいた。ようやく、銀蔵がずっと手を入れているポケットにも大きく赤い染みができているのに気づき、そこでこぶしをきつく握りしめて、恥ずかしそうに木のそばに行って黙りこんだ。

「今日は鉄棒の手本を見せに来たのではない」。銀蔵は帕のそばに立ち、また言った。「君たちの隊長と競走をしに来たのだ。勝った方が隊長になる」

みんなはそれを聞いて驚いてしまった。銀蔵の鉄棒の腕前がいいのは誰しもが認めるところだったが、鉄棒の下の競走もうまいとは限らない。ところが帕が首をすくめて、競走する前からもう負けた表情をして言った。「日を改めよう。手から血を流しているのに、どうやって走るつもりだ」

「手のひらに血が流れているなら、拳骨で走ればいいだろ」。銀蔵は両手を高く挙げ、こぶしをつくると、ひょいと逆立ちをしてこぶしを地面につけた。「こうやって関牛窩の外れまで競走だ！　先に着いたほうが勝ちだ」

　帕はちょっと悪態をついてから、ひょいと逆立ちをして、ゆっくりと後についた。これでみんなははっきりわかった。なんと「逆立ち」競走だったのだ。道理でしきりに辞退したはず、この種の走り方はまさに帕の泣き所だった。面白い見ものがはじまると待ちかまえていると、帕が怒鳴った。「全員、逆立ちして俺についてこい。遅れた奴は、尻を洗って待ってろ、夜に海軍式制裁をやるからな」。制裁の二文字を聞くと、学徒兵は尻の穴が痙攣して痛くなり、急いで手を地面につけて、尻を空に突き出した。だが予期に反して、逆立ちした途端に、バランスを崩して前に倒れてしまい、この動作をなんべんも繰り返すうちに、とんぼ返りをしながら前進する羽目になった。この奇妙でへんてこな隊列の行進は、銀蔵が先頭で率い、うしろに帕がつづき、ほかの学徒兵はまるでアカゲザルがはしゃいでいるように転げまわりながら進んだ。すぐに、帕はめまいがしてきて、胃酸と肉や魚が逆流してのどを突き上げ、胸やけで食道が痛んだ。食べ物を浪費するまいと無理やり飲みこんで押し返したが、うしろを振り返ると、なんと四十数名の学徒兵たちが目を回して頭の周りに星が飛び、夕食を見事に吐き出して、全身にくさい肉片を浴びていた。小川にやってくると、帕は体をブリッジにして、草の茎をくわえて呼吸器とし、水の中にもぐって足だけを外に出した。坂から転がり落ちてきた少年兵たちは、みんなわっと泣き声をあげて帕に小川に蹴落とされ、もんどりを打って向こう岸にたどり着いた。人数を数えてみると、あの馬鹿がまだ来ていない。帕は水から這い出して大きな声で呼んだ。坂井一馬、お前の金玉（きんたま）（丸睾）は頭についているのか、跳べ。すると逆立ちをした坂井が顔を真っ赤にして、両手をぶるぶる震わせながら、両足で木の幹を抱きかかえ、坂道を下りられずにいるのが見えた。突然、いつうしろにあらわれたのか、坂井は銀蔵から坂道に蹴落とされ、二回転して、「助けてくれ」と叫び声を上げ、さらに勢いがついたところを帕に蹴られ大の字になって小川を飛び越えた。その格好は百点満点の出来だった。帕は逆立ちをして無理に頭を上げて銀蔵を見ながら、たった今まで前にいたのに、いつうしろに回ったのだろう、ここが彼のすごいところだと心の中で思った。銀蔵がハッハッと笑って、言った。「さっき俺を先に行かせてくれたから、今度は俺が追いかける番だ」。言い終わるや、回転しながら坂を下り、その勢いで逆立ちをすると、追いかけて来て、手で帕を川に「蹴り」落とした。

　川に落ちた帕は、小さいころから空を飛ぶ夢を見ていた劉興全（リュウシンチェン）を思い出した。日本名に変えるときでさえ、大正三年にはじめて飛行機で台湾に来てデモンストレーションをした日本人の野島銀蔵の名前から取ったのだった。金田銀蔵がまだ劉興全と呼ばれていたころ、生活と飛行は完全に一つだった。三歳のとき、父親の劉添基（リュウテンジー）が麻竹で大きな丸い球をつくり、中に幼い興全を立たせ、開いた手足を輪の中に入れて固定してやると、腰をちょっとひねるだけで、球は回り出した。四歳のときに、劉添基は麻紐で興全の足のくるぶしを縛り、大きな杭にさかさまにつるした。杭を回転させると、その遠心力で水平に大きく回転し、興全は手足を開き歓声をあげて飛行を楽しんだ。五歳で、興全は逆立ちを学び、学校に行く日になると、手にわらじをはかせてその格好で三キロ歩いて学校へ行った。校門を入るとき上着がめくれてスカートのように頭を覆い、足に布のカバンを提げていたので、校長は頭のない女学生が来たと思いびっくりしてしまった。彼の性別が判明してようやく、校長は髪の毛が巻き上がるほど怒り、罰として二宮尊徳の銅像の前に立たせた。興全は何も言わずに、銅像の前で逆立ちをし、そのうえ居眠りをしていびきをかき、よだれを垂らしたので、道行く人は誰かがそこで小便をしたのかと思った。逆立ちと回転の訓練は、父親の劉添基が、航空学校に入ったらこれらの項目を学習しなければならないことを知って、早めに息子を訓練しておこうと思ったに過ぎない。しかし興全はそれを楽しんで最高の域にまで達し、小さいときから「逆立ち王」の称号を勝ち取り、幼かった帕も相手にならず、うしろで屁を嗅ぐ資格しかなかった。

九歳のときに、劉添基は天燈〔元宵節に空に放って無病息災を祈る紙の灯籠。竹の骨組に大型の紙袋をかぶせ、底部で紙に染みこませた油を燃焼させることで空に上がる〕にヒントを得て、ガスを燃焼させて飛ばす大型熱気球をつくり、雄牛に引っ張らせて村を練り歩いて、人々の見聞を広めようとしたことがあった。だが予期せぬことに、途中で原住民が数人姿をあらわし、弓を引き、矢を放って、彼らが言うところの「太陽の睾丸」を救い出し、しわしわになった大きな金玉を引きずって帰って行った。劉添基はさらに大きな熱気球をつくり、下に藤椅子を縛りつけて、親類や友達の反対も顧みずに興全を乗せて空中に送り出し、牛に引っ張らせて村中にお披露目をした。途中で例によって原住民が弓を引き矢を射る偉大な時刻になった。彼らが「太陽の息子」か、それとも「もう一つの睾丸」か、どちらを助けるか内部闘争をはじめたすきに、興全はガスを最大に開いて、気球を高く上昇させた。籐椅子に座っていた興全と気球を引っ張っていた雄牛は空中に釣り上げられ、二十の山を越えた。そして水泳の犬かきのように四肢を動かしている牛は、村で最初の「飛牛」となった。三日後、興全はしなびた気球、籐椅子、そして自分を牛の背中に乗せて、関牛窩に戻ってきた。そのときの長距離空中漂流は、興全の飛行細胞を大いに刺激し、彼はさらにギリシャ神話から秘儀を学んだ〔ギリシャ神話に登場するイカロスの話。鳥の羽を糸と蝋でとめて大きな翼を造り空を飛んだが、のちに太陽に接近しすぎて蝋が溶け墜落して死んだ〕。竹の皮を細く割ったものとアヒルの羽毛とローソクとで翼をつくり、手にかぶせて振ると、どんな強烈な太陽でも蝋を溶かすことができなかった。結果、彼が龍眼の木から飛び立とうとして得た代価は足の骨折で、半月のあいだベッドに横になる羽目になったが、彼の夢を折ることはなかった。

　この中で帕がいちばんよく覚えているのは彼が三歳のとき、劉添基が彼らを飛行機のデモンストレーションを見に連れて行ってくれたときのことだ。初春のころ、林から吹く風は肌寒く、劉添基は二人を肩に担いで——二つの籠にそれぞれ興全と帕を乗せ、わらじを履いて古い山道を歩き、峠を越えた。歩くたびに、天秤棒の端が曲がって慈悲深い眉の形になり、道中楽しいおしゃべりの花が咲いた。尾根の頂上の険しい場所に着いたとき、ちょうど俗にいう「天変」のときに当たった。空が白みはじめてから日の出までの数分間は、空の色が幾重にも層をなし、まじりあい、一瞬にして変化するのだ。劉添基は東方を指さした。このときの空は天弓（ティエンギョン）（虹）のように七つの色、赤橙黄緑藍青紫が重なっており、もしこの七重の空を突きぬけると、人は自分の願い事が天に届き、空に映っているのを見ることができると教えてくれた。東の空は神秘に満ちた光を放っていたが、そこに七色を確認することができず、そもそも帕は空が灰色なのか白なのかも見分けることができなかった。だが興全はとっさに自分には見えた、と嘘を言った。青空の上に色が何層にも重なっていたよ！

「忘れるな、今晡日（ギンプニィ）（今日）、わしらの『身内』が空を飛んでその七重の空を突きぬけるんだよ」。劉添基が話し終わったとき、朝日がようやく山の稜線から頭を出し、暗黒を腐食して、目が痛いくらいまぶしくなった。

　いわゆる「身内」というのは陳金水というパイロットのことで、「郷土訪問飛行」という処女飛行を披露することになっていた。二千両あまりの金を払って購入した中古のニューポール24複葉機を操縦して、新竹公園の草地を飛び立ち、台湾史上で飛行機を操縦して飛んだ三番目の本島人になった人だ。興全と帕はもちろんその出し物を見に行くという目的は知っていたが、この天変の瞬間に、風の強い山間で、襟を風で揺らし、髪を立てて、劉添基が朝日に赤く染まった中央山脈を指さして、飛行のすべてを語るのを見ていると、感動のあまり頭に鳥肌が立ってきて、まるで三人がほんとうに飛行機を操縦して翼を広げ空を飛んでいる気がした。

天変のときの美しい空の色が興全と帕の深い記憶として残り、今では金田銀蔵と鹿野千抜が感動を共有できる共通の経験になっていた。逆立ち競走の結果も、空が白むころに明らかになるはずだった。ゴールに到着した学徒兵たちはその場にばらばらに座り、ある者は木の幹に寄りかかって休み、ある者は草むらに倒れこんでいびきをかいていた。だが、延々一キロの距離を走っても、帕と銀蔵の対決だけがまだ終わっていなかった。帕は手のひらをすりむいたので、戦闘靴を脱いで中に手を入れて歩いていたが、汗が靴の中に流れこみ、一歩歩くたびにクチュクチュ音を立てた。銀蔵のほうは服を脱いで、腕に巻きつけ、手と肘を地面につけて前進する逆立ちのスタイルに変更し、小便をそのまま垂れ流したので、尿は腹を伝って口の中に流れこみ、のどの渇きをいやした。銀蔵はあまり休息をとりたがらなかった。なぜなら帕がすぐに追いついてくるので、人生の最後で帕に勝つチャンスをしっかり摑んでおかねばならなかったからだ。立って走るのでは彼にはかなわない、両足を高く上げて日に当てる競争しかなかった。彼らは耐えがたい森林を突き抜け、さまざまな困難をかいくぐり、村の子どもらに追いかけられ笑われた。夕方から競走をはじめて夜まで歩きつづけ、蛍が人を焼き殺せるほど強い光を放って、道を照らしてくれた。深夜になると、蛍はみんな眠りにつき、銀蔵は松明を足に縛りつけて照明にし、自分とうしろの帕を照らした。疲れて肝臓がぼろぼろになりそうになったとき、ようやく関牛窩の外れに到着した。その先に道はなかった。銀蔵は体を地面に大の字に広げ、朝を待った。帕もすぐに追いついて、少し文句を言ってから、いびきをかいて眠ってしまった。ここは関牛窩の外れで、山から吹き下ろす風も荒々しく、やや丈が低い馬蹄金（ばていきん）のような植物しか育たなかった。大きな石のそばで、銀蔵は紫色の大きな花びらをつけた酢醤草（かたばみ）を見つけた。茎が太くて大きく、かむと酸っぱい汁がたくさん出てきた。太い茎をうすくはがしていくと、中に葉につながっている白い糸があり、これを持って互いに引っ張りあって競争したものだが、これも子どもの遊びだった。銀蔵は公学校を卒業するときのことを思い出した。指導教員の推薦がないと少年航空兵の試験を受けることができなかったが、日本の指導教員は本島人の劣性を軽蔑してなかなか引き受けてくれなかった。困っている銀蔵を助けようと、学校では六十名の学生が集まり、ハート形の酢醤草の葉を本に挟んで乾燥させ、金色に塗って、三日三晩かけて一千枚の「八重表菊（やえおもてぎく）の御紋」をつくった。これは皇室を代表する複数花弁の菊の花の紋章で、民族的な感情を利用して指導教員に賄賂（わいろ）として贈り、ようやく彼の心を動かすことができたのだった。今このとき、銀蔵は酢醤草を摘み、茎をかんで中の汁を吸っていたが、強烈な酸っぱさが歯にまとわりついて離れず、瞼（まぶた）にきつくしわをよせた。空がまさに明けようとするとき、それはまた最も冷えるときで、銀蔵はぶるっと震えて、空を仰いで言った。「まだ寝たふりをしてるのか、もう朝だぞ」

「ばれたか。ほんとうに眠いんだが、天変を見逃してはいけないよな」。帕はのろのろと体を起こしたが、疲労のために両の瞼が落ちこんでいた。そして空を見上げて言った。「空が白んできた」

　朝日が昇るとき、空は一面茜色に変わり、雲の東側が明るく輝いて、空気は氷の割れる音が聞こえそうなほど澄み渡った。そのあと雲は泥の海に変わり、太陽が飛び出して、金色の光を放つと、すべての雲は一瞬のうちに溶けてなくなり、遥か遠くの藍色だけが残って天地を高く深く支えた。銀蔵は空を見上げながら口を開き、数年来の変化を一つ一つ語った。彼は言った。この世でいちばん美しい日の出は雲海の上で見たものだ。雲が太陽の光に染まって、まるで煮えたぎる油がゆっくりと吹き上げてくるようなんだ。その美しい時刻は、いつも敵の戦闘機が払暁攻撃を仕掛けてくるときでもあったので、自分たちは雲海に張りつくように飛行したが、金属が光を反射する一瞬を見逃すと、なかなか発見できなかった。

　あるとき、彼らは上空で敵を迎撃するため、見渡す限り広がる雲海の上を捜索していた。雪の反射で炎症を起こした雪眼のように、白い光が目に突き刺さって痛んだ。突然、銀蔵は一群の英国戦闘機が左後方の雲の中から上昇してきたのを発見した。銀蔵は言った。自分は4・0の視力を持っていて、相手が英国の戦闘機か米国の飛虎隊《フライング・タイガース》のものか見分けられるほど目がいいんだ。そこですぐに小隊長に手振りで合図を送った。ところがうまく伝わらず、小隊長は防風メガネを着け、操縦室の天蓋を開けて、高空の強風に逆らって味方機に向かって手で合図をし、予定通りの作戦任務を割り振った。隊員は次々に機関銃の引き金を引いて応戦した。一瞬のうちに格闘戦《ドッグファイト》がはじまり、機関銃の弾が飛び交った。まもなく彼の隼《はやぶさ》（一式陸上戦闘機）のコントロールが利かなくなり、方向舵《ラダー》ペダルを踏んでも役に立たなかった。銀蔵はフラップが銃弾にやられたのだと思った。このとき下半身から痛みが伝わってきたので、うつむくと両足が血だらけだった。銃弾が右側から機体を撃ち抜き、両腿を貫通して、足でラダーペダルを踏むことができなくなっていたのだ。このとき英国戦闘機が一機、彼の機尾にぴったりついて離れず、どうやっても振り切ることができなかった。彼は緊張のあまり汗が出てきて、運命で定まっている災難は避けることができないと悟り、永遠に雲海に葬られるのもいいものだと思った。思いがけず、心に浮かんだこの死の思いが彼を泰然とさせ、ある考えが閃いた。わずかばかり力が入る左足でラダーペダルを踏んで、飛行機を螺旋状の主車輪のように絶えず回転させて、ついに苦境を脱し、ビルマのメイッティーラ飛行場の外の稲田に不時着したのだ。着陸装置(ランディングギヤー)が壊れていたので、胴体着陸になった。地上勤務員が銀蔵を操縦室から引っ張りだしたとき、足の裏が乾いた血で床板に張りつき、引きはがすと再び痛みが出てきた。医者や看護婦は銀蔵の口もとから血が流れているのを見て、内臓破裂か胸を撃たれているのかもしれないと思った。だが詳しく検査してみると傷を負ったのは足だけだった。銀蔵が手で口元をぬぐってみると、それは檳榔(びんろう)の汁だったので、足の痛みを忘れて大笑いしてしまった。航空戦のときは常に携帯している「檳榔錠」を噛んで、回転時に目が回らないようにしていたのだ。このニュースが広まると、夜戦で眠気を覚ますためだけでなく、飛行時のめまいを防ぐために、多くの仲間の隊員も人に頼んで台湾からキンマ〔コショウ科の蔓植物。葉は辛味と芳香がある〕と石灰で包んだ檳榔(びんろう)をよく乾燥させてから送ってもらうようになった。

だが彼の足の粉砕骨折は、医者からは完治の見こみがなく、足を切断する心の準備もするように言われた。飛行士としての生命が断たれるのを目の前にして、空を飛べないのなら、死んだほうがましだと銀蔵は思った。その後、広瀬隊長が高雄にこの種の足の傷に非常に通じている外科医がおり、手術で砕けた骨をつなぎ合わせることができるという噂を耳にして、ちょうど折よく台湾へ戻る飛行機に乗せてくれた。銀蔵は言った。なぜマレー半島の戦闘隊に戻らなかったかというと、高雄の病院に八か月いるあいだに、南洋の空は徐々に米英に掌握され、往来が危険になってきたからだ。そこで銀蔵は台湾で服務することになり、輝かしい戦功を誇る台南航空戦闘隊に編入された。服務期間中に、休みがあると、高雄に出かけて一女高〔台北市立第一女子高級中学。日本統治時期に台北における女子高等教育の拠点として設立された〕の学生だった幸子という名前の少女を訪ねた。彼女は田舎に疎開するのを望まず、女子挺身報国隊に入り、病院で奉仕しているときに負傷した銀蔵と知り合ったのだ。ある休みのとき、彼は手紙で約束したとおり駅前で待つことになったが、バスを降りた途端、俗称「地獄の鬼」と呼ばれるB29爆撃機の襲撃を受けた。昼間の通りに人っ子ひとりおらず、木が枯れ、風も死んでしまった。銀蔵は言った。長い時間待ったが、幸子が来ないので、彼女が奉仕している病院を訪ねてみると、そこにもいなかった。じつは二日前に爆撃に遭ってすでに亡くなっており、高雄川（たかおがわ）（愛河）のほとりで火葬されていたのだ。彼は火葬された場所に行った。川は静かに哈瑪星（ハマシン）〔日本統治時期に埋め立てて造られた高雄港近辺の地名、由来はそこを通る鉄道の浜線（はません）から〕に向かって流れ、川辺に、小山のように高く積まれた灰をスコップですくって川に流している人がいた。彼はどの部分が幸子のもので、どの部分がそうでないのかわからなかった。川の水は無言のまま彼らを連れて、大海の一部にした。彼は白い紙に灰を少し包んで胸にしまい、きつく押さえつけながら、まる一晩かけて基地に帰った。遺灰は彼の汗を吸って塊になり、酢醤草（かたばみ）の葉そっくりのハート形になった。その後ある任務中に、その灰を空にまいて、幸子にこれが飛行だよと教えてやった。生前、彼女に何度も何度も繰り返し空を飛ぶ感覚を説明してやったのだが、今、彼女も飛ぶことができたのだ。願わくば、彼女がどこかよそに飛んで行き、鳥になっても、蝶になっても、石になってもいいけれど、決して人に生まれ変わらないでほしいと思った。

　あるとき、上空で米戦闘機の行く手を阻んでいると、下淡水河（高屏渓）方向から「地獄の鬼」の一群がやってくるのを察知し、すぐに隊を離れて撃墜に向かった。幸子のために、高雄川で火葬された霊魂のために無念を晴らしたかった。「地獄の鬼」のような機種は高度八千メートル以上を飛ぶが、隼（はやぶさ）はせいぜい六千メートルだった。だが刺し違えずにはいられなかった。彼は隼を最速五五〇キロで飛ばしたので、機体が振動で爆発しそうになり、操縦桿は高速飛行のために石に突き刺さった日本刀のように、制御が難しかった。やっとのことで高度を上げたものの、隼の上昇力が弱ってきたので、機体の頭を水平に戻して最高速度まで上げ、それから再び上昇させて、隼の高度を段階的に上げていった。高度の上昇によって血液は足の裏に押し寄せたが、感情はむしろ最初の怒りの状態から徐々に穏やかなものに変化し、隼がもっと高く飛ぶことを願う気持ちのほうが強くなった。隼が上昇して臨界点に達しようとしたとき、彼の呼吸が苦しくなり、全身がアイスキャンデーのように固くなって、頭が破裂しそうになった。飛行高度計を見ると、驚いたことに八千メートルを越え、そのうえまだ上昇をつづけていた。ほんとうなのか？　隼がこの高度まで飛ぶことは不可能なはずだった。このとき彼は窒息しそうになり、手袋を外したが、酸素呼吸マスクを持つ力もなくなりかけた。手が冷たい金属板に触れてそこに凍りついてしまい、慌てて無理にはがすと皮がむけた。おそらく外の気温は零下二十度くらいだっただろう。さらに奇妙なことに、機体はとうとう空中で停止してしまって、まったく動かなくなり、風もなく振動もなく、計器は静止したままだった。すぐさま自分は死んだのだと思った。急上昇中にまちがいが起こって隼は爆発したのだ。しかし、また突然悟った。自分は死んではいない、「七重の空」に到達しただけなのだと。この推測が正しいと証明するには、父親が話していたように頭を上げると自分の願い事が天に映っているのが見えなければならない。彼が頭を上げて上方を見た瞬間、隼は生き返り、機体が振動し、エンジン音がゴーゴーと響いて、同時にある影が頭上を高速で滑るように通り過ぎた。その影は「地獄の鬼」だった。距離は上空十数メートルもなかった。翼の下の五芒星(ごぼうせい)のマークや並んで打たれていた鋲(びょう)が見えるほど近く、さらに機体の胴体の下方にある半円形の格納庫に隠れている砲撃手も見えた。暖房の空調が入っているので肌着のシャツを着ており、顔のそばかすと髭、青い目の中の驚いた涙さえも見えた。

「青い瞳、空のように透き通る青だった！」

銀蔵が空を仰ぐと、白雲とのコントラストで、空は気が動転するくらい青く、このまま振り向きもせずに光速で地球から離れて行きそうだった。銀蔵はため息をついて言った。「こんなに美しい目をした人が、なぜ俺たちを殺せるのだろう?」

「米国人は鬼畜だ、蛇より恐ろしいんだ」

「ならどうして彼らに勝つことができるのだ、俺たちは何を持って戦うのか? お前は前線に出ていないから、理解できないだろうが、奴らの武器は俺たちより優れている」。銀蔵は少し元気がなかった。

「巴格野鹿(バカヤロウ)、お前はそれでも皇軍か? そんなことを言い出すなんて。鋼鉄は武器ではない、大和魂こそが最強なのだ」。帕は怒って言った。もし血縁のよしみがなければ、彼に連続ビンタを食らわせて、真っ赤に腫れ上がるくらいにしてやるところだ。つづけて帕はもっと怒って言った。「勝てなくても共に滅びる、いっしょに玉砕だ」

「だからお前は特攻隊なのか?」

「そのとおり、特攻隊だ、対戦車特攻隊」。帕は自慢げに言った。

銀蔵は口にくわえていた酢醬草(かたばみ)を吐き出して、帕を褒めた。さすがは天皇陛下の赤子だ。帕はそれを聞いて、口元を引き締め、胸が張り裂けんばかりに胸を張った。すると、銀蔵はようやくこう言った。「俺も特攻隊だ、戻ったら任務を遂行する」

「なんだって?」帕は弾かれたように飛び起きて、指で銀蔵の頭をつつきながら、怒って言った。

「神風特攻隊などで人と競い合ってどうする。お前の父さんはお前に飛行機の操縦をさせたいのだ、お前を大篩呆(トアクウタイ)にしようなんて思ってないぞ」

「おまえこそ大箍呆だ、俺は特攻隊だ」。銀蔵が言い返した。
「俺が大箍呆で、お前は特攻隊だ」。帕は反論しようとして、怒りのあまり舌の力が抜けてしまい、逆のことを言ってしまった。彼は怒って銀蔵をどんとひと突きした。二人は互いに押しあって、地面で取っ組みあいのけんかをはじめ、糞のかたまりのようになった。何回転かして、帕はようやく手加減をして力を緩めたが、まずいと気づいて、「気をつけろ」と叫びながら、銀蔵を遥か遠くまで突き飛ばしてしまった。銀蔵は地面に落ちるとまた何回か回転し、両手で草を握りしめてようやく止まった。もう少しで関牛窩の外れから下に転がり落ちるところだった。

　関牛窩の谷川は村の中で行き止まりになり、こちらの山にぶつかり、あちらの山に阻まれ、境界の山を突き抜けてやっと包囲を突破していた。突き抜かれてできた地形は牛闘谷と呼ばれ、牛の二本の角の形をしており、角と角のあいだの距離は三〇メートルほどあった。銀蔵と帕にとっては、対岸まで跳び越えて行くことができないので、それでこちら側を関牛窩の外れと呼び、向い側を関牛窩のはじまりと呼んでいたが、あるいは反対の言い方でもかまわなかった。銀蔵は帕に関牛窩の外れぎりぎりまで迫られて、立ちあがると、声も限りに怒鳴ったが、声もこの谷の入り口を越えることはできなかった。風がそこから絞り出されて関牛窩の方角へ強烈に吹いていたので、声を連れていってしまうのだ。銀蔵が叫ぶと、目じりに涙が湧き出てきて、こだまは風に乗って消えていった。銀蔵は両手を広げて、空を飛ぶ恰好をした。この外れを跳び越え、遥か遠くの対岸に到達できるのは飛行機だけだ。彼は言った。「大箍呆の帕、お前、先に飛び越えてみろ！」後方にいた帕はすぐに前へ全力疾走し、牛闘谷に向かって飛びこんだ。手と足をひろげ、空高く舞い上がって十数歩歩き、「俺は特攻隊だ」と大声で叫ぶと、ようやく引力によって谷の中に落ちていった。銀蔵は、たとえ彼より強くても谷を飛び越えるのは不可能だとわかっていたので、地球の引力に身を任せることにした。崖っぷちに立って、手足を大きく開き、頭から先にまっすぐ落ちて、谷底へ向かって飛んだ。彼は目を開けて疾風を受けた。いつも漠として、自分の一生が何のためにあるのかわからなかったが、しかし空を飛ぶことが慰めを与えてくれた。とても短い墜落だったが、ここは彼が小さいころから飛行の快感を持たせてくれた場所であり、最後は谷川がやさしく彼を受け止めた。銀蔵は川の中でまだ手を広げて飛翔していた。川のうねりに合わせ、それを乱気流だと想像しながら、川底に沈んだまま起き上がりたくないと思った。川を泳いでいた帕は、息を大きく吸って、川底まで潜り銀蔵を手探りでつかんだ。そして足で川底を一蹴りすると、半身がすぐに川面に跳び出し、彼を川岸に引きずり上げた。

帕はまだ大の字になって飛翔している銀蔵を肩にのせて、彼の泳ぎが下手くそなのが気にくわず、引き上げるのがもう少し遅かったら死んでいたかもしれないと思った。草をかき分けて進んでいた帕は、突然立ち止まり、岸辺が浅い沢になっているのを発見した。川のカーブしたところには野薑花(ジンジャーリリィ)が生い茂り、輝くような白い花とかぐわしい香りが充満して、川の流れる音がこの角の所で称賛の声を上げているようだった。帕は銀蔵を下ろし、まだ広げたままの彼の手をもとに戻して、客家語で言った。「ほぅ！　ここはどこも山薑花(サンギョンファ)でいっぱいだ、見てみろ、山薑花も莎庫拉(サクラ)に変わることができるんだなあ」

銀蔵が振り返って見ると、歩いてきたところの白い花に彼らの血がついていた。銀蔵は花を一つ摘んだ。白い花びらの中から陶器のような輝きをもった花弁が出ていたが、血に埋もれていた。血は花びらに染みこんで毛細血管のような筋になり、くっきりと浮き出て、太陽の光が一層その光度を強めていた。銀蔵は悲しい気持ちになり、涙が花びらに滑り落ちた。彼は清らかな涙で血の跡をふき取ったが、こすればこするほどシミは拡がり、反対にますます桜の色になった。

「もし許されるなら、俺は山薑花になりたい」。銀蔵は頭を上げて言った。

彼らのこのときの感情はとても脆くなっていて、一触即発の状態だった。不意に、帕が銀蔵にビンタをして、川の中に殴り倒した。「特攻隊の身でありながら、いいかげんなことを言うな、俺は許さんぞ。弱気になることも、涙を流すことも許さん。お前は皇軍、皇軍なんだぞ！」帕は言い終わると、背を向けて帰って行った。彼も泣きたくなった。

「俺はお前に競走で勝った、俺が隊長だ」。銀蔵は川の中から這いあがり、大声で叫んだ。「俺が命令する、お前は大箍呆(うどのたいぼく)だ、死―ぬ―な」

帕は振り返りたくなかった。沢を出ると、体に着いた枯れた花びらを払い落とし、小道に沿って山頂へ向かった。道が曲がったところで振り返ると、太陽の光を受けた川の水が反射する光で、あたりの野薑花(ジンジャーリリィ)が一層引き立って見えた。銀蔵はまだ寝そべったままで、一見、そこにほったらかしにされた水死体のようだった。彼は疲れているのか？　帕は思った。そのとき帕は、銀蔵の周りの野薑花が一つ残らず、全部摘み取られ、まったくの葉だけになっているのに気づいた。摘まれた白や赤の花びらが沢地から漂い出て、谷川に入って波にのまれ、かき乱されていた。帕が川を流れる花びらの死体を目で追うと、多くの山に視線を遮られたが、川は激しい勢いで流れつづけ、水の逆巻く音を聞くだけで曲がり角がいくつあり、渦巻く大波がいくつできているかがわかった。そして、川はついにすべてから抜け出してさらに遠くへと流れて行った。帕は猪脚楠(たぶのき)によりかかった。枝の先に赤い花のつぼみが見え、もし火のともったローソクをいっぱい立てたら、どんなに明るいだろうと思った。だが帕は、人生はどうすることもできないと感じて、人には神が必要だと思った。しかし空はこんなにも空っぽだ、神はどこにいる、天皇陛下はどこにいる？　帕は頭を上げて待ち望んだ。樹にはたくさんの若葉のつぼみがつき、幹は彼の焦燥を吸い取って、彼の拠りどころにもなってくれた。深く息をすると、骨がぼろぼろになるほどの疲れを覚え、まもなく樹によりかかったまま眠ってしまった。

数日後、早朝三時ちょうど、ほとんどの人間がまだ夢の中にいるとき、飛行場の伝令兵がランプを提げて樹林の中を猛スピードで走っていた。いたるところに分かれ道があって、夜目にはどれも見知った道のように見えるので、道に迷うのではないかと緊張していた。伝令兵が白虎隊の兵舎の範囲に入ったとき、暗がりに隠れていた若い歩哨兵が叫んだ。「停まれ、合言葉を言え。合言葉がなければスパイだ」。「馬鹿もん、急用で少尉殿を訪ねてきたのだ」。伝令兵は明かりを高く上げて叱りつけたが、それよりも道がまちがっていなかったのがうれしくて、急いで「少尉殿休憩室」と書かれた木札のある寮舎に行き、帕に命令を伝えるために、ドアをたたいた。うしろで今にも泣きだしそうな若い歩哨兵が、木銃で伝令兵の背中を突きながらしつこく合言葉を言えと絡んでいたが、構ってはいられない。帕はこのひと月のあいだベッドに入るときも戦闘服を着たままだったので、身を起こすとしわを伸ばして、ドアを開け命令を受け取り、それからランプに明かりをつけた。炎がしきりに跳ね、激しく震えて、室内の物が影になって揺れ動いた。帕は戻ってベッドの縁に腰かけ、膝に両手をついて、部屋にあふれている影をぼんやりと眺めた。特に机の上の、麻竹の筒に植えた酢醤草（かたばみ）は、孤独な姿をしていたが、影はこの上なく力強く大きかった。それは一株の四つ葉の酢醤草で、ここ数日学徒兵に命じて教練のあと探しに行かせ、ほぼ山ごとさかさまにして選り分け、やっと一株見つけたものだった。帕はそれを両手に包むように持って、ぼんやり眺めた。窓の外は漆黒で、果てしない森林には奇怪な動物の鳴き声が満ちていた。それらが楽しいものなのか、悲しいしいものなのか、あるいは単純に声を出しているだけなのかわからない。しかし、帕は今しばらく時が止まり、いかなる命令も執行せずにすんだらどんなにいいだろうと思った。やがて、窓の外から夜蛾（やが）が飛んできて、しきりにランプのガラスにぶつかった。帕はランプの明かりを消そうとして、ふと、このランプは夜蛾たちの最後の暖かもしれないと思い、そのままにしておいた。彼は体を奮い起こして、呼子を吹き、大声で言った。「緊急事態、緊急事態、全員着装して集合せよ」。肩から重荷をおろしたような床板の音が兵舎から伝わってきた。学徒兵たちはとっくに隣の隊長室から明かりが漏れ、新しい命令がもうすぐ執行されるだろうと気づいていたので、こっそり布団の中で服を着て、鉄帽をかぶり、ゲートルを巻いて、墓の盛り土の中でやったようにすべてを完了させていた。呼子の音が響くと直ちに、布団を蹴飛ばし、迅速に集合して点呼をすませ、松明を持って飛行場へ移動し、歩哨兵だけが残された。彼らは山道を駆けた。かなり早く走っていたが、それでも何度かうしろから隊を監督している帕に早く走れと叱責された。ある曲がり角で、帕は持ってきた四つ葉の酢醤草（かたばみ）に傷がついていないか点検した。そのとき、我慢できず心に素直になってうしろを振り返ると、夜はあまりに深く、部屋のあの灯りは、寒々とした森に飲みこまれていた。

　飛行場に着くと、学徒兵は以前の班ごとに分けられた。あるものは六人一組で、飛行機を掩体壕（えんたいごう）〔航空機を敵の攻撃から守るための格納庫〕から滑走路に押して移動させた。さらに多くの学徒兵はブリキの灯具を、滑走路に十五メートルおきに並べ、明かりをつけて夜航灯とし、これを延々と一キロつづけた。もし強風で灯具が吹き倒されると、野草を焼いては大変なので、学徒兵が急いで火を消しに駆けつけた。滑走路の最終地点で夜航灯を見ていると、帕は神秘的で夢のような感覚を覚えた。天もなく、地もなく、まるで宇宙に浮かんでいるようで、飛びたいという壮快な気分になった。今日はまた何の日だろう、特攻隊が飛び立たねばならない日なのだろうか？　米軍が跳島戦術〔当初の台湾進攻作戦を放棄して一九四五年三月から展開した沖縄進攻作戦「アイスバーグ作戦」計画〕で台湾をかすめて、沖縄に上陸したのち、ここから戦闘機が飛び立つ頻度が多くなった。帕は覚えているが、一週間前のこの日、薄暗い空が明るくなりだしたころ、八機の特攻隊の飛行機が出征した。隊員は空中で操縦席の天蓋（キャノピー）を開けて地上へ向かって手を振り、地上の者も力いっぱい帽子を振った。もちろん、帕はその日、四月七日に出征した主な原因を知る由もなかった。主力艦の大和が瀬戸内海を出航し、三千名の兵士を載せて沖縄海域に急ぎ駆けつけ、米軍の航空母艦と決戦するはずだったが、途中で四〇〇機の米軍機による爆弾と魚雷の猛攻撃に遭い、海の波に葬られてしまった。そこで日本の四国と台湾方面では、この機会に二〇〇機の神風特攻隊を出動させて、後方の防衛が手薄になった米軍の空母に、総出で決死の猛攻撃をかけたのだった。

「隊長、隊長」。一人の学徒兵が飛行場の安静を守るという規則を破り、興奮して叫びながら、帕のほうに駆け足でやってきた。「内地に飛行機をつくりに行った隊員から、手紙が戻ってきました」

「手紙はどこだ？」

「はい、飛行機に書かれた手紙で、とても大きなものです」

帕は駐機場のその戦闘機のところに駆けつけた。飛行機は四〇〇キロの引火性の強い火薬を搭載していたので、強い明かりをつけることができず、かすかな明かりで見るしかなかった。その瞬間、帕自身も驚きの声を上げた。俗称「疾風（はやて）」という四式陸戦機の翼の隠れたところに、一匹の虎が書かれていた。それは白虎隊のマークだった。虎の絵の周りにはペンキで米粒大の文字がいくつか書かれていた。「米軍機は大勢の人間を爆死させたが、俺たちは大丈夫だ、皆も十分気をつけたまえ」。高座海軍廠などの地で飛行機を製造している少年工が手紙をよこしたのだ。文字数は少なかったが、みんなの精神を奮い立たせた。帕が他の戦闘機のところにも行って見てみると、およそ新しく来たものは、翼に小さな虎の印がこっそり描かれていて、文字は別のことが書かれていたが、どれも鼓舞し励ましあうものだった。彼らは新しく製造した飛行機にそれぞれ手紙を書き、きっといつか関牛窩に届くだろうと信じていたのだ。飛行機の手紙の噂が広がり、みんなは内地から手紙が来たというニュースを聞くと、誰もが手をたたいていいぞと叫び、今日の出撃はきっと成功するにちがいない、何隻か空母を撃沈して、米国人をひどい目にあわせてやろうと言った。

早朝の五時半、飛行場はまだうす暗く、さまざまな種類の虫の鳴き声がちょうど高揚したり休みに入ったりしていた。兵舎から出発の準備が整った六人の特攻隊員が出てきた。首に白いスカーフを巻き、カーキ色の飛行服を着て、腕を日の丸の旗がついた白い布で縛っていた。銀蔵もその列に並び、ポケットには紫の花をつけた酢醬草(かたばみ)を一束入れていた。彼らは少し疲れた様子をしていたが、昨晩は多くの夢を見て眠りが浅かったのだろう。寒い夜はあっという間に過ぎ、精神を強く持って机の前に立った。この日は一九四五年、昭和二十年四月十三日、アメリカのルーズベルト大統領が病死した翌日だった。日本軍はこの機を逃してなるものかと大反撃を決定した。鬼中佐は一列に並んだ特攻隊員を褒め励まして言った。「昨日、ルーズベルトが死んだ。今日は、皇軍が反撃する重要な日だ。勝利はお前たち荒鷲(あらわし)の出撃にかかっている」。言い終わると、清酒の杯を掲げて、彼らに敬意を表した。荒鷲とは陸軍航空隊の呼称で、隊員はそれを聞くと両足をピンと揃え、盃を持って互いに敬意を表し、じきに靖国神社で会おうと言って励ましあった。そう遠くないところでは、一人の地上勤務兵が乙字型の工具を戦闘機のエンジンの下方にある起動孔に差しこんで発動させ、もう一人が手動でプロペラを回転させ、さらに操縦室内の計器の数値を確認した。しばらくして特攻隊員が翼に跳び乗って、操縦室に座り、天蓋を引いて閉めた。そのとき突然、操縦室に入った銀蔵は計器盤の上に酢醤草が一株置かれているのに気づいた。四つ葉で、麻竹の筒に植えられていた。彼は目を閉じて呼吸し、それは帕がくれたもので、飛行機が途中で故障して台北で停止するのを期待しているのだとわかった。銀蔵は胸のポケットにしまっていた酢醤草も取り出して、竹筒に入れ、それからエンジンの音に逆らって、車輪のカバーを開けている地上勤務兵にそれらを地面に戻して植えてくれと言った。銀蔵にしてみれば、酢醤草はこれで自由になった。幸か不幸か、いずれにしても戦火とは無縁になったのだ。彼は飛行機をゆっくり待機ゾーンに移動させ、離陸のために加速した。戦闘機は滑走路の最終地点を越えると、直ちに車輪を外し、稲穂を縛りつけて緩衝帯としている樹林に投下した。回収して次の特攻隊が使用するためだ。彼は足のない隼鷹（じゅんよう）となり、もはや停まることはできず、あとは命がけで戦うのみとなった。銀蔵の乗った飛行機は離陸後、天を突き抜け、巨大なエンジン音を伴いながら空中で大きく美しいトンボ返りを三回連続で行なった。地上の白虎隊は飛行機が別れの贈り物として彼らに見せているのがわかった。男と男の間の秘密の通信だった。だからこそ興奮した表情で、一人があれは大楠公だと叫び、別の一人が大車輪だ、大日本帝国だと叫び、最後は声をそろえて大和魂と叫んで、空を見上げる顔から涙を流した。飛行機のエンジン音が森の上に留まり、兵舎の前の広場を守っていた若い歩哨兵が銃を両手で掲げ、うしろに下がってよく見える位置を探しているうちに、銃身が鉄棒に当たり、鉄棒についていた血痕が露に濡れてぽたぽたと落ちた。エンジン音は村の中を彷徨い、耕作中の農民は汗を拭いて、斗笠（トゥリ）から煙草を手探りで取り出し、冷ややかに言った。「今晡日（ギンプニィ）もまた縦崩崗（ジョンベンゴン）

するもんがおるわい」。断崖に飛びこんで自殺するという意味だ。
数人の学徒兵が滑走路の終点の所から走って戻ってきて、包みを一つ帕に渡した。帕は見るとすぐに、それは銀蔵が彼に投げてよこしたものだとわかった。特攻隊は離陸直後に、天蓋を開けて煙草や、文鎮や、ベルトなどを落としていき、拾った者が使うことで、特攻隊員への祝福となることを望んだ。銀蔵が残していったのは、飛行服、飛行帽、防風メガネ、そしてもう一つ、メモ帳があった。帕がメモ帳を開けてみると、最初の頁に隼（はやぶさ）の絵が描かれていた。それは彼と銀蔵が小さいころに、第一期の稲刈りが終わって棚田に寝転んでいたときに見た、午後の上昇気流を翼に受けて縦谷の上をどんどん高く舞い上がって行った鷂婆（ヨウボ）（大冠鷲（かんむりわし））だった。それは空高いところでかすかな影になり、まさに青空を突き破りそうになったとき、孤独な低い鳴き声をあげたので、二人は空を見上げて一瞬うっとりしてしまった。

帕は次の頁をめくり、あわてて閉じた。そこに一匹の蝶が挟まれていたので、飛んで行かないようにと思ったからだ。蝶は七つの色を持ち、羽は野薑花（ジンジャーリリィ）の形を真似て、それぞれの色が塗られていた。それは人造の蝶で、羽は今にも飛び立ちそうに生き生きとしていたが、胴体だけが本物だった。銀蔵が一日目、汽車で関牛窩に戻ってきたときに捕まえたあの蝶だった。帕はさらに次の頁をめくった。その絵には関牛窩の最初の飛行機が描かれており、一人の男がハンググライダーで新高山を越え、うしろから子どもが蠟と羽毛を敷きつめてつくった翼を揺らしながら追いかけている絵で、二人の飛翔はまるで二匹の深海魚が泳いでいるようだった。次の頁をめくると、題字が書かれているだけだった。「世界の果てで、僕らは飛び立った」。帕はそれを見ると眉をひそめ、力を入れて手帳を閉じた。そして数歩前に走って、吧嗄（バカ）と大きな声で叫んで、その遺書を遠くへ抛り投げた。手帳は空中で頁がぱらぱらとめくれて、林の方へ飛んで行った。その瞬間、空が光り、光に反射した手帳は大きく弧を描いて羽をはばたかせながら落ちて行き、森林のどこかに埋葬された。

飛行機が六機、時速四百キロのスピードで、北に向けて飛んでいた。東方は夜が明けたばかりで、朝日が台湾西岸の田畑と樹林を明るく照らし、中央山脈を磨いて一本の刀に変えた。銀蔵は意識的にそちらを見ないようにしていたが、こらえきれずにちらりと目をやった。それは父親が越えようとした死の稜線だった。十二歳の年に、彼が大津陸軍少年飛行学校に合格すると、村じゅうが熱狂的な喜びに包まれ、彼が立派な人間になるよう祈ってくれた。劉添基も狂ったように喜んで、時期を早めて分家し、それで得た二ヘクタールの畑と十アールの水田を売って、「関牛窩号」と命名したハンググライダーとそれをけん引する自動車を購入し、飛翔の夢を実践に移した。その後、自動車のけん引速度が遅すぎるのが気に入らず、鉄枠でできた発射器を研究開発した。ある風が強い正午に、頭上に太陽が照りつける中、劉添基は十頭の牛を使って、ハンググライダーをバネとゴム紐の上で後ろ向きに強く引っ張り、中央山脈を征服するという檄文を発表して、新高山を越えて花蓮港庁〔現花蓮県、庁は旧時の行政区画〕まで飛び、太平洋の海水を持ち帰ることになった。ポン！　発射すると、劉添基は関牛窩の上空にしばらく留まり、数百枚の飛行の夢を語ったビラをまき、それからどんどん高く上昇して、東方の森林で姿が見えなくなり、願いどおりあの高くて厳かな聖稜線〔雪山山脈の雪山主峰と大覇尖山をつなぐ尾根で、平均海抜は三一〇〇メートル以上〕が彼の最も広くて大きな墓碑になった。今このとき、銀蔵は翼を揺らして、大きな山の墓碑に敬意を表した。今回が最後の飛行であり、命と引き換えだった。前回、「地獄の鬼」を追撃していた彼は、隼を操縦して涙も固まるほどの高さまで飛び、青い目をした米兵を見たとたん、エンジンがついに止まり、機体が落下して恐怖の旋回をはじめた。目まいがする前に、飛行機の扉を開けて落下傘で飛び降り、痛みをこらえながら飛行機が墜落して行くのを眺めた。彼は死を免れたが、愚かな隊列離脱攻撃だと判定され、飛行機の損失を招いたとして、無期の飛行停止になった。飛べないなら、死んだほうがましだ。彼は神風特攻隊に入ってようやく再び飛行権を獲得した。飛行は彼の命であり、ほかに望むものはなかった。

台北盆地を過ぎたとき、台北飛行場からの十機と合流した。さらに基隆の外海で、宜蘭南飛行場と花蓮方面から来た一六機の飛行機とで隊を編成し、猛スピードで北へ向かった。やがて、第一陣の三十機余りの米軍戦闘機Ｆ６Ｆヘルキャットが低空からゆく手を遮り攻撃をしかけてきて、砲火を全開にした。彼ら日本の飛行隊は、護衛戦闘機と爆弾を搭載した陸戦機を迅速に飛ばして、これを迎え撃ち、双方はまるで発情した青バエのように三つ巴の戦いを繰り広げた。銀蔵はいくつかの包囲をすばやく突破し、何度か砲火をかわすと、前方に戦いの火の手が上がっている島が見え、目的地に到着したことを知った。突然、彼の目の端に、東方の太陽が雲の層を透き通して奇妙な光を放っているのが見えた。「七重の空」だ、七つの色彩をもつ、絶対的な空の果ての光だった。しかしそちらにきちんと目を向けると、何も見えず、ただ目がくらむような屈折した光が太平洋一面に見えただけだった。唯一この伝説を検証できるのは上を見ることだ。心象風景がもし空に映っていれば、今見たのが「七重の空」だとわかる。だが彼は頭を上げないことにした。それが何だというのだ、もっと美しいものだったとしてもだから何だというのだ、世界の果てはまさに下方にある！　彼は無線電報を基地局に打った。「俺が先に急降下する」、そしてすぐに操縦桿を前に押して、機体を下へ向けて突進させた。眼前には沖縄上陸戦が展開していた。一九四五年三月末に、八十三日かけて、米国は四十隻の航空母艦と、千を上回る艦船と上陸部隊約十八万の兵隊を投入して沖縄を包囲し、約一万二千人の犠牲者を出してようやく攻め落としたのだった。沖縄の軍民は、皇土を死守し、それがなせぬときには自殺せよという命令を受け入れて対抗し、およそ十九万人が死亡した。

　エメラルドグリーンの海洋に戦艦が広がり、砲火がいっせいに飛び交っていた。日本海軍零式戦闘機が空高く舞い上がって爆発すると、炎が四方に拡散し、米国の駆逐艦隊が真っ二つに割れて勢いよく燃えだした。双方は死の濃煙を激しく吹き出して一団となり、「おい君、ねえあなた」〔原文「你濃我濃」、恋人が離れようとしない睦まじい様子〕とくっついて離れようとしなかった。船身の大きさと船尾から上がる航行の水しぶきから判断して、銀蔵は一つの航空母艦に狙いを定め、加速して突進していった。空母の上の速射砲が激しく火を吹き、火の網がまかれ、銃弾が隙間なく飛び交った。とても美しい、まるで銀蔵の死を祝う花火大会のようだった。ガタンと揺れて、翼に弾が命中し、航路をそれた。彼は操縦桿をさらにきつく握り絞め、急降下する角度を修正した。急に、一列に並んだ銃弾がエンジンを打ち抜き、彼の腹部を打ち抜き、さらに頭に当たって沸騰する白い泥になった。首からあふれ出た血の泡はまるでよく振ったあとに開けたサイダーのようだった。彼は頭をなくしたが、椅子に座り、まだ操縦桿を握っていた。飛行機はもはや彼が飛行する鉄肉ではなくなり、眠って夢を見る鉄の柩となったが、ともに燃えて火の玉になり、傾斜して墜落した。そして、冷たい大海が永遠にその熱い情熱のこもった黒煙と、容赦のない烈火と、若い夢を引き受けた。

帕（パ）が米軍機を撃墜した褒美は自転車一台だった。白虎隊のみなは、帕が速く走りたくないので自転車に乗る練習をしているらしいと噂しあった。帕はこの玩具をとても大事にして、生き物のように扱い、風に当たらないように、休憩室に置いて練習をした。とはいえ鉄馬（じてんしゃ）に一分以上乗っているのは難しかった。帕が数日かけて練習した得意技を隊員に披露したとき、みんなは心から敬服して、拍手でこたえた。町から来た一人の隊員が落ち度を見つけ、サドルに座って懸命にその場でバランスをとっている帕に向かって言った。「隊長、前に走らせればそう簡単には倒れませんよ」。帕はもちろん知っていたが、ペダルを踏めばすぐに自転車が倒れて傷がつく。人なら転んで怪我をしても新しい皮が出てくるが、鉄馬は壊れたら元に戻らない。それに二本の足で走るのに比べて、二輪で走るのは乗りこなすのがとても難しかったので、けっきょく乗るのをあきらめてしまった。鉄馬は山の上の家に戻され、劉金福（リュウジンフ）が毎日何回かこっそり跳び乗って、ビュンビュン音をさせてペダルを漕いだが、自転車は前に進まなかった。帕がタイヤが汚れるのを心配して、縄を掛けて梁にぶら下げていたからだ。あるとき、帕が家のドアを開けると、自転車に乗っている劉金福を子ブタとヒナ鶏がとり囲み、もう一匹のブタがこわばった表情でうしろの荷台に座って、ぶるぶる震えながら大小便を自転車いっぱいに垂れ流しているのを目にした。劉金福はあわてて自転車から跳び下りたが、幸い帕が受け止めたから怪我をせずにすんだ。「わしじゃないぞ、奴らが言ったんだ、馬に乗ってみたい、風神(フンセン)したい〔威勢のいいところを見せたい〕ってな」。劉金福はしどろもどろで話したが、言い終わるとそれまでの悔しそうな表情を一変させて、家畜たちをぜんぶ野菜畑に追い返し、わざとちょっと叱りつけてようやく言い止めた。帕は劉金福に、自分はすでに夢の中で鉄馬の乗り方を勉強していると言った。夢の中の鉄馬は転んでも壊れないし、あと一回眠れば乗り方を覚えてしまうから、近いうちにじっちゃんを乗せて風神(フンセン)しに連れて行ってやるよ。劉金福は内心ではうれしかったが、もう一度怖い顔をして、外は日差しが強い、皮が一枚剝げ落ちるぞ、と小国民たちを叱りつけて再び家に呼び入れた。家畜たちは家に入ってくると、押し合いへしあいしながら輪になり、口を大きく開けて、帕が鉄馬にまたがり劉金福を乗せてラストスパートをかけ、二人して空中で大笑いしているのを眺めた。最後に、劉金福は帕に早く寝てゆっくり起きるよう勧め、たくさん夢を見ると体にいいと言った。そして、ちょっと間をおいてから、今晩鉄馬の夢が見られるといいな、と言い足した。

　白虎隊は任務がまた一つ増えた。道の上で竹の馬を引っ張るのだ。彼らは竹の飛行機をつくった技術をたよりに、自転車に似た走ることのできる竹製の鉄馬(じてんしゃ)をつくった。タイヤと輪軸の技術は手に負えなかったので、この部分は省略することになった。ハンドルとサドルはつくるまでもなかった。なぜなら、簡単すぎて竹がそのまま使えたからだ。完成した竹製の鉄馬は変てこな格好をしていた。その四本の足は一本の断ち割った麻竹の筒に貼りつけられ、竹の先は火に当てて反り返っていたので、前に滑っても、つんのめることはなかった。帕がそれに乗り、二十数名の学徒兵が縄で引っ張るのだが、摩擦を減らす以外に、発火しにくくするためにさらに水もかけなければならなかった。帕は百回以上転げ落ちてようやくコツをつかんだ。両足を大きく開き、くるぶしにそれぞれ小便担桶（しょうべんたご）をぶら下げてバランスをとるのだ。帕は竹の馬の乗り方を覚えると、家に駆け戻って、背負い椅子に劉金福を座らせて肩にしょい、小便担桶を持ち、鉄馬を手に提げて、外へ駆けだした。二人が鉄馬に乗って全速力で坂道を下り、滑るようにして駅に到着したとき、村びとはあっけにとられて彼らを見た。帕が鉄馬にまたがって足を開いてバランスをとり、肩には劉金福を乗せていた。劉金福は手にヒナ鶏を入れた籠を提げていた。さらにうまくバランスを取るために、うしろの荷台に一本の天秤棒を取り付けて両端に小便担桶をぶら下げ、中にそれぞれ五匹の子ブタが入っていた。一台の車に亡国の民全員が乗っていたわけだが、みんなはじめて自転車に乗ったものだから、車酔いで嘔吐（おうと）していた。小便担桶は驚いた拍子に漏らした大小便であふれ、子ブタたちは浮いたり沈んだりしながら大声を上げて、いまにも溺れて死にそうだった。さらに悲惨なことに、うしろから一群の腹をすかせ狂ったようにほえ立てる犬どもが追いかけてきて、道々争って嘔吐物を食べていた。鉄馬が村に突入すると、よく響く高い音を立てたが、ペダルを踏めない帕はこっそり悲鳴を上げた。このとき学徒兵はこうなることを陰で計算済みだったので、すぐに自転車の頭を縄で縛り街中を引っ張って走った。この奇怪な自転車のパレードは、夕方になってようやく終わり、祖父と孫二人の気分は高揚した。だが鉄馬の方は反対に節々が凝って痛み、ネジが緩んで、まさに過労死寸前だった。

　鉄馬（じてんしゃ）は駅の街灯の下に常置され、夜間に人々の観賞に供されたあと、翌日朝早くに回収された。もし夜中に「受驚（ショウジン）」した赤ん坊がいたら、家長はその子の服を持って鉄馬のそばに来て何回か振り回し、恩主公の赤兎馬に魂を取り戻してくれるよう祈った〔道教の民間療法で、大きな衝撃を受けた拍子に抜け出た魂（受驚）を取り戻す「収驚」の儀式。本人がいない場合はその衣服を使う」。早朝五時、山の珍味を持ち寄って闇市にやってきた原住民たちは、人の目をごまかそうと子どもを連れていた。原住民の子どもらは鉄馬を見に駆けよってきたが、それはひどく孤独に見え、体に蜘蛛の巣が張っていた。蜘蛛の糸には朝露が降りて水滴がびっしり連なり、死んだ昆虫や木の葉も張りついていたが、朝の風がさっとひと吹きするとみんな消えてしまった。

朝八時、汽車がやってきた。家長といっしょに残って買い物をしていた原住民の子どもらは大声で叫んだ。「おい見ろ、火事で煙が出ている川が流れてきた」。そのあと帕が大きな石を落として割っているのを見ると、また叫んだ。「ワッハッハッ！　哈陸斯(ハルス)が自分のタマタマを割っているぞ」。汽車が駅に到着して停車すると、原住民の子どもらは脱いだ服を竹の竿に掛けて煙突の口に差し出し、部落に持ち帰ってみんなに嗅がせようと、汽車の口臭を浸みこませた。停車している五分間に、原住民の中には、汽車に急いで乗りこんで、布で隔離されている例の場所に行き、下からイノシシの干肉やグアバを差し入れ、少し言葉を交わして、いたわりの気持ちを伝える者もいた。これはカーテンの奥にいる尤敏(ヨウミン)にはとても貴重で、部落の消息を聞くことは、たとえ一本の樹に芽が出たとか飼い犬が骨折したとかの類であっても、どれもが故郷のにおいに満ちた何よりの慰めだった。汽笛が響くと、拉娃(ラーワー)はようやくカーテンを開け、足に掛けている布を取って、尤敏の肉や皮と融合している部分を露出して、部落の人たちの好奇心を満足させた。拉娃の事件は人々を感動させ、彼女の訴えとともに遠くまで伝わっていった。それはまるで頑強な足が生えたように、道行く人といっしょに谷を越え、寒い夜の焚火のそばで、また別の人の両耳にしばらくとどまった。夜が明けると、山を越え、川を泳いで最も遠くの部落に到着した。

ある日、二十人ほどの原住民がいちばん遠い永安部落（mbuanan）からやってきた。三十二の山と五つの川を越え、二人かきの駕籠（かご）には長老が乗っていた。長老は九十歳あまりだったが、顔の入れ墨はとても鮮明で、しわに埋もれたりしていなかった。もし足に三本の弓矢が刺さることがなかったなら、百の高い山でも雲のようにさっと飛び越えることができただろう。部族の伝統的な衣装を身にまとい、帽子に縫いつけられた飾りのイノシシの牙とオス鷹の羽毛が強烈な太陽のもとで輝いていた。とくに彼の鋭い両目は、腰のあたりで今にも鞘から抜かれそうな蕃刀のように、いつまでも人の心を震え上がらせるものがあった。

彼らは和洋の風合いが融合した駅を見たとき、この大きな蛇の巣に驚異の目を見張り、屋根の上の亀殻花（たいわんはぶ）の鱗もきれいだと褒めそやした。原住民の子どもが蛇の巣の裏手に回り、ドブガイの殻でペンキをこすり取って記念に持ち帰ろうとしたとき、遠方から大蛇の汽笛が聞こえてきたので、びっくりして逃げながら叫んだ。「俺、何にもしてないよ」。そしてこっそり抹草（みそなおし）と刺莧（はりびゆ）を摘んで、口で噛んで柔らかくしてからペンキが剝げたところに塗って傷を治そうとした。始発列車が遠くからこちらに向かっていた。蛇のようにくねくねと曲がり、煤煙の高低や起伏からどの山を越えてきているのかがわかった。汽車が駅に到着すると、売り子が蘿蔔粄（だいこんもち）やビーフン炒めなどの朝飯を売りはじめた。子犬が汽車に向かって激しくほえたあと、ノーパンクのタイヤの車輪に小便をかけた。だが汽車を見た二人の原住民はうれしさのあまり頭がぼうっとなり、哈陸斯（ハルス）の巨大な蛇のような一物を見たのだと思いこんでしまった。長老は、女祈禱師が出発前に彼らの胸に塗った避邪草（まよけのくさ）の汁が屁のつっぱりにもならず、反対に媚薬になってしまったとため息をついた。

汽車が喘ぎながら水を足している隙に、ある原住民が竹筒に大蛇が吐き出す毒の黒煙を詰めこんで、家に持ち帰って虫を退治するのに使おうと考えた。また、巨大な円形の蛇の足をナイフで切り取り、帰って人に見せびらかそうと思った者もいて、髭巡査が追い払いに来なかったら、タイヤの車輪はへこみができていたかもしれない。汽車が間もなく出発というとき、原住民は煤煙の毒に惑わされた乗客が邪気に当たり、自ら進んで蛇に食べられに腹の中に入り、捕虜になっているのを見た。そのうえ四角形の透明な鱗片を通して外に向かって無理につくり笑いを浮かべ、手を振って救いを求めているのに、ホームにいる人間は何事もなかったふりをしてご飯を食べていた。長老は杖を捨てて、老いぼれた骨を支えに汽車によじのぼり、捕虜を解放して救け出そうとした。一族の者は長老が蛇の腹の中に入って行った勇気をたたえ、それからおそるおそるあとを追った。だが長老は途中で列車長に行く手を阻まれ、あれこれ理由をつけて、顔に入れ墨をした老人が先頭車両の乗客を驚かせないように制止された。「わしは紙鱗片(かみきれ)を買っておる」。長老は切符を見せ、下手な、自分だけがわかる日本語で言った。「わしには水鹿(サンバー)よりも早く走る五人の孫がおり、あんたたちのために戦いに行っておるのに、あんたは一本の道もわしのためにあけようとしない」。そして、列車長を怒鳴りつけて脇に追いやり、椅子の背もたれにつかまりながら通路を進み、とてもゆっくりと、夢の中に入って行くように、長らく待ちわびた伝説、蟹の父娘が大蛇の腹の中で一年間生きつづけているのを、目にしたのだった。このとき、稀列克(シレッカ)という名の占い鳥が後方へ向かって飛んでゆき、方角も鳴き声もともに縁起がよかった。汽車がカーブしたとき、山側の窓を見ると、同じようにうしろへ飛んでいく鳥が見えたが、反対の方角に向かっていて、鳴き声も切り立った崖に分断されて不吉な短い鳴き声だった。長老はため息をついた。この奇怪な部屋をいくつもつないだ代物は、事実を逆さまに変え、一族の者を戦場に運んで行くことができるので、今や若者の数は熊より少なくなってしまった。

「わしも同じ夢をみたことがあるぞ。十二の酔っぱらった部屋が洪水の上を駆け、先頭の部屋は火事を起こしていた。若い者はみんなその上にまたがって、蕃刀を振り回しておった」。長老は蟹の父娘のそばまで近づいて行き、さらに一言つけ足した。「最後はぶつかってお陀仏じゃ」

目の前に蟹の父娘がいた。拉娃は足で父親の腰を挟み、自分で鍵をかけて車内に留まっており、誰もそれを解くことができなかった。長老は許しを得てから、覆われた布の中へ手を伸ばし入れ、蟹の父娘の体に触れた。二人の肉がつながっている部分はつるつるしていて、何も遮るものはなく、自分の手が川の水のように滑り、これが人工的に肉を切り裂いてつないだものとはとうてい想像もできなかった。長老は撫でているうちに、悲しみがこみ上げてきて、一人で涙を流した。これには拉娃と尤敏はひどく驚かされ、急いで窓を閉めて、なんてひどい煤煙だろうと文句を言った。長老は助け舟を得たので、うなずいて、自分が今日来たのはもう一つの蟹人間の話をしようと思っただけじゃ、と言った。そして目を閉じて、部落の古い伝説を語りはじめた。

むかしむかし、ある年寄りの女祈禱師が蟹を出産した。四本足の肉の塊だった。いろいろな噂が流れ、きっと哈陸斯(ハルス)に弄ばれたか、熊にやられたかのどちらかで、肉の塊は悪霊にちがいないと言われた。そこで、女祈禱師は麦わらを水甕(みずがめ)の底に敷きつめて、小さな肉の塊を育てはじめた。そして茎をたたいて柔らかくした紅苧麻(べにちょま)を糸の代わりにして、小さな肉の塊に蜘蛛をまねて機織りを学ばせた。家の中から機織りの梭(ひ)の音が聞こえ、日がな一日、パタパタと雨音よりも速かった。女祈禱師は臨終の間際、幼い怪物にこう言って再三戒めた。「一生身を隠し、決してほんとうの姿をさらしてはいけない。お前はたいそう醜いから、人を驚かせてしまう」。母親が死んだあと、幼い怪物はとうとう家の門を出たが、母親の遺言を守り、体に大きな木の桶をかぶって薬草を取り、水を汲み、紅苧麻を植えに出かけた。こうしたのは母が生前に戒めた予言を信じていたからだった。もし醜い姿を見られたら、部落に恐ろしい殺意が生まれるだろうと。十数年の間、一族の者は四本足で這って歩く木桶しか目にすることはなく、人が近づくと、桶の中に縮こまってしまい、力任せに木桶をたたこうが、いちばん臭いイノシシの糞をかけようが、じっと身動き一つしなかった。子どもらはさんざん、「Kagan（蟹）、Kagan」と言っては石を投げつけた。

　ある日、一人の大酒飲みが蟹人間に怨みを抱き、いつも酒を飲み足りない不幸はそいつのせいだと思いこんで、蟹人間がニワトリにエサをやっている隙を狙って、一気に谷底に突き落としてしまった。蟹人間がどんなに泣き叫んでも、誰も谷に近づこうとせず、その泣き声のおかげで人々の脳みそは腐ってしまいそうだった。夜になると、さらに谷間から髪の毛で編んだ蝶や、葉で編んだバッタが飛びたち、それらに生命はなかったけれども、誰か谷間へ行って蟹人間を助けてくださいと呼びかけることはできた。「悪霊の舌だ」。部落の人々はひどく怯え、「蟹人間は血の通っていない物に魂を吹きこむことができる」と考えた。バールという名前の青年がこらえきれず、谷に下りて人々のために災いを取り除こうとした。夜中に松明（たいまつ）を掲げ、蕃刀を手に持ち、胸には悪霊から身を守るために茄茎（あかぎ）でつくったネズミ避けの板をぶら下げていた。彼はまず木桶を断ち割り、きれいさっぱり焼いてしまうと、小便をかけて火を消し、煙も出ないようにした。それから深い谷に下りたとき、目の前の光景に驚いてすっかり取り乱してしまった。彼は必死に松明を握りしめ、祖先に祈りをささげて、どうか勇気を与え、目の前の虚ろな美しさに惑わされないようにしてくださいと祈った。なぜなら一人の美少女を見たからだ。バールはまさかそれが蟹人間だと知るよしもなかった。三歳のときから女祈禱師にバナナの葉と木桶で身を隠されていたが、今ではもう十六歳になっており、いくら泥や涙や疲労で顔じゅした。少女のほうが汚れていても、鬼（ゆうれい）よりずっときれいだった。疑いなく、バールは彼女が大安渓（ダーアンシー）近辺の八つの部落の中でいちばんの美人だと見抜いた。うしろの影もとても美しくて、あまりの美しさに頭がくらくらした。

「お願い、私たちに水をちょうだい、妹は泣きつづけて、のどが乾いて死にそうなの」。少女のほうから話しかけてきて、大胆にバールに助けを求めた。

「俺でよかったよ、そうでなかったら蟹人間に食われるところだったぞ」。バールは言った。

「私たちがその恐ろしい蟹人間よ、でも人なんか食べない、人が怖いだけよ」。こう言ったのはその少女のそばの影だった。

バールはびっくりした。しゃべることができる鬼（ゆうれい）をあぶり殺すには強烈な光が必要だ。そこですぐに蕃刀を投げ捨てて、一束の干草を勢いよく燃やした。彼は炎がすでに人の丈に達した草の束を持ちあげ、火をさらに大きくしようとしきりに振り動かしたので、バリバリ音を立てて燃えさかり、星くずもパチパチ音を立てて跳ねまわった。だが影は消えずに、人に変わった。肌がきめ細やかでつやつやして、とんでもないほど美しく、世界じゅうの星が彼女を見るために落ちてきそうだった。なんて恐ろしいことだ。バールは一歩前に歩み出て、喜びのあまり叫んだ。祖先の霊よ、目の前の偽りの美しさに動揺しないよう知恵を与えたまえ。なぜなら目の前にいるのは一人の美少女ではなく、二人のまったく同じ姿をした女で、大安渓の水を飲んで育った女のなかでもとびっきりの美人だったからだ。バールはすぐに理解した。部落で長い間伝えられてきた「四本足の悪霊」とは、じつは胸の部分がつながっている結合双生児で、あれほど多くの呪いと誤解と攻撃を受けながらも、生き延びていたのだ。今、火の光が姉妹を明るく照らし出していた。妹のハイヤナの頭には蝶がいっぱいとまっていた。それは姉のビヤティが妹を慰めようと髪の毛で編んだものだった。姉の髪も自分で花の形に編まれており、まとわりついてきた蜜蜂も編みこまれていた。彼女たちは並外れた編み物の腕を持っていて、これで恐怖を忘れていたのだった。

ここまで話すと、長老は椅子に寄りかかって、言った。「拉娃よ、蟹姉妹は生まれつきじゃ、生まれたときから一つにつながっており、解くことはできなかった。お前たちのように自分からくっついたのではない。だがわしにはわかる、お前たちが受けた苦しみは同じだとね」

「よくわかります、長老様。それから?」拉娃は言った、「蟹姉妹の物語のことです。二人の名前はほんとうに美しい、姉は月(byatin)、妹は星(hyanah)」

「その通りじゃ。月も星も暗黒の夜の中に隠れておれば、みんなに見られることはない。しかし美しすぎるものは危険だ、災いを引き起こすからのう」。長老はつづけた。バールは蟹人間の正体を知ると、苦労して彼女たちを背負い、家に帰してやった。これ以降、バールは頻繁に蟹人間を訪ねて行くようになり、狩りで仕留めたいちばんいい動物の肉を彼女たちの家の台所に掛け、壁際にしゃがんで機織りを眺めた。蟹姉妹の機織りは素晴らしく、どんな図案でも、一瞬のうちに織りあげてしまい、彼が言った物を、なんでも織ることができた。あるときなどバールが尻をすかしたり、のどがムズムズするなと思っていると、何も言っていないのに、すばやく屁の模様や、クマがくしゃみをしている図案を織りあげるのだった。「ずいぶん待ってるんだよ」。バールは自分の下半身を指しながら、大胆に言った。「じゃあ、俺の息子を織ってくれ!」蟹姉妹はくすくす笑って、織り杼(ひ)で彼の頭をポンとたたき、頭の中に充満している生臭い煙を追い払った。そのおかげで彼は家に帰る途中、何を見てもおかしくて、ブタの糞の山にも心を奪われ、家の前を通り過ぎても気づかないほどだった。二か月後、バールは贈り物の大きな牙のイノシシを担ぎ、恋歌を歌って気分を盛り上げ、彼女たちを妻に迎えようとした。姉のビヤティが怒って言った。「私は構いはしないけど、ハイヤナにこんな求婚をするもんじゃないわ、あの子は恥ずかしがりやなのよ」。だが意外にも、妹のハイヤナがイノシシの硬い毛できらびやかな花を編みはじめ、編みながらうつむいて笑って、自分の気持ちを漏らした。「バールが持ってきたイノシシの数が少ないのがいけないの、まず先に姉さんをお嫁にもらってちょうだい！」

しかし、バールの家族は、誰からも顔に入れ墨をしてもらえない〔タイヤル族の伝統では女性は顔に入れ墨をして成人とみなされ結婚が許された〕蟹人間二人を嫁にとることに猛反対し、蟹の殻を持つ子孫が生まれることを心配した。バールはどうしても結婚したいと言い張り、子孫に蟹人間の子どもが産まれるのを断つために子どもはつくらないと誓った。しかし長老の同意を得ることができず、その夜、彼は体のつながった妻を背負って逃走した。二人の妻は大量の紅苧麻（べにちょま）で虹色の服を織って身に着け、さらに帝雉子（ミカドキジ）の羽を編んで手にかぶせて、外側の両腕を翼のように振り、内側の両手でバールをつかんで、三人は空に舞い上がり、四十の山を越えて出奔した。彼らは遠くに逃げ、雲海の上の山に身を潜めた。しかし部落の狩人たちはバールが二人の美しい妻を娶ったことを妬み、また蟹人間の機織りが上手なのを妬んで、こぞって追いかけてきた。だが彼女たちの織物の腕前は、半月後に追いついた狩人をも恐れさせた。あるときは、新しく織った赤い服を着たバールが勢いよく燃える篝火（かがりび）に扮し、狩人たちが野宿しているところに侵入して粟や食塩や弓矢を盗んだ。またあるときは、バールが妻を背負って、熟睡している狩人に近づき、彼らの頭髪を朝日を浴びた途端に暴れ出す山羌（キョン）の子どもに編み上げ、足の毛は蛭（ひる）に、まつ毛は目を開けると人を驚かせる毒蜂に編んだ。目を覚ました狩人たちは大騒ぎになり、弓を引いて相手の頭髪を射ようとして、それが幻（まぼろし）だとわかるや、死ぬほど腹をたてた。恐怖の情景はかえって狩人を激怒させたので、彼女たちは今度は夢を使って敵の警戒心を解きほぐそうとした。

あるとき、三人は小川を模して織り上げた長い布の下に隠れ、バールが口笛を吹いて小川のせせらぎの音を真似た。小川のなかで川エビは半透明の体をし、魚は鱗を光らせたので、朱雀でさえ、だまされて飛んできた。狩人が小川を渡るとき、糸状の布は水のようにはねあがり、彼らは気持ちよさそうに水浴をしながらも、小川の水でマッチがぬれてしまった、魚を焼いて食べるつもりだったのにと思わず文句を言った。またあるときは、空から落ちてきたのが滝なのか太陽の光なのかを巡って狩人たちが言い争いをはじめ、もう少しで殴り合いのけんかになるところだったが、結論は、どっちであろうと美しければいいじゃないか、というところに落ち着いた。美しい景色を褒めるのに粟が芽を出すほどの時間を費やした割には、じつはバールと妻が木の洞に隠れて、分厚い苔に覆われたヒノキに光沢のある糸をかけていたことに気づいた者はいなかった。さらに、あるとき狩人が目を覚ますと、ツツジが一面満開で、その空を巨大な虹が流れるように移動し、七色の水鹿（サンバー）が群れをなして駆けていった。クマに翼が生え、天上の銀河は丘の上から山道へ流れて小川に変わったが、その澄みわたる川に水はなく、すべてがさらさらと流れる星だった。言うまでもないことだが、みんな蟹姉妹がさまざまな鳥の羽で織りなした夢の世界だった。

そしてついにある日、狩人が朝露を飲もうとして、それが蜘蛛の糸で編まれているのに気づいた。さらによく見てみると、濃霧は柳の枝で編まれていた。風の中に糸があり、風が吹いて持ち去った夕日はなんと織物の絵でできており、後方の白く光って殺意を誘う月を巧みに隠していた。狩人はようやく自分たちが蟹姉妹の夢の世界にふけっていたことを知り、このままではムササビを殺す勇気さえ失いかねないと大いに心配になった。燃やすしかない！　最も美しい物はすべて人を死に至らしめる。

偽の川、偽の動物、偽の流れ雲がみんな火を吹いて燃え出し、つづいて本物の野の花、本物の動物も燃えた。白雲は燃えてまっ黒な煙になり、森林が狂ったように燃え盛った。バールは彼女たちを背負って逃げまどった。道中、姉妹は髪の毛を抜いてヒルを編み、それを投げて狩人を阻止したが、あまり急いで編んだために指の爪が全部剝がれ落ちた。彼女たちはこの期に及んでもまだ小さな蟹のように純真だった。ヒルやナメクジを投げるだけでは、人を殺すことができず、反対に自分の頭は禿げ、手は血まみれになるばかりだった。とうとう逃げ道がなくなった。火が燃え移った虹の翼では飛ぶこともできず、最後には焼け焦げた姉妹の手だけが揺れていた。狩人たちは追いつくと、刀の側面に当たっている太陽の反射を利用して蟹人間の目を射ぬき、編み物ができないようにしてから、さらに矢を放ってバールの足を使い物にならなくした。姉妹はバールの懐から転げ落ち、まるで狂った老婆のように、人が想像する蟹人間相応の悪態をついて、口をゆがめてつばを吐き、大声でほえたてた。彼女たちは尖った石で美しい顔を切り裂いて鬼のような形相になったが、それもこれもバールを守るためだった。

このとき、妹はようやく理解した。彼女たちの運命は母が予言した通りだった。人を愛し愛される能力を断ち切り、蟹の殻の中に身を潜めるべきで、愛を捨て去れば一生を全うすることができたのだ。今、彼女は身を持って理解した。彼女が姉と二人で体を張ってつくってきた障壁はバールを守るのではなく、反対に彼を傷つけ、彼を怪物の一族の側に押しやっていたのだと。どこに逃げようとも、相変わらず世間の目で見ると怪物なのだ。妹は脇の下に隠していたナイフを取り出して、みぞおちに突き刺し、自分の体を姉に切り与えようとした。彼女は早くから、バールに姉と夫婦になってもらい、殺戮を終わらせたいと考えていたのだ。だが思いもかけないことに、ナイフは姉が布で織ったものにすり替えられていて、胸に挿すとすぐにぐにゃりとなった。姉は腋毛を抜いて縄を編んで、妹の手を縛り、本物のナイフを取り出して自分のみぞおちに突き刺した。ガリッという音がして胸の骨が切断され、自分の体を妹に分け与えた。姉は口から血を流しながら、微笑んで言った。「私は痛くないわ、だから泣かないでね」。まるで昔、妹を寝かしつけるときにあやして歌った歌のように。そして、死とはまるで人を悩ます蚊のように、手でちょっと払えばどこかに行ってしまうもののようなふりをした。妹は自由になったが、目に入ったのはさらに傷を負ったもう一人の自分だった。彼女は姉を抱きしめて声を上げて泣き、制御がきかなくなった涙にむせて死んでしまった。姉もそのあと大量出血で死んだ。彼女たちは知らなかった、彼女たちは呪われた蟹ではなく、最初から最後まで完璧に美しい人間で、二つの頭、四本の手足、一組の美しい魂を持っていたのだということを。

「彼女たちは死後、山に変わり、刀の傷は谷間に、霊魂は虹になった。雨がやむと、まず蟹の姉さんがあらわれる。もし二つ目の虹が見えたら、それは恥ずかしがりやの妹だ。彼女はようやく満足のいく七色の衣を着て人の前に姿を見せているのじゃ。蟹姉妹は山に変わったあと、樹を糸にして、それぞれの山のために異なる緑の衣を編んだ。谷から漂い出てくる雲もそうだ。それは彼女たちが自分の血で――いちばん柔らかくて、いちばん綺麗な川の水で縒った糸で、美しい雲の衣を織り、空に着せているんじゃよ」、バールは言った。

物語はそこで終わったが、余韻がまだ尤敏の頭の中で揺れつづけた。彼は黙って何も言わなかったが、拉娃が目をくるくるさせて、今にも物語の真相を見抜いてしまいそうだったので、長老は慌てて立ち上がりそこを離れようとした。

尤敏は迷いから覚めて言った。「彼女たちはイノシシと同じくらい聡明だ、どちらか一方が斬られると、二人とも死んでしまうことはきっと知っていたはず、なのにどうして二つに分かれようとしたのでしょう？」

「わしは樹よりも年を取ってしもうて、頭が動かんのじゃよ」。長老はこの物語を終えるのに、五キロの距離を使い、そろそろ下車の支度にかかった。彼は切符の束を取り出して、二人に言った。「あんたたちのために一年分の紙鱗片（かみきれ）を買ってきた。先祖の霊がきっと守ってくださる」

「バール長老、あなたはきっとバール長老ですね、もっとあなたの物語を聞かせてくださいし。拉娃は恭しく言った。彼女の結論は尤敏をひどく驚かせた。彼は全身をぶるぶる震わせながら、長老を見つめた。

「人違いじゃよ、拉娃、わしじゃない。この伝説はとても古くて、太陽がまだ若かったころに起こった事だ」。バール長老は秘密がばれたのがわかったので、懸命に椅子の背もたれにつかまって言った、「それに、わしは悪い話しかしておらん。いい話は人の心に残るが、最後は人を傷つけて殺してしまう」

「あなたが着ている服は二重になっていますね、それは虹の衣で、とても古いけれど、着れば着るほど暖かくなる」。拉娃が言った。彼女はバール長老の民族衣装の下から、二筋の弧を描いた光が出ているのを見抜いたのだ。それは虹と霓（げい）〔虹の外側にできる淡い虹、副虹ともいう〕だった。その一対の虹の翼はきっと蟹姉妹が編んだ色使いをしており、この世でいちばん美しくいちばん大きな翼にちがいない、と拉娃は思った。

バール長老は顔を上に向けた。空に浮かんだ雲が、鹿になったかと思うと、すぐに麦の穂に変わり、まるで空の気持ちをあらわしているかのようだ。今日もまた蟹姉妹はこうして彼に何か心配事を語りかけているのだろうか？　バール長老は思った、毎日雲を見ているだけでも自分の一生は無駄ではないだろうと。バール長老はもう拉娃に反論しなかった。彼にとって戦場に赴くとは、もはや刀、血、力をもってするものではなくなり、舌を使い耳に向かってする挑発になっていた。一つの狂気に満ちた物語を話して、聞いている者にこれから先この戦場のことが頭から離れなくなるようにするのだ。老戦士には語れる物語が残っているだけで、その他のことは時間の餌食になっていた。彼は下車するためにドアの階段のほうへ歩いて行った。乗車するときに投げ捨てられた杖がまだそこにあり、老戦士に助け起こされるのを待っていた。バール長老は杖を両手でもちあげ、それを振って、前方にいる、手足がちゃんとついているのに優雅に歩くふりをする乗客たちを急(せ)かした。終点の紅毛館駅に到着したのだ。大きな山が高くそびえ、清風がかすかに吹いていた。一族の者は捕虜が下車するのを見て、興奮して歓喜の声を上げ、これらの捕虜はみんなバール長老が一本の杖で救い出したのだと思った。バール長老は駕籠に乗ってそこを離れるとき、拉娃から「小さなニシキヘビ」と言って贈られた汽車の模型を高く掲げた。一族の者は雄たけびをあげて、その小型模型は長老が汽車を征服し、哈陸斯(ハルス)の肋骨を一本へし折って、英雄的行為にまた一つ功績を書き足したのだと思った。

「あんたたち下りて来てはダメよ」。拉娃が煤煙と汽笛の向こうから叫んで、予言者のような口調で言った。「米国の大きな鉄の鳥が爆弾を落としにきて、山の下はもうすぐ火事になるから」

　大火災は数日後に起こった。夜のとばりが静かに下りはじめるころ、夕焼け雲はしびれるように赤かった。練兵場から兵士たちが大きな声で番号の号令をかける声が聞こえ、線路の上を滑り下りるトロッコが鋭いブレーキ音を発し、墓の盛り土の中に隠れていた白虎隊が汽車に肉迫攻撃をする準備をしていた。突然、空襲警報が鳴りだした。避難する人はだいたい決まっていて、避難したくない者はいつも通り働いていた。まず最初に異変に気づいたのは農夫だった。田んぼには軍の食料をさらに多く収穫しようと、稲の苗が窒息するくらいすき間なく植えられていたので、農夫ができることはただ苗と苗の間にひざまずいて雑草を取ることだけだった。彼らは水田の水の中に小さな影が飛んで行くのが見え、同時に耳をつんざくヒューという音もしたので、顔を上げて見ると、二機の爆撃機が爆弾を何個か投下したところだった。爆弾は空中で爆発して、ばらばらに砕けた光になった。白虎隊が偽の墓から抜け出て見たとき、空から偽の雨が降ってきた。それはアルミ箔の断片で、パタパタ音を立てていた。アルミ片の雨は米軍が日本軍のレーダーを妨害し、高射砲兵の視界を混乱させるためのもので、次から次に落ちて止まなかった。地面いっぱいに降った光る破片は村を大きな鏡に変え、白雲が地面を這い、川が空を飛び、世界が複製されてもう一つのさらにリアルな蜃気楼になった。人々はみんな驚きのあまり体が固まってしまった。このとき練兵場からひっきりなしに緊迫した叫び声が聞こえ、門から六頭の早馬が飛び出した。そして分かれ道に来るたびにそれぞれ別の道を走って行き、沿道の者も全員が急いで避難した。「大爆撃がはじまるぞ」、憲兵が声をからして叫んでいた。

　練兵場が燃え、脂っこくべたべたした、大きな濃煙が上がった。煙が流れ出し、風が吹く方向に引っ張られて、空中でリズミカルな絹織物の渦巻きができた。帕は、警告を発するような大きな煙が空一面に広がり、空中で流れが乱れているのを見て、風が非常に苛立っているのがわかり、そのうえアルミ箔の雨が降り出したので、きっと大型飛行機が村にやってくるにちがいないと思った。彼は直ちに白虎隊に偽の墓から出るよう指示して、大声で叫んだ。「緊急事態、緊急事態。わらを燃やして、煙で関牛窩（ヴァンニュボー）を隠せ」。六十名の学徒兵が墓の盛り土をひっくり返して出てきて、防空訓練を実地に移した。彼らは道端の防空用のわらを燃やし、その火のついたわらのかたまりを背負い籠に入れて走り、あらかじめ決めておいたルートに沿って次の定点まで道端のわらの山に火をつけていった。道なりに火を放ったので、いたるところで煙が上がった。帕は燃えるわらぶきの家を丸ごと担ぎ上げて、煙が不足しているところにめがけて投げこみ、さらに濃い白煙で関牛窩を覆おうとした。

　アルミ箔の雨は効を奏し、高射砲兵は空がはっきり見えなくなり、見えるのは光点ばかりだった。そのうえ、山のふもとから吹き上げてきた濃煙がアルミ箔をはたき、その切れ端が上に下に跳びはねて空中を漂いだしたので、視界は完全に遮断された。十機の爆撃機が縦谷（じゅうこく）に沿って飛来し、一つ二十キロの爆弾をまき散らした。空にびっしりと小さな黒点が並び、ヒューヒューと音を立て、誰も空を見上げる勇気がなかった。帕が何かを思い出した。汽車がまもなく駅に到着し、拉娃がまだその中にいる。彼は走り出した。高速で動く手足の関節から煙が上がり、三つの心臓は今にも破裂せんばかりで、背負っていたわらの山が点々と道に落ちた。彼が汽車に飛び乗ったとき、ちょうど低空飛行していたＰ38が二機、突如攻撃をはじめ、掃射して車両に一列の穴をあけた。車両の上にいた機関銃の射手が打たれて死んだが、手はまだ引き金をきつく引いたままだった。体は機関銃の振動で生きていたときのように弾み震えて、吹き出る血もでたらめに飛び散り、弾を使い果たすまでつづいた。尤敏が体を伏せて拉娃を抱きかかえた。拉娃は驚きのあまりぼうっとなって、顔を上げ大きな目を見開いた。天井の銃痕から煙が吹き込み、そのあと血が吹き込んできて、兵士の血が彼女の顔いっぱいに落ちた。帕が近寄って血をぬぐってやり、彼女と尤敏がともに無傷だとわかると、ほっと一息ついた。彼はこの機会に乗じて彼らの手足を引き離そうとしたが、やはり強靱でびくともせず離すことができなかった。

突然、汽車の左右にそれぞれ黒い影があらわれ、窓の外をかすめて飛び去り、右側のものが山の崖にぶつかって跳ね返り、車窓に突っこんできた。それは俗に汽車の耳と呼ばれる「排煙板」で、機関車の前方両側についていた。煙突の中の気流を緩やかにし、黒煙が上方に噴きあがるようにして、運転手の視界と車両内の空気に影響を与えないようにする働きがあった。しかし、このとき汽車は姿を隠さなければならなかったので、整備士が汽車の両耳を取り外したのだ。拡散した黒煙が汽車の姿を覆い隠すマントになった。関牛窩全体がすでに濃煙の中に潜み、汽車もまたそうだった。

濃くて強烈な黒煙が車内に入ってきたため、だれもが激しくせきをし、目が痛くて涙を流した。帕は中を歩いて、突っこんできたその汽車の耳を拾い、拉娃親子の体にかぶせて、弾除けの盾にした。拉娃が分厚い鉄板の下から顔を突き出した。疾走する車両の震動で汽車の耳が震え、頭に当たって痛かったのだ。拉娃は泣いた。火災に見舞われた関牛窩は、拉娃がかつて夢で見た世界にそっくりで、大きな鉄の鳥に壊されてしまった。そのうえ、帕は後方のドアに向かって歩き出し、去って行こうとしていた。彼女は彼に残っていっしょにいてほしかった、あと一秒でもよかった。

「Pa-gia（ネイ）」。拉娃が大きな声でこう言って、帕の名前を当てようとした。帕の名前にはタイヤルの名前が隠されていたからだ。

帕は歩くのをやめ、ちょっと立ち止まったが、また前に大きく踏み出した。それから彼は歩を進めるたびに拉娃に邪魔された。彼女は毎回「Pa（帕）」の次に隠されている音を言った。しかし、汽車の外の米軍機の爆撃が、彼を急き立て、急ぎ足にした。

「Pak-kara」。薬草のハリビユかもしれない、拉娃は叫んだ。それは祈禱師のお婆ちゃんが病気を治す良薬だった。

「Pa-ra（キョン）」。彼女は動物を考えてみた。だが山羌は器が小さくて、帕には釣り合わない気がした。

「La-paw（展望台）」。しかしよく考えてみると、これは違う！　何でこんなのを思いついたのかしら。

「Pka-pag（粟を植えた田で鳥を追い払う竹の板）」。口から適当に言っただけで、言った本人もそうとは思わなかった。帕がカチカチに硬い竹の道具だなんてありえない。

「それはKa-pa-rong（ヒノキ）」。拉娃はこれにちがいないと思った。でも、帕は反応しない。

「帕、じゃあきっとPa-ka-ri（八卦力）」。拉娃は地名から推測することにした。八卦力は関牛窩の近くにあり、タイヤル語でトビが集まる所という意味だったので、帕のスピードと眼力に合っている。これは当たっていたようだ、帕が戻ってきた。拉娃はもう怖くなくなって、汽車の耳を押しのけようとした。

帕が汽車の耳をしっかり押さえて、言った。「もう詮索するな、拉娃。俺の名前を全部知る代価はとても大きい、お前はそれが何かわかっているのか？」

拉娃は両の目を大きく見開いて問いかけるまなざしをした。父親でさえ汽車の耳の下から顔を突き出した。

「死だ。俺の名前を全部知った者は、みんな死ぬ」。帕は真剣に言った、「この名前は高砂族の義父がつけてくれたのだが、彼も死んでしまった」

帕は、名前の中に蕃の字がある子どもだった。彼の八字（生年月日と誕生時刻を干支の八文字の漢字に置き換えて占う四柱推命のこと）は運気が強すぎて、毎年が厄災年だったので、義父になってくれる人に悪い運気を消してもらわねばならなかった。漢人は凶神を恐れるが、原住民の部落ではブタ二匹分の値段を言えば、義父のなり手は幾重にも行列ができるほどいた。帕が生まれて八か月のときに、ようやく劉金福に連れられて叔父の所に行き義父になってもらい、名前をつけられた。この叔父とは血がつながっておらず、劉金福の妾の弟で、原住民だった。原住民の義父は帕のために名前を付けてくれ、帕は一度聞いたら忘れられなかった。一方の劉金福は粟酒の「反動力」で地面に突っ伏して寝てしまったので、翌日目が覚めたとき pa の音が混じっていたことしか覚えておらず、思いきって劉金帕と名付けてしまった。原住民の義父は帕にこう語った。彼の数音節の名前は全世界の力の中心だから、普段は一音節を言うだけで十分だ、もし誰かが名前を全部知ってしまうと、その人間には死が訪れるだろう。数日後、帕のタイヤル族の義父は不慮の事故で亡くなった。

このときは汽車の中だったので、帕は絶対に自分の名前を全部暴露してはならなかった。彼は振り返りもせずに前の車両へ歩いて行き、歩調には頑としたものがあった。拉娃は死ぬのが怖かったが、帕がいてくれさえすれば怖くなかった。彼女は父親に手伝ってもらって、大きな声で叫びつづけた。私はあなたの眉（pawimn）、私はあなたの耳（papak）、私はあなたの船（parnah）、私はあなたの掛布団（pala）。それから怒って言った、あんたは人を無視する悪いドジョウ（papawit）。あんたは巴格、巴格、巴格、しまいには日本語でなじりだしたが、最初の音が少しパに近かったのは確かだ。

ドアはずっと開いたままだった。帕の姿はとっくに見えなくなり、ただ巨大な爆発音がそこから返ってくるばかりだった。

二二〇キロの爆弾が地面に落ちた。空一面に投下された爆弾は、碁盤の目のように区切るやり方でその升目めがけてばらまかれた。びっくりするようなヒューンヒューンという音を出して、稲妻のように地面に突き刺さると、地上は瞬時に焦土と化し、水一トンは入る池ができ、五〇メートル四方にあった物はすっかり平らにされた。爆弾は汽車の後方にも落ち、巨大な音と光がまたたくまに広がって、紙を糊づけしていた車窓がはじけて割れ、ガラスの破片が飛び散った。汽車を濃煙で隠してもその場しのぎだとわかっていたが、機関士たちはあきらめなかった。機関助士の趙阿塗（チャオアトゥ）は懸命にショベルで石炭を掬って火室の焚口に投げ入れ、水を少しかけて、不完全燃焼の黒煙をつくって援護した。彼は全身汗まみれになっていたが、火が勢いよく襲ってくるのをものともせず、とっくに汽車もろとも死ぬ覚悟ができていた。帕が焚口のところに来て、アルミ製のバケツを持ち、炎が出ている石炭を火室から満杯に掬い取った。帕は趙阿塗に、あともう少し頑張ってくれ、俺は米軍機を誘導してくると言った。言い終わると、バケツを持ったまま汽車から跳び下りた。

帕は地面に落ちると、一回転して、すくっと体を起こし、崖を駆け上がって汽車から遠く離れた。そして手に持っていたバケツの火を近くのわらの山にまき、燃えているわらを抱えて前に突き進んだ。わらの煙は煙突から噴き出しているように見えた。帕は速度を上げて走る機関車に変装し、米軍機をだましてやっつけようとしたのだった。ニセの機関車は案の定多くの爆弾を引きつけ、彼に向かって激しい爆撃がはじまった。強烈な地響きのために、走っている帕の足が数歩ごとに跳びはねた。爆撃機は最後に悪辣な手を使い、焼夷弾を投下して、火の海で帕をひねりつぶし灰にしようとした。帕が関牛窩を飛び出し、怒りの声をひと声上げて、かかえていたわらの炎をみぞおちへ引き寄せてきつく抱きしめると、押しつぶされたわらが細かくきらきら光る炎になって飛び散った。ついに、彼は凶暴な爆風を受けて谷川に投げこまれ、燃える体で川の水が沸騰し、毛穴から蒸気が吹き出すのを感じた。死神が彼を下へ引っ張り、川面は流動する炎で包まれた。

汽車専用の防空壕は人であふれかえり、人々は体を曲げ膝を抱えて座るか、地面にひざまずくかして、懸命に自分を発信機に変えて神様にSOSの電報を打ち、祈った。恩主公が牛車でやってきて爆弾を引き受けてくれますように、観世音菩薩様が龍に乗って救いに来てくれますようにと。彼らは長さ五〇メートルのトンネルの中にいて、頭に激しく水滴を浴びていたが、とりあえずは安全と言えた。爆発の震動の中で、千に届くコウモリが水流のような速さでトンネルの外へ飛び出し、そのあと散らばって、空に隙間なく並び、その黒点が網のように夕日を捕らえた。突然、一つの焼夷弾が地面に落下する前に爆発し、大きく火の網をかけて、コウモリがすべて一瞬のうちに灰になった。さらに遠くには、池に飛び込んで避難した人たちがいたが、落下した焼夷弾によって水が瞬時に沸騰して、ぶくぶく泡を立て、あらゆるものが茹で上がってしまった。ひとつの池まるごとの魚スープがいい香りを放ち、上に浮いてきたものの中にはよく煮えた人の死体もまじっていた。ある者は逃げ遅れ、焼夷弾が爆破圏内のすべての生き物を蒸発させたとき、それらの人々は助けを求める声も間に合わず、その声は閻魔大王に訴えるときに使われることになった。

　汽車の防空壕にぎゅうぎゅう詰めで入っている人たちは、体の震えがおさまらないまま、関牛窩が火の海に包まれ、村の縁が焼けてめくれ上がるのを見ていた。爆撃機は休みなく、次々に飛んでくると、飛行機の胴体を直接弾薬工場にして、たゆまず投下しつづけた。爆弾は最初は米粒ほど小さく、次に清酒の瓶の大きさになり、そしてガスタンクの大きさになったときに、地面に落ちて小さな太陽が生まれ、地牛翻身〔地下に住む牛が寝返りを打つと地震が起こるという民間伝説〕、地震が起こった。子どもは涙を流しながら、ぶつぶつ独り言を言った。「いまごろ、きっと米国の子どもらは『関牛窩爆撃』のゲーム遊びをしているんだろうね」

　このとき、帕が汽車の防空壕にとびこんできた。髪は全部焼け、黒こげになった体にはふんどししかつけていなかった。彼は小屋のような奉安殿を頭に載せて入ってきて言った。「何があっても天皇陛下を忘れちゃいけない」。言い終わるとまた飛び出して行った。

最後の一機がちょうど村の上空を通過し、あやうく駅を爆破しそうになったが、落下した爆弾は付近の商店を直撃して壊滅状態にした。商家の防空室は客間の地下にあり、三人が隠れていた。防空室は効能を発揮して、彼らの即席の墓場となった。今、その爆撃機が汽車の防空壕の方へ向かい、爆撃音が近づいてきた。そして上空を通過した瞬間、みんなはほっとため息をついた。ようやく一難去ったのだ。だが突然、帕が外から叫んだ。「道を開けろ、汽車が来た」。一匹の大きな火のついた龍が、濃くむせかえる煙を吐きながら、怒りに燃えて進入してきた。帕がその上にまたがって指揮をとっていた。みんなは爆弾が飛んできたのかと思ったが、汽車の汽笛を聞いてようやくどういうことかわかり、まるで息を吹き返したように声を上げて泣き出した。汽車についた火を消し終わると、みんなは続々と防空壕を出て行った。

村では、倒壊した家の下の防空室から這い出てきた者もいたが、永遠に出てこない者もいた。火事を消したくても、完全にお手上げ状態で、目にも恐ろしい業火が煤塵を巻きこんで舞い上がり、空に煤塵雲が浮かんだ。できることは、ただ茫然と地べたに座って、ひたすら大火が燃え尽きるのを待ち、悪夢から覚めるのを待つだけだった。鬼中佐が兵を率いて防空壕から飛ぶように駆けつけてきた。恐怖がいまだおさまらない兵士たちは手をぶるぶる震わせながら、道端でぼうっとしている村びとにびんたをくらわせ、正気に戻して火を消しに行かせようとした。警防団が火消し棒を振り回して、棒の先の纏（まとい）に似た細長い布や皮で火をはたくと、焼け焦げているある家などは、ひとはたきで屋根が崩れ落ちた。大勢で鎖の形に並び、水を川辺から駅周辺の商家までリレーで運んで火を消した。桶で掬った水に意外にも固形状の水銀が混ざっていて、それをまくと火事場はたちまち焼き魚の焦げるにおいが立ちこめた。彼らが川辺に走って行って見ると、茹で殺された魚が川面いっぱいに浮き、魚の鱗が炎の下で光を反射していた。まるで砕いた氷を浮かべた水銀のような川が、がらがらとぶつかり合う音を立てて、延々数キロに及んだ。その中に五つの死体が浮いており、顔を上に向けて微笑み、腹が非常に高く盛り上がっていた。茹でて膨らんだ内臓から絶えずスースーと空気が抜けて、まるでこんなに腹いっぱい食べたのだ、死んでも損はなかったと感極まってため息をついているようだった。火が半分ほど消えたころ、生きている者は死んだ者を探しはじめた。家族の死体が見つかっても悲嘆にくれず、黙々と周りの木の残骸を片づけ、そこにへたり込んで、呆然と奇跡が起こるのを待っていた。ある八人家族は戦火をもろともせずにご飯を食べていた。子どもはおかずを争って食べ、大人はスープを飲み、スープの汁が口の隅に付いていた。家の隣の牛の柵の中では牛がまだエサを反芻していた。家具、おかず、お椀のそばのハエはみなちゃんともとのままだったが、ただすべてがもう動かなかった。頭上からまっ逆さまに落ちてきた焼夷弾が彼らを瞬時に炭化したのだ。風が吹いてきて、最後の晩餐は一陣のため息のような黒い風に変わり、楽しげに消えて行った。

帕は山の上の竹の家に急いで戻った。垣根は倒れ、家屋は、二キロ向こうに落ちた爆弾の震動で倒壊し、中から泣き叫ぶ声がした。帕が斜めに倒れかかった竹をめくり上げると、柱があのいちばん食いしん坊の子ブタの腹に突き刺さり、流れ出た小腸がそれでもまだ食物を消化しているのが見えた。劉金福と他の家畜が子ブタを取り巻いて泣いていた。孫と祖父の二人は互いに長いあいだ見つめ合い、帕が大丈夫だと言うと、劉金福はようやくうなずいて立ち上がった。空から煤塵が舞い降りて、窓から飛びこんできた。二人が黒い雲が来た方向に目をやると、村は異様に明るく、ばりばりと燃える音を立てて、たくさんの物を塵埃に変えていた。劉金福は倒れた木の下から背負い椅子を引っ張り出した。帕はその意味がわかり、祖父を背負って山を駆け下りた。山のふもとに着くと、駅前に臨時の衛生医療テントがたち、三十人の負傷した患者が二列に並んで横になっていた。うめき声をあげることができる者はみな生きてはいたが、血で赤く染まった畳から血が流れ落ちていた。

照明のたきぎが明るすぎて、爆弾の残り火のように見え、みんなは火に対して恐怖症を患っていたので、体は冷えきっていたが、近づいて暖を取るよりも、むしろ遠くの暗い場所に横になるほうを選んだ。劉金福が街灯のスイッチを入れると、発電機が動きだし、街灯の柱は真ん中で折れていたが電球に明かりがついた。人々は無理に微笑み、一つ大きなため息をついて、再び作業に戻った。花岡医師はすでに前線に異動していたので、ここには医者がおらず、重症の患者は悲しい泣き声をあげながら命の際に向かって歩くしかなかった。絶望的な待機の中で、劉金福は大声で鬼中佐にわめきたて、彼らを町に搬送して医者に見せるように、ここではただ死を待つだけだと言った。通訳を通してのち、鬼中佐は即刻命令を出して汽車を救急車とし、猛スピードで町に向かわせることにした。

「沿線の施設の多くの機能がやられております。それに道が破壊され、誘導車も爆破されました」。機関士が言った。

帕が大股で一歩前に出て、言った。「俺が誘導する。道の補修も問題ない、俺には兵隊がいる」

「少尉殿は足が速すぎて、路面のどこに穴があいているかわからないでしょう」

「それも問題ない、直ちに汽車を発車させろ」。帕は断固として言った。

汽車が防空壕を出て、機関車と車両の方向調整を行なった。ある者は三十人の重症患者を運び入れ、ある者は村の道路の凸凹をならし、ある者は道の障害物を撤去し、またある者は汽車に水を足し、石炭庫に石炭を満載した。機関助士の趙阿塗が蒸気をいっぱいにためて、汽笛を鳴らすと、村びとが村を出る坂道に力を合わせて汽車を押し上げ、それから二キロの距離を力が尽きるまで押しつづけて、そこでようやく手を振って汽車に頑張れと声をかけた。五両連結の汽車は延々とつづく山道を疾走し、ささやくような運転音が低く垂れこめた雲にぶつかって、こだまが山谷一面に落ちた。

　こういうときは、とりわけ誘導車が欠かせない。機関車の前二百メートルのところを誘導車が走り、道路の状況を信号灯で知らせる役目をになっていた。帕は鉄馬（じてんしゃ）に乗って誘導車の代わりになり、路面の良し悪しを体で感じとった。彼がもし足で走っていたなら、汽車にとって危険な窪みに気づかなかったかもしれないが、道を一インチごとに回転して進む鉄馬のタイヤこそがその任に堪えることができた。鉄馬は帕が足の指先一本で走る速さにも及ばなかった。彼は生まれてはじめて走るということがこんなにも苦しい仕事であることを知り、両足に重い鎖の足かせを引きずっているように感じた。劉金福は帕の肩の上の背負い椅子に反対向きに座って、後ろに向けてアセチレンランプを高く掲げた。彼はたびたび車酔いするので、ランプを手に縛りつけて、落とさないようにした。

　帕がずっと大切にしてきた鉄馬は、今度のことで倒れたり転んだりしてほとんど使い物にならなくなった。地面の窪みや爆撃による崖崩れに出会うと、鉄馬は転倒してひどく傷んだ。帕も転んで体がふっ飛んでしまうこともあったが、まず劉金福を気遣い、それから鉄馬に気を配った。劉金福は信号灯を守ろうとして、ひどい転び方をしたが、すぐに帕の肩の上に立って、アセチレンランプの制御バルブを引っ張り、灯りを点滅させた。汽車の上の白虎隊は信号を確認すると、車両から跳び下りて、鉄帽をかぶり、ザルとスコップを背負って前方へ駆けだした。大きなタイヤを回転させている機械の怪獣と道を争い、それを追い越し、それから汽車の大きなライトで彼らの影をずっと先のほうまで引き延ばさせた。彼らは命がけで敵陣に突っこむ速さで、道が破壊された場所に突進し、猛スピードで道路をならした。地面が平らになったとき、汽車がちょうど飛ぶように通過したが、さらに汽車から噴き出た粘液を顔中に浴び、においを嗅いでそれが血であることを知るのだった。

最善の状態で体力を保持するために、白虎隊は三十人一組で行動した。もう一組の汽車の中で待機している学徒兵たちもぼんやりしているわけではなく、汽車が下りの坂道にさしかかれば、各車両の補助ブレーキを制御し、上り坂では汽車から跳び下りて押すのを手伝った。発電機が破壊されていたので、汽車がカーブを曲がるときには、彼らは二十のアセチレンランプを窓の外に付き出して、ライトラインを引き、機関士が安全にカーブを曲がりきれるようにし、また整備士が灯りの下で歯車を調整できるようにした。山のトンネルに入ると、一車両目の白虎隊が窓を閉めろと声を張り上げた。後ろの車両の人たちは一歩遅れて煤煙を吸ってしまい、重症患者の中にはこの一度のせきに耐えられずに死んでしまう者もいた。次の村に到着する度に、帕は驚くべき光景に呆然となった。この世に米軍の戦火から逃れることのできる場所はなく、いたるところで関牛窩の惨状が再現されていた。途中で、重症患者を汽車にのせようと、村びとが道に体を横たえて、通過する汽車の行く手を遮ったので、乗客はどんどん増え、五両編成の汽車は数百人を乗せて町に向かった。

とうとう、重い汽車が悲しい汽笛の音を鳴らし、全車両が止まるまで、鳴らしつづけた。帕が鉄馬のブレーキをかけて停車し、顔を上げて見ると劉金福はすでにランプを持ち上げる力がなくなり、手を木の棒にくくりつけてなんとかまっすぐ持ち上げていた。

劉金福が言った。「死んでしもうた、誰ももたんかった」

孫と祖父の二人は、自転車の向きを反対にして、汽車に向かって走った。車内はしんと静まり返り、重症患者はそれぞれの座席で死んでいた。床板には一面に生臭いどろりとした血が流れ、視察のために乗車した帕は数歩歩かないうちに、靴が床に引っ張られ、軍靴のブーツが床に張りついて脱げてしまった。拉娃は相変わらず大きな目を見開いて、ぼんやりと汽車のすべてで繰り広げられた煉獄の風景を眺めていた。誰も彼女が何を考えているのかわからず、彼女自身にもわからなかった。白虎隊員は死人の目を一人ずつ閉じてやった。最初はとても怖かったが、しだいにまだ生きている人がいることのほうが怖くなった。重症患者の悲しい泣き声に直面してもなすすべがないからだ。

先頭車両に、焼夷弾を浴びて下半身にやけどを負った、ただひとり生き残った学徒兵が座っていた。いちばん悲しいときでも、その学徒兵は国歌を歌って仲間たちを励ますのを忘れず、歌声はゆっくりとそれぞれの車両を通り抜けて、窓の外の暗黒の夜に向かって流れた。

灯りをめがけて飛んできた蛾の群れがバタバタと力いっぱいガラス窓にぶち当たり、鱗粉が激しく散って、まるで亡霊の呟きと涙の光のようだった。帕は見るに忍びなく、暗然として汽車を跳び下りると、鉄馬にまたがり、汽車を誘導して関牛窩に戻った。劉金福は背負い椅子にきちんと座って、竹の竿に脱いだ服でつくった招魂布を掛け、亡霊が家に戻る案内をする習俗の通りに、橋に出くわすと大きな声で橋を渡るぞと呼びかけ、山のトンネルに出くわすと壠（うね）を通るぞと呼びかけて、彼らが道に迷わずに、遽遽（ギャギャ）〔急いで〕あとをついてきて、うまく家に帰れるようにと祈った。

数百人の重症患者は死ぬものは死に、死んでいない者もまさに死に瀕しており、持ちこたえるのは難しかった。五両編成の汽車は暗黒の中を静かにゆっくりと走る霊柩車に変わり、霊魂を満載して、関牛窩への道を引き返した。

彼女が「加藤武夫」と叫んだとき、布洛湾（プルワン）は消えた

大爆撃のあと、関牛窩（グァンニュボー）はほとんど廃墟と化し、倒れるものは倒れ、壊れるものは壊れたが、ただ人間だけがいち早く戦禍の中から立ち上がり、倒れ壊れたものを助け起こしはじめた。村びとは家を建て、畑をつくり直し、悲しむ暇もないほど疲れ果てて、夜になって夢の中でだけ涙を流すのだった。何度か風が吹いて、小さな種子が地面をすっぽり覆い、夜が明けてみると、ススキと昭和草（べにばなぼろぎく）が生き返り、とりわけそれらが密生した墓場では、気味悪いほど青々として、新しい墓碑の刺すような光を覆い隠した。

　重症患者たちは、死を免れることができなかったが、尾崎という火傷を負った学徒兵がひとり生き残り、あの汽車で関牛窩に戻ってきた。重症の尾崎は汽車の中でも国歌を歌い、その精神が人を感動させたので、鬼中佐は彼を「愛国青年」として表彰した――この呼び名が最初に使われたのは一九三五年に新竹州で地震が発生したときで、苗栗（ミャオリー）の石囲牆（シビチョン）村の小学生が倒壊した壁の下敷きになり、国歌を高らかに歌って息絶えたことによる――しかし白虎隊は尾崎のことをこうは呼ばずに、「ホタル人間」と呼んだ。というのも尾崎の腰の部分は焼夷弾にやられて炭化していたが、炭火がまだ消えずに

残り、へその下あたりにある丸い深紅色の、灰に埋もれた火がゆっくりと上に移動していたからで、燃えた部分は炭に変わっていた。

白虎隊は衛生寮を川に面した山の泉が出るあたりに建てて、尾崎の治療にあてた。彼らはありとあらゆる方法を試して尾崎の炭火を消そうとしたが、密閉状態にしても、氷に浸しても、病気に効くという泉の水を飲ませても効果がなく、あとは死が尾崎の頭まで這い上がってくるのを待つしかなかった。四時間ごとに二人の学徒兵が派遣されて交代で見守り、決められた時間に泉の水を尾崎にかけてやり、たとえ何の役に立たなくても自分たちの気遣いを示した。尾崎の悲痛な泣き声を聞いてもどうしようもなかったので、派遣された学徒兵は衛生寮の中に入りたがらなかった。外の泉が出るあたりにしゃがんで、エビやカニをつかまえたり、帕（パ）が「冷気」を運んできて尾崎に施す風変わりな治療法のことなどを雑談したりした。泉の水が特に激しく湧き出るときは、汽車がちょうど山の中腹を通過するときで、地面を圧搾して中の水を押し出していた。このとき、彼らは強烈な一幕を目にすることができた。数十人の学徒兵が、川の水が干上がるほど踏みつけて川を突っ切り、各々が勇気を出して墓碑を背負って丘に登り、体当たりで汽車を爆破する訓練をしていた。だが派遣された学徒兵たちはそれを珍しがって見たりせず、自分たちも仕事を交代したらいずれ同じことをやるのだろうと思った。ただ鬼中佐は近いうちに成果を出そうと、訓練をとくに厳しくしていた。汽笛が遠くで鳴るころ、訓練を終えた白虎隊がようやく川辺に戻ってきた。石炭の灰で黒く染まった彼らは、さながら動く木炭で、服は焼けて穴だらけになり、川の水できれいに洗い落とすと、皮膚にヒキガエルのような水泡があらわれた。彼らは戦闘浴〔戦闘の合間を縫って短時間でいっせいに水を浴びること〕をするとき、破れた皮膚が水で柔らかくなって痛まないよう、川に少し浸かってざっとこするだけにしていた。しかしこの数日は、米軍機が空からまいた宣伝ビラが川面に何百枚も浮いているのを見ると、水に浸かったまま身動き一つせずに、体の横を流れて行くビラの内容を目で追った。そこには、米軍がすでに小笠原諸島を攻略し、沖縄戦の勝利も目前であり、投降してきた日本軍に対しては決して殺すことはない、と書かれていた。別の宣伝ビラにはこうも書かれていた。欧州の戦場では、ヒトラーが銃で自殺し、独逸（ドイツ）は敗北した、日本にはもはや頼るべき盟友はいない。白虎隊は前にも宣伝ビラを手にしたことがあったが、見終わると破り捨てていた。ビラを見たのにもかかわらず残しておくと、憲兵に引っ張られ軍法廷にかけられる恐れがあった。そこで、宣伝ビラが水に流れて行くのを黙って見送り、見て見ぬふりをした。公に口にしなければ憲兵に逮捕されることはなかったが、知らないふりをすることほど気力がくじけることはなかった。

川の秘密は続々とあらわれて絶えることがなく、帕は急いで彼らを連れて衛生療に戻った。入り口で、派遣されてきた学徒兵が両膝をつけて直立し、ドアを開け、敬礼と叫んだ。「敬い（うやま）方が実に嘘っぱちだ」。坂井一馬が我慢できずに冗談を言った。こんな状況下でみんなの気持ちは鉄のように硬直していて、笑えるはずがなかった。風を入れると尾崎の燃焼が早まるというみんなの心配を無視して、帕は窓を開け、そよ風と風景を部屋の中に入れた。帕はとっくに計算していた。あと十日もすれば、尾崎は炭火によって焼け死ぬだろう、たとえ毎夜墓場から陰気を大きな小便担桶（しょうべんたご）に入れて持ち帰り、それで体を洗わせても食い止めることはできない。その炭火は焼夷弾が引き起こしたものにちがいないが、燃えつづける原動力は、尾崎の心の中の絶望から来ていた。

それはすぐに証明された。その晩、衛生寮には守衛として五人の学徒兵だけが残り、他の者は山の上の寮に帰って寝ていた。帕が墓場から小便担桶二杯分の陰気を持ち帰って、尾崎をその中に入らせた。尾崎がため息を一つつくと、そばの者が一言褒めてやり、暗い夜にホタルの光を放っていた彼の下半身がゆっくりと黒くなっていくのが見えた。それから尾崎の体が震え、歯がかちかちと一対一の戦いをはじめ、寒いと叫んだ。みんなは急いで彼を小便担桶から引き上げて、布団にくるみ、真っ青な顔だけを外に出した。すぐに尾崎の震えが止まり、赤ん坊のように眉目を緩めて、いかんともしがたいという口調で言った。

「こんな自分はきっとみじめで、軍人らしくないだろうな」

みんなは押し黙っていた。言えることはとっくに全部言っていたし、さらに何か言うとしたらお茶を濁す言葉しかなかった。

「お前がいちばん軍人らしい、戦場から戻ってきたばかりのようだ」。帕が言った。

「お恥ずかしい話です」。尾崎は強引に首を布団から出して、また言った。「私は金を少しでも多く稼ぎたくて兵隊になったのです。鹿野殿、あなたのような兵隊こそが、真にお国のために尽くすというのです」

「給料をくれなくても、俺は兵隊になる」。帕は頭を上げて言った、「お前たちの多くが軍の俸給目当てに来ている、そのうえたぶんお前も父親の印鑑を盗んでハンコを押した手合いだろう」

尾崎がうなずいた。彼は言った。同じ兵隊でも、特殊戦闘兵は給料が高く、学校の教官の勧めもあって、家に帰るとこっそり父親のハンコを盗み出して同意書に押してしまった。体格検査に合格すると、二週間後に赤紙を持った所轄の巡査がやってきた。巡査は路地の二つ向こうのところから、コツコツと、わざとブーツの音を響かせて、入隊する者に敬意を示した。靴の響く音が最後に止まった家には、必ず入隊する男子がいた。その日も靴の音が家の前で止まり、巡査が招集令状を渡して威勢よく言った。おめでとうございます、お国のために尽力されることになりました。応対に出た父親は何かのまちがいだと思ったが、召集令状を受け取って見ると確かに息子だとわかり、巡査が帰って行くや、振り向きざま、尾崎を呼びビンタをして、怒鳴りつけた。「お前は人間が嫌になって、鬼になりたいのか！　そのうえ墓碑を持って兵隊に行くと言うが、あの石碑はご先祖さまが黒水溝を渡ったときの船底の重し石だ。先に名前を刻んでおいて、海を渡り、山に入って開墾し、死んだところがその石碑を建てる場所になった。お前はなんという不孝ものだ」。彼は、日本の警察の取り締まりを避けて祖先の位牌をこっそりしまっている隠し壁の前にひざまずいて贖罪し、そのまま昼夜二日間、膝が紫色になっても、父親の怒りを鎮めることができなかった。三日目の早朝、彼が傷ついた膝を引きずって学校に集合すると、校門の入り口に先祖の石碑が立て掛けてあり、石碑の下半分にはまだ湿った土がついていた。尾崎が横眼でちらと見ると、父親が道の向かい側の暗がりに立っているのが見えた。祖父母が死んだ葬式では、半滴の涙も流さなかった父が、息子を見送る道中では顔いっぱいに涙を流していた。その瞬間、彼は生活費の足しに兵隊になったことを後悔したが、しかしもう手遅れだった。

「鹿野殿、父には私が死んだと言わないでください、きっと一生悲しみます」、尾崎は言った。

「俺が言わなくても、軍部が通知するだろう」

「私の代わりに手紙を書いてください、毎週父に手紙を書けば、きっとまだ生きていると思うでしょうから」

帖は手紙を書くのが嫌いだったので、自分では書こうと思わなかったが、白虎隊の全員に今後は尾崎の父親に手紙を書くように命じ、名簿に従って順番に、一週間に一回、尾崎がしばらく自分の家に遊びにきていると書くように言った。

翌日の午後の休憩時間に、公用で出張する兵士が学徒兵のそれぞれの戸籍分布に基づいて、実際には存在しない一枚のスケジュールをつくり上げ、それぞれ尾崎の旅行を想像して書き上げた手紙を、決められた時に投函することになった。彼らの家の大部分が新竹州に分布しており、次が台中州で、最も遠いのは台東から台南州に来て嘉義農林で学んでいた者の家だった。誰かが、これで将来台湾一周旅行は心配なくなった、この同窓会名簿の住所を頼りに飲み食いして回るのも悪くないなと言った。また誰かが将来結婚するとき、この住所を頼りに披露宴の招待状を送ってみんなを「爆撃」できたらいいなあと言った。話をしだすと冗談が飛び交いはじめ、誰もが与太話や笑い話を披露した。青春のおふざけがまたたくまに死の主題を薄めた。彼らはいつも笑いすぎて涙がのどに逆流し、せきをしながらぜいぜい喘いで、窒息したら大変だとばかり、慌てて話をやめろと叫び出すのだった。天気は晴れてあまりにも暑く、青春の汗をかいているみんなの中に窓の外から涼しい風がさっと入ってくるときだけ、彼らははたと話をやめ、怖いほどの静けさの中で、視線をそっくり窓の外に向けた。空は目がいたいほど晴れて青く、その色はまるで宇宙と時間の果てが発する灼熱の反射光のようだった。尾崎が尋ねた。「百年後の空も同じように青いだろうか?」

この台詞が白虎隊のあいだで言葉遊びになり、さまざまに変化するフレーズに発展した。百年後の川にも水があるだろうか? 百年後の風に色があるだろうか? 百年後の人は笑うだろうか? 百年後の月は紅色に変わるだろうか? みんなが笑って騒いでいるとき、どんな物もむやみやたらに百年後にひっかけられたが、最後に誰かが、長い年月が経過したときのことを問いかけた。「百年後、俺たちの骨はどこに眠っているのだろうか?」みんなは急に言葉につまり、時間が結び目をつくったように静かになった。しかし、これらの言葉は尾崎が問うた百年後の青空の権威には及ばず、先んずれば人を制す、徹底的に人々の心を占領した。

だが帕は、尾崎のその言葉に、空を飛ぶ夢が隠されているのを見抜いた。尾崎がまだ負傷する前の日々、彼はいつも竹の飛行機を背負って誰よりも速く走ったし、棚田を囲む石垣を飛び下りるときは、いつもいちばん早く足をひっこめ、いちばん遅く足を出して、より長時間空を飛ぶのを楽しんでいた。しかしこんな飛び方では、地面にたたきつけられて土を食べてしまうのがおちで、落下した竹の飛行機がばらばらになったのは言うまでもなく、さらに休憩時間にはあちこち手を入れて補強をしなければならなかった。だが彼の飛行機が一番美しかった。尾崎は付近の竹編み職人に学んで腕を磨き、編み目の幅が密で、最後の編み合わせ部分もきれいに仕上げ、さらに紙で糊づけして陰干し、草緑色で塗装したので、工場を出荷したばかりの戦闘機そっくりだった。そのうえ、吉野桜の枝を何本か折って、花びらをたたいて潰し、顔料を加えて、翼の上に真っ赤な日の丸を描いたので、ひときわ立派になった。こんなふうに飛行に魅せられ、銀蔵を崇拝している彼は、風にとても敏感で、釣竿を垂らして一分の時間を使うのも嫌なくせに、午後の時間をぜんぶ使って、水辺にしゃがみこんで竿を手にイトトンボが止まるのをじっと待ちつづけ、油絵の具を塗ったような黒い羽を観察するのを好む人間だった。

「百年後、空はやっぱり青くて、そのうえもっと青いと俺は信じている」、帕は言った。

米軍は沖縄の軍民と激しい戦闘を展開していたが、はからずも台湾は戦闘区域に入っていないということだった。白虎隊はそのまま訓練を続行し、起こり得る事態に対処すべく、朝はまるまる散兵壕(さんぺいごう)

や地下道を掘り、一輪車で泥を運び出して、アリの巣の横によく見かける湿った泥のかたまりに似た小山をつくった。尾崎は衛生寮でじっと死を待つのを望まず、仲間たちと作業をすると言い張り、たくさん汗を流せば尻の上の火を消すこともできると言った。彼は短いスコップを持って、散兵壕に這いつくばって掘っていたが、時々呼吸ができなくなるほど熱中してしまい、昏倒することがあったので、みんなはびっくりして彼が死んだと思うのだった。帕は言葉巧みに作業量が多すぎてはいけない、体内の自己燃焼を加速してしまうからと助言したが、しかし生命が尽きようとしている者にとって最もよい配慮とは本人の思い通りにさせることだった。帕は硬質の鉄屎楠（たいわんかごのき）で背負い桶をつくり、中に尾崎を入れて、あちこち動き回り、彼にも隊の活動に参加させた。

あるとき、彼らは汽車に対する肉迫攻撃の訓練をしたあと、川辺で戦闘浴をし、それから衛生寮に戻って小休憩をとり、野生の果物を摘んで食べていた。空気中に香辛料か何かの香りが漂い、大いに食欲をそそられたので、窓の外に顔を出して探ってみると、川の向こうに、数匹のアカゲザルが過山香（ピンクワンピ）の若芽を摘んで食べているのが見え、香りはそこから来ているとわかった。そして群れから外れた一匹のオス猿が近くに隠れて、遠まきに猿の群れを眺めていたが、股間の勃起した生殖器から若々しい亀頭が露出していた。これがまたみんなの話の種となり、メス猿を思っているという説もあれば、群れを追われた年老いたボス猿が自分の息子を誇示して今のボスに抗議しているのだという説もあがった。

「そいつは拳銃を撃ってるのさ！」坂井が面白いネタを見つけたとばかり割りこんできて、さも得意げに、ストレートに言い放った。「猿も自慰がわかってんだよ！　俺の故郷じゃあ、二匹のオス猿どうしでやってるのを見たことがある。お前たちはみんなオスだ、自分のもので遊んでもいいが、他の男と遊んではいかんぞ」
その場の雰囲気が高揚し、坂井は話の主導権を手にすると、さっそくほうきの柄を使って学徒兵に「銃の撃ち方」を教え、どうしたらひっぱっても傷つけず、なおかつ亀頭の包皮が剝けてしまわないようにできるか話したので、尾崎まで笑い出してしまった。坂井は自分の話が大いに効き目を発揮しているのを見て、しゃべればしゃべるほど粗野になり、卑猥な気持ちを大いに楽しんで言った。「お前たちは『酌婦』を知ってるか?」言ったあと、坂井は少し首をかしげて考えこんでしまった。慰安婦という軍人相手の娼婦の蔑称をどう説明しようか、全部話してしまえば面白くないし、話さないのもまたむずむずしてくるのだった。

帕は坂井が考えこんでいる様子を見ると、坂井の頭から生臭い煙が立ちのぼり、口元が厭らしくつりあがって、短い顎の髭をひたすら撫でて、馴染みでもいるような表情を浮かべていたので、きっと隠し事があるにちがいないと思い、強い口調で「酌婦」とは何か、と問いただした。

地面に胡坐をかいて座っていた坂井は体を斜め前に倒し、つばを飲みこんで、言った。「おい、お前たちは突撃一番を聞いたことがあるか?」その挑むような口調、殺気を帯びたまなざしは、まるで親分が新しく入門した子分に、お前ら人を殺したこともなく何甘っちょろいことやってんだ、と尋ねているように見えた。

「突撃一番ってなんですか?」何人かの学徒兵が口をそろえて聞いた。

酌婦と言ったかと思うと、今度は突撃一番と言うので、頭が混乱して訳がわからなくなり、二つ頭を使ったとしてもはっきり整理できなかったが、反対に彼らを発情したようにひどく興奮させてしまった。この種の性に関する話題は、路上で二匹の犬が気の向くままに交尾し、汽車が来ても抜けなかったのを見たことがあるとかいう、そんな単調な笑い話ではなく、神秘的な大人の遊びであり、まったく新しい世界の領域だった。坂井の公的解釈を待たずに、学徒兵が口々に話しはじめ、おしゃべりが全開した。誰かが言った。一度高射砲の陣地を通り過ぎたことがあるが、ちょうどしとしと霧雨が降り出し、伍長が大声で、突撃一番を着けろ、と言った。突撃一番はつまり砲身にかぶせるゴムカバーで、風砂を防ぐためのものだ。別の誰かがつづけて言った。それなら俺も知っている、速射砲の砲身カバーなら俺も見たことがあるが、坂井殿が言っているのとは違うんじゃないか。タバコを吸っていた坂井がここまで聞くと、くっくっと含み笑いをした。だが不意に肺に入った濃煙にむせて涙が噴き出してきたので、手を振ってしばらく黙っていることにし、まずみんなに自由にしゃべらせた。一人の学徒兵が言った。あぁ、わかったぞ、坂井殿はある女が嫌いだが、でもその女とやりたくて、それで砲身カバーを女の頭にかぶせて、ブスの顔を見ないようにしたんだよ。そこで結論とは、突撃一番は人にかぶせて醜さを隠す麻袋だ。彼らは笑いすぎてへそが膨らみ破れそうになった。加馬太郎という学徒兵が反論して言った。砲身にかぶせるのは防塵カバーといい、象の皮ほど分厚いものだが、男が使う突撃一番はとても薄くて、ブタの大腸くらいだ、つまりみんなが指の傷口にかぶせる「ゴムのヘルメット」だよ！　これを聞いて、みんなは驚きの声を上げた。そうか、ゴムのヘルメットのことだったのか。

これは加馬太郎が偶然発見したもので、そのいきさつはこうだ。彼は以前、飯上げ当番をしていたことがあり、毎日練兵場の厨房と山の間を往復してご飯とおかずを運んでいた。背が低かったので、竹の籠を提げるときにどうしても力が入り、長くやっていると鋭い竹片で指が切れてしまった。軍事訓練のときには、傷口に何度も砂がつくので、痛むうえに傷口がふさがらなかった。ある日、練兵場の排水溝を通りかかると、村の子どもが数人で溝の中からブタの大腸を拾い上げていて、そのうちの一人が自分の取り分が少ないのに腹をたて、あやうくけんかになりかけたのを目にした。子どもらがほっぺたを膨らませて息を吹きこむと、ブタの大腸はみるみる膨らんで風船になり、それを風に飛ばして追いかけて遊んでいた。加馬が水の流れに沿ってその豚の大腸を探しに行ってみると、雀榕(あこう)の木のそばの竹の寮のところに、銃弾の形をした小さなクラフト紙の袋がたくさん散らばって落ちていた。彼が窓の外にしゃがんでその開封済みのクラフト紙の袋を拾いあげ、指にかぶせてみると大きさがちょうどよく、上に顔形や表情を描けば布袋戯(ポテヒ)ができると思った。

そのとき急に一人の女が窓から顔を出したので、加馬は頭の皮が硬くなるくらいびっくりして、どうふるまっていいかわからなかった。加馬はその女を知っていた。練兵場の炊事場で働いていて、普段は慌ただしくすれ違うだけで、話をしたことはなかった。このとき、サイシャット族の女が静かに加馬を見て言った、あんたは「帕納(パナ)」だ。加馬は意味がわからなくて、激しく首を振った。サイシャット族の女は彼が指にクラフト紙の袋をかぶせ、怪我をしている指だけかぶせていないのを見ると、部屋の窓の下からクラフト紙の袋を一つ探り出して、封を切り、薄いゴムの袋を取り出して怪我をしている指にかぶせてくれた。こうすれば水に浸かっても砂が着いても大丈夫と言い、また、傷口にホウサン軟膏を塗ってからかぶせると、もっと効果があるとも言った。それからというもの、加馬は新しい傷ができると、その寮に行ってゴムヘルメットをもらい、いくつか持ち帰って同じ階級の負傷兵に分けてやった。加馬はポケットに隠して持ち帰るだけだったので、行くたびに、サイシャット族の女は自分からクラフト紙の袋を破って、ゴムヘルメットを取り出してくれた。だが、それはもう二か月前のことだ。「あれから一度も行っていない」、加馬は強調した。

多くの者がすでにこの話を知っており、このとき加馬がもう一度話すのを聞いたのだった。加馬はつづけた。これをどうして「突撃一番」と呼ぶかというと、クラフト紙の袋にそう書いてあるからで、五芒星（ごぼうせい）の軍の徽章も印刷されている。ここまで聞いて、みんながいっせいに坂井を見ると、笑いすぎて口元がだらしなく崩れていた。とうとう、坂井がうなずいて、酌婦とはベッドの上で男と匍匐（ほふく）作戦をやる女のことだと認めた。練兵場の厨房で料理をしている阿桑（おばさん）たちが、酌婦なのさ！　憲兵や古兵はなあ、夜に女たちの家に行って寝るのさ、みんな女たちの亭主ってわけだ。ある学徒兵が尋ねた。坂井殿も彼女たちの亭主ですか？　坂井は体をまっすぐにのばした。学徒兵の中には自分の息子が小便をする以外ほかの使い道があるのを知らない者もいる、彼らの目の中では正統派であるべきだと心得ていたので、坂井は首を横に振って、行ったことがないと言った。しかし、みんなの訝（いぶか）るようなまなざしの拒絶にあって、坂井は言いなおした。あぁ、あるとも！　あるとき、たまらんほど行きたくなり、充血した足が震えだすほどだったから、阿桑（おばさん）たちの寮に走って行ったのさ。だがな、「突撃一番」は全部使い終わっていた。もし性病にかかったらおしまいだと思ったよ。彼はまた言った。アレをやるには、トノサマガエルの腹の皮を原料にしてつくったゴムのヘルメットを使わないといけない。頭に鉄帽をかぶって、敵をやっつける。それと同じく、小さな頭にゴムのヘルメットをかぶせて、酌婦を押し倒すってわけだ。確かに、突撃一番は男のあそこにかぶせる防毒マスクとも言える。もしそうしなかったら！　女にはあそこにカビが生えてるのがいるんだ、自分のにもカビが生えるようになったらおしまいだ、小便すると膿が出てくるんだぞ。

　なるほど突撃一番には二種類の意味があり、名詞では衛生サックのことを指し、動詞では「打砲（セックスをする）」だった。ある学徒兵はその回答に頭がぼうっとしてしまい、頭を左右に振りながら笑っていた。ある者がつづけて真面目な口調で坂井に尋ねた。あなたはきっと突撃一番をしに行ったことがあるはずです、そうでなければどうしてこんなによく知っているのですか。

みんなに問いつめられても、坂井は平気の平左で、軽く認めるように微笑んだ。軍隊の文化では女を買うのは咎められない、咎められるのは衛生サックを使わずに病気になったときだけだ。性病は同僚に伝染して戦力に影響するからだ。しかし坂井があるさ、と言おうとしたとき、壁の隅に立っていた帕がものすごい形相でにらみつけているのが見えた。その濃密な怒りの炎は目におさまりきれず、自分の黒い影を焼き尽くさんばかりだった。坂井は愕然として目玉が震えだし、自分が問題を引き起こしただけでなく、スズメバチの巣をつついてしまったのがわかった。微笑んでいた口元が下へ崩れ、眉が下に押されて、標準的な軍人の目つきになった。彼は言った。自分は正々堂々とした皇軍であり、考えていることは戦争の事だけだ、メス犬にさえ目をやらないのに、まして女なんぞくそ食らえだ。彼の舌が一回転すると、今度は加馬太郎に狙いを定めて発砲を開始した。この中でいちばん怪しいのはお前だ、ばかやろう、きっと突撃一番をしに行ったことがあるにちがいない。

加馬はないと答え、断固とした態度を示した。坂井はさらに厳しく尋ねた。まさかおまえ、ほんとうに行ったことがないのか。加馬はあれこれと言葉を濁すばかりで、ない、ほんとうにない、と言い逃れようとした。坂井はチャンスを逃すまいと、適当に嘘を言ってみた。「そうか？ 俺が先週そこを通りかかったとき、あの蕃婦が俺にこう言ったぞ、私の『帕納』に急いで来るように伝えてちょうだい、『挿花（いけばな）』の手伝いをしてほしいから、だとよ」

加馬は額がたっぷり広く、目がくぼみ、さらに平べったい獅子鼻をしていた。あのサイシャット族の女がはじめて加馬をみたとき、即座に彼が俗に「後龍蕃」〔後龍は苗栗県西部の町名。蕃は原住民を指す〕と呼ばれているタオカス族だと見抜いた。「帕納」とはサイシャット族の彼らに対する呼称で、隣人という意味だったが、坂井にはこんな意味があることなど知るよしもなかった。「帕納（Pana）」を日本語で妻や妾が主人に対して使う親しみのある呼称「旦那（Dan-na）」だと聞きまちがえて、でたらめに鳥を撃つように言ってみたのだが、しかしこれは加馬のいちばん柔らかい心のひだに触れてしまった。何度も悔恨の涙で打ち破られた、あの防御線に。加馬は最初きょとんとしたが、次に目の玉に光が浮かび、率直に言った。豆伊(ドウィ)はほんとうに俺を呼んだのか？　ほんとうか？　しかし、彼女は来てはいけないと言った、彼女の方から、もう二度と訪ねてきてはいけないと言ったのだ。

　加馬は詳しく話しはじめた。サイシャット族の阿桑(おばさん)は豆伊(ドウィ)という名前で、あの日、寮で出会ったときに少し長めのおしゃべりをし、それからは自分の子どものように思ってくれて、たびたび煮ブタやご飯を姑婆芋(くわずいも)の葉に包んで、練兵場の近くの欒樹(もくげんじ)の洞(ほら)に入れ、彼が取って食べられるようにしてくれた。彼が風邪をひいて、まったく食欲がなく、のどが炭壺のように乾燥したときなど、豆伊はなんとブタの肝を手に入れてきて生姜の千切り入りスープをつくり、おかゆを煮て、熱いうちに食べさせてくれた。彼はずっとそのときの気持ちを覚えていて、二か月前、近所の農家で白い文旦を一個買った。文旦はいい香りがして、抱えている手から一日中うっとりするようないい香りが漂うだけでなく、さらに、その手で触ったものにはなんでも香りが移り、石でも文旦の香りがした。彼は文旦を豆伊にあげようと、夕食後の休憩のときに、夜の道を手探りで彼女の住処まで行った。寮の近くに来たとき、騒々しく言い争う声が聞こえてきた。彼は肝っ玉が小さく恐ろしくなって、すぐに引き返した。しかし哀願している声は絶対に豆伊のものだと確信したので、また駆け戻った。ただ、盗み見する勇気もなく、窓の外にしゃがんで聞いていた。豆伊は相手にゴムのヘルメットを使うよう求め、そうしないとみんなが病気になると言った。しかしその男は、厳しい口調と言葉遣いから階級は伍長だと思われたが、酒癖が悪く、拳で豆伊を殴った。部屋の中から飾りの置物が落ちて壊れる音がした。豆伊は泣きわめいて、ドアの方に走って行き、外に飛び出した。

髪の毛は火がついたようにぼさぼさのまま、山道を走って行った。伍長が追いかけて、豆伊の髪を引っぱり、彼女が泣き叫び足をばたばたさせるのに任せていたが、しまいに彼女を地面にたたきつけて、静かになるまで蹴った。伍長は豆伊のズボンと服を引き破って、ひざまずくように命じ、自分もズボンを脱いでうしろから覆いかぶさると痙攣しながら、彼女の尻をたたき、くぐもった鼻息を出した。伍長は事を終えると、また豆伊をひと蹴りして、汚い言葉を浴びせながらその場を離れた。暗がりに隠れていた加馬はすっかり恐怖に征服されてしまい、手の中の文旦が落ちて、どこに転がって行ったかわからなくなった。豆伊は死んだと思った。内地の人間は強姦したあと女を殺すからだ。そう思うようになったのは五年前からだった。当時、軍属の人夫だった叔父が支那から戻ってきて、父親と酒を酌み交わして遅くまで談笑しているうちに、歯止めがきかなくなった。叔父が言った。「あるとき、わしは軍曹の出張のお供をした。軍曹が途中で、気が滅入ってしかたがない、女が欲しいと言いだした。道にカバンを提げた中学の女生徒が目に留まり、なかなかよかったので、彼女を路地に引きずりこんでズボンを脱がせた。女の子はもがいて抵抗し、でたらめに噛みついた。軍曹がまず一回強く殴りつけると、彼女の頭から血が吹き出した。それから下着をはぎ取って、口を塞ぎ、肘で首を押さえつけて、覆いかぶさっていった。軍曹は事を終えると、体を起こして歩き出し、ベルトを絞め終えてから、また振り向いて軍刀を抜き、女生徒の腹に突き刺して、息が止まるまでそうしてから、最後にカバンのベルトで刀の血を拭き取った。わしはびっくり仰天したが、頭ははっきりしていた。

あの軍曹は畜生だ、日本兵の多くはみんな畜生だよ、狂い出すと村の者に猛烈な機銃掃射を浴びせて、犬扱いして殺し、猫扱いしていたぶるのだ」。隣の部屋でちょうど小便に起きようとした加馬はこの話を盗み聞きして震え上がり、ベッドを降りる勇気さえなくして、ベッドの上に小便をもらしてしまった。この印象もあって、加馬は豆伊が死んだと思ったのだ。悪事がばれないように伍長が彼女をなぐり殺したのだと。しかし、暗闇からカサカサと音がして、豆伊が這い出してきた。彼女は泣いておらず、無表情で、やや太り気味の裸のまま歩いて寮に戻り、入り口の水甕（みずがめ）の前で水をすくって体にかけた。豆伊は加馬が窓の下にうずくまっているのに気づいた。すでに彼のすすり泣く声が水をかける音より勝ってしまったのだ。加馬は自分の軟弱さと臆病さに腹を立て、また豆伊とどのように顔を合わせればいいかわからなかったので、死んでも出て行こうとしなかった。すると反対に豆伊が屈託なく近づいてきた。母親がまちがいをしでかした子どもに接するようにしゃがんで、きっと体を洗って来たばかりね、体にまだ文旦石鹸の香りがすると言って彼を慰めてくれた。加馬はとうとう声を上げて泣きだし、涙をぽたぽた流して、言った。「もう四か月も石鹸で体を洗っていない、体の香りは文旦からだ、俺は文旦をあんたに持ってきてあげたのに、消えてしまった。しっかり抱きしめていたのにどうして見えなくなったんだろう」。豆伊が地面から石ころを拾って、彼のみぞおちに何回か丸い輪を描くと、石に文旦の香りがついた。彼女は言った。「ほらね、文旦はここにある、なくなったんじゃなくて、小さくなったのさ。ずっと胸のところに隠れていたのに気づかなかったのかい？　あんたの心の中には素晴らしい文旦が一つ入っている、石を文旦に変えることができるなんて！」豆伊は言い終わると、部屋に入って服を着た。そして加馬のために特別に蜂蜜石鹸を差し出して、彼の手に押しこみ、早く戻るように促した。今後はもう来てはいけない、二度と戻ってこないようにと言った。

加馬はそれを聞くとさらに悲しくなって、山道をつまずいたり、ぶつかったりしながら帰って行った。涙がこぼれて、手に握り絞めていた石鹸が溶けてしまった。

加馬はこの真実を途切れ途切れに語り終えた。合間に、その場にいた者の驚きや激怒の声と静寂が挟まれた。最初、坂井は勝ち誇った微笑みを浮かべて、加馬にもっと早く正直に言えばよかったのにと笑った。加馬がつづけて慰安婦が殴られた話をしたときには、坂井の表情に急激なブレーキがかかり、眉が落ちそうになって、加馬にもうしゃべるなと命令し、その話はまったくのでたらめだと言った。加馬は話しつづけ、日本軍が中国で女学生を強姦した話をしたとき、坂井は体をぶるっと震わせて、飛びかかって行き、あたりに音が響き渡るようなビンタを加馬にこっぴどくお見舞いして、「黙れ、これ以上話したらぶん殴るぞ」と言った。「万年二等兵の坂井一馬、黙れ。加馬に最後まで話させろ」。帕が大声で怒鳴った。壁の角の影のかたまりから怒鳴り声がしたので、全員が驚愕した。坂井は初めは口をつぐんだが、すぐに主人の怒鳴り声にかまわず、さらに加馬に黙らせようとした。帕は一発で坂井を殴り倒して、体が大きくて顔一面ニキビで占領されている数人の学徒兵に、彼を押さえつけるよう命じた。このときの加馬は話しつづけることができなくなっていたが、しかし帕はつづけて話すよう命じ、「ありのままに話せ、もしすこしでも嘘が入ったら、悲惨な最期が待ち受けているぞ」と言った。そこで、加馬は坂井からビンタをされた仕返しに、詳細を差し出して、洗いざらい話したのだった。

加馬の話が終わったとき、溶けた鉄を耳の中に流しこむように事の全貌がめいめいの心に深く刻まれた。その場は静謐な空気に包まれ、外の川だけが耐え難いほど騒がしく、滔々と流れていた。突如、帕がテーブルの前に歩いて行き、上に置いていた軍帽をかぶり、軍刀も腰に下げて、加馬に言った。

「もう少しはっきり言え、豆伊をひどい目に遭わせた伍長は誰だ」。答えを得るとまっすぐドアに向かって歩いた。地面に取り押さえられていた坂井がらくらく起き上がった。というのも押さえつけていた学徒兵が後半の話を聞いてどよめき、手を緩めてしまったからだ。

「鹿野殿、お願いですからここを出ないでください」。坂井がひざまずいて、ただひたすら哀願した。「この件はみんな忘れたことにしましょう。もし支那の戦場での話が広まると、ここにいる者は全員軍法にかけられ、しくじったら責任を負わなくてはならなくなります」

「手にした話を、どうやって手放せと?」帕は言い終わると、帽子の庇を正して、ドアのほうへ歩いた。

「待ってください。鹿野殿、出てはいけません、あなたは人を殺すつもりですね」。柔なやり方はだめだ、坂井は強引なやり方に出て、主人に向かって大声を張り上げ、いきなり飛びかかって、帕の両足を力いっぱい引っ張った。

帕が坂井を振り払うと、なんと今度は突進してきた学徒兵に阻まれてしまった。彼らも肝っ玉を大きくして、主人が争いごとを起こしに行くのを阻止しにかかったのだ。そうしなければ天地がひっくり返る大騒ぎになるかもしれなかった。帕は振り返って窓から出ようとしたが、そこにも学徒兵が壁のように並んで立ちはだかっていた。たちまちのうちに、大勢が行く手を占拠してしまった。ある者は出口に張りつき、ある者は窓を塞ぎ、他の者は竹でできた壁の前にぐるりと立ちふさがって、帕が壁を突き破らないようにした。こうしたのは主人に冷静になってほしかったからだ。だが怒りの炎に包まれた帕は自分をなだめる理由が見つからなかった。多くの理由が彼にこう告げていた、正義は自分が手にしている刀にあると。帕は気持ちが爆発しそうになり、刀を横にして鞘をくわえ、しゃがんで、力いっぱい壁の根元をつかむと、恐ろしい形相で、ひと声大声を上げた。すると竹の壁がばりばり音を立てて地面からはがれ、寮の半分がすぐさま持ちあがった。さらに半トンの力を使うと、壁がねじれてすべてが灰燼となって消え、あとには歪んで倒れた竹の棒が残っているだけだった。帕は、哀願するだけの、どうすることもできないでいる学徒兵より強かった。竹の衛生寮を出たあと帕はまた困難に出くわした。あとを追ってきた坂井が襲いかかって帕を押し倒し、学徒兵も上から押さえにかかったのだが、緊張のあまり汗を流していた。帕は圧死することはなかったが、上から限りなく流れてくる汗に溺れ死にするかもしれなかった。地面に伏せたまま、狂った犬が濡れた毛の水を振り切るように、体にのしかかっている十数人を全部振り払い、弾けるように飛び起きて、練兵場に向かった。しかし振り払われた学徒兵は対戦車攻撃の腕前を発揮して、再び飛びかかってきた。

関牛窩では大爆撃で四十六人が死んだ。亡くなった人は火葬に付されて灰になり、大地を潤す養分になった。村びとは警防団の指揮のもとで追悼会を開き、道端にクスノキと桜の苗を植え、それに少し遺灰をまいて、死者の霊の安息を祈った。彼らがちょうどその苗を植えているとき、びっくり仰天するような光景を目にした。ぼろぼろの服を着て、体に学徒兵がいっぱい張りついた男が会場を通り過ぎ、うしろに長い「人間鎖」を引きずっていたのだ。帕だった。帕も村びとを見た。焼夷弾の火がこれら生き残った者たちの顔の上に復活したかのように、顔の形は溶けて焦げつき、まったく表情がなかった。彼は歩きながら叫んだ。「よく聞け、命令だ、『海行かば』を歌え」。帕の体に張りついている十数名の学徒兵と、さらに足をつかんでうしろに引きずられている人間鎖が、流れるように悲しい歌を歌った。村の子どもは大笑いして、「猿の兵隊だ、糞を引きずっている」と言った。荒唐無稽な光景の中で、人肉饅頭になり覆いかぶさって阻止していた加馬が口を開き、帕に言った。「嘘を言いました、皇軍の品行が悪いなど、どれもみんな自分がつくり上げたものです」。ほかの者たちは自分の身分をわきまえてまず命令に従い、歌を歌い終えてからようやくそれに同調して言った。「加馬がでたらめを言ったのです、奴はよく嘘をつく人間ですから、信用しないでください！」

帕は深く信じて疑わなかった。加馬は肉迫攻撃の訓練では「肉汁」、つまり最初の犠牲者になり、途中で自爆して敵軍をかく乱する役目を果たした。肉汁はいちばん肝っ玉の小さい者がなった。帕は加馬が臆病な性格で、襟をつかんでちょっと揺さぶれば、絶対に真実を吐くと知っていた。目下、加馬を、そしてみんなを納得させる唯一のものは真相だった。帕の当初の意図は練兵場に行ってかたをつけることだったが、このとき方向を転換して、豆伊が住んでいる寮に行き、事の一部始終を聞いてみることにした。彼は体をまっすぐにして山を登り、しかもぴょんぴょん跳ねたので、体に覆いかぶさっていた学徒兵は筋肉痛を起こして自分からぽたぽた落ちていった。

目的地につながる小道は、でこぼこのくねくね曲がった山道で、うっそうと茂る樹木の木陰に覆われ、いろいろな花の香りがする涼しい風が吹き、赤いくちばしの黒鵯（クロヒヨドリ）がこずえで猫のような声で鳴いていた。一人の関東軍の配下にある速射砲の上等兵が山を下りてきた。ベルトを絞めながら、口笛を吹いて猫の真似までしている。山道の先のところに目をやると、よく見知っている坂井が、ある将校の後方から自分に向かってしきりに手を振っていた。その手は、とても心のこもった挨拶だったが、しかし見れば見るほど追い払っているようにも見えてきた。怪しいと思っているうちに、その人がすでにやってきたので、急いで道端に寄って帕に敬礼をした。

帕がさっと一歩前に出て、その上等兵に、頭がバカになるほど強烈なビンタを二発くらわした。

「将校に会ったら、七歩手前で敬礼せよ」。帕は怒って彼をにらみつけた。

「少尉殿に報告します。自分は、自分は七歩手前で……」上等兵は殴られて首が回らなくなり、首をゆがめて答えるしかなかった。

「吧嗄、きさまは耳で俺を見て答えるのか」。帕が怒鳴った。上等兵は体の向きを変えて、帕を正視したが、体が斜めになった。帕はそれを見て、また怒鳴った。「きちんと立て、きさまはよくも三七歩〔足にかける比重を三対七に分けるリラックスした立ち方〕で立って俺と話ができるな、俺を強固魯〔清国奴〕だと思ってのことか?」

古参兵はひどく驚いて、できることなら口に三枚舌をはやして弁解したかった。なぜなら帕が民族を軽蔑する罪を強引に彼に着せようとしているからだ。鬼中佐がとうに通達をだして、「蕃人」を高砂人と呼ぶように変え、本島人のことを清国奴あるいは支那猪と罵れば、一律厳罰に処すると公布していた。帕がこの民族がらみの手を使ったので、古参兵はびっくりして慌てて身の潔白を証明しようと、自分は鹿野殿を強固魯だと思ったことはない、絶対にないと言った。

「吧嗄、俺は強固魯だ、強固魯、強固魯、なのにお前はそうじゃないと言うのか」。帕は繰り返し「強固魯」だと強調し、目は怒りでかっと見開かれていた。

これは規定外だ。鬼中佐は清国奴と罵ってはいけないと規定していたが、しかし自分を強固魯と罵ることを禁じてはいない。

古参兵は訳がわからなくなり、すぐにうなずいて、そうですと言い、すぐにまた首を振って違いますと言い、どう口を挟めばいいかわからなくて、汗をたらたら流して言った。「上官が言われる通りであります」

「言っておくが、上官への報告は級を飛び越えてはならん、まず戻ってお前の伍長に申し立ててもするがいい！」帕は言い終わると、もう一回ビンタをして彼の首を元に戻した。

首は元の位置に戻ったが、上等兵は大きく数回回転して山を転げ落ち、百メートルはある灌木の茂みも彼を止めることができず、悲鳴も省略して、まっすぐ河原にたたきつけられた。

殺人沙汰になってしまった、坂井はとっさにこう思ったが、谷間から号泣が聞こえてきたので、ほっと一息ついた。今、帕は癇癪をおこしているので、止めなければ厄介なことが起こる。そこで坂井はしきりに「鬼軍曹が来たぞ」と叫んで、そう遠くないところで、ちょうど部屋の中で女を買っている兵士に警告を発してみたが、帕が振り向いて厳しい顔でにらみつけたので、坂井は泡桐樹（たいわんぎり）のうしろに身を隠して小さな目をのぞかせた。帕はまた寮に向けて歩き出した。坂井は泡桐樹によじ登り、登りながら浮き浮きした声で呼びかけた。「新しい酌婦が来た、別嬪（べっぴん）でいい体してるぞ！」突然、帕が風になって吹いてきて、怒って木の幹を蹴りとばし、何度か足に力を入れると、薄紫色の泡桐樹（たいわんぎり）の花が雨のように落ちた。帕が蹴りつづけると、花は全部落ち、葉も落ちて枝だけになり、とうとう樹皮の吹き出物まで外に飛び出した。坂井は木の幹にしがみついて、マグニチュード9の地震を体験しながら、それでも大きな声で新しい酌婦が来た、急げ！　と叫んだ。

この手は効を奏し、女を買うために寮の外で並んで待っていた数名の兵士のホルモンを刺激して、太腿は充電完了、争うように走り出した。手に衛生サックを忍ばせ、道がくねくね曲がっているのがもどかしくて、樹林をまっすぐ通り抜けてやってきた。しかし彼らはとても奇妙な光景を目にした。坂井の老いぼれ猿が、乱舞している木にフンドシで自分を縛りつけて、白目をむいているではないか。木が踊りを止めたとき、ようやく兵士たちは不運の到来を知った。帕がその木の下にいて、彼の憤怒は一個中隊の兵士をもってしても太刀打ちできるものではなかった。彼らはみるみる足の力が抜けてひざまずき、帕を告解の相手として、過ちがあれば何でも話した。ある者は白虎隊を一度だけ殴ったことがあると言い、ある者は一度だけ軍糧を盗んだことがあると言い、またある者は「どんだけ頭をひねって考えても自分がこれまでにどんなまちがいをしたのか思いつきません、思い出せないのを許してください」と言い、帕が何に腹を立てているかまったくわかっていなかった。帕は、兵士たちが紫の花の絨毯にひざまずき、頭に潜りこんだ精子がどれもオタマジャクシになりかけて、首を切り落とされるのを待っているような情けない姿を睨みつけているうちに、奴らはまさか自分がどんな卑しいことをやったのかわかっていないのではないかという気がしてきて、大声で怒鳴りつけた。「来い、俺について来い、貴様らが何をしたか見せてやる」

日曜日だったので本来なら女を買いにくる兵士が大勢いるはずだったが、帕の声を聞いて、とっくに姿をくらませていた。帕は学徒兵と古参兵を連れて竹の寮に入った。部屋は小さく区切られていて、それぞれ三坪の広さだった。人は誰もおらず、ドアの戸板が風に任せて開いたり閉じたりして、単調な音をたてていた。坂井はドアの音に相呼応して、自信たっぷりに、ここには誰もいませんよ、空気ばかりですと直言した。一つのドアが内側から鍵がかかって開かないので、帕がぐいと力をいれてドアを押し倒し、それを踏みつけて中に入った。室内は簡素な調度品があるだけで、塵やほこりが舞い上がり、誰もいなかった。窓辺のビール瓶に数本の野薑花（ジンジャーリリィ）が挿され、テーブルの上には文旦の花が、臭みを取り頭をすっきりさせるためにいくつか置かれていた。坂井がまた口を開いた。ここも空気ばかりで、ちょっといい香りがするだけです。だが帕は厳しい声を出した。「出て来い、ベッドの下に隠れている兵士、出て来い」。目で命令をすると、体の大きい数名の学徒兵が戦々恐々と近づいて、竹のベッドをバタバタはたき、とうとうベッドの下から丸まった掛布団を一枚引っ張り出した。すると突然、布団の中から若い女が転がり出てきた。上半身裸でやや大きな乳房を見せ、下半身はゆったりした下着のパンツをはいているだけだった。女はすぐに手で胸を隠し、床にしゃがんで、ぶるぶる体を震わせた。学徒兵も震えた。田舎の人が女の大きなパンツを気にもとめずに竿に干しているのは見慣れていたが、それが女の下半身にはかれているのを見るのははじめてだったので、彼らがうろたえ驚くのも無理はなかった。

　女が深くうなだれていても、帕はひと目で彼女が加藤武夫だとわかった。その原住民の少女は台中州新高郡の太魯閣（タロコ）の出身で、三日四晩をかけて、花蓮から北台湾を全部ぐるりと回って関牛窩にたどり着き、いつも駅の軒下の通路の柱に寄りかかってぼんやりしていた。だが汽車が来るとすぐに踊り出して、しきりに手をたたいて歌を歌い、汽車が行ってしまうと、また抜け殻のようになって柱にもたれていた。ときたま山に向かって大きな声で布洛湾（プルワン）と叫ぶときもあり、こだまが帰ってくるとようやく叫ぶのをやめたが、目は涙であふれていた。彼女は腹が減ると露店の残飯を恵んでもらい、疲れると橋のたもとで眠った。胸には日本語で加藤武夫と書かれた尋ね人の厚紙をぶら下げて、ひまなときに、たまたま拾った鉛筆で文字をなぞり上書きして濃くしていた。日が経つにつれて、文字は書けば書くほど太くなり、人々はいっそ彼女のことを加藤武夫と呼ぶようになった。村の子どもが遠くからこの名前を呼ぶと、彼女はうれしそうに跳びはねて、誰が呼んでいるのかあたりを見回し、聞き取りにくい原住民の言葉をなにやらつぶやいた。のちになって人々は彼女が入隊した恋人の加藤武夫を慕って、ここまで探しにきたことを知った。じつのところ彼女は知らなかったのだ。恋人を乗せた汽車はとっくに駅を出て行ったあとで、新兵訓練が終わると南洋に派遣されて、フィリピンの外海を航海中にアメリカの潜水艦に撃沈され、永遠に海底に葬られてしまったことを。

帕は兵士たちに退室するよう命じてから、その少女に服を着るように言った。加藤武夫はそれでもまだ布団にくるまったまま床にしゃがんで震えていて、緊張して小便を漏らし、ぽたぽたと、足のあたりに水たまりができた。帕はどうしたらいいかわからず、とりあえず彼女を床に尻をつけて座らせようとした。原住民は床にじかに座るのを好むからだ。ところが予想外に、相手の日本語がつたないうえに、おびえていたため、身振り手振りも役にたたなかった。帕は彼女が花蓮から来たのを思い出し、さっそく外にいる台東出身の学徒兵に通訳させることにした。この兵士は野球が好きで、台東からはるばる西部に来て野球で名高い嘉義農林で学び、その後徴兵されて入隊したのだ。若い兵士はその若い娘が花蓮から来たと聞くと、帕に言った。彼女はきっとアミ族です、言葉は通じません。それにアミ族と自分たちプユマ（卑南族）は先祖代々からの敵同士です。帕は手をひと振りし、また何人か原住民の若い兵士を呼んだ。唯一、タイヤル族の言葉が、あの立霧渓（リーウーシ）〔中央山脈に源を発し花蓮のタロコ渓谷を流れる川〕のように、ときに激しくときにゆったり落ち着いたタロコ語と火の粉ほどの小さい関係があった。しかしタイヤル族の若い兵士は通訳を嫌がり、帕に言った。タイヤルとタロコはかつては親しい兄弟でしたが、最後は代々の敵同士になりました。卑劣なタロコ人はそのために中央山脈に逃げこんで山の奥深くに住むようになり、故意にもともと使っていた言葉を変えてしまったのです。

「お前は彼女に怨みがあるのか?」彼女の前にしゃがんでいた帕が立ち上がって、言った。「先祖代々の仇の話を誰がお前にしたのかと、俺は聞いているのだ」

「自分の欧吉桑（オジィサン）（祖父）です」。タイヤル族の学徒兵は言った。

帕は窓辺の机の上の文旦の花が、すでに枯れてしおれ、ビール瓶の中の野薑花（ジンジャーリリィ）も斜めに頭を垂れて、入って来たばかりのときの元気さがなくなっているのを見つめた。帕はため息をついて言った。

俺の欧吉桑（オジィサン）はよくこう言っていた、閩南（びんなん）人はいちばん腹黒く、「番人（ばんじん）」は野蛮で人の首を狩り、内地人はわしの代々の仇だ、とね。しかし、俺は閩南人がこうも言うのを聞いたことがある、客家（はっか）人がいちばんずる賢く、「番人」はいちばん間抜けだと。俺も知っている、お前たち高砂人（たかさごじん）が、客家人や閩南人はいちばん腐っていて、瞬きもせずに平気で人をだますと文句を言っているのをな。帕は言った、俺は高砂人がいちばん団結力があると思っていたが、ここに入ってきた者がみんなこの女のことを代々の仇だと恨み言を言うとは思いもしなかった。見てみろ、彼女はしゃがんで震え、びっくりして小便を垂らしている、まるで生まれたばかりの子犬のように、冷たい風がひと吹きすればひっくり返ってしまうだろう。彼女は客家人がいつも悪口を言っている「とことんいけ好かない番人」であり、すべての高砂人の代々の仇だ。帕の結論はとても簡単だった。「俺は今、彼女にこう通訳してほしいだけだ、立って、服を着て、ベッドのそばに座れ、とね。たったこれだけの言葉を通訳するのに何日もかかるのか。彼女が我々の共通の仇で、話が通じないとは思いもしなかった」

　小さな部屋はしんと静まり返り、とても気まずい空気に包まれ、数人の原住民の若い兵士は頭を垂れてそこに立ちつくした。このとき風が窓から入ってきて、新鮮な空気をもたらし、窓辺の野薑花（ジンジャーリリィ）の香りが再び立ちこめた。突然一人の学徒兵が驚きの声を上げた。声の調子はまるで死人を発見したときのようだった。みんなが彼の視線をたどって見ると、難なく見つけることができた。彼が左の足をもちあげて、靴底の真っ赤な血を見せたからだ。その場にいた者はすぐに、その女はしゃがんで小便をしているのではなくて、股の間の子宮から絶えず出血しているのだとわかった。たぶん花の香りのせいだろう、血生臭いにおいはしなかった。帕が彼女をベッドまで運んだ。彼女はベッドに横になっても震えていて、目を大きく見開き、唇は塩のように真っ白で、下着のパンツぜんぶにべっとりと血がついていた。

「目を閉じて深く息を吸え」、なすすべを持たない帕は愛情をこめて彼女に話しかけた。まるでこれから見知らぬ女と愛しあい、寄り添いあっていこうとするかのように。そしてもう一度言った、「目を閉じて息を吸うんだ、加藤武夫」

この男の名前は帕が彼女についてわずかに知っているものだったが、その女にとっては全世界、ひいては究極の意義であった。彼女自身の名前、呼吸、命にとってかわるものであり、中央山脈ですら彼女の探求を阻むことはできなかった。彼女は目を閉じて、加藤武夫の本名である布洛湾（プルワン）と小さな声でつぶやいた。やまびこという意味だ。彼女は恋人がまさに立霧渓を流れるすべての川のやまびこで、ゴォー、ゴォーと音をたてているのを想像した。布洛湾、布洛湾、つぶやいていた唇が止まり、静かにそこに横になったまま死んでいった。窓から光が落ちて、文旦の花がよく香り、窓の外のそう遠くないところで台湾藍鵲（やまむすめ）の群れが梢をかすめて飛び去った。炭が破裂するような鳴き声があまりに生々しくて、耐え難くさえあった。一匹の赤とんぼが入ってきて、しばらくぐるぐる回っていたが、そのうちビール瓶に挿された野薑花（ジンジャーリリィ）にとまり、安全だと思ったのか羽を平らにひろげて、いつまでも去ろうとしなかった。

帕は部屋を出ると、自分の粗忽さを強く責めた。もし無理やりベッドの下から引っ張り出さなければ、彼女は子宮から出血して死ななかったかもしれない。彼は古参兵を呼びつけて、手のひらに握っている黒い肉のかたまりを開いて見せ、これは何だと尋ねた。彼らは七、八個の頭を一つに寄せあって、舌を打ち鳴らしてしきりに珍しいと言ったが、それが何なのかはっきり言うことができなかった。ある者は生まれたばかりのネズミの子だと言い、ある者はひな鳥だと言い、何でも推測はできた。そしてとうとう帕がそれは加藤武夫の股の間から落ちたものだと言うと、古参兵たちの顔がみな真っ青になり、寄せあっていた頭が弾かれたように散らばって、しきりに気持ち悪がった。その血肉は黒くて腐臭を放ち、見たところネズミに似ていたが、よく見るとおおざっぱな嬰児の体で、頭はあるが、下半身が欠けた胎児だった。この流産した胎児はおよそ五か月の大きさをしていたが、なぜ上半身しかないのか、帕も興味を持った。彼は口からでまかせに嘘をついて、加藤武夫がすでに話してくれたのだが、俺には事がこんなふうになるなんて信じられない、どうしてこんなことになったのだ、と言った。

「どうしてこうなった?」帕は坂井の襟をつかんで、彼に手のひらの肉のかたまりをよく見せてから、言った。「きさま、言ってみろ!」

「言いますから、殴らないでください」。もう一人の古参兵の襟を帕が締め上げたとき、ようやく白状した。「爆死した憲兵の村山八郎がやったのです、彼の仕業です」

帕は怒りの目で古参兵をじっと見据えて、彼が責任を死人に押しつけていないことを見極めようとした。帕の村山八郎に対する印象は、背は低かったががっしりした体をしており、しゃくれ顎で、夏は服からはみ出た筋肉がいつもぴくぴく動いていたことくらいで、何か悪い印象を持ったとしたら今のこの一件が最初だ。帕に脅されて、その古参兵はすぐに供述をはじめた。まるで生きているのはまさに、秘密をぜんぶ吐き出してすっきりするこの時を待っていたからだと言わんばかりだった。だが事件の全貌は、その古参兵の知らないところからはじめねばならない。じつは、加藤武夫という娘がいつも駅で人を待ち、居座って出て行こうとしないので、その一帯を管轄する仁丹髭の巡査が見かねて、ポケットマネーで切符を買い、自ら彼女を連行して汽車に乗せ、花蓮に帰らせた。だが何日もしないで、加藤武夫はまた戻ってきた。小さな花柄の白い和服を着て、鉢の形をした島田髷(まげ)を結い、下駄の前の歯を踏んで、太ももを出して舞踊を舞ったが、胸の前に掛けた紙の板はもとのままで、上書きしたばかりの文字の痕はとてもはっきり見えた。髭巡査は彼女が濃い褐色の皮膚をしているのに淡い上品な和服を選んで着ているのを見て、腹立たしいやらおかしいやら、だが追い払うこともできないため、彼女を派出所に拘留した。そして日々の生活に接してみて、ようやく加藤武夫の精神状態が安定しておらず、火のついた爆弾のようにいつ爆発してもおかしくないことに気づいた。

　人に厳しい態度で接するその警察官はほんとうによく責任を果たし、加藤武夫を東部に送り返そうと、あらん限りの通信や公文書、人間関係を駆使して彼女の部落を探し出し、家族に迎えにきてもらおうとした。しかしこれは難航した。加藤武夫の日本語を誰も理解できず、また彼女が何族かもわからず、ただ彼女が叫ぶ布洛湾という言葉を手掛かりに、まず平原一帯のアミ族に尋ね、それから玉里郡のブヌン族の風諾歌社(フォンノゴー)一帯まで拡大し、ついにタロコ族の模範蕃社である武士林社(ブスリン)でようやく糸口をつかんだ。その社の首長は電話口で布洛湾(ブルワン)と聞くと、すぐに頷いて、関牛窩の警察の質問を真似て、まるでこだまのように同じ言葉を返した。こちら側の警察は言いがかりをつけられていると思い、ろくでなしの蕃人、巴格野鹿(バカヤロウ)と大いに罵った。向う側の首長も誠実にかつやさしく罵り返して来た。ろくでなしの蕃人、巴格野鹿(バカヤロウ)。関牛窩の警察は最後にようやく、布洛湾はこだまを意味するのだと理解した。とにかくタロコ語であることは確かになったので、立霧渓の警察網を通して電話が次々に、阿喑(アヨ)、塔比多(タビド)、哈魯可台(ハルカタイ)、沙卡礑(サカダン)、托布拉(トブラ)、山里(サンリ)などの駐在所に入り、さらに電報が一五〇〇メールあまりの高所にある巴多洛夫(バドロフ)部落まで登って行った。そこは深い霧のために人が溺死し、たびたび出没する匪賊といえばアカゲザルという僻村で、管轄の見晴駐在所の警手が彼女の家長の意向を報告して来た。「西雅娜（シャヤナ）は敵族と駆け落ちした、家に戻してサツマイモを植えさせることにする」。関牛窩の警察は憂いと喜びが半々だった。喜ばしいのは西雅娜が家に帰ることができるようになったこと、憂いは家族がいつまでも迎えに来ないことだった。もちろん彼らも理解していなかった。いわゆる敵族とは、かつて佐久間左馬太（さくまさまた）総督率いる正規軍を案内したタロコ族の別の支族を指した。彼らは三千メートルの合歓山（ごうかんざん）山頂で刀を抜き朝日に向かって萬載（バンザイ）を高らかに叫び、銃砲を脇に抱えて東部に下りるや、三千余名の頑強に抵抗する原住民を討伐して、立霧渓を真っ赤な血の海にした部族だった。巴多洛夫（バドロフ）部落の村民にとって、たとえ娘を、先祖を殺した日本人に嫁がせたり、大東亜戦争に駆り出されたとしても、先祖の霊を裏切った人間に嫁がせることは望まなかった。そのため雅娜（ヤナ）に西（sk）を冠したのは彼女がすでに死んだ者とみなされていることをあらわし、サツマイモを植えさせるというのもこの一族の俗語で、死を意味した。加藤武夫は戻ることができず、両地の警察は手を焼くサツマイモを引き受けようとしなかったので、憲兵が事情を知ると、彼女をスパイ容疑で引っ張って行き、ようやく関牛窩の心配事が一つ解決したのだった。

古参兵が知っているのは、このあとからのことだ。憲兵は「蕃婦」の加藤武夫を連行してのち、彼女の精神状態がますます悪化したのに気づいた。加藤武夫と声を出して言う者なら誰にでもよくして、まるで麦芽糖のようにべったりくっついてくるのだ。彼女は寮に酌婦として送られ、用事があるときはベッドの上で、出入りする男をみんな恋人だと想像し、用事がないときは谷川に行き、袖口やズボンの裾を折り返して花を摘んだり、渓石に座って足で水を打ったりしていたが、急に動作を止めて、長いこと川面を見つめたあと、まるで谷川が彼女に歌いかけている恋人であるかのように、にっこり微笑みかけた。そのころから、加藤武夫は股の間からよく出血するようになり、量はますます増え、さらに異様な悪臭を放つようになった。そのにおいを嗅いだ者は誰もがそれはネズミが腐ったときの生臭いにおいだと言った。憲兵は加藤武夫が性病に罹ったと考え、治療薬の「星秘膏」を一週間塗ってみたが効果はなく、医者に見せてようやく腹の中に死んだ胎児がいて、失血を引き起こしているのがわかった。適当に何服か西洋の薬を飲ませてみると、不思議なことに、死んだ胎児は命を与えられたように外に出るのをしぶり、むしろ子宮からの出血は日増しにひどくなり、逆立ちしてようやく血を止めることができた。そこで村山八郎がいい方法があると言い、数名の兵士に命じて加藤武夫をベッドに縛りつけ、両足を外側に開かせてベッドの柱にくくりつけた。彼は焼いた鉄線をアルコール消毒してから、中に突っこんで何度もかきまわし、死んだ胎児を爆弾を除去するように注意深くかき出した。だがたとえ注意深くやったとしても、加藤武夫のほうは強烈な痛みに爆発寸前になり、狂ったように声を張り上げ、竹のベッドが激しく揺れた。そばで彼女を押さえつけていた古参兵たちは子どもをあやすように絶えず彼女の耳元で「加藤武夫」と呼びつづけて、おとなしくさせるしかなかった。ほんとうに痛いときの叫び声はどんなものか？　声が出ないのだ。加藤武夫は叫ばなくなったが、口は反対に大きく開かれ、目は飛び出し、髪はすっかり汗に浸かって水滴がしたたり落ちた。「もし誰か心を鬼にすることができたら、ナイフで彼女の胸を刺して、この悪夢を終わらせてやるべきでした。加藤武夫の奇妙なまなざしが、あれからしょっちゅう頭に浮かんできて、最近ようやくそれは苦痛のまなざしではなくて、怒りの炎だったとはっきりわかりました。自分たちは彼女の子どもをえぐり出したが、たとえ死んでいる胎児でも、それは恋人が彼女の体に残したかすかな消息、唯一のつながりだった。それなのに自分たちは無理やり暴挙に出て、かき出したり、突いたり、かき回したりしたのです。彼女が絶望しないほうがおかしい」。古参兵はまた言った。彼らは午前中いっぱい時間をかけたが、死んだ胎児は半分しか取り出すことができず、そのうえ鉄線で子宮を突き破ってしまい、出血が止まらなくなって、みんなをひどく驚かせた。村山八郎は事態が制御できなくなったのに気づくと、しまいには布をそこに詰めて止血し、いいかげんに切り上げてしまった。

帕は事の顛末を聞き終えても、憤怒はこみ上げてこなかった。おそらく帕は、家にも帰ることのできない加藤武夫はこれでようやく安らかな眠りについたと思ったのだろう。ただ死のみが先祖代々の仇を必要とせず、いかなる痛みも包容できるのだ。だが、死者の痛みは生きている者に転化されて処理される。帕が一つ声を発して、いきなり腰の刀を抜いたので、その場にいたすべての者をひどく驚かせ、影も見えないほどすばやく後ずさりさせた。しかし刀を抜く角度が正しくなかったうえに、以前鞘を口にくわえたとき噛んで歯形をつけていたので、半分ほど抜いたところで、刀の柄が折れてしまった。帕はくだくだ言わずに、素手でその引っかかった刀を抜き出して、竹の寮の周りの地面にぐるりと円を描き、古参兵たちに言った。「俺の命令を伝えよ、関牛窩の全官兵に告ぐ、歩兵銃、速射砲を使ってでも告知する、再び線を越えてこの中に入った者は誰であろうと、自分から死を招くことになる」。言い終わると、刀を握ったまま出て行った。鋭利な刃が帕の手のひらに食いこみ、鮮血がしきりに噴き出し、それといっしょにひと切れの肉が手から落ちた。

坂井がその肉のかたまりを拾うと、帕の小指だった。力を入れたので刀に切り落とされたのだ。坂井はびっくりして肝をつぶし、帕が練兵場に話をつけに行こうとしているのを知ると、三メートル離れたところから、大声で言った。「鹿野殿、お願いですから振り向いて見てください、あなたの兵士を見てください。あなたがあの古兵や憲兵と対立して、勝ったとしてもどうだというのです？　白虎隊は解散し、自分たちは各地に分散して、これからさきの軍隊生活はひどいものになります」

帕はちょっと足を止めて、振り向いて自分の子飼いの兵士たちを見た。少しの嘘もなかった。彼らが途方に暮れて、驚き恐れている表情は、昼寝から覚めたとき顔にござの痕が残っているように、こすっても取れるものではなかった。

「ではお前たちはもう一度振り返って見るがいい、うしろにいるあの古兵たちを見てみろ。お前たちは恨みを忘れたのか？　奴らがお前たちをいじめたり、しごいたり、罵倒したりするのを責めるくせに、お前たちが年上になると、今度は新兵をしごき、罵声を浴びせるようになる。兵士が一期ごとに軟になっていくと文句を言っては、やるべきことはみんな人にやらせる。こんなことだから、お前らは腐りきってしまった。どいつもこいつも家を没落させた人間のように、皇軍の資産を浪費し尽くしてしまった」。帕は静かに話して、そこに憤怒は微塵もなかった。「白虎隊が解散してどこが悪い、もしお前たちが自分がいちばん優秀な皇軍だということを忘れさえしなければ、どこに行こうと軽く扱われることはない」。帕は前を向いて歩き出した。数歩歩くと突然一株の血桐樹が目に留まり、折れた刀をそれに突き刺した。流れ出した樹液がたちまち酸化して赤い色に変わった。帕はその刀を誓いとして、その場にいる兵士に、初志を決して忘れることなく、一心に皇国のために尽くし、身を天皇陛下に捧げるようにと言った。言い終わると、練兵場に向かって大股で歩き出した。

帕が練兵場に着くと、守衛兵は、服が破れ手を血に染めた帕を見て、極度に緊張した。帕を中に入れないようにする力は彼らになかったが、うしろからついてきた学徒兵たちの行く手を塞ぐことはできた。先導している二人を銃床で殴って地面にうつ伏せにしてから、他の者にもそうするように命じた。百名にのぼる兵士はすぐに緊急命令を受け取り、帕が鬼中佐に決死の諫言をしようとしていることを知ると、ある者は手に軽便車のレールでつくった長い刀を持ち、ある者は先の尖った五メートルほどある竹竿を握りしめ、駆けつけて帕を取り囲んだ。竹竿は上陸する米軍に対処するためのもので、先史時代の人類の貧弱な武器が、今帕に向けられた。だが彼らは竹竿の先を帕に当てて、彼といっしょに移動するだけで、阻止に出ようとはしなかった。日ごろ帕を目障りに思っていた日本兵が絶好の機会とばかりに竹竿を帕の胸に突き刺すと、血が竹竿を伝って自分の手に流れ落ちてきたので、彼は肝をつぶした。その激しく興奮する血で、日本兵はやけどを負い、その勢いでうしろへ倒れて、竹竿が抜けた。

一人の憲兵が帕に止まれと怒鳴りつけたが、帕の前まで走ってきてまず敬礼をした。帕はこれが「先礼後兵」〔はじめは礼を尽くすが、交渉がうまくいかなければ武力に訴える〕だと知っていた。彼はかつて駅で一人の准尉が急用があって列に割りこみ、将校クラスの憲兵に阻止されたのを見たことがあった。憲兵はまず敬礼をしてから准尉の階級章を剝ぎ取り、軍紀を乱したという理由で、強制的に准尉を汽車から引きおろし、裸足の飯売りの前で、二発ビンタをして連行して行った。それで帕は目の前の憲兵が先に手を出す前に、自分で階級章を剝がして、相手の手の上に置いた。この新米の憲兵はどうしたらよいかわからず、全身を震わせた。ところがもう一人の憲兵が前に出て、軍刀を抜いて帕の前で横に構えた。帕がそれを素手でつかみ、力を入れてひねると、刀は強風を受けた竹のようにしなり、弧を描いてぽきんと折れ、柄は高く跳ねて屋根の上に落ちた。

帕は数歩歩いて、振り向いて国旗掲揚台を見てから、目を閉じた。そしてそこに立ちつくした。このときがまたとないチャンスだった。もし帕の頭を一刀で打ち落とす勇気のある者がいたら、きっとそいつの勝ちだ。しかしそんな奴がいるだろうか？

このとき別の十人あまりの兵士が武器庫から歩兵銃を引っ提げて到着し、週番（しゅうばん）将校の命令一声で、竹竿と軍刀を持った兵士を下がらせた。週番将校は帕に練兵場から退出するよう命じたが、それでもそこに立ったまま遠くを向いている帕を見ると、直ちに銃兵に銃を構えよと命じ、空に向けて発砲させた。バン、バン、バン。銃声が縦谷(じゅうこく)にこだますると、一部の兵士はすでに心の準備ができていたとはいえ、やはりびっくりしてしまい、さらに遠くの竹林の茂みからは、驚いた烏鶖(おうちゅう)の群れが青空へ飛びたった。銃兵はいつでも発砲できる姿勢で帕に照準を合わせていたが、両手はかすかに震え、凝縮した空気に包まれて、週番将校の再度の命令を待った。週番将校は遅遅として命令を下さなかった。目の前のあの伝説の鬼軍曹が、何百人もの兵士に包囲されながらも、まだ目を閉じて、立ったまま動かない。帕にいかなる殺傷力もなく、むしろ死を求めているようにさえ感じられた。

「反対に掛けている」。帕がついに目を開けて言った。

その場にいる者は意味がわからず、帕の視線を追って見てみたが、やはりさっぱりわからなかった。帕は刀を握った手で五〇メートル先の日章旗を指さして、大きな声で言った。「巴格野鹿(バカヤロウ)、貴様ら何やってんだ、国旗を反対に掛けているぞ」

人ごみに混じっていた旗兵が、竹竿を投げ捨てて、掲揚台に駆け戻り、旗を降ろして点検した。空洞の鉄のポールが、まるでみんなの疑惑をあらわすように、引き下ろされたロープに当たってトントンと鳴った。なぜなら日章旗は対称にできており、白い布に赤い丸が描かれているだけなので、どう掛けてもまちがえるはずがないのだ。旗手は点検を済ませると、直ちに遥か遠くから帕に向かって敬礼をし、帕が返礼の敬礼をするのを待った。帕が国旗掲揚と叫ぶと、旗手は日章旗を今度は正しく掛けて、ポールの先まで引き上げた。この間、すべての兵士が銃を両手で持つか、気をつけをして、旗がゆっくりと頂上まで上がって行くのを見ていた。この一幕はみんなを震撼させた。国旗にどうして正と反の区別があるのだろう、たとえあったとしても、五〇メートル離れたところからどうやって見えたのだろう。公学校の旗手をやったことのある帕だけがその微妙な変化を感じ取ることができた。日章旗は旭が東から昇るイメージを伝えるために、赤い丸がやや高い位置にあり、ゆえに正と反の区別があるのだ。旗手はそれを見分けるために、旗の角に印をつけたり、白い糸を縫いつけて少し厚みをつけるなどしていた。しかし帕が見抜いたのはこれらのかすかな特徴からではなく、国旗の揺れ方がぎこちなかったからだった。普段から風の吹くままに撫でまわされている旗布の縦糸と横糸は、とっくにそのスムーズな音響をもっており、反対に掛けると流れに逆らって、音も柔らかさが足りなくなるのだ。

国旗掲揚が終わると、気分はなごみ、強い敵意も消え失せた。彼らは帕が故意に異を唱えにきたのではないと知ると、彼を阻止しなくなった。そこで、帕は折れた軍刀を握りしめて誰にも邪魔されずに鬼中佐の執務室にやってきた。外で恭しくドアをたたき、三回大きな声で名乗りを上げ、入室の許可を求めた。ノックに対して返事がなかったので、帕が自分からドアを押して中に入ると、広間はしんと静まり返り人影がなかった。さまざまな調度品がきれいに並べられ、静かで塵ひとつなく、つい自分も音を立てないようにつま先で歩かなければと思わせるほどだった。ただテーブルのそばにある一鉢の青色のアジサイだけが、強烈な生命力をふりまいていた。彼がそこに歩いて行くと、テーブルの上にふたを開けた蓄音機があるのに気づき、中にコロンビアレコードが発売した黒いレコード盤が載っていた。レバーを回すと、まずザーザーという雑音がしてから、北京語で歌う李香蘭の『迎春花』の一曲が沈黙を破った。

一朶兒開來、艶陽光、〔一つ開けば、陽のひかり〕
兩朶兒開來、小鳥兒唱。〔二つ開けば、鳥の歌〕
滿洲春天、啊好春天、〔春の満洲を旅ゆく人の〕
旅人襟上、迎春花。〔胸に挿す花、迎春花〕

春の満洲、そこは義父がいつも気にかけている場所だ。帕は支那語は聞いてもわからなかったが、歌には魂がこもっていて、まるで夢の中の夢の言葉のようだった。リズムに合わせて口ずさんでいると、満洲が自分の故郷になったように思えてきた。唇を嚙みしめると、体が少し震えてきた。帕はこの歌が彼のために歌われているような気がして、自分のことをわかってくれるのはこの世でこの歌だけになってしまったと思いながら、繰り返し聞いているうちに涙が出てきた。涙が落ちていく先を追うと、靴に紫泡桐(たいわんぎり)の花が一つついているのに気づいた。紫のガラスの中に血痕をちりばめたような、上品で清らかな花だ。彼は花を拾いあげ、花の茎をつまんで優しく何度か回してから、蓄音機の上に置き、涙が乾くのを待って執務室を出た。衛兵が戦々恐々として言った。鹿野中佐は高射砲の要塞の視察にお出かけで、夕食のころ戻られます。帕が頭を上げて見上げると、眼前に群山がまたがり、山に生えた竹がニワトリの毛でつくったハタキのように揺れていた。リスの尻尾、いやそれよりも、揺れ動く何千何万の手に似ていた。気持ちがふっと緩み、手が痛く感じられた。下を見て、あぁとため息をついた。なんとまだ折れた刀を握りしめており、鋭い刃が手のひらに食いこんでいた。切り落とした小指はどこに落としたのだろう。彼は刀を日本建築でよく見かける鱗板(うろこいた)に挿した。力を入れて挿したので、傷口はさらに深くなり、拳をきつく握りしめて血が吹き出すのを防いだ。そしてドアに寄りかかったまま、取り囲んでいる百人あまりの兵士をどかせようと手を振った。ほんとうに目障りで嫌だった。だが誰も動こうとせず、みんな息を詰めて立っていた。

　帕は通路の柱によじ登り、屋根に這い上がって、静かに前方を眺めた。むせてせきが出そうなくらい濃い霧が山頂からまっ逆さまに落ちて、ゆっくりと練兵場に流れこんでいた。遠方の赤いレンガ塀の角にある番檨（ファンソン）（マンゴー）の樹は霧に囲まれていたが、湿気がそこを避けて通り、乾燥した樹が川の水に映る月光のように光っていた。自分がまだ公学校に通っていたとき樹に登って番檨を摘んだことを思いだした。夏のころで、両手をビショビショにしてほおばり、歯の隙間に果肉の繊維がいっぱい挟まったものだが、一列に並んで生えていた樹は今では老木が一本残るだけになり、米軍の爆撃と日本軍の銃剣の傷痕が残らずそこについていた。番檨を摘んだ古きよき日々は、決して遥か昔の事ではなかったが、なぜか思い出すと、まるで転生前の記憶のようになってしまった。

母さんは自分の夢の中で死んだ

梅雨の季節になった。針のような雨が長々と隙間なく降り注ぎ、水を吸い過ぎた森林は湿気で膨張した。太陽の光があまりにも欠乏していた。雨季がひと休みしたとき、早朝の太陽が関牛窩を明るく照らすと、日光が氾濫し、水蒸気が発生して、いたるところで霧が沸き立ち、跳ねまわった。これらの水蒸気が充満して一定の高さに達すると、村は雪が降ったようになり、ただ屋根、樹木の先端、街灯、警報塔などが雪の外に頭を出すだけになった。柄にもなく風流人ぶる者はこれを関牛窩八景(グァンニュボー)の一つとみなし、「雨霧小海」と名づけた。長雨のあと霧が海になるという意味である。

輝く朝日を受けて、黄金色の霧の海が波打ち、まるで関牛窩の水没を予言しているかのようだった。美恵子は教職員寮をゆっくりと歩いて出て、関牛窩の恩主公廟を改築してつくった学校の前で西洋式の屈伸体操をし、体をほぐした。彼女はこの美しい景色が忘れられなかった。金色の霧が流れるとき、民家の炊煙や湯気が濃霧と衝突して、まっすぐ空高く上昇し、それからゆっくりと拡散した。霧の深い寒々とした風景のところでは、汽車が大きなライトをつけ、除雪車のように霧をかき分けて百メートル上空へ押しのけた。霧が空に捨てられた瞬間、彼女は子どもらが道沿いに走っているのが見え、道ばたでは水牛が田を鋤(す)き、田の溝では村の女が洗濯物をたたいているのが見えた。だがそれもつかの間、渦を巻いて落ちてくる霧が再びすべてを覆い尽くした。

その汽車は瑞穂駅には停車せず、村の入り口で停まった。車両から数人が降りて、積み荷の枕木一山と補修機材を降ろした。それほど遠くない竹の小屋のそばで朝ごはんを食べていた人たちは、急いでご飯を平らげ、口を拭って、運搬作業に加わり、伐採した木や柴を運ぶ「柴馬(チャマ)」――Y字形に棒を組み立ててつくった一人用の運搬工具で、重さが四〇キロはある枕木を背中に担いで、土の階段を谷間のほうへ降りて行った。ここ一週間で、彼らは千本は下らない数の枕木を運び、付近の森林から木質が堅い木、たとえば青剛櫟(あらかし)、肖楠木(しょうなんぼく)、紅楠(たぶのき)などを切り倒して枕木にしたので、おかげで山脈はすっかりはげ山になってしまった。長雨がなかなか降り止まないために、臨時につくった土の階段がぬかるみ、用心して歩かねばならなかったが、それでも滑って転んでしまい、担いでいた枕木の下敷きになって怪我をする者もいた。この仕事中に怪我をした人たちは担がれて行くときに、谷間に向かって叫んだ。「あとは頼んだぞ、必ずそいつを救出してくれ」。そいつとは機関車紫電のことで、村の子どもらのあいだでは「天の覇王」と呼ばれていた。だが今は、自分の体積と遥かに比べものにならない小さな橋にぶら下がって、生存の危機に瀕しており、いつ死んでもおかしくなかった。

事件はこうして起こった。関牛窩が大爆撃を受けたとき、紫電はちょうど高速試運転の真っ最中で、性能の調整を行なっていた。米国の戦闘機ヘルキャットが二機、後方から紫電にぴたりとついて、機関銃で激しい掃射を行ない、そのあとさらに数機の爆撃機が爆撃を加えた。硝煙と塵埃が舞う中、機関士は何も見えなくなり、焦って軌道を走行しながら、線路の状況を把握する余裕がなかった。大きなカーブを通過したとき、道ばたの警告表示を見落とし、そのまま直進したのち、車体に非常に強い衝撃が伝わってきたので、ようやく急ブレーキをかけた。汽車が停止したとき、谷間から伝わってくる爆撃の音波と震動波で車体が揺れ、乗務員たちはとにかくつかまる物につかまったが、頭の中は真っ白で、どう息を吸ったらいいかも忘れてしまった。災難が去ったころ、火災が発生している遠方の村から熱気流が流れてきて、周囲の塵煙を取り払った。彼らは下車しようとして驚きのあまり肝をつぶしてしまい、自分がまさに地獄の淵にいると知った。足元は百メートルほどの深さの谷底で、機関車が宙ぶらりんになっていたのだ。機関助士の趙阿塗(チャオアトゥ)はとたんに足が萎えて、床にへたりこんでぶるぶる震え、声も出なかった。機関士の成瀬敏郎が石炭を下に投げてみると、風が強くて、石炭のかたまりは空中で弧を描き、川にではなく、谷間の林の中に落ちた。関牛窩の風がこれほど荒れているのであれば、汽車が揺れるのもうなずけた。だが汽車はなぜ空中に浮かんでいるのか？　成瀬がドアの下のステップをいちばん下まで降りて、逆さまにぶら下がって見てみると、驚いて目玉が震えだした。およそ八〇トンの重さがある巨体が、古い軽便橋の上に停車していたのだ。二つの山の間をつなぐこの桟橋は幅がとくに狭く、人の通行にも使われており、橋の幅はちょうど汽車の車輪の幅と同じだった。列車長でもある成瀬は、汽車が大混乱のなかで手押しのトロッコ用の橋に乗り上げたのだと推測した。この危機的状況をたとえるならば、相撲の力士が竹竿の上に立っているのと同じだと言うしかなかった。

「発車」。成瀬は大きな声で言い、一戦を構えることに決めた。

趙阿塗はこの声で我に返り、鉄の鎖を外して、つないでいた焚き口のドアを開け、蒸気の圧力が飽和状態になるまで、火室に石炭を投入した。汽車はようやく、たっぷりの水量を蓄えた川のように、前に突き進もうとした。成瀬が加減弁の引き棒を引くと、汽車はぶるっと身震いしただけで、反応がなかった。成瀬はまた逆転機のバーを押してバックしようとしたが、汽車は相変わらず苦境を脱することができなかった。彼は直ちに趙阿塗に水槽の水量と炭庫の石炭の量をチェックさせて、量が十分に足りていることを確認した。十分な重みがあれば動輪が動き出す際に粘着力を増すことができる。成瀬がもう一度発車を命じると、汽車は激しく揺れて、木の橋がバリバリと音を立て、重みに耐えきれずに、しきりに痛いと叫んだ。この危機的状況に直面して、彼らは急いで水槽の水を捨て、橋が痛いと音を立てなくなるまで、灰箱、砂箱、炭庫の中身をすべて深い底なしの谷間に捨てた。それをやり終えたあとの彼らの気分は最悪だった。疑いなく、汽車は動けなくなったのだ。動力のない汽車は、まるで相撲力士がまわしをはぎ取り、油光りする銀杏髷(いちょうまげ)を切り落としたように、まっ裸で竹竿の上に立っている、ただのでぶっちょになってしまった。

天の覇王は木の軽便橋の上に置かれたままの状態で、この十数日間、鉄道部は大量の人員を動員して救援に当たった。彼らは硬木を運んできて、百メートルの深さの橋脚のところから積み上げていって、橋を安定させようとした。しかし梅雨に苦しめられ、作業の進度は常に遅れ、そのうえ救援隊は数日前に架設した木から芽やひげ根が生えているのを発見した。人手が不足したので、早朝のランニングから戻った白虎隊も、救援活動に加わった。

早朝ランニングは白虎隊のレクリエーションだった。雨合羽(あまがっぱ)を着て七キロ走るのだが、雨は降り止まず、汗もしかりで、合羽の内も外もびしょ濡れだった。目的地——郡役場の脇の路地の突き当たりに到着すると、みんなは大至急麺屋台に向けて肉迫攻撃し、一杯くれと叫んで、立ったりしゃがんだりして、雨合羽を頭からかぶって陽春麵〔具なし汁麵〕を食べた。箸を使ったり吹いて冷ましたりする時間がないので、ずるずる音を立てて吸いこみながら、さらに頭を突き出して巡査の姿をうかがった。飯が終わり、隊列を整えて点呼するとき、何人かの餓鬼はまだせわしなく舌でどんぶりの底のスープの油をなめていた。彼らがもう一度べたべたした雨合羽を着ると、帕は再び彼らを連れて大通りを走り抜け、走りながら軍歌を歌わせ、わざと派出所まで戻って、見張りに立っている巡査に彼らに向かって敬礼をさせた。それから数キロ走って関牛窩に戻り、汽車救援地となっている臨時の小屋に到着すると、そこに準備されている朝食を平らげた。これでやっと腹があらかたいっぱいになり元気が出てきた気がして、作業に取り掛かることができた。がっしりした体格の学徒兵は、二人一組で、枕木を担いで谷間に下りた。体重の軽い者は台車を押して天の覇王に近づき、汽車から取り外した椅子、扇風機、窓などの部品を運び出したが、雨の中での作業にたびたび不平を言い、そのうえ癇癪を起こして汽車を蹴りつける者も出はじめた。

「おぃおぃ、機関車にそんなことしていいのか?」趙阿塗が汽車の外から怒鳴った。

汽車の中にいる学徒兵が窓から頭を出してあたりをきょろきょろ回し見た。趙阿塗が機関車のシリンダー付近にぶら下がり、縄で安全を確保して、雑巾で連結軸のさびを拭き取っていた。苔と同じで、雨のあと日の光を浴びるとペンキを塗っていないところにすぐさま蔓延するのだ。ある隊員が面白がって、趙阿塗はほんとうに誰かが汽車を蹴ったのがわかったのか、それともまぐれ当たりだったのか確かめたくなって、その程度では音がでないくらい軽く、もう一度汽車を蹴ってみた。

「どんな力で蹴っても、お前たちが何をしても、全部わかってるぞ」。趙阿塗は作業の手を止め、振り向いて、窓から顔を出した白虎隊を見て言った。「勝手に汽車を解体するな、俺の同意がない限り、動かすんじゃない」

白虎隊は互いに顔を見合わせた。ちょっと蹴ったくらいで、それにまだ何も手をつけていないのに、趙阿塗ってやつは想像力がたくましすぎると思い、でたらめ言うなと口ごたえをした。趙阿塗はそれを聞くと、軍手を手から抜いてポケットに突っこみ、縄を手前に引いて車両に戻ってきた。けんか腰で歩いてきたので、白虎隊は緊張して表情がこわばった。だが予想に反して趙阿塗は彼らにではなく、彼らを素通りして運転室に入り、そこであちこち引っかき回している男に向かって怒鳴りつけた。大声を張り上げたあと、趙阿塗は恥ずかしくなった。目の前にいたのは他でもなく、帕が運転室の椅子を取り払って重量を軽減しようとしていたのだ。趙阿塗は大声を上げてしまったことをごまかそうと、あわてて帕に機関士の席ははがしてはいけない、もし撤去するなら先に自分のあの機関士のを運び出すように言った。だが帕はただうなずいただけで、機関士の椅子を抜き取り、また機関助士のもはぎ取って、両脇にはさみ、橋の上に跳び下りる前に振り返って、隊員にこう言うのを忘れなかった。取り外した物を急いで持って外に出ろ、さもないと汽車はいつなんどき谷に落ちるかもしれないぞ。

趙阿塗が急に帕を呼び止めた。趙阿塗は焚き口を開け、スコップで火の消えた炭のかたまりをひっくり返して、中をあちこちかき混ぜていたが、拳(こぶし)半分ほどの大きさの、赤く焼けた炭をかき出すと、帕に差し出して言った。「持って行ってくれ、これは受け取らない」

帕はそれは自分の物ではないと否定してから、言った。自分は石炭にはまったく関心がないし、まして火室に入れるなんてありえない、その炭はきっと前回火を消したあとに残ったものにちがいない。

この手で趙阿塗をだますことはできなかった。彼は何が車内にあったものであり、何がそうでないかを知っていた。汽車の屋根に落ちる一滴の雨、汽車に吹いてくるそよ風を、彼はすべて感じることができたし、もっと微妙な変化でも、たとえば水がたまった駅に停車したとき、太陽の光が水に反射して汽車の側面に映り、ゆらゆら揺れているのも感じることができた。この赤く燃えている石炭の持ち主がみつからないのなら、捨ててしまっても惜しくはない。趙阿塗は鉄のスコップを振り上げて、それを谷間に捨てた。

明るい光を放つ石炭が谷に落ちるや、帕はひらりと体を翻してそれに飛びつくと、当然のことながら谷に落下した。その場にいた者はみな震え上がった。なんと今度は死亡事故だ。車両のドアのところに集まって見てみたが、足元に一面濃い霧が立ちこめ、白雲のかたまりが幾つかと藍鵲（やまむすめ）の群れが見えるだけだった。白虎隊は帕の姿が見えず、さらに下には幽谷に挟まれた一本の騒がしい白い川が流れているのが見えるだけだった。白虎隊は帕の姿が見えず、谷は深く険しかったので、足の裏がムズムズしてきて、ただ懸命に叫んで、帕が返事をしてくれるのを待つしかなかった。このとき誰かがうしろから割りこんできていっしょに騒ぎを見ようとしたが、歩き方は荒々しく、力が入っていた。白虎隊は肘（ひじ）鉄砲で払いのけたが反対に自分の腕のほうが痛くなった。

「死体がなけりゃ、死んでないのさ、なに泣いてる、巴格野鹿（バカヤロウ）」。こう言ったのは帕だった。これより前、彼は谷に跳びこんだとき、片方の手で炭をつかみ、もう片方の手で橋梁をつかんで、すばやく橋のもう一方の側から舞い戻ってきたのだ。帕はみんなの驚いた顔を見ると、付き合い程度にちょっと橋の下を覗きこんでから、言った。「作業終了、帰るぞ」。手にはロウソクの包み紙のようなものを握って、木の橋に跳び下りそこを離れた。

このとき霧が、下から上に向けてざぁっとまくように立ちこめてきた。霧は谷底の水蒸気が気流にのって突き上げてきたもので、ものすごい勢いだった。橋が横揺れして、ガタガタ音を立て、空気は湿ってひんやりしていた。霧がみるみる帕の姿を薄めていったが、しかし趙阿塗はまだはっきりと覚えていた。帕は素手で燃える炭をつかんでも、声を上げもしなかった。それだけでなく、霧で炭の火が消えないように、しばらく歩いてからそれをズボンのポケットにしまい、ポケットのところがワックスを塗ったようになった。趙阿塗の疑いと心配はとても深く、目の前の霧よりも深かった。まさかごまかしでもやったのか。彼はスコップの腹を撫で、すぐに手をひっこめた。炭を掬ったあとの余熱はやけどするほど熱く、死んだブタを跳びあがらせるほどだ。白虎隊はもう不思議なことが起こっても動じなくなっていたので、関心の焦点は帕がどうやってこちら側から反動をつけて身を躍らせ、向こう側に移り、そこから姿を現したのかということにだけに注がれた。ある者がつばを外に吐いて、上昇してきた谷間の風が、それを巻きこんでもう一方の側に吹いていくほど強いのかどうか確かめようとした。ばかばかしい！　彼らは独り言を言いながら、汽車を降りてそこを離れた。

　そのうちの一人の隊員が振り向いて言った。「あれは人間の炭だ、尾崎の肉片だ」

「ホタル人間のことを言ってるのか」。趙阿塗が言った、「なんで機関車の火室に入れたんだ？」

「それは尾崎の汽車への祝福だ、汽車はきっと助かるよ」


　就寝前の二時間は白虎隊の自由時間だったが、今はどこにも行けず、梅雨のせいでゲジゲジやムカデが這い回る宿舎に閉じこめられていた。森林全体が発する雨音は大きく、人をいらいらさせたが、大自然に黙れとは言えないので、自分が黙るよりほかなかった。何か食べるのはいい方法だ。若い者はすぐに腹が減るので、夜食に家族が送ってきた物を食べていた。最初のころは、ころあいを見計らって便所や樹林の奥に隠れてこっそり食べて、他人の物欲しそうな視線を避けていたが、今では構わなくなり、一列に並んだ寝床の上にさっさと胡坐（あぐら）をかいて、缶の中から取り出してそれぞれ勝手に食べるようになった。食べる物がない者は、他人が噛んでいる音の響きや高低を聞いて、何を食べているのか当てて、食べたつもりになった。ちょっと変わった食べ物は反対に話題になり、例えば生姜の塩漬けやニンニクの酒漬けを食べるときは、痛風に効くのだと声を大にして言ったりした。誰かが親指大の、黒光りする物を食べていて、力を入れて噛んでいるので、額の筋をぴくぴくさせていた。尋ねてみてやっと、煮卵を繰り返し風にあてて乾燥させ醤油で煮しめてつくる鉄蛋（ティダン）だとわかり、大いに視野が広がることもあった。

　おしゃべりの話題としては、やはり鬼（グイ）の話がいちばん人気があり、夜遅くなればなるほど恐怖心が増した。みんな怖くないふりをして、死人を見たことがあるのだから鬼なんか怖くもなんともないと断言したくせに、ベッドの下から湿気のせいで生えてきたキノコに足がうっかりあたったりすると、お化けを見たかのような悲鳴を上げた。これはみんなの鬼の話を聞く楽しさを一層刺激した。梅雨の時期は、スモモが熟す季節でもあり、赤い皮の表面に白い粉が吹いた。近所の農民はいつもただで学徒兵に斗笠（トウリ）いっぱいのスモモを分けてくれた。彼らは鬼の話を聞きながらスモモを食べていて、話は怖くなかったが、そのかわりに口の中の身の毛がよだってしまった。なんとスモモが酸化していたのだ。食べすぎると舌が回らなくなり、頭の皮が引っ張られ、膀胱は反対に縮みあがり、彼らは次々にベッドの上を飛び跳ねて、外の軒下へ用を足しに行った。途中でちびりそうになった者がいて、通路に並べられた、服をあぶって乾かす竹篾罩（ティビタ）〔竹の皮で編んだかごで、炭火などの上にかぶせてぬれた衣類を乾かすのに使う〕をあわてて踏みつけた。火の着いた炭が散らばり、湿った床板に当たって、たちまちのうちに臭くて焦げた煙に変わり、服も焦がして穴だらけにしてしまった。持ち主が急いで消しにきたが、しばらくはあっちでもこっちでも叱りつける声が聞こえた。またどこの筋（すじ）がおかしくなったのか、若い者はでたらめに騒ぎを起こすのが好きと見え、何にでも不平を言い募り、それでも言い足りないと、しまいに趙阿塗を共通の矢の的にしてしまい、便秘など腸が結び目をつくるようなことまで彼のせいにしだした。いつまでもこんな気持ちが収まらなかったのは、彼が以前に汽車の上で帕を侮辱したことへの報復だった。

このあとの時間、ひいてはその後の数日間を、白虎隊は趙阿塗に関する噂集めに使い、おおよその話をつくり上げてから、こう言いあった。どおりであいつは炭を焼く仕事をしているわけだ。なんと、趙阿塗は台所の竈（かまど）の近くで生まれたらしい。母親が柴を燃やしているときに陣痛が起こり、出産は難産だった。のどが破れるまで叫んでも役にたたず、その日は木枯らしが強く吹いて、戸外の風の吹きすさぶ音が母親の声を圧倒した。彼女はなんとか趙阿塗を産み終えると失神してしまった。理屈を言えば、寒い冬空のもと、赤ん坊の趙阿塗は当然低体温になり、凍えてあやうく鉄のスコップか長椅子になるところだった。幸いなことに、彼は母親の股の下からドクドクと流れ出る血の海の中に横たわって、竈の余熱で持ちこたえ、父親が夕方家に帰ってようやくへその緒を切ったのだった。趙阿塗はこのときやっと意識が戻り、声をからして激しく泣き出し、命の目覚まし時計はいつまでも鳴りやまなかった。いっぽうの母親は失血多量で、植物人間になってしまったが、よく趙阿塗の世話をし、乳がでたので、体の上に腹這いになった趙阿塗にぞんぶんに飲ませることができた。父親は伝統的な風習にのっとり趙阿塗に卑しい名前を付けて、火屎（フォシィ）〔炭などの燃えカス〕と呼び、彼が長生きするよう祈ったが、思いがけず仲間からからかわれるあだ名になってしまった。彼の名前は客家語（はっか）で「趙（ツェ）（ceu）火屎（フォシィ）」と読むのだが、炭を嚙むという意味の嚼（ceu）をわざとあてて「嚼火屎」と呼ばれた。このあだ名は覚えやすいうえにおかしかったので、彼の母親が自分の血の温もりで趙阿塗を助けたことが家族の伝説になるのをしばしば妨げた。そのうえ、彼は体が真っ黒で痩せていて、顔にはいつも防風メガネを掛け、鼻水を垂らしていた。汽車に夢中で、いつも運転室に入り浸って働いていたので、この印象は周りの人たちに彼の噍火屎というあだ名を、炭を食べて大きくなった男、に拡大解釈させてしまった。

おそらく梅雨に長らく悩まされたせいだろう、彼らの気持ちにカビが生えて、趙阿塗に関する噂はさらに増殖をはじめた。一人がこうも言った。汽車がカーブを曲がるとき、大きく風を切るので、乗客の帽子やらハンカチが窓の外に飛んで行くことはよくあるが、あるとき木の弁当箱が落ちてきた。それが焚き釜(かま)のある部屋から落ちてきたのを見て、開けてみると、標準的な日の丸弁当だったが、ぎっしり石炭を詰めた真ん中に赤い酸梅(スワンメイ)〔梅を塩と砂糖で漬けた保存食〕が入っていた。趙というやつはなんとこんなものを食べていたのだ。もう一人の話はもっと微に入り細に入っていた。あるとき趙阿塗は便意をもよおし、汽車が駅に停止している空いた時間を見つけて、汽車を跳び下りて便所に駆けこんだ。出発の時刻になっても機関助士の席が空なので、機関士は急いで探しに行った。トイレのドアを一つ一つノックしたが、中に誰もいない。おかしい、あいつはどこだ？　声のする木造の家の裏手に行ってみると、誰かが肥溜めのそばにしゃがんでいるのを発見した。鉄のふたを取って、杓子でひと口ひと口糞尿を飲んでいる。口は蛆でいっぱいで、そのうえ、下痢でうっかり汚して便所の中に捨てられたふんどしで口を拭いているではないか。機関士の驚きようは半端ではなく、大声でやめろと叫んだ。趙阿塗は振り返ると、口から臭い水を流しながら言った。先輩、とてもうまいですよ、中にトウモロコシも入ってます、ひと口どうですか？　話はどれもこんな腹が膨れて張り出すような代物ばかりで、とめどなく膨らんでいき、しまいには趙阿塗が橋のそばで犬の糞を食べているとか、ブタ小屋で糞尿をたらふく飲んで、乾杯と大きな声で叫んでいるとかいう類になった。この種の噂話は聞いた者をにやりとさせたが、誰かが大声で「巴格野鹿(バカヤロウ)、胸糞悪いったらないぜ、あいつはとうとう糞で腹を満たすようになりやがった」としめくくると、みんなはひっくり返って大笑いした。ベッドに寝たまま、両足をあげて空中をかくように動かし、両手でベッドを激しくたたいて、その沸き返る音量が窓の外の雨音を凌ぐと、ようやく満足するのだった。

　数日後、貴重な太陽が顔を見せた。木の葉に光が反射し、穿山甲（せんざんこう）が巣穴から這い出した。鉛色水鶇（かわびたき）が谷川の石の上で尾を震わせ、白鶺鴒（はくせきれい）が水草のあたりで小走りをして、なんとものどかな風景だった。遠方の谷間からふわふわ柔らかい雲が沸き上がってきた。プチプチ音を立てて浮かんでくるので、白虎隊のみんなは山の尻が屁をひっているのだと言った。天気がいいうちに、みんなは掛け布団、衣服、布靴を持ちだして、竹竿に掛けてたっぷり日干しした。一人が骨にさびが生えた気がすると言って、西洋式体操をし、別の一人があくびをして深呼吸し、もう一人は上着を脱いで、お日様の温もりを背中に残した。このとき、小道から二人の男がやってきた。一人は先端にキノコがびっしり生えた木銃を持った若い哨兵、もう一人は転んで全身泥だらけの練兵場の伝令で、帕の休憩室に向かった。隊員の視線は二人に注がれ、神風特攻隊が天気のよいうちに出発するのだと思った。しかし、帕が発表したのは新しい命令で、軒下に渦を巻いて積まれている荒縄を全隊員で持って、木の軽便橋へ移動することだった。隊員は日干し半ばの半乾きの服を着て、少し走れば熱で乾くだろうと、山を下りて行った。荒縄はおよそ百メートルあり、ぴんと引っ張りながら肩に乗せて移動しなければならなかった。小道は湿ってぬかるんでいたので、足を滑らせて転ぶと目から火が出て、体は泥だらけになった。たとえ用心していても、空が葉で覆われた樹林の下の草蕨（つるほらごけ）はまだ乾いておらず、露にぬれていたので、そこを通過する白虎隊員はすぐに服がしとしとになった。

　長雨できれいに洗われた陽光は真新しく、世界は蠟（ろう）を塗ったようにとても明るかった。白虎隊が遥か向うの山道からかけつけたとき、構樹（かじのき）の葉の隙間から、機関車が遠方の谷と谷の間にぶら下がっているのが見えた。橋はとても細く、汽車は非常に重い。彼らはその奇妙な光景に惹きつけられ、駆け足もそぞろになった。一方の手を広げてバランスをとり、もう片方の手で肩の縄をつかんでいたので、もし路上に落ちている橙色の熟した構樹（かじのき）の実を踏みつけでもしたら、滑って転ぶくらいならまだしも、仲間に連鎖して巻き添えにするのは犯罪ものだった。橋の入り口に到着すると、そこは大変なにぎわいで、鉄道部の人たちがトロッコを押して、機関車の方に石炭を運んでおり、橋が重みで折れないように、一人が橋の入り口で出入りする人数を管理していた。汽車は想像していたほど深刻な姿ではなく、整備士が何人か忙しそうに表面を拭いていた。煙突からも煙が上がり、たまに汽笛を鳴らしてまだ呼吸していることを知らせた。しばらくすると、道にまた一個中隊の兵士が駆けつけてきた。縦の隊列になって走り、手には長さ約百メートルの荒縄を持っていたので、一人でもゆがんだ走り方をすると、隊列全体が傾斜して、滑稽な姿になった。白虎隊は口をすぼめて笑ったが、心では自分たちもたった今こんな変てこな格好だった、先に到着して先に他人を笑えたのでよかったと思った。つづいて、道にもう一組、三十余名の警防団がやってきた。簡易のポンプ式消防車を押してきたのだが、しんがりは大八車を押していて、大八車には渦巻き状の荒縄が載っていた。これらの三組が持ってきた荒縄はどれも郡内の警防団の運動会で綱引きに使うものだった。縄は腕の太さがあり、水に浸すとさらに強度を増すので、汽車を橋から引っ張りだすのに適していた。白虎隊はとっくに胸算用がついていた。数日前、彼らは訓練の項目を一つ増やして、霧雨の中を上半身裸で綱引きの練習をやり、さらには荒縄を使って樹齢三十年の山黄麻（うらじろえのき）を引き倒し、手に豆をつくった。そして今、実戦がはじまろうとしていた。

汽車を引っ張る作業を行なう全員がそろった。整備士が鉄の鎖を汽車に取りつけた。鎖は橋の入り口まで延ばされたあと、三本の綱引き用の荒縄につながれた。道には数歩間隔ですでに枕木が埋めこまれ、数センチ頭を出して、足で踏ん張る際に力が入りやすいようになっていた。この人員配置と綱引きの試行だけで、朝の時間を使い切り、みんなが苦労してようやく力のかけ方と歩調のとり方を把握したころには、もう昼飯の時刻になった。みんなは弁当を持って木陰を探して座り、ざっとご飯をかっこむと、腹の足しにはなったが、口が暇になってしまった。練兵場の古参兵がまず不平を言い出した。飯がどんどんまずくなる、醤りがいがあるのは箸だけだ、味噌汁は薄くて鳥が飛びたてるほどだ、と言った。それから取るに足らない与太話が延々とつづいた。警防団は消防に最善を尽くしていないとか、白虎隊は隊長に頼りすぎるとか、しまいには汽車が爆弾を避けようとして軽便橋に入ったことまで責めはじめ、長々としゃべくっているうちに、そうだ！　ぜんぶ米国の陰謀だ、ということに落ち着いた。もともと何人かは聞くに堪えられず、まさに反論しようとしていたところに、古参兵が責任を米国に押しつけたのを聞いて、まったく腹が立つやらおかしいやら、だが口を挟むのが半テンポ遅かったのは幸いだった、そうでなければ自分まで米国のスパイの罪をきせられるところだった、と胸をなでおろした。

このとき、橋脚の補修工事をやっている年寄りの作業員が谷の小道を登ってきた。息を切らしながら、あれこれと言葉を濁して言った。橋がもう持ちそうにない、新しい亀裂が見つかった。

成瀬列車長はそれを聞くと少し考えてから、言った。「即刻発車する、みなさん、午前中の演習の通りに、汽車を引っ張ってください」。そしてすぐに付け加えた。「車内に砂袋をあと二十五袋追加します」

二十五袋で約一トン、中に置けば車輪の粘着力を増加させることができる。だが今、橋は警報を発しており、さらに一トン加えるのは、橋を壊す「最後の一本のわら」になりかねなかった。みんなが迷って決めかねていると、成瀬が砂袋を一つ肩に乗せて、ゆがんだ制帽を正し、橋を歩き出した。趙阿塗は遅れを取るまいと、左右の肩にそれぞれ一袋ずつ担いだが、橋に足を踏み出すときにちょっと躊躇して、橋が我慢できるかどうか不安気な様子だった。年寄りの作業員も一袋を手に提げて歩き出したが、肩に乗せることができず胸に抱えた。年寄りでさえ懸命なのだ、若者たちは言うまでもない、みんな飛び出して行って、砂袋を提げて橋に向かった。

肌を刺す強烈な午後の日光のもとで、世界は白く輝いていた。谷間の渓流はよろよろ流れ、木陰を過ぎて、日がたっぷり当たる場所に来たとき、油断をするとたちまちのうちに焼かれて雲に変わり浮かび上がった。そして橋の上にいる天の覇王を、突然雲の中に隠したり、太陽の日差しの下に姿を見せたり、また急に雲の影に埋没させたりした。しばらくすると、車両の両側から蒸気が流れ出した。成瀬が空気圧縮機を作動させて気体を砂箱に送りこむと、細かい砂が直ちに鉄の管から吹き出して、車輪の摩擦力を強めた。そして汽笛を短く鳴らして出発を告げた。三百名の兵士、学徒兵、警防団は綱引きの荒縄をぴんと張り、張力が鉄の鎖を通して汽車まで伝わった。汽笛がもう一度鳴るのを待って、みんなはためていた力で懸命に引っ張った。シリンダーの蒸気圧も一分以内に徐々に上昇した。汽車が出力をつけるのに合わせて軽便橋が横に揺れだし、とうとう激しく震動しはじめたとき、汽車はようやくなんとか少しだけ移動した。彼らは数回やってみたが、やっと一五センチほど移動しただけだった。その間にトロッコの車夫の仲間たちも加わって引っ張るのを手伝った。トロッコの車夫は汽車をひどく憎んでいた。汽車は彼らの飯の種をぜんぶ奪い去った強盗であり、もし車両の中の貨物をトロッコで小分けして運送すれば、彼らは死ぬまで運びつづけ、死ぬまで稼ぎつづけることができたはずだった。だがたとえそうであっても、彼らは袖をまくって手伝ってくれた。少なくとも、この道理をわきまえない強盗が一列になって山野を駆け抜ける姿はやはり彼らの視線を虜にしていたのだ。トロッコの車夫の手助けが増えても、汽車を動かすことはできなかった。問題は車輪が巨大な木の隙間に挟まっていることにあり、動かそうとするたびに障害になっていた。

　翌日の朝、同じ顔ぶれが再び出動して汽車を引っ張った。鉄道員がバス修理工場からジャッキを八台借りてきて、汽車を高く押し上げ、うまく車輪を動かすことに成功した。だがこうやっても、汽車は一日に一メートルしか進まず、前進速度は日に日に遅くなっていった。というのもジャッキが三台、深い谷に落ちて、鉄くずになってしまったからだ。五日後、梅雨がまたやってきた。しとしとべたつく小雨は青苔と鉄さびを育むだけで、流れゆく川しか受け入れてくれるものはなかった。縄を引く者の手は豆がすべて破れ、数日前の情熱は、今は不平を言うのに使われた。六台目のジャッキが汽車を移動させる最中に振動で落下し、安全ロープを引きちぎって、谷に落ちて行ったころには、もう恨み言を言うのも省略してしまい、まるで水たまりに浸かった地下足袋をはいて十キロ歩いたような気分だった。帕が雨合羽を脱ぎ、胸をはだけて軽便橋へ近づき、ジャッキを手に取って、それを高く掲げ大きな声で言った。「この爪楊枝はジャッキだと言えるか？」みんなの返す言葉を待たずに、いきなり折り曲げ、同じようにもう一台のジャッキも捻じって使いものにならなくしてから、大きなゴミ箱——数日来彼らを苦しめている谷間に投げこんだ。

　それから、帕は胸にたっぷり空気を吸いこんで怒鳴った。「巴格野鹿（バカヤロウ）、俺こそが最強のジャッキだ」。言い終わると、体ごと汽車の下に滑りこんだ。

一生兵隊をやっても罵倒することしか知らないだろう古参兵も、激情をこめて応じた。「ならば我々はテコだ」

帕は汽車の下に腹這いになって、両手で線路をつかみ、腕たて伏せの格好をした。胸から大声を絞り出して、全身に力をいっぱいに吹きこむと、産毛まで針のように逆立った。彼の背中がもち上がり、汽車が動いた。ごくごくかすかな震動が、成瀬と趙阿塗を驚かせた。経験で言えば、その力は動輪から伝わってきたのではなく、むしろ汽車に命が吹きこまれて動いていると言ったほうがよかった。その力は荒縄を通しても伝わり、兵士や学徒兵は汽車が目覚め、魂が入って、鋼鉄が自然に呼吸をはじめた、と感じた。これは紛れもない事実だった。

趙阿塗がステップの手すりをつかみ、床板に這いつくばって下を覗いてみると、帕の筋肉にミミズのような青筋がたくさん走り、服がはじけそうになっているのが見えた。顔も大きく膨らんで、充血した耳は真っ赤だった。帕は絶えず移動して、背中をたびたびあっちにやったりこっちにやったりしながら、押し上げるための汽車の重心を探していた。

「第一動輪と第二動輪の間にすこし平たい『制動梁』がある、そこを押し上げろ」。趙阿塗はその位置を指し示めすために、体ごと逆さになって叫んだが、自分の高所恐怖症をすっかり忘れていた。

帕が蛇のように這ってそこまで行ってみると、確かにいい位置で、もちあげると、すぐに汽車はおとなしくなり、臣下のように服従して体をふんばった。みんながタイミングを合わせて、いっせいに荒縄を引くと、汽車はゆっくりと前に三メートル進んだ。もともと十日かかる進度を今、半時間に短縮して完成させたのだ。だが成瀬はしきりに、帕に止まるよう叫びつづけ、かつ汽笛を鳴らして警告を発し、みんなに荒縄を下ろすように命令した。汽笛は谷間にこだまして、鋭く高らかに響き渡り、警告のようには聞こえず、反対にみんなにもうひと頑張りだと鼓舞しているようだった。突然、荒縄を引く速度が帕の腕立て伏せより早くなって、バランスが崩れた。帕は橋板の木片の上で力が抜けて動けなくなり、八〇トンの天の覇王の下敷きになってしまった。あまりの痛さに怒りの声を上げたあと、彼は棺桶のように静かになった。成瀬の予感は現実のものになった。帕が汽車をもちあげることは心配していなかったが、暗黙の了解ができていないのに、みんなが頭のないハエのようにでたらめに引っ張って、事を台無しにしてしまうのを恐れていたのだ。成瀬が急いで這って行くと、帕が制動梁に押しつぶされ、息は吐いても吸っていない状態で、うめき声も消えかけていた。神仏が華佗（かだ）〔伝説的な名医〕に変身して救いに来ても難しかった。十名ほどの学徒兵が大急ぎで橋にかけつけ、橋が壊れるのも恐れずに、汽車の前に立って力いっぱいもちあげようとしたが、どうやっても無理だったので、焦って泣き出しそうになった。突然、はっきりと、橋が裂ける音がして、汽車がガクンと下へ沈んだ。学徒兵は抱き合って大声を張り上げ、汽車の中にいた者も目を閉じて、互いの手をしっかりつかんだ。数秒後、みんなは橋が壊れたのではないのがわかり、こぞって下方を見下ろして、木の折れる音がどこから来たのか見てみると、帕の体が橋の下に引っ掛かって、手はしっかり機関車の台枠をつかみ、両足は宙に揺れていた。それはなんと帕がぐっと息をとめて、肘でみぞおちの下のぶ厚い木の板を突き破ったときの、木が割れる音だったのだ。帕は痛みをこらえて機関車の底をつかみ、体を揺らした反動で跳び上がり、運転室に這い上がると、床にぐったり倒れこんで、体をじっとしたままみんなの拍手を受け入れた。しかし、傷の状態は肋骨と肺をほぼ打ち砕いており、帕は自分の兵士たちの歓声が聞こえず、かすかに微笑み、鼻から噴き出た血がぶくぶくと顔にかかった。みんなは喜びをしまいこみ、帕を担いで医者に見せに行こうと、ちょっと動かしたとたん、帕が慌てて汽車のドアの柱をつかんで拒絶した。だが痛みがひどくて話をする力もなくなっていた。みんなが手分けして医者や衛生兵を探しているとき、帕はようやく口がきけるようになったものの、一言一言がこの上なく弱々しかった。「俺は死なない。これは軍令だ、もし俺の家族に、特に祖父に、俺の怪我のことを言うやつがいたら、そいつの命はないと思え」

帕は小さいころから遊びが好きで、しょっちゅう何かにぶつかり、しょっちゅう怪我をした。たとえば何個かの百香果（パッションフルーツ）のために、同級生と賭けをして、山奥まで熊の金玉を撫でに行ったこともあった。ただ熊の金玉を撫でるだけでなく、さらに金玉の毛をひと摑み抜いて証拠にしようと思ったのだが、力を入れすぎて金玉の皮を引っ張ってしまった。熊は金玉を怒らせて、帕の肋骨がぜんぶのぞくほどつかみかかった。帕は家に帰ることができなくなり、外に隠れて二週間休養した。またあるときは、メス牛の小便をまいたわらをかぶり、股の間に熱い炭を入れた竹筒を挟んで、発情したオス牛をそそのかし、のしかからせて交尾しようとした。そいつが学校の野菜畑を食い荒らしたことに対する報復だった。だがあろうことか、この牛は帕をイノシシだと勘違いし、なのにメス牛のにおいがするものだから、糞ばかり食べている奴がよそまで手を出しやがったと思ったのだろう、角で挑みかかってきて、帕の太ももを突き刺してしまった。そのため彼は外で一週間休養することになった。ともあれ帕がどこに行こうと、劉金福（リュウジンフ）はほったらかしにしていたので、いずれ戻ってくればそれでよかった。帕にとっては、転んで手の骨を折るのは反対に勇ましい証拠となり、怪我をすればするほどいたずら遊びをするようになった。生まれてこのかた、怪我をしてできたかさぶたの量は、天秤棒ひと担ぎ分はなくても桶一杯分以上はあり、流した血は村びと全員に猪血湯（ブタの血スープ）と鴨血糕（アヒルの血もち）を振る舞う量に十分匹敵した。しかし、今度の汽車による圧迫傷はかつての傷とは程度が違い、呼吸の中に、肋骨が炸裂する音がして、なんとか命を取り留めただけでも、もっけの幸いだった。夜になった。湿気が谷間に充満して真下から突き上げてくるので、帕は汽車が下に落ちたのかとびっくりさせられた。それに、やっとのことで傷の痛みを克服して眠っているとき、無意識に寝返りをうってしまい、傷口がまた痛んで目を覚ましてしまうのだった。当番（直宿）の趙阿塗は、夜は釜の火を休ませる慣例を破って、石炭を燃やしつづけて暖を取り、木の板で両側の出口を塞いだ。そうしないと初夏の夜風でも凍死することがあるからだ。焚口戸を開けていると、火が虎のように襲いかかり、目が痛み、そのうえ石炭の煙は嫌なにおいがした。帕は彼にたきぎを燃やすよう頼み、この黒い石は燃やすと臭い屁を出すと言った。だが趙阿塗は石炭を燃やすと言い張り、もし他の物を燃やすと、汽車は「没擋頭（ムドンテウ）になる（力が入らない）」と言った。帕はそれを聞いて笑ったが、笑ったのは趙阿塗が汽車にほとんど取りつかれていると言っていいほどの知識を持っていることにではなく、自分がここでグニャグニャになって、没擋頭になってしまったのを笑ったのだ。

「この世にそんな汽車があるのか？　藍色をしたのが」。機関助士席の上に、ガラスの筒が掛かっているのが見えた。その中には筒状に巻いたカラーの絵葉書が入っており、奇妙なのは、機関車が銃弾の形をしていて、角がなく、藍色に塗られていることで、空想の漫画絵のようだった。

趙阿塗がガラスの筒を掛けている紐を外して、ポンと軽くたたくと、筒はその力で回転しはじめ、絵葉書もそれにつれて回り、描かれている機関車が走り出した。細かな部品もきちんと描かれていて、車輪が線路のつなぎ目を通過するときの音もした。「あじあ号、満洲国の鉄道部の列車だ」。趙阿塗は言い終わると、鉄挟みで釜の中から火のついた炭をつまみ出して、ガラスの筒の底についているくぼんだ皿の上に置いた。火の光が筒の中を突き通し、回転している汽車はとても美しく、力のこもった藍色の光を放った。

「これを、ひと筋の藍空疾走、と言う」。趙阿塗は詩的な口調で言った。

「ひと筋の藍空疾走？」帕は、この言葉は実に力がこもっている、だがなんて読みにくい、舌が痙攣しそうだと思った。しかしすぐに思いなおした。詩とは、きっと人に頭の中で結び目をつくらせ、それを解いたあとに快感を持たせてくれるものなのだ。

趙阿塗は帕も汽車がわかるのだと思い、熱が入ってきて、あじあ号の内装を全部披露した。客車には冷暖房空調設備、ベルベットの座席、食堂車があって、最後尾の車両は密閉した流線形の展望車になっている。また自動の給炭機と給水システムを備えていて、人が炭を掬って入れなくてもいい。列車全体が藍色に塗られ、運転室の中も藍色に塗装されており、火室は半球状で、すべての制御弁には長い鉄のバーが付いていて、子どもの玩具のようだ。直径二メートルの紅色をしたスポーク状の動輪がけん引して、最高速度は百キロを超え、今のこの生きるか死ぬかの瀬戸際にいる、せいぜい時速六〇キロしか出ない汽車に比べると、汽車に翼が生えているようなものだと想像してもいい。そのうえ、究極の流線形の列車は、角という角が高速の中で、融けて弾丸のようになる。夕日のもとで、淡い藍色に塗られた、夢のような弾丸列車は、まるで藍色の空が、地平線に接している線路を通って走ってきたようで、これがひと筋の藍空の疾走でなくてなんと言おうか？　ここまで話すと、趙阿塗はガラスの筒を回しはじめた。紐の結び目と鉄のふたをつなぎあわせた仕掛けの装置から音が出て、中の絵葉書の図案がまた走り出した。趙阿塗は見とれて、回す手を止められずに、尋ねた。「あじあ号の構造がなぜ玩具に似ているか、知ってるか？」この問いかけは、余計だったと思った。なぜなら床に横になっている帕はもう眠っていたからだ。彼は帕に軍用毛布を掛けてやり、光がまぶしくて目が覚めないように、そっと焚口戸をしめた。

それから、わら縄と油を浸みこませた布を腰の後ろに差しこんで、ドアのところから下方を見た。川の流れが急な場所で白い水の花が見えるほかは、谷間はひっそりとして暗かった。空には、星がにぎやかに輝き、銀河がその中を突っ切って流れていた。空にも人間界にも、一本の川があり、どちらが映った影なのかわからない。趙阿塗は機関車の脇の歩み板（ランボード）まで来ると、腰にロープを結んで安全を確保してから、下へ這いつくばり、縄でまず汽車の鉄の部品に生えたさびや埃をきれいにふき取ってから、油を浸みこませた布で拭いた。油を塗ったあとはつやつや光って見えたが、手で触っても油はつかなかった。油の厚みが足りないとさびが出やすく、多すぎると灰塵をくっつけてしまう。これらの作業は自分がやるべきことで、支援に来た機関助士の手を借りると、どうしても彼らには細心さが足りないと思えてしまう。そのうえ、夜晴れているうちに作業をするのはわりと気分がよかった。昼間は雨が降っているか、ひと皮むけるほど日が照っているかのどちらかだ。趙阿塗は一人で汽車といるのが好きで、人といるよりずっと自由だった。とはいえ、彼に一人仲間が増えた。満腹になった一羽のフクロウが夜の後半を汽車のところに来て休むようになったのだ。ホーホーといつまでも鳴きつづけ、小動物の死骸をつかまえた足の爪には血がついていたので、いつも汽車を汚し、昆虫の硬い殻の混ざった糞も車両の隙間に落ちて、取り除くのはひと苦労だった。彼はこの怪鳥が嫌いで、鉄のシヨベルではたいて肉餅（ロウビン）にしたいくらいだったが、どうも汽車がこの鳥をとても気に入っているような気がしたので、歩調を合わせることにしたのだ。どのみち長い夜だ、鳥が一羽増えてつきあってくれるなら寂しくないだろう。

翌日、朝日がまだ顔を出す前、帕は寒くて凍えそうになって目を覚ました。ひどく鳥肌が立っている。趙阿塗が機関助士の席で眠っているのが見えた。手にはまだ油の浸みこんだ布を持ったままだ。軽くせきをして、ずり落ちた軍用毛布を掛けてくれるよう趙阿塗に気づかせようとした。だがなぜかみぞおちが鈍く痛み、息を吐く力さえ出ない。なんとか足の先で焚口戸にかかっている鎖を外し、戸を開けて暖を取ろうとした。だが意外にも中の火種は小さくて役にたたず、アリ一匹を焼き殺すのにも足りなかった。思案していると、入り口に二人の憲兵があらわれ、医者を一人連れていた。町から来た医者は、早朝三時に鬼中佐が派遣した兵士にたたき起こされ、直ちに三人の俊足の車夫が線路に火花を散らしてトロッコを走らせた。一時間後に関牛窩に到着したときには車夫の足は萎えて力が抜けてしまった。医者も足から力が抜けて、よろよろの軽便橋に足を踏み入れる勇気がなかった。いっしょについてきた憲兵が馬の上で軍靴を鳴らして、橋に行くよう急き立てた。医者は診察を終えると帕の肋骨が数本折れ、紫蘇畑のように胸が鬱血し、さらに命取りになりかねない気胸（ききょう）〔肺に穴があき胸腔に空気がたまっている状態〕になっているのを発見した。生きていられるのが奇跡で、早急に病院に搬送して手術をしなければならなかった。帕は手術が必要だと聞いて、すぐに首を振って拒否した。自分の命は雑巾と同じくらい丈夫で、汚れるほどいいんだ、これくらいの傷で死にはしない。またこうも言った。小さいころ腹に竹が刺さったことがあったが、祖父が傷口に線香の灰を塗ったら、すぐにかさぶたができてよくなった。言い終わると、趙阿塗に服をめくらせて傷口を見せた。連なる腹の筋肉以外、みんなはどこに古傷があるのか見てもわからなかったが、帕の態度に恐れをなして、誰もが傷口はほんとうに大きいと言い、憲兵までも馬から跳び下りてきて嘘を言い、しきりに大したものだと褒めたてた。医者も同調して、これはまったく医学上の奇跡だ、と言うしかなかった。巴格野鹿（バカヤロウ）、仰向きに寝ている帕が怒りだし、無理やり体をまっすぐ伸ばして、腹の筋肉のあいだからへそを出した。だが日本語でへそをなんと言うか忘れたのに気づいて、すぐにそれにつばを吐きかけた。みんながそこを見てみると、へそに古い傷跡があり、突き刺さった力の強さがよくわかったので、急に自分も突き刺されたように腹が痛くなってきた。帕が治療を拒否しているし、動かすとまた痛い思いをさせてしまうので、医者はペニシリンと痛み止めの薬を出すほかなく、よく休むようにとお決まりの言葉を言い、さらに何のお役にも立てなかったと言い添えた。

「あんたは俺を救ってくれた」。帕は断言した。「俺はたった今寒くて死にそうだったが、あんたたちが来たおかげで、趙阿塗の目が覚めて火を起こしてくれたからな」

帕にとって、あじあ号が玩具に似ているかどうかは、昨晩眠る前に趙阿塗が言った話をまだ覚えていたが、それは重要ではなかった。翌日の昼に彼がなぜまたその話を思い出したかというと、一人で汽車の中にいるのが退屈で、太陽もまた強烈だったからで、もし山風が吹いて暑さを和らげてくれなかったら、きっとまた怒りっぽくなっていたにちがいない。体を動かすことができないので、石炭の燃えかすを拾って、指先で力いっぱいあちこちに弾き飛ばして、運転室のさまざまな鉄の機器に命中したときの金属音を聞いていた。遊び疲れたとき、彼が機関助士の席の上に掛かったガラスの筒に向かって弾くと、命中してそれが回り出した。ちょうどこのとき、成瀬が車内の巡視にやってきて、支援に来た新米の機関助士が汽車をきれいに拭いていないことを見つけ、また帕がガラスの筒に石炭の燃えかすを当てているのを見て、ポケットから仕事用の手袋を取り出し、手にはめて、筒の上の炭の痕をきれいにふき取った。それから、成瀬は筒を下ろして手に持つと、筒の底から上を覗き、さらに窓の外の明るい場所に向けて、何かを見たがっているように見えた。大の大人が、子どもが麦芽糖をこっそり盗んで食べるような様子だったので、帕の好奇心を誘ったが、あえて聞かなかった。すると成瀬の方から話しはじめ、趙阿塗が日ごろこの筒をお守りにして、どこに行くにも持って行っていたのに、ここ数日ここに掛けたままにしているのは、目的があるようだ、と口にした。それから、ガラスの筒を帕に渡して、絵葉書の裏の文字が読めるかと尋ね、つけ加えた。「この裏には鉄道界の伝説が隠されていて、その名前を『愛子の秘密』と言うのですよ」

絵葉書は筒状に巻かれて筒の内側に張りついていたし、鉄のふたは開かないように封をされ、筒の底は分厚く窪んで、渦をまいて曇っていたので、中に何があるのかはっきり見えなかった。帕は打つ手が見つからないので、言った。「割ってしまえば、「愛子の秘密」とやらがわかるのではないか。ところで、それはいったい何のことだ?」

成瀬は笑い出して、脱いだ手袋を上着のポケットにしまった。彼は答えた。「愛子の秘密」について趙阿塗ほどよく知っている者はいない、自分はしばらく黙っておいて、日を改めて趙阿塗に話してもらおう。彼はまた言った。今、周りでは趙阿塗のことを傲慢だとか、独りよがりだとか非難する者が大勢いる。特に紫電が軽便橋のところでにっちもさっちも行かなくなってからは、彼の本性がさらによくあらわれたと言っている。

「俺が帰ったら白虎隊をよく教育しておこう、その話はあいつらから出たものだ」

「鹿野殿がそうおっしゃるなら、私も戻ったら趙阿塗をよく教育しておきます」

二人は笑った。成瀬は座りこんで、少しおしゃべりをして、最後はまたこの話題に引き戻した。帕に趙阿塗の物語を話して聞かせたのは、おそらく成瀬が趙阿塗の個性を理解し、あのいっぷう変わった不可解な行動に対してもいくらか知りぬいていたからだろう。彼は話しはじめた。

趙阿塗は小さいころからおかしな習慣があったが、それは彼の出生と関係があるのかもしれない。つまり竈（かまど）の前にしゃがんで火を見ながら、煙のにおいをたっぷり嗅ぐのが好きで、嗅がないと鼻水が出て、嗅ぐと涙が出た。この変な癖のために、大きくなってからは汽車の煤煙が好きになり、線路のそばにしゃがんで汽車が通過するのを待ち、ほんの少し嗅ぐだけでも体じゅうがのびのびと気持ちよくなった。こうして、汽車に夢中になり、好んで汽車の絵を描き、汽車の飾り物や切符を収集し、遠方の煤煙の濃淡を見るだけで、あるいはシリンダーの運転音を聞くだけで汽車の型番がわかるようになり、将来は汽車の運転手になろうと志をたてた。趙阿塗には植物状態の母親がいて、普段は祖母が世話をしていたが、下校後は趙阿塗がご飯を食べさせたり体を洗ってやったりした。夜は母親のそばに寝て世話をし、ひと晩に何度も起きて痰を吸引し背中をたたいてやった。暇なときは、母親を背負い数キロ歩いて、鉄道のそばで汽車が通過するのを待ったり、その何倍もの道を歩いて最寄りの駅に行って汽車に乗り、機関車にいちばん近い車両を選んで、強風と煤煙の味を味わった。あるとき背負っている時間が長すぎて、チューブで母親ののどから痰を吸引するのを忘れたことがあった。彼女はのどが詰まって呼吸ができず、死にそうになった。これ以降、趙阿塗は気を抜かず、常に母の呼吸に注意を払い、万一のことが起きないようひどく気にかけるようになった。

公学校を卒業した年、趙阿塗は「鉄道現業員教習所」に合格した。一種の鉄道員訓練機関で、通知を受け取ったら台北に行って勉強することになっていた。何度も悩んだ末、母親の世話をするために、彼は自分の夢を捨て、父親の職業を継いで市場に屋台を出してビーフン炒めや粄條（バンティアオ）〔米粉でつくったきし麺に似た麺〕を売ることを選んだ。入学手続きの数日前、趙阿塗の父親は突然体調が悪くなり、彼に一人で天秤棒を担いで市場に行かせた。思いもかけず、昼になるとある人が慌てて知らせにきて、家に不幸が起きたので、急いで帰るように言った。慌てて戻る道中、趙阿塗はわざわざ付近の廟に寄って、保生大帝（ほせいたいてい）〔医療の神様〕に父をお守りくださいと祈った。ところが家に着くと、死んだのは母親で、客間に寝かされ顔に白い布が掛けられていた。父親がしきりに自分を責め、ふと気が緩んで、食事をさせたあと彼女が嘔吐（おうと）して気管支に詰まらせたのに気づかなかったと言った。彼女はむざむざのどを詰まらせて死んだのだった。そばに座っていた祖母や祖父も悲しみを隠すことができず、趙阿塗の父親に自分を責めないように慰めていた。趙阿塗は声を上げて泣き悲しみ、白い布を取って母親の死顔を拝すると、驚いたことに母が口を大きく開け、目を見開き、それでも顔に笑みを浮かべていた。長いあいだ世話をしてきた経験から、母親は物を詰まらせて死んだのではないと感じた。しかしこの疑惑が晴れないうちに、すぐに一連の細々した葬儀の用事で忙しくなり、うやむやになってしまった。その後趙阿塗は、父親がわざと彼を遠ざけ、その隙に母親を悶死させたのだと考えて、ずっと許すことができず、台北に行き「鉄道現業員教習所」で学ぶことで、悲しみを少しずつ忘れようとした。二年後にようやく、この謀殺事件のことがあることないことぽつぽつ語られはじめ、趙阿塗はそれらを寄せ集めてこう結論を出した。家族八人のうち、彼を除いて、全員がこの謀殺事件に関与していた。その日彼らは特別にブタの肝粥と鶏のスープを煮て阿塗の母親に食べさせたあと、誰かが口を塞ぎ、一人が手足を押さえつけて、彼女の息が絶えるまでそうしつづけた。彼を震撼させたのは、首謀者は趙阿塗の父親ではなくて、ベッドに横になっていた母親自身だということだった。早くも彼女が死ぬ半月前、趙阿塗以外の家族の夢枕に母親が数日間つづけて立ち、みんなに自分を殺すようにと告げ、方法もすでに考えられていた。彼女が死を望む理由は至極簡単だった。彼女のことに構わず、趙阿塗に自分の夢を追い求めてほしかったのだ。家族は初めは気に留めなかったが、頻繁に夢枕に立つのでようやく真剣になり、位牌に参って是非を問うたあと、ご先祖様が連続七回の聖筊（シンポエ）（半月型の平面（陽）と凸面（陰）からなる木片（筊杯）二枚を投げて願い事の吉凶福禍を神様に問う占い。平面と凸面がでると「聖筊」と言い、願い事がかなう、質問に同意する、の意）で同意したので、思いきって人殺しを犯したのだった。

帕は成瀬の話を聞き終ると、かすかにうなずいた。横になったまま外を眺めると、白雲が列車のドアから流れこんできて、また出て行き、あとに限りないすがすがしさが残った。夕方になり、趙阿塗が天の覇王に戻ってきたとき、疲れて眠そうで、体がまるで吐き出した痰のようになっていた。いつもは郡内の鉄道施設に行ってお湯を使って沐浴をしていた。そこには廠区に電力を供給する石炭動力室があり、ボイラーが排出する高温の廃水を浴場に送りこんでいた。石鹸でこすってから、浴槽にとびこみ、一つ声を上げると、一日の疲れがたちまちお湯に溶けていく。しかし今は、当番をこなさねばならなかったので、間に合わせに瑞穂駅の当直室の浴場を使って、桶に水を汲んで体を洗い、夕日がまだ空にあって明かりをつけなくてもすむうちに、天の覇王のところに戻ってきたのだった。趙阿塗が椅子に腰かけてうとうとしているとき、床に寝ている帕が尋ねた。「お前はあじあ号の構造がなぜ玩具に似ているか話すんじゃなかったか？」趙阿塗の意欲に火をつけたが、しかし過度の疲労がすぐに話題の導火線に水をかけて消してしまい、なんとかうなずいたけれども、たちどころに夢の中に入って行き、いびきの音があたりに響いた。

だが帕はどうして眠れよう。一日じゅう、たっぷり食べて寝て、またたっぷり寝て食べるというブタのような生活をしていたので、夜になると反対に寝つけないのだ。床ずれができそうな尻をちょっとずらしてみたところ、予想外にも体を動かすことができるようになっていた。彼は出入り口まで歩いて行って腰かけ、足を空中にぶらぶらさせて、向かいの山に誰かが灯りをつけて歩いているのを眺めた。なかなかよい動きをしており、灯りが点いたり消えたり、強かったり弱かったりした。ふと振り返ると、手すりのところに小袋が結びつけてあるのに気づいた。その赤い紐には見覚えがあった。ほどいて見ると線香の灰が入っていたので、即座に劉金福が持ってきたのだとわかった。彼は少し腹が立った。いったい誰が知らせた、それに劉金福はいつ持ってきたのだ、まったく気づかなかった。だが帕は覚えていた。子どものころ、学校の先生が、もし線香の灰で病気を治せるなら、水だってガソリンになることができる、と言って生徒を戒めた。しかし劉金福は線香の灰の中にこっそり肉桂（にっけい）や黒砂糖の粉末を混ぜていたので、帕はもっと頻繁に病気になって、たくさん甘い味をなめたくてたまらなかった。帕はその当時の感覚が懐かしくて、指先をなめて湿らせ、肉桂を混ぜた線香の灰をつけて食べてみた。さすが子どものころにいやしんぼうだっただけあって、生のサツマイモに付けて食べたら最高だろうにと思った。何口かなめてから線香の灰の包みを仕舞い、また我慢できなくなって開けてなめ、これを繰り返した。おそらく心理的な作用なのだろうが、しばらくすると全身の気と血が駆け巡り出した感じがしたので、息を詰めて、思いっきり屁を放ち、あやうくパンツを汚しそうになった。そのあと石炭を何個か拾って、尻を拭くザラ半紙の代わりとし、枕木の上にしゃがんで大便をした。下に強くいきんで、尻の穴をひくひくさせると、大腸はまさに行雲流水のごとく、谷間に向かって汚物をまき散らした。彼は実にいい排便だったと自慢げに思った。痛快は痛快だったが、しかし大腸が空になり、あぁ！　また腹が減ってきた。

　夜中に、起きて汽車を拭く支度をしていた趙阿塗は、帕が出入り口のところに腰かけて眠っているのを見つけた。帕は小袋をきちんと持っていないので、足の上に線香の灰が散らばっていた。山風が荒々しく吹きすさび、濃い闇夜が広がる中で、帕は頭を垂れていびきをかいていた。手には半分かじり残した、線香の灰をつけたサツマイモを握っており、食べ方もじつに変わっていた。このとき、趙阿塗は遠く向かいの山にいくつか灯りが見えるのに気づいた。山道に沿って下方へ漂い、飛んだり跳ねたりしながら、汽車の窓の明かりのように、滑るように進み、それがあまりにきれいだったので、目を離すことができずに見とれていた。突然、サクッとすがすがしい音がしたので、うつむいて見ると目が覚めた帕がサツマイモをかじった音だった。帕はズボンの上にこぼした線香の灰をサツマイモにつけて食べながら言った。「夜戦がはじまった」。鬼中佐は夜襲戦と払暁戦（ふつぎょうせん）をそれぞれ毎週一回行なうスケジュールをたてていた。払暁戦とは敵軍が最も疲れた状態にある明け方を狙って行う反撃戦で、夜襲戦は夜のうちに奇襲をかけて敵軍の要塞を攪乱するものだ。

　遠くの山の灯火はすべて帕の解説通りに動いた。さっと集まったかと思うと、瞬く間に長い列になり、消えたかと思うとまたあらわれて、山の中腹を滑るように下りた。趙阿塗はようやく理解した。灯火は白虎隊が持っていて、消えたあとまたあらわれたのは尾根を迂回したからだ。突然、帕が「分かれ」と言うと、遠くの灯火が直ちに二つに切り離され、もう一度「分かれ」と言うと、アセチレン灯が一つ、即座に飛び出した。速度は滑るように速く、その光を追うのが難しいほどだった。趙阿塗は納得できないふうの顔をした。帕が説明した。今の動きは、最初は道の勾配が急なので、もたもたして怪我をしないように部隊は行軍の速度をあげたのだが、平坦な道に出ると、足の速い学徒兵が先に支援に向かった、それで部隊が分散したのだ。そしていちばん先頭に飛び出した灯りは鉄馬（じてんしゃ）先鋒隊だった。

　鉄馬は帕が提供し、戦術は鬼中佐が提供した――太平洋戦争初期、もとより「マレーの虎」と評された日本軍山下奉文大将は、兵士に脇の下に銃を挟み、股の下に車を挟んで、自転車で駐屯地を移動させた。その速度は一群の雲の影が流れるように速く、驚いた連合軍のズボンはずっと小便の乾く間もなく、照準器の照門でかれらに狙いをつけることができなかった――その鉄馬に乗っている兵士は、鬼火が急いで転生するように、山道を軽々と走っており、もし気にすることがあるとすればブレーキを掛けるのがとてもきついことくらいだった。帕が鉄馬に乗っている兵士を褒め終わらないうちに、そのアセチレン灯が下に落ち、何かにぶつかったようで、ひっくり返って一面に火花が散った。帕は手にしていたサツマイモを握り潰して、仲間が谷に落ちたぞと大声で叫んだ。アセチレン灯とは、アルミ缶の中の水を下層のカーバイドのかたまりにたらし、カーバイドが燃焼して発生する気体を少しずつ燃やすものだ。アセチレン灯がひっくり返ると、反応は非常に大きく、カーバイドのかたまりが激しく燃え出して、鉄馬に乗っている学徒兵を焼き殺しそうになりながら、そのまま下へ転げ落ちた。

帕は息を吸いこんで大きな声で叫んだが、意外にもみぞおちの傷が重くて叫び声は小さく、むしろ趙阿塗が金槌で汽車の鉄板をたたく音のほうが大きかった。しかし遠く深い谷間では、鉄板の音はやはり弱かった。足の速い学徒兵が駆けているのが見えたが、山道の下に墜落した者がいるのに気づいていなかった。趙阿塗は鉄板をどんどん激しくたたき、手がしびれてきたので、釜の火が消えているのが残念でならなかった。釜を使えれば汽笛をならして、いくつ向こうの山であろうと聞こえたはずだった。突然、彼の金槌を持つ手が動かなくなり、振り返ると帕が彼の手をつかんで立ち上がった。

帕は痛みをこらえて、胸を膨らませ、向こう側に向かって叫びはじめた。内容はどれも、停まれ、後ろを見よ、谷に墜落した、の類だった。しかし声の音量は泡ほどで、ちょっとつつくとすぐに割れてしまい、谷を越えることができなかった。火の勢いがますます大きくなるのを見て、帕はますます焦ったが反対にのどが狭くなり、力を出すことができなかった。とうとう彼はいっそ目を閉じて、眉に怒りをため、再び目を開けると、肺の中の空気がのどに突き当たって炸裂し、獅子のような唸り声を上げた。

「巴(バ)――格(カ)――野(ヤ)――鹿(ロウ)」

その声は、山じゅうにこだましした。やはり主人の口癖は役にたつもので、山の向こう側の松明(たいまつ)がぴたりと止まった。趙阿塗がこの機に鉄板をたたき、火事の警報を鳴らした。ほどなく、白虎隊は谷間に転げ落ちた仲間を発見して、谷を下り、彼を救出し、さらに松明を振って帕に合図をした。趙阿塗が警報解除の音を鳴らすと、向かいの山で灯りを揺らす手が止まった。澄んだ鉄の響きが、群山の中で薄まり、最後は汽車の上のフクロウの鳴き声だけが残った。そいつはいつからここにいたんだ？趙阿塗が振り返ると、帕が床に座って、手の甲で口の角の流血を拭っているのが目に入った。傷口がまた開いてしまったようだ。

「もともとお前といっしょに汽車を拭きに行こうと思っていたが、今は無理だな」。帕は汽車のドアに寄りかかり、床のサツマイモを趙阿塗に渡して、言った。「これは汽車の中から盗んできたものだ、お前にやる、俺は食い飽きた」

あじあ号とホタル人間

今、彼らは天の覇王に集まって、汽車の釜に火を焚き、こいつはすごいご馳走だと歓声を上げながら、練兵場から届けられた赤飯の握り飯を食べていた。彼らというのは、ホタル人間の尾崎と数名の白虎隊員、そして成瀬敏郎と趙阿塗（チャオアトウ）だ。こうした集まりは、多少なりともお互いの気持ちをなごませる働きをした。帕（パ）の傷はひどくて手のつけようのない状態だったが、お陀仏になるまではいっていない。それに、さらにたくさんのサツマイモが手に入り、線香の灰をつけて食べていた。龍眼園からはローヤルゼリーや花粉入りクッキーのほかに、中に隕石の粉が混ぜてあると言っても誰も不思議に思わないような、奇妙な薬が届けられた。帕は、もし誰かが見舞いにリンゴを一個でもくれたなら、今回の病気は損にはならないのにと思った。みんなはうまいものを口にすることができて、これは帕の病気のおかげだ、お返しするものがなくて悪いなと思った。おしゃべりが弾むうちに、「愛子の秘密」の話になった。

最初にその話をしはじめたのは機関士の成瀬だった。「みんなにお願いがあるのだが、今後は俺のことを『運将（うんちゃん）』と呼ばないでくれ。俺はバスの運転手じゃないからな。たとえ汽車の幼い従兄弟（いとこ）

——トロッコを押すことになったとしても、バスの運転はごめんだ」。運将は運転手の略称で、運転にかかわる者を広く指していたので、成瀬が受け入れないのは無理もない。

「命令を伝えろ、また誰かがこう呼んだら、トロッコを押しに行かせるぞとな」、帕が言った。

まず笑ったり騒いだりする食前の小皿料理が出て、互いの距離が縮まった。そのあと成瀬は本題に入った。彼は言った。はじめて「愛子の秘密」を聞いたのは大正十一年（西暦一九二二年）のころで、それ以前に訓練所では聞いたことがなかったから、おそらくこの伝説は走っている汽車の中でこそ生命力があるのかもしれない。大正十一年のその年、勾配が険しく汽車の動力を浪費する山線の代わりに、鉄道縦貫線の海線が完成した（縦貫線は台湾海峡に沿って基隆駅から高雄駅に至る鉄道路線。途中の竹南駅と彰化駅間に海側を走る海線が開通し、これまで竹南、豊原、台中、彰化と山側を走っていた山線は支線化されることになった。後に山線に一部の縦貫列車を走らせることで住民側と妥協した）。これは台中市の住民の不満を招き、縦貫線が台中駅を通らなくなれば、追分駅で乗り換えをしなければならなくなり、時間の無駄になるので、千人にのぼる人たちが大通りに出て抗議をはじめた。抗議をする人で大通りは膨れあがり、人がおぼれ死んでもおかしくないほどになった。彼らは万国遊覧会のように行進し、なかには背広を着て紳士帽をかぶっている人や、和服や侍の格好をしている人、支那の神仏像を担いで、でたらめな歩調で踊っている人、チャルメラを吹いている人、またナイフで自分の体を切って血を出している童乩（タンキー）（霊媒者）もいて、さらに鍛冶屋、餅職人、彫り師、看板職人まで街頭に繰り出した。自動車はクラクションを鳴らし、三輪車夫は観光客の足が途絶えてしまうと声を張り上げた。夜は灯りを消して抗議し、みんなは大通りを行進して海線が台中駅を通るよう請願した。しかし鉄道部は妥協せず、さらに豊原と彰化地区の巡査を動かして秩序の維持に当たらせた。そのとき成瀬は、豊原駅から彰化駅の車庫に回送する空の客車に乗務し、機関助士になりたてで、一日に何個も火の粉で服に穴をつくっていたころだった。成瀬はつづけた。道中、あたりは掃除をしていないキセルのように真っ黒で、汽車のヘッドライトが照らす二本の線路だけが遠くまで光っていた。彼が手袋をとり、アルミのやかんを持って水を飲んでいると、ふたが落ちて、座席の下の小さな隙間にもぐりこんでしまった。手を伸ばして取ろうとしたところ、突然何やらわからない熱い物でやけどを負ってしまい、冷たい鉄板を握りしめて痛みを和らげるしかなかった。彼の手のひらに奇妙な図案のやけどの跡が残り、三角錐の形をして、その真ん中に柳の枝のような線が引かれ、汽車の修繕記号に似ていなくもなかった。そのときの機関士は確か広田次郎という人だった。広田はちらっと視線を向けたあと引きつづき運転窓から線路の状況を監視しながら、言った。

「それは愛子の秘密だ、お前は幸運だな、一生出会えない者もいるんだぞ」

「愛、子、の、秘、密?」

成瀬は言った。そのとき心の中で「愛子の秘密」と復唱すると、自分でもおかしくなって、広田さんは人をからかうのがうまい、やけどをした新米に慰めの言葉をかけてくれたのだと考えた。成瀬はまた言った。広田次郎もこちらの胸の内を見抜いて、「愛子の秘密」について話そうとしたとき、列車は台中市に入り、突然奇妙な風景が広がった。線路の脇に歓迎のロウソクがいっぱい立てられ、それは一キロほどつづいていただろうか、汽車が通過するとゆらゆら揺れて、夢で見る水の影のように柔らかかった。広田は汽笛を鳴らして警告したが、ほんとうは反対に汽車の到着をみんなに知らせたのだった。人々が路地から駆け出てきた。自転車に乗っている者も歩いている者も、木の下駄を履いている者も裸足の者も、子どもも杖をついている年寄りも、みんなの目の中には真っ暗な中でも見ることができる涙が光り、提灯を持って叫んでいた、汽車が来たぞ、汽車がとうとう来たぞ。成瀬は言った。まだ覚えているが、そのとき広田次郎はもう一度汽笛を鳴らして応え、窓の外に向かって心を込めて手を振り、成瀬にこう言った。「さらにどんな混乱や悲しいことがあったとしても、汽車は消えることはない、汽車はみんなの夢であり、我々は夢を運んでいるのだ」

広田は成瀬に石炭を追加し、客車の灯りをつけて応えるように命じた。成瀬は汽車に炭を満腹になるまで食べさせ、空いた時間に急いで後ろの客車に向かって走った。顔から汗と石炭の煙と灰が混ぜ合わさった一本の黒い川が流れ、手が触れた椅子の背、ドアの開閉レバーは全部黒く汚れてしまったが、ようやく九車両の灯りを全部つけることができた。このとき、成瀬は窓越しに沿線の民家の灯りもついたのが見えた。それは扇型を描いて広がっていき、台中市の灯りがすべてつくまでつづいた。遠方で祝いの花火が打ち上げられ、まるで地上で行き場のない灯火が天に向かって突き進んでいるように見えた。成瀬には、空（から）の車両が、灯火を満たんに載せて光を放出しているように思えてきて、窓を開ければ、世界中が明るくなるまで、光が広がっていくような気がした。彼は言った。これがたぶん「愛子の秘密」に触れてやけどをしたあとにもたらされた素晴らしい経験なのかもしれない。一度でいい、それがあればこの人生は満たされたものになる。それは鉄道員の最高の思い出であり、食事の度にいつも、子どもや孫たちからもう一度話してくれとうるさいくらいせがまれる、素晴らしいものだ。

「先輩、俺がその話を聞いたのはこれが二度目です」。趙阿塗ははっきりと覚えていた。「前回は、汽車走行記念式典の前の晩でした」

「お前は俺の子でも孫でもないんだから、もう俺に三回目を無理強いするなよ」

帕が催促して尋ねた。「その『愛子の秘密』とやらは、どんな姿をしてるんだ？」

「どんな姿かですって？　種々さまざまですよ」。成瀬はつづけた。「物語の起源は遠くにあると、ああと広田さんが話してくれました」

成瀬が言うには、「愛子の秘密」の起源は内地にあり、こういうことだった。ある少年が日露戦争に出征することになったが、駅の見送りに恋人の愛子がなかなかあらわれなかったので、しかたなく出発した。彼は戦況が最も激しい陸軍第三軍に編入された。死ななくても命半分は落とすと言われたほどのところだ。日本は勝ったが、少年は散弾に目をやられて片目を失った。内地に帰ったあと、娘が見送りに来ていたことを噂で聞いた。娘は日にちをまちがえ、実際より一日早く出かけてしまい、いくら待っても彼は来ないし、列車の中のどこにも軍人はいなかったので、悲しそうにその汽車に乗って消えて行ったという。少年はそれを聞いて、一言あぁとため息を漏らしただけで、もう何も言わなくなった。まるまる三年のあいだ、少年はその駅を通過する列車すべてに乗って、最後の車両から最初の一両目の車両までくまなく見て回り、何か探しものをしているように見えた。見て回った列車には椅子の下の秘密の場所に紙を貼って印をつけ、同じ列車を重複して探さないようにした。ある日、少年は車窓のガラスに触れてつぶやいた。「愛子、やっと見つけたよ」。そのガラスには何にもなかったが、少年がハーッと息を吹きかけると、ぼんやりと女の子のシルエットがあらわれた。少年は窓ガラスを外して持ち帰った。その後少年は二度とあらわれることはなかった。この不思議な伝説はのちに多くの鉄道車両の設計技師たちを魅了し、自分が監督製造した機関車に愛子の秘密を入れて、父母、恋人、妻あるいはペットの犬を記念した。

「こう言ったほうがいいだろうな、もし機関車を少女とみなすなら、『愛子の秘密』は設計技師が少女の体にほくろを一つつけるようなもので、それは少女の一番美しいところだ」、成瀬は言った。

白虎隊は目を丸くして、この譬（たと）えほど言い得て妙なるものはないと思った。このとき趙阿塗が話を継いだ。「先輩が言うことは正しい、ある人が『愛子の秘密』を『少女のほくろ』と呼んでいました」

「このほくろにお目にかかるのは難しい。だが、もし小さいころからその少女が好きだったら、彼女の体に触れなくてもほくろがどこにあるかわかる」。成瀬はみんなが驚いているのを見ると、また言葉を継いだ。「まなざしだよ、どの機関車にもまなざしがあって、そのまなざしでほくろが幾重にも重ねた和服の下のどこにあるか教えてくれるのさ」

「じゃあ小さいころから汽車と恋愛していなければ、それは無理だな」、尾崎が笑いながら言った。

「その通りだ、小さいころから恋愛している人間、趙阿塗、お前話してみろ、どうやって汽車と恋愛をしているんだ」、成瀬が確信を持って言ったので、みんなはさらに大声で笑った。それから、彼は話題を趙阿塗に投げて、火室のそばに掛かっている、あのガラスの筒の中の藍色の機関車の絵葉書を指さして、促した。「では、あじあ号から話してもらおうか！」

成瀬は真面目にこう言い、少しも笑みを浮かべていなかった。白虎隊は笑いつづけることができなくなり、顔を趙阿塗に向けた。趙阿塗はずいぶん長くぐずぐずしていたが、成瀬にきっぱりした口調で言われてようやく口を開いた。彼は言った。それは小学校三年のときのこと、彼の掃除当番の仕事は教員室の新聞紙を切って落とし紙にし、便所の鉄線の鉤（かぎ）に掛けることだった。ある日、新聞に載った一枚の写真が彼を引きつけた。変わった形をした機関車の写真だった。彼はその半開サイズの新聞紙を本島の先生に見せて、思いきってその新聞がほしいと言い、この汽車について教えてください、と頼んだ。本島の先生は客家語（はっか）で、その汽車はあじあ号と呼ばれ、満洲を走っていて、汽車全体が藍色をしている、と教えてくれた。その後、趙阿塗は同級生に絵の具を分けてもらって、写真の車体を藍色に塗り、部屋に貼って、いつも眺めてはにこにこしていた。そのうえ、毎日放課後に回り道をして三キロ先の線路まで行き、あじあ号が通過するのを待った。四年生の新学期に教室が変わり、黒板の横に掛かったアジアの地図を見て涙を流した。満洲は台湾にはなく、あじあ号が近くを通過することはありえないのだ。趙阿塗は言った。話せばおかしなことだが、涙を拭いて、放課後はこれまで通り三キロ先まで汽車を見に行き、自分にこう言い聞かせた、あじあ号が来ないのなら、いつか必ず満洲に探しに行ってやると。その後の数年間、趙阿塗は「便所紙の王様」になり、自ら進んで新聞紙を切る当番を引き受けた。あじあ号やその他の汽車に関するニュースを見つけると、なんでも切り取ったので、同級生から「火車憨（フォーツァハン）（汽車マニア）」と笑われたが、むしろうれしかった。六年生になり、英語版の満鉄時刻表とあじあ号の解説が載った一枚のリーフレットを郵便で購入した。満鉄はロシアを突き抜けて欧州へつながる模範的な鉄道を敷設していたので、英語版があっても不思議ではなかった。その説明文を手に入れて、彼はうれしくてたまらず、辞典を買って英語を独学し、発音もなんとかマスターした。

趙阿塗はその場で英語を披露した。「たとえばこうだ、斯科久（スーカージュウ）（schedule）は時刻表、絲等訓（スードンシュン）（station）は駅のことだ」。

趙阿塗はさらに言った。一週間足らずで翻訳し終わったので、それに手書きの設計図を添えて卒業展に提出した。その後、機関助士の試験に合格して、「鉄道現業員教習所」で透視図と立体図の授業を受けてからは、設計図の書き方も上達した。彼はまる三か月かけて、大判ポスター紙五枚を使い、パシナを描いた。パシナとは、あじあ号系列の中で最も流線形をした機関車のことで、直径二メートルのスポーク状の紅い動輪を有し、銃弾型の曲線を描く車体は燦然と藍色の光を放っていた。だが、製図作成の過程で、趙阿塗はパシナの主動輪と従輪の間に補助連結棒が余計についているのを発見し、千回考え、万回考えても、その道理がどこにあるのか理解できなかったので、そこで満鉄設計部に手紙を書いて疑問を解いてもらうことにした。当時まだ若僧だった彼は、口調はひどく生意気で、冗談を言うのも好きだったので、手紙の中に、補助連結棒は「愛子の秘密」ではないですかと書いた。一か月後に意外にも返信があり、返事をくれた市山先生は答えた。その通り、「それが愛子の秘密です。パシナが時速百キロを超えるとき、その補助連結棒のおかげで、機関車は珍しいリズムの音を出します。それは汽車と荒野のあいだのプライベートなささやきなのです」

手紙には一組十二枚のあじあ号をメインにした絵葉書が添えられていて、さらにそれぞれに四分のあじあ号の切手が貼ってありスタンプは押されていなかった。趙阿塗は言った。その後彼は市山先生と親しいペンフレンドになり、毎月一度手紙を書くようになった。市山先生は設計部の課長で、五十歳ぐらい、あじあ号設計チームの主任だった。互いをよく知るようになってから、市山先生はあじあ号の設計のインスピレーションは愛娘から得たと吐露した。その当時、彼の娘は十歳のころに罹った奇病のために、徐々に記憶を失い体が委縮しつつあった。唯一好んでしたのが、毎日午後になると母親に車いすを押してもらって近所の田んぼへ行き、そこから汽車を眺めることだった。しかし、こまごまと煩わしい仕事のために市山先生は故郷に帰って娘の顔を見ることができず、またあじあ号設計のために頭を悩ませていたちょうどそのとき、妻と娘が日満連絡船の「熱河丸」に乗って大連にやってきたので、とても喜んだ。彼の娘はすでに父親の市山先生の記憶をすっかりなくし、ただ薄ら笑いを浮かべるだけになっていたので、彼は後悔の念をさらに強めた。ある日、市山先生が宿舎の籐椅子で休んでいると、庭から聞こえてくる笑い声に目を覚まさせられた。妻が車いすの娘を押してぐるぐる回っていたのだ。娘は笑っているだけでなく、彼に向かって手を振り、まるで病気が治って、これからは何の心配もなく過ごしていけるように見えた。市山先生はこの静かで美しいひとときに感動し、涙が顔じゅうに流れ、さっそく娘の姿をあじあ号の中に溶け込ませることにした。

「ということは、あじあ号は市山桑の愛娘の化身だ」、帕が言った。

「その通り」、趙阿塗はつづけて言った。あじあ号には自動給炭機と給水システムが配備されていて、車体が藍色をしているだけでなく、運転室も藍色で塗られており、火室は愛らしい半球状で、制御弁には長い鉄のバーが付いている。暴露すれば、これらは娘に捧げる玩具だったんだ。とくに時速一〇〇キロを超えるとき、車輪の補助連結棒が愛娘の車椅子の音を出す。時速一二〇キロを超えると、二つ目の愛子の秘密があらわれ、武士の兜に見える機関車が強風になでられて温和な少女の顔になるのだ。

「わぁ！　時速一二〇キロ！」みんなが驚きの声を上げた。

「あじあ号はさらに三つ目の秘密がある。市山先生以外は誰も三つ目を知らない。なぜならあじあ号の目下の最高記録は一三〇キロだからだ」、趙阿塗が言った。

「おまえよく知ってるなあ、さすが汽車マニアだ！」尾崎が言った。

「思えば残念だったな」。成瀬が話し出した。「趙阿塗はもともと満洲に行けたのだ、きっとあじあ号の第三の『愛子の秘密』を解くことができただろうに」

このときバトンが成瀬の手に戻ったので、趙阿塗はこれでやめにしてほしかったのだが、反対にみんなから話をつづけるよう懇願されてしまった。成瀬はこの機会に苦情を並べ立てた。彼は趙阿塗に関する陰口をいくつか聞いたことがあるが、これらはみな汽車をわかっている者が言えるようなものではない。成瀬の知るところによれば、趙阿塗は教習所での研修期間中に、学科の成績が良かったばかりか、実技科目もさらに目をみはる出来だった。多くの人は天性のものだと見なしたが、おそらくは、努力がさらに重要なのだ。投炭練習だけとっても、趙阿塗は「迅速に、力を込めて、正確に」をマスターし、焚口戸を開けて、炎が押し寄せてくる前に石炭を投入し、十二の複雑なゾーンに合わせて平たく、厚みもちょうどよく投げ入れることができた。量が少なすぎると火力が不足し、多すぎると蒸し焼きの状態になってしまう。平日は投炭場で鍛錬し、休日は乗車実習を行ない、こうして毎日釜の火に向かっていると、目の病気にかかりやすく、目を閉じてもまだ火の光が飛び跳ねる像が浮かんでくる。それは太陽を直視して目を焼き、目の表面に残像が烙印されるのに似ている。苦しい練習には報いがあるもので、趙阿塗が機関助士になって、日々火と炭と格闘した結果、一年後に成果があらわれた。一回で一キロの石炭を掬い、十分以内に連続で半トン投炭する作業を、一時間ぶっ続けで休まずにやりつづけ、三時間余りでボイラーの水を「蒸気升騰」まで熱することができたのだ。「蒸気升騰」とは業界仲間の言葉で、蒸気圧が足りて、シリンダーの一平方センチメートルあたり十六キロの蒸気圧力がかかる状態になったことを指す。彼は並みの者より一時間速く成し遂げたので、新竹州地区大会で一等を取り、つづいて総督府鉄道部の大会で優勝を果たし、満洲国に派遣されて「日台満機関助士石炭賞」の大会に参加することになった。賞をもらえるかどうかは天命だが、あじあ号を直接見て勉強できれば幸運だった。成瀬は言った。「自分の知るところでは、大胆に言ってしまうと、このとき市山先生が趙阿塗にあじあ号の新記録達成に参与するよう誘ったのは、おそらく下り坂の区間で、少な目に車両をけん引し、多めに投炭すれば、一五〇キロを突破できるかもしれないと考えたからではないかと思う。だが結局、戦況が厳しくなり、その年以降『日台満機関助士石炭賞』は中止にされたので、趙阿塗は満洲に行けなくなってしまった」

みんなはそれを聞くと、口を差し挟むよりも、ただ頭を振ったり、ため息をついたりして気持ちをあらわすしかなく、沈黙して無念さを伝えた。いっとき時間が経ってから、誰かがため息をついた。みんなが、間抜けな奴はどいつだ、反応がにぶいぞ、と思い、声のするほうを見てみると、なんと趙阿塗だった。彼は目の縁を赤くして、もう一度ため息をついた。だがそれは称賛のため息なのだとみんなはわかった。

「学兄」、趙阿塗は先輩や列車長よりさらに親密な呼称で呼びかけて、言った。「こういうふうに話してくださって感謝します。そうでなかったら俺は自分がどんな人間だったか忘れてしまうところでした」

趙阿塗は言った。仕事をはじめたばかりのころは一番熱がこもっていて、まずいことも籠いっぱいにあったけれども、「俺は二つの心臓を持って仕事に向かっている」と形容できるほどだった。あのころこんなことがあった。夜行列車を車庫に入れたときすでに十一時を回っていた。灰箱の掃除はまだ新米で、水が少なすぎるときれいにならないので、つい多く入れすぎて灰があたりに飛んでしまい、目が痛くなった。あふれ出た灰はさらに客車を汚してしまったので、雑巾で椅子を一つずつ拭いて回らねばならなかった。そのあと火室を整えていると、まだ余熱が残っていたので、ついうとうとしてきて、気持ちよく眠ってしまった。夜中に寒くて目が覚め、慌てて車両の中にかけこんで椅子に横になって眠っていたが、翌日は朝七時の始発便に乗務する番だったので、四時には仕事に出て投炭しなければならなかった。時間になり、当直の者が宿舎を探したが趙阿塗の姿はなく、便所から車庫まで彼の名前を呼んで探し回った。彼は声を聞いてびっくりして目を覚まし、飛び起きて、大声で「とっくに待機しております」と言ってしまい、さらにお褒めの言葉まで頂戴してしまった。

またこんなこともあった。汽車の走行中は、火室に石炭を毎分四回掬って入れなければならず、上り坂ではさらに三回増え、駅に着いているときには水と石炭の補給もあったので、一行程中に休みはいくらもなく、飯を食べながら投炭しなければならなかった。あるとき上り坂に差しかかり、焦って、うっかり石炭を口の中に、弁当を火室に投げこんでしまい、火室から取り出したときにはすでにねじまがったアルミのかたまりになっていた。彼はつづけた。「笑われそうだが、もっとおもしろいことがあった。あるとき小便を我慢できなくなって、辺鄙な区間にさしかかったときに外に向かって用を足したところ、なんと風が小便を吹き戻してきて、ズボンはびしょぬれ。そこでしたり顔して火室に近づき乾かしていると、不意に汽車が急ブレーキをかけたので、もう少しで体ごと釜にぶつかりそうになった。幸いにも、子孫袋はやけどせずにすんだがね！」

軽い話題が大笑いを引きおこし、またしばらく話がどんどん膨らんでいった。笑いが止み、話が終わると、みんなの話題はふたたび「愛子の秘密」に戻った。ある者は思った。趙阿塗は汽車にこんなに夢中だから、きっとたくさんの秘密を見たことがあるにちがいない、彼にいくつか特別なのを話してもらって、みんなの見聞を広めたいものだ。

「今のところ、一つもない」。趙阿塗はみんなを失望させる言い方をした。だがそのあとの言葉がもう一つ大きな話題を引き出した。「一つはないという意味だ、俺は今、半分出くわしているんだ」

成瀬以外、みんなその意味がわからなかった。趙阿塗が視線を投げて、成瀬にこの話題を話していいかどうか尋ねた。成瀬は趙阿塗に事の顛末を詳しく、少しも隠さずに話すよう言った。かくして、趙阿塗は忌憚なく話し出した。

「紫電にも愛子の秘密がある。しかし、これまでは、あらわれたことがなく、あらわれるのは不可能だった」

　みんなが騒ぎ出した。相手がああ言えば、こっちがこう言うというふうに。ある者は下種の後知恵で、自分はとっくに天の覇王というこの鉄の体軀が夢をもっているのを見抜いていた、と言った。「鉄の夢」、みんなはこの表現は実にいいと思ったが、またこうも言った。万物には夢があり、人間だけがそれを召喚することができる。ああでもないこうでもないと話してから、みんなの視線がまた趙阿塗に集まり、彼に先を話すように促した。

　趙阿塗が口を開いた。これも市山先生が言ったことだが、紫電は川崎重工業の手で起案製造された。満鉄設計部は彼らと多少のつながりがあったので、消息はこうして流れたのだろう。じつはこういうことだ。川崎チームの食事と寝起きは神戸の宿舎で賄っていた。掃除を任されていた欧巴桑（オバサン）は前庭の手入れもよくやり、椿と梅の花が咲き誇っていた。ポーチに腰かけて煙草を吸い、お茶を飲みながら花を観賞するのは、チームの一番の楽しみだった。のちに、欧巴桑は階段から足を滑らせて落ち、頭に重傷を負って亡くなってしまった。ずいぶん長いあいだ、庭の椿は手入れをする人がいないので、かなりみすぼらしくなった。ある日、チームの面々がポーチのところでお茶を飲んでいたとき、一人が椿の木のそばに行って、ごく普通の声の調子で語りかけた。「あぁ、欧巴桑は死んでしまった、もうお前たちの世話ができなくなったよ」。奇妙なことが起こったのはそのときだった。数十本ある椿の木がすこし震えたかと思うと、満開の花もつぼみの花も一瞬のうちに落ちてしまったのだ。一つ残らず、地面に落ちる音は、まるで泣き声のようだった。その場にいたチームの面々は驚き、また感動して、紫電にある秘密を嵌めこんで、亡くなった欧巴桑を偲んだ。

　ここまで話すと、みんなは目を大きく見開いて、車内の鉄板を撫でた。おそらく辛抱強く手でこすっていれば、鉄板から欧巴桑の顔が出てくるか、あるいは火室の鉄の戸を開けると真っ赤な火炎に包まれた人の頭が飛び出してくるかもしれないと思ったようだ。今度は趙阿塗が笑い出す番で、彼らのそういったでたらめを止めさせて言った。「市山先生が教えてくれた。紫電が時速一〇〇キロを超えたときに、『愛子の秘密』があらわれるかもしれないと」

「一〇〇キロ?」誰かが跳びあがって大きな声を上げ、これまでの少しふざけた雰囲気を引き継いで、帕のほうを向いた。「難しいですか? 少尉殿が後ろから押せばいいんですよ」

みんなはハッハッと大笑いし、真面目な成瀬までも笑った。盛り上がった空気が消え、涼風が外から入ってきたとき、誰かがブルッと震えて、時速一〇〇キロを突破した汽車に乗っているのと変わらないくらいの気分になった。確かに、趙阿塗の言い方によれば、本島には一〇〇キロの記録を破った汽車はない。紫電はD51俗称「ナメクジ」と呼ばれる流線型機関車の屋根部分と、勾配の急な坂道を専門に走るE10型蒸気機関車を融合したもので、重力軽減のための非リベット構造と珍しい三本のシリンダーを有していた。紫電の強みは耐荷重性が高いところにあり、丘陵地形に適していて、速度を競うものではなかったので、最高記録は平坦な道で車両をけん引しない条件下でも六〇キロだった。ましして、紫電が出荷されたときの状況は孤独な運命を予言していた。たった一台の試験車のみで、量産はされておらず、兄弟も、姉妹もなく、この世に一人ぼっちだった。部品が欠けると、補修が難しいことも、老化を加速していた。紫電はさらに速く走ることはできないし、むしろますます鈍くなっていた。

「せいぜい六〇キロがやっとだ」、趙阿塗が断言した。

「聞いてられないなあ、めげる話ばかりしているが、汽車を走らせている者がボイラーの爆発を怖がるのと同じじゃないか、こういうことは鉄道員の口から言うもんじゃない」。成瀬は落ち着いた口調で言い、責めているのではなく、反対に苦難の中で激励しているように聞こえた。成瀬はつづけた。「君たちはきっと聞いたことがないと思うが、ハイヒールを履いた欧巴桑が布靴を履いた若僧より速く走った話がある。俺が話そう！」

成瀬は言った。機関車にはそれぞれ身体能力があり、生まれつきのものだ。走るのが速いか遅いかは、出荷されるときにほぼ決められている。目下のところ世界記録は、もともとはドイツのＢＲ05蒸気機関車で、時速二〇〇キロだったが、すぐにイギリスの蒸気機関車「マラード」が下り坂の区間を利用して時速二〇二キロを達成した。イギリスとドイツはレール間の幅が広くスピードの出る広軌で、満鉄もそうだ〔軌間の幅および呼び方は国によりまた時代により異なる。一般には軌間一四三五ミリを標準軌、それより大きいものを広軌、小さいものを狭軌という。ただ、日本では一〇六七ミリが圧倒的多数を占めるため、一〇六七ミリを標準軌、それより広いものを広軌、小さいものを狭軌と呼んだ。前者の呼び方にならえば、イギリス、ドイツ、満洲鉄道は標準軌である〕。あじあ号が一三〇キロで走ることができるのは「天の時」「地の利」のおかげだ〔天が与える機会と土地の条件に恵まれていたことを指す。当時の日本は植民地下の満洲鉄道のみが一四三五ミリの広軌で、満洲の平坦な路線を走ったことにより達成された記録であることをさす〕。この点、本島の狭軌の機関車が記録をつくるのは不利なのだ。だが四年前、大東亜戦の戦勝のニュースが頻繁に伝えられていたころ、本島各州は勢いに乗り、知恵を絞って記録突破を考えた。新竹州は地の利で優勢を占め、最もよい区間は山線の三義の下り坂だったが、しかしカーブが大きすぎて関係者は手放しで戦う勇気が出なかった。一方、嘉南平原は線路がまっすぐだったので、何箇所かの駅長に袖の下を使えば、汽車が速度オーバーで駅を通過したことを上に報告しないですむはずだった。彼らはアメリカのＡＬＣＯ社製のＤＴ型蒸気機関車で記録を破る計画をたてた。しかし問題が機関士の側に起こった。高速で斗南駅を通過するさいに、機関士は運転室の窓から手を出して、約一キロの重さの、大型の鍵リングに似た電気通票の輪（タブレット・キャリア）――汽車の通行手形のようなものをプラットホームから受け取るのだが、緊張しているせいか、あるいは速度が速いせいか、たとえ皮の手袋をして保護していても、受け取る時に腕を折ってしまうのだ。台南州で腕を折る事故が起こると、機関士たちは挑戦しようとしなくなった。ところが思いもかけず、記録は花蓮港庁の者にかっさらわれてしまった。花東線〔台東線の別称。花蓮―台東間を結ぶ軌間七六二ミリの軽便鉄道。国際標準の広軌の半分だったので、五分車とも呼ばれた〕は独立系統の「五分軌道」で、西部幹線〔基隆―高雄間を走る西部縦貫線。軌間一〇六七ミリ〕よりさらに三〇センチ狭かったが、記録をつくったのはL型蒸気機関車だった。軽便鉄道の軌道系統に属していて、古くて石炭を食ううえに、速度オーバーするとすぐに車軸を焼き切ってしまう、欧巴桑（オバサン）級の機関車だ。たとえ話をしよう、このスピード競争は裏山のハイヒールを履いた婆さんが縦貫線の若い青年と競争をするようなものだ。肝心な点は彼らが早くに準備を整えていたことで、L型機関車の煙突の通りをよくし、釜や管をきれいにし、シリンダーの性能調節も済ませていた。勝負は石炭にあり、彼らは金爪石から三人の石炭採掘の親方を呼んで、採掘された石炭の山の中から俗称「鑽炭（ズントァン）」――炭素濃度が高く、煙が少なく、石炭一トンにつき数キロしか取れない――をふるい分けて選別してもらった。年配の親方たちは金づちと数十年の経験をたよりに、ひと月かけて、背骨の弾力がほとんどなくなるほど作業をして、ついに半トンの鑽炭を取り出したのだった。L型機関車が空の車両を回送する機会を利用して、六両の車両をけん引し、平坦な区間で、駅を出た四キロ地点で記録を破り、時速八十五キロを達成した。目下、「国内」最速の機関車は内地の特急列車「燕（つばめ）」で、時速七〇キロだから、これを打ち負かしたってわけだ。

「やっぱり白いご飯を食べた欧巴桑がサツマイモを食っている若者に勝ったのだな」、このとき尾崎が口を開いた。「裏山の汽車が八十五キロ出せたのだから、紫電はもっと潜在力があるはずだ、考えてもみろよ、時速六〇キロは出ているのだから、すぐに一〇〇を突破するかもしれないじゃないか」

「いや、まだあと四〇キロ足らない。それほど差がないように聞こえるだけだ」。趙阿塗は声を大きくしてこう言い、心ゆくまですべての秘密をみんなと分かち合いたいと思った。彼は掛けているガラスの筒をおろして、手でたたいて筒を回転させ、汽車の運転音をさせてから、話し出した。「ある日、市山先生が紫電の『愛子の秘密』をこの絵葉書に書いて、俺に送ってくれた。俺はこの中に閉じ込めて、ずっとお守り代わりにしてきた」

「お前は秘密にしているようだが、筒をたたき割って俺たちがこっそり見ても平気なんだな」、帕が口を差し挟んだ。

趙阿塗はちょっとぽかんとしたが、思ったことを素直に言った。「少女の貞操を無理やり奪っても、心は永遠に手に入らないよ」

この言葉はみんなの盗み見したい気持ちを打ち砕き、黙ってうなずいた。このとき空の色が濃くなり、眠気ももっと濃くなったので、みんなは汽車を降りた。満天の星が飛び跳ね、みんなの心臓も飛び跳ねて、下方のぼうっとかすむ深い谷を見る勇気がなかった。突然、風が吹いてきて、痩せた橋が大きく何度も横揺れしたので、みんなは次々にしゃがみこんで線路をつかんだが、こらえきれずに吐く者もいた。風が通り過ぎても、まだ起き上がる勇気がなく、互いに顔を見合わせながら、心で思った。二本の足で歩くのも難しいというのに、まして八十数トンの十の車輪のある機関車ならなおさらだろう、どうやって橋を通り抜けられるのだろうか？

台風が近づいてきたとき、鬼中佐はこれを機に白虎隊の訓練の成果を検証することに決めた。隊長の帕は駅前の広場に学徒兵を集合させた。彼は励ましの訓示を垂れることなく、みんなと一緒に静かに立っていた。数キロ離れたところで汽車が汽笛を鳴らした。帕は言った。「がんばれ、汽車の中で会おう」。言い終わると、各グループに分かれて、汽車に攻撃を掛けるよう命じた。白虎隊は迅速に分散した。尾崎も演習に参加した。帕は彼のために帆布と羽毛を巻きつけた竹の羽を一対こしらえてやり、端切れをいっぱい詰めた桶の中に彼を入れて背負って出かけた。帕は灯りがある大通りを走ったので、影が急に右に揺れたり左に揺れたりした。なぜだかわからないが、帕は夜道を駆けながら、尾崎に自分が巨大な力を持っていてよかったとはじめて気づいたときのことを話した。それは小二の遠足の際に、クラスみんなで一キロ先の谷川のほとりに行って水遊びをしたときのこと。野外で食事をしていると、先生の箸(はし)が川に落ちて木の橋の方に流れて行った。ある生徒が、誰か箸を取って、と大きな声で叫んだ。帕はそれを聞くと、数歩で、その木の橋を持って戻ってきたので、驚いた先生は帕に尋ねた。おまえはこれでご飯を食べるのか？　帕はまたこんな話もした。風のように速く走れるようになったのは小三のときで、日本の先生が彼に煙草を買いに行かせた。先生はとても恐ろしい人で、話し声も大きかったので、帕は緊張して「煙草(たばこ)」を音が近い「卵(たまご)」と聞きまちがえて、一目散に校門を出て卵を買って戻ってきた。先生は怒って卵を彼の頭に投げつけてから、振り向いて籐の鞭を取ってたたこうとしたとき、帕はすでに雑貨店から木の棚の上の煙草を十箱あまり盗んで戻ってきていた。敷島、桃山、白梅、椿、曙などさまざまな種類があり、全部懐に抱えて、たたかないでくださいとお願いした。今度は先生が驚く番で、煙草を店に返しに行き、また全部買い取ったということだった。こんなこともあった。その日は特にうれしかった。帕の頭の上に潰れた卵が一個載っていたからで、姑婆芋(くわずいも)の葉に入れて家に持ち帰った。ところが倹約家の祖父は、茶碗蒸しのような蒸し卵にして一週間は食べつづけようと考え、水と塩を半端じゃないくらい混ぜて、ちょっとずつ薄めて卵スープにし、上に葱のみじん切りを碗にこぼれるほど入れて出して来た。

尾崎は聞いて大笑いした。笑い声に気持ちが強くこもっていたので、体内のホタルの光がだんだん明るくなった。帕には、人が胸から上だけ残してこうやって生きつづけることができ、そのうえいっときでも風の速度を味わう気持ちになれるのが信じられなかった。三キロ走ったところで、尾崎は山道から灯りが近づいてくるのに気づき、汽車が来たと声を上げた。帕がすこし速度を速めると、風景にぎゅっとしわができ、次の瞬間にはもう回り道をして汽車の後尾に跳び乗っていた。そして頭を低くして出入り口をいくつかするりと通り抜け、先頭車両までやってきた。

鬼中佐がそこに腰かけ、近くにはこの検証に参列している十数人の将校と兵士がいた。帕は敬礼をして、次の行程を報告した。鬼中佐は立ちあがって、尾崎のそばに行き、訓練に参加することを忘れないこの「愛国青年」に対して繰り返し励ましの言葉をかけた。「まだ痛むか？」

「痛みます、しかし痛みを恐れません」、尾崎は答えた。

「よし、それでこそ天皇陛下の赤子だ」、鬼中佐はうなずいた。

そのあと帕はさらに前に進んだ。同じ車両のもう一方の側の片隅に、拉娃（ラーワー）と尤敏（ヨウミン）が小さくなって座っており、目をきらきらさせ、大きく瞬きをして、うす暗い片隅に元気をつけていた。

「はぃ！　ホタル人間さん」、拉娃が手に持った小さな汽車の模型を振って、まったく礼儀というものを気にせずに、遠くから声をかけた。

「こんにちは、一つに溶けて合っているセルロイドさん」。尾崎は笑って応じ、体がさらに明るくなった。セルロイドとは昔よく使われたプラスチックに似た素材で、火が着くとすぐに溶ける特徴があった。尾崎は我ながらこの譬（たと）えは実にいいと思った。

帕は拉娃のそばを通り過ぎるとき、彼女から小さな汽車の模型を受け取って、うしろの尾崎に握らせた。尾崎が急に笑わなくなり、目を見開いて拉娃を見たが、そこを離れる直前に自分の傷口からとろとろ燃えている肉と骨のかたまりを一つ抜き取って、お礼として投げた。しかし、帕がすでに車両のドアを閉めたので、通路の風が吹き乱れる音がするだけで、尾崎は拉娃がそれを拾ったかどうかはっきりしなかった。

帕は運転室に着くと、立ったままじっとしていた。趙阿塗がそこですこし膝をまげて石炭を掬い、火室に投げ入れ、次に火のついた石炭を掬い出して、床の上に置いたアルミのバケツに移していた。汗が背中をびっしょりぬらしていたが、やはり我慢できなくなって帕のうしろの尾崎にこっそり目をやった。外の風はものすごい速さで、シュッシュッとナイフのように吹き抜け、尾崎の羽をばたばた揺らした。趙阿塗はこれ以上耐えきれずに振り返り、ここ数日以来ずっと繰り返してきた答えを頑固に繰り返した。「絶対にダメだ、ここは台所の竈（かまど）じゃない、今日これで人を焼いたら、明日には俺をコックにするつもりだろ」

ここ数日、尾崎は自分の体の炭を火室に入れ、濃煙に変えて空に向かって放つことで、飛行できなかった無念を補いたいと望んでいた。それより前、彼は帕に頼んで紫電にこっそり一つ投げ入れてもらったことがあったが、趙阿塗の目から逃れることはできなかった。軽便橋に吊り下がっている天の覇王はすでに火を消していたので、他の一般の汽車でもよかった。「ほんのちょっとだけでいいんだ」、尾崎は趙阿塗に懇願して、一筋の煙になる夢を言葉を尽くして説明した。

趙阿塗は動じなかった。火室は、前に鬼中佐が神仏像を焼いたことがあった。そのうえさらに人を焼いたら火葬場になってしまい、そうしたらあとはごみ焼却炉に、最後は腐った水桶になってしまうじゃないか。彼が同意しないので、帕と尾崎はただ目を見開いてにらみつけ、まるまる太った炎が石炭をかじる音をじっと聞いているしかなかった。

「ほら、俺は人間機関車だ！」尾崎が鼻の穴から似ても似つかない汽笛の音を出し、肺から出ている煙を吐きだして、自分でむせて激しくせきこんだ。このあと、彼は拉娃がくれた汽車の模型を取り出して、趙阿塗に手渡そうとした。頭越しに手渡すには帕がしゃがんで前に傾かねばならない。趙阿塗は首を振って、石炭を火室に投げ入れ、焚口戸を閉めると、もう片側に歩いて行ってやかんを手に取り、直接口につけて水をごくごくと飲んだ。このとき、尾崎が汽車の外に動く気配を察知して、面倒そうに言った。「もういいよ、白虎隊が来た」。帕は小さな汽車の模型を尾崎の手から取って火室のそばに置き、数歩後ろ歩きをして、趙阿塗に懇願した。「俺を助けると思ってくれよ！」そして汽車から跳び下りた。帕は慣性に身を任せて一回転し、体を安定させてから、林のなかにすばやく入り、大きな竹を何本か引き抜いて、先の方に乾燥した藤草(ふじくさ)をうすく巻きつけた。そして再び汽車を追いかけて、一気に飛びかかり、足をしっかりふんばって、うまく着地を決めたポーズをとったときには、帕はもう汽車の屋根の上に立っていた。

真っ暗な闇の中を、帕は竹の束を肩に担ぎ、しゃがんでできるだけ体を低くして、風の圧力で曲がらないようにした。やがて、いくつかの影がそれぞれの片隅から汽車をめがけて突進してきた。帕が竹の束で彼らを振り払うと、頭を殴られてふらふらになり、倒れる者は倒れ、叫び声を上げる者は上げて、次々に崖に転げ落ちた。それらの影はしばらくするとまたやってきて、一つにまとまったり、煙のように消えたりしていたが、汽車に接近するとすぐに、大きなニワトリの羽のハタキのようなものので埃(ほこり)同然にたたき落とされてしまった。帕が怒鳴った。「まだ寝っころがって眠ってるのか、鬼畜に腹を踏みつけられるぞ」。この言葉は学徒兵たちをそれほど憤慨させせず、反対に彼らに無力さを思い知らせた。彼らは繰り返される訓練ですでに疲労困憊しており、もしこのとき鬼中佐が汽車に乗って訓練を検証し、さらに監視している憲兵がいなかったら、彼らは花や水のあるいいところを見つけて、自分のためにいいベッドを掘り、墓碑を枕にして、永遠にこの最後の砦(とりで)を離れなかっただろう。彼らの心が枯渇したとき、汽車から尾崎が『爆弾三勇士』を歌う声が聞こえてきて、少年から大人に成長するときのあのおかしな声の調子が、彼らに遵守すべき誓いを思い出させた。それは勇気とは関係なく、ただある静かな午後まで生き延びて、平素つき合いのない父親に手紙を書き、花や草、あるいは雨風のことなどどうでもいいことを話す、ただそれだけのことだった。そのあと、彼らは奮起して汽車に向かってもう一度肉迫攻撃をし、歯を食いしばって挑みかかった。もう一方の側では、汽車の上の帕が竹の束を鉄の隙間に挿して、山猿のようにくるっと回転して運転室に入り、床に置かれている火のついた炭の入ったバケツを、柄の部分が真っ赤に焼けているのも気にせずに提げて出て行った。帕は汽車の屋根に戻り、学徒兵の人影を見るや、まず「機関銃の射撃がはじまった」と叫んでから、燃え盛る石炭をばらまいた。カチャンバリバリと金属音と炸裂音が響いた。

これが数回続いたので、趙阿塗は石炭を焚くのがまったく間に合わず、そのうえ汽車の外の泣き叫ぶ声に気持ちが緩んでしまい、アルミのバケツの底にこっそり火のついていない石炭を敷き詰めて、表面だけ燃えている石炭をいれた。突然、彼はボイラー圧力計の隣に掛けていたあの泥でできた小さな汽車の模型が光っているのに気づいた。光源は模型の中の小さな火室から出ていた。なんだろうと興味をそそられて、灰で汚れた防風メガネを額の上に引き上げ、小さな火室を覗きこむと、そこに人の炭が一つ入っていた。人の炭はつやつやした、神秘的な、オーロラのように幻想的に動く毛細血管で一面おおわれていて、血液が流れ、光と影が混ざり合い、絶えず膨張と収縮を繰り返して呼吸をしていた。趙阿塗はこのときようやく火と炭にも命があり、ついには機関車に魔法をかけて軌道のない世界を走らせることができるのだと感じた。とても感動して、壁にもたれてしばらく涙を流し、それからやっと運転室から頭を出して尾崎に向かってお前の炭を火室に入れてやると言った。しかし風が強く、距離が離れていたので、彼の声は役にたたなかった。次のカーブで、強風が模型の中の人の炭を吹き飛ばし、運転室の外側にあるプレートの隙間に挟まってしまった。風を受けて急に膨らむような明るい光を放ち、まるで電灯が突然明るさを増して輝き出したかのようだった。趙阿塗は上着の裾をズボンに押しこんで、車両の外に張りついてそれを拾いに行った。線路沿いの木の葉や蔓(つる)が体をかすめ、体に当たるとバサバサ音をたてた。趙阿塗は手がぶるぶる震えて汗が出てきた。彼はこの一回でもう肝をつぶしてしまい、学徒兵たちが何度もよじ登ったり下りたりしなければならないことに同情の気持ちが湧いてきた。彼は防風メガネをはずして、ようやく人の炭を拾いあげた。次のカーブを過ぎると、汽車は風がさらに激しい牛背崠(ニュウボイドゥン)を登りはじめた。趙阿塗は体がひったくられるように斜めになって、両足が宙に浮き、必死に片方の手で車窓をつかみ、もう一つの手で人の炭を握りしめた。彼はどの手も放すわけにはいかなかった。両手はどちらも命を握っていたからだ。

　汽車は瑞穂駅には停車せず、密集した住宅地を快速で通過し、こだまが近くの木造家屋一帯に響いた。趙阿塗は疲れて力がもたなくなり、人の炭のことを思って、危険を冒して汽車から跳び下りる決心をした。汽車が再びカーブしたとき、趙阿塗は外に引っ張られる力にこれ以上持ちこたえられなくなり、持つ手を緩めようとした。汽車が車体を立て直し、威勢よく前方へ走り出した。このとき、とうとう一つの影が汽車から落ち、一列に並んでいる車輪が次々にそれを轢いた。乗車していた将校や兵士それに白虎隊は車体がひっきりなしに振動しているのがわかった。誰かが任務に失敗して、汽車の下に倒れこんだにちがいない。彼らは動きをとめて、死者のために黙とうをささげ、その学徒兵の英霊が先皇とともにあらんことを祈った。帕はすっかり気落ちした顔をして、ひどく沈んだ気分で、車両がうねるように一両また一両と盛り上がるのを眺めながら、車輪の下敷きになった学徒兵がせめてあまり痛い思いをせずに死んでくれていればと思った。そして大きな竹の束を持って点検しながら最後尾の車両まで来たとき、路上に粉々にひき潰された墓碑を見つけて、興奮して叫んだ。「どこの馬鹿たれだ、雉のうを落としやがって、砥ぎ石にでもなるがいいさ」

その墓碑が趙阿塗の身代わりになって、彼を救ったのだ。この少し前に、彼が汽車の外にぶら下がって、振り落とされそうになったとき、急に体が軽くなった。だが、空中に投げ出されて地面に落ちたのではなく、誰かが彼のズボンの腰をもちあげたのだ。汽車に肉迫攻撃をしていた学徒兵がちょうどいいときによじ登ってきて、趙阿塗のズボンのベルトをぎゅっと締め付けて、大声で怒鳴った。「落ちたら、汽車が汚れるじゃないか」。そして墓碑を縛っていた背負い紐をほどいて、趙阿塗を車窓の縁につなぎとめ、中に入りやすいようにしてくれた。墓碑は汽車から落ちて、すべての車輪に次々に踏みつけられ、砕かれて石のかけらになり、帕の言うとおり、人々の間で評判のよい砥ぎ石になったのだった。

だが汽車に問題が生じてしまった。激しく左に傾いて、屋根の上の機関銃用の砂袋が振り落とされ、中の砂が飛び散って、車両にザーザーという音が響き渡った。車輪が急速度で墓碑を轢いたために、底板に付いている情報を伝える歯車の記憶が飛んでしまい、汽車がバランスを失って、山側へ避けたからだ。機関士が急ブレーキをかけて停止させ、各車両ごとに整備士が補助ブレーキハンドルを回したり、歯車の記憶を修正したりで大忙しだった。しかし汽車はすでに山肌をこすり、外側に掛けていたライトが大破し、雲のような火花を噴き出した。飛び散った火花と粉々になったガラスが車両の中に飛びこみ、火が瞬く間に広がって、濃煙が駆け巡った。中にいた兵士と将校たちは跳びあがって、反対側に体をよけた。だが右側の窓の外はもっと危険な急な傾斜面だった。「軍事演習は戦争と同じと見なす。守りを放棄することは逃亡に等しい」。鬼中佐が怒鳴り、座席に泰然と腰かけて、将校と兵士に消火に当たらせ、汽車と生死を共にすることを惜しむなと言った。命令は効を奏し、将校と兵士は火消し棒と木桶の中の消火砂を持って、炎に的を定めて消火にあたった。拉娃と尤敏は山側の席に座っていたので、汽車が最も恐怖の状態にあったときを目撃してしまった。窓ガラスと木製の車両は使いものにならないほど壊れてしまい、火が床を流れ、堆積した濃煙が天井板まで届きそうになったので、列車が地獄へ真っ逆さまに落ちて行くかに思われた。拉娃は悲鳴を上げつづけた。火の流れが迫り、一群のネズミが押し寄せてくるように、彼女の体に這い上がった。だが彼女は座席から手を離さず、懸命につかんだまま死を待った。尤敏は服を脱いで、娘の体の火をはたいた。このとき一本の大きな尻尾が大破した窓から入ってきて、何度か振り回すと火はすぐに消えた。

その尻尾は帕が手にしていた大きな竹の束だった。この一件で彼ははじめて汽車の危険性に気づいた。ひとたび問題が起こると、まったくお手上げなのだ。一人で六機の飛行機を相手にしたり、機関車をもちあげたりすることに比べて、汽車の中では自分がどんなに無力であるかを思い知った。ひたすら学徒兵のために心配するか、あるいは大きな竹の束を持って拉娃のために火を消してやることくらいしかできなかった。数分後、列車は再び運行秩序を取り戻し、軌道の上を快速で前進しはじめた。車内の火は消え、火は消火の際に帕が持っていた竹の束に乗り移った。竹の束は夜の暗闇の中で明るく光を放ち、パチパチと音を立てて燃える残り火を包みこんだ。帕はそれを高く掲げ、風に当てて、飛び跳ねている火の粉をすべて車両の上にまき散らした。列車が発光して、縦谷（じゅうこく）を走る一匹の龍になった。

中にいた将校と兵士が頭を出して外を見た。運転室に戻った趙阿塗もそうした。彼らが風に逆らいながら見てみると、記憶にしっかりと刻まれる一幕を目にすることになった。汽車の外に小さな火がわき出て、ぐるぐると旋回し、まるで汽車が豪雨を切って起こす水しぶきのようだった。帕は車両の屋根を次々に飛び越えて、最後尾の車両まで行った。そこの風は汽車のスピードを受けて入り乱れ、帕が竹の束を振り回すと、炎は跳ねて散らばり、まるで子どもが遊んでいるようだった。趙阿塗は驚いて思った、戦争は子どもの遊びにこんなにもそっくりなのに、大人の憤怒と暴力に満ちあふれているとは。そして帕も知っていた、米軍は火炎放射器を搭載した戦車で、ちょうど自分の手の中の火の束のように攻撃してくるだろう。彼はこれで汽車に這い上がってきた学徒兵を攻撃した。激しく燃え盛る竹の束は挑発と痛みに満ち、白虎隊を、体も心も怒りでいっぱいになるほどたたいた。

時機到来と見て、帕が叫んだ。「総——攻——撃」。つまりは玉砕攻撃である。

「天皇陛下、萬載（バンザイ）」。白虎隊は瘋狗（くるったいぬ）のように応じ、瘋狗浪（たかなみ）のように這い上がってきた。死をもろともせずに。

軍事演習が終了し、学徒兵は汽車が走り去るのを見送った。機械の囁きが谷間に消え、虫の鳴き声だけが残った。彼らは手のひらで腕をさすり、汽車が遠くに行ってしまってからようやく寒さも人をつかんで離さないことを知った。石炭の火で穴が開いた服から風がもぐりこんで、平たくひしゃげて猛烈な勢いで体に広がった。まだ経験の浅い学徒兵のために、気が利く者は外側に立って風を防いでやった。彼らは大通りを歩いて関牛窩に戻り、気分は少し高揚していたが、夜中になると涙を流した。

「おい、星が小便してるぞ」。一人の学徒兵が駅前の街灯を指して言った。

それは夜間の灯火管制用の電球だった。電球の内側に青黒い顔料を塗り、底面の小さな丸い部分だけ透明にしておくと、そこからストローくらいの太さの光線が落ち、照明の効能はあったが、米軍機から識別されることはなかった。白虎隊の間では、この濃縮した光が皮膚に当たると針で刺されたような感覚がするという噂があった。誰かが大げさに言った。そこに手をかざすとスパッと切断され、上向きに見つめると目が沸騰して破裂するらしいぞ。それに、地面に落ちた光の斑点を長く見ていると、地面が蒸されて柔らかくなり、ぷちぷち泡を吹いているのがわかるそうだ。

「それは星が涙を流したのさ」。尾崎が突然言った、「電球に触ってみたいなあ」。

帕は尾崎を木の桶から抱き上げて、そのまま上に放り投げた。三回目に放り投げたとき、白虎隊の歓声がやまなかった。なぜなら尾崎が背中の竹の翼を上下に動かして、神風の好きな大鳥のようにつむじ風に乗ってまっすぐ上に飛んだからだ。白虎隊の熱い歌声の中、帕が力を込めて放り投げると、尾崎も回を追うごとに高く飛んだ。「もう一度」、白虎隊が叫んだ。尾崎が高く飛んだ。しかし、尾崎は自分が蛾と同じで、繭を破って出たあと火に向かって跳びこむように、飛翔することが自分の命の燃焼を加速していることを知らなかった。三〇キロ上空で、彼は懸命に翼をはばたいたが、関牛窩全体が地上で鼻くそ大の電光の斑点になり、ますます小さくなって行くのを見たとき、高くなればなるだけ恐ろしくなってきた。これは一つのことを証明していた。死にたくなくなったのである。彼は地面に戻りたくて、しきりに甲高い叫び声を上げた。しかし投げ上げる帕の手にはたっぷり力がこもり、狂ったように、下半身をホタルのように光らせている尾崎を高く放りつづけた。白虎隊の歓声とともに、一つの火がどんどん高く飛んで行き、蒼穹にくっつくかに見えた。

汗と小便のにおいをさせて押し合いへし合いしている最中に、一人の学徒兵が首に掛けたお守りを引っ張られて地面に落としてしまい、あわててしゃがんで探していた。足が地面をこすって埃が舞う中で、彼は地面に当たっている電光の斑点のところから、植物が土を破って芽を出し、地面がぷくぷく泡を吹き出しているのを目にした。彼は叫んだ、「みんな動くな、夢の中から生まれた木の苗だ」。言い終わると、植物を守ろうと飛びかかった。突然、光の斑点が見えなくなり、みんなの動きも止まり、恐怖の静寂がすべてを埋め尽くした。誰もが上を見た。尾崎が降りて来ないのだ。彼は飛んで行ってしまった。

地面にひざまずいていた学徒兵がこのとき手を広げて、光の柱を手のひらに当てると、ジャックと豆の木のおとぎ話に出てくるような不思議な力を持った植物が目の前にあらわれ、手のひらからびっくりするような蔓が生えて、どんどん上に向かって伸びはじめた。じつは彼は見まちがいをしていた。それは舞い上がる塵や埃が光の柱に映った幻影にすぎなかったのだが、ただその幻影はあまりにも美しかった。その学徒兵が空を仰ぎ見ると、小さな光の柱が瞳に突き刺さった。目は沸騰などしなかったが、幻影が見えた。紙でつくった文官や武将を満載した百艘の華麗な王船〔疫病神を追い払うためにつくられた船。紙でつくられた疫病神のほかに神格化された王爺、文官、武将や「紙銭」などが載せられ、祭りの最終日に焼かれる〕が海の上で一瞬にして灰と煙になり、夜の闇の中でぱっと強い光を放つと、海面は沸騰して雲になった。

尾崎は行ってしまった。空はがらんとして、落ちて来たのはガチョウの羽毛と竹の枝だった。「彼は星になって宇宙に戻ったのさ」、誰かが言った。彼らは焦って、尾崎がどの星になったか当てはじめ、この星だ！　いや、あれに決まっている、互いに指さしながらどの星が一番大きいか張り合っていたが、最後は静かに空を仰ぎ見た。星がいっせいに輝いて、傷一つない白い玉(ぎょく)のような透明な光を放ち、少しも闇夜に染まっていなかった。人は死後に星に変わり、空にはたくさんの墓碑と死んだ人がいる。一人の学徒兵が悲しくなって目を閉じ、空に向かって大きな声で言った。「尾崎、答えてくれ、百年後もこんなにたくさん星が出ているか？」

ゆっくりと、彼らが指さして数えていた星がひらひらと落ちてきた。こんなにもたくさん！　満天の星が落ちてきた。雹(ひょう)のように落ちてきて、地面は宇宙の音で満たされた。白虎隊が手で受け止めると、それはふんわり軽くて、暖かかった。

「人の炭だ」、誰かが言った。

「王船の燃えさしだ」、地面にひざまずいていた学徒兵が言った。

そのあと台風がやってきた。たたきつけるような激しい雨が降り、雨粒が草むらをなぎ倒して、気温が下がりだした。過剰な地表の水が、土砂、木の葉、大木そしてすべての雨水を一緒に巻きこんで、河川に流れこんだ。関牛窩の谷川の水位がみるみる上がり、川の水が逆巻いて、ゴォーゴォーと怒号を発し、まるで体を捻じ曲げてからみつく液状の稲妻のように、今にも軽便橋の橋脚に襲いかかろうとしていた。橋が倒壊すれば、天の覇王も壊れてしまう。朝八時、橋脚の補修をしている年寄りの作業員が河原のほうから駆けつけてきた。道の勾配が急なうえに雨も豆粒くらい大きかったので、心臓が破れるほど息を切らせながら、異常な天気に怨みごとを言い、またこの作業は人の手に負えないと文句を言った。彼が作業員寮に着くと、鉄道部の人たちが雨合羽を着て雨の中に立っているのが目に入った。命令が出るのをすでに長い時間待っているのだろう、髪がすっかり濡れている。年寄りの作業員は今このタイミングで非常事態のニュースを報告すれば、この場の厳粛な会話を中断することになるのに気づいた。

成瀬が仕事を割り振り、みんなにハッパをかけていた。「ではこの通りにやってくれ！　部品をもとの位置に戻して、我々は紫電の栄光を取り戻そうではないか」。ここまで言うと、その場にいる者たちを眺め回してから、ようやくこう言った。「これが最後だ、我々は最善を尽くした」

年寄りの作業員は理解した。天の覇王は発車するのだ、死のうが生きようがとにかく軽便橋を離れることになったのだ。

一群の人々は黙々と散って行き、それぞれの仕事にとりかかった。このとき成瀬が片隅にじっと立っている年寄りの作業員の方を向いて、作業員寮に戻って休みなさい、中に少し前に彼のために取っておいたご飯とあたたかい生姜スープがある、と言った。年寄りの作業員は忍び泣きしながら、腹は減っていないし、手伝う力もまだあるので、自分にも任務を与えてくれと頼んだ。成瀬は彼に、部屋に入ってライトを取ってきてくれないか、発車にはライトが必要だからね、と言った。そしてさらに、鉄道部の旗を上げなさい、いくら雨がひどくても手を抜いてはいけない、と付け加えた。年寄りの作業員は大きな声で応じ、仕事に向かった。

もう一人、汽車の中で一夜を明かした趙阿塗は、夜のあいだ一睡もせずに、窓の外の風雨に注意を払っていた。彼は木の板の上に座って冷たい鉄板から遠ざかり、軍用毛布にくるまって暖を取り、俗に「火囪（フォーツン）」と呼ばれる暖房用の竹の籠を抱き抱えていた。それは外側が竹の籠でできていて、内側の素焼きの鉢に火のついた炭を入れて使うものだ。しかし鉢の中に炭はなく、灰しか入っていなかった。彼は暖を取っていたのではなくそれらの灰を温めていたのだ。しかし、汽車の外の風雨はますます荒れ狂い、木の橋は揺れが止まらずに、ギィギィ音を立てるので、恐ろしくなって火函をぎゅっと抱きしめてしまった。籠の竹が腕に突き刺さり、皮膚が切れて血の筋ができた。風雨がしばしのあいだ止み、木の橋の揺れが止まったときだけ、ようやく深呼吸することができるのだった。早朝、空が少し明るくなったころ、谷間から叫び声がして、大勢の人がそこで忙しく動き回っている気配がしたが、しかしよく聞いてみると、強風が橋を通り抜けるときの呟きに過ぎなかった。缶詰を開け、ビスケットを添えて朝食をとっていると、橋の近くの木造の寮から大声で叫ぶ声が聞こえてきた。さらに、これ以上のひどい降りはないほどの暴風雨の中を、一人誰かがやってくるのが見えた。成瀬だ。片手で雨用帽子を押さえ、片手に石油ランプを持ち、雨合羽があちこち風に吹き上げられてめくれていた。成瀬は運転室に入るとすぐに、脱いだ合羽をハンガーに掛けて、ポケットから汽車専用の懐中時計を取り出し、用心深く趙阿塗の手の上において、言った。「火を焚け！　出発することになった、一時間後に発車だ」

ついに発車するのだ、趙阿塗はずいぶん前からこのときを予感していた。しかし彼を震え上がらせたのは、一時間以内に火を焚いて発車させねばならないということだった。まったくもって荒唐無稽な要求だ。汽車は十六キロの蒸気圧になってようやく起動できるのだが、彼の記録をもってしても三時間はかかり、一時間では足りるわけがなかった。しかし趙阿塗は成瀬がくれた懐中時計を手にしたとき、懐中時計が暖かかったので、きっと彼が長いあいだ握っていたにちがいないと思い、すぐに了解して、直ちに焚口戸を開け、投炭して火を起こす準備に入った。そのあと、慎重に火函の中に手を入れ、木の灰の中から一粒の瞳の大きさの人の炭を掬い出したが、火の光はかなり細かった。ちょっと左右に振って、息を吹きかけると、人の炭は瞬時に明るくなり、表面を覆っている毛細血管に液体の光が流れているのが見えた。それはホタル人間が趙阿塗に残してくれたもので、火の魂は、ただ息を吹きかけさえすればすぐに蘇るのだった。趙阿塗は何日もこの人の炭を木の灰の中に隠して「火屎（ひぐそ）」にしていた——これは卑賤な呼称ではなく、俗称だ。女たちは煮炊きが終わると、次の炊事のときに使うために、灰燼の中に赤く焼けた炭を埋めておく。それを火屎（ひぐそ）と言い、趙阿塗にもつけられたこの呼び名の意味するものは、彼は母親がこの世に残した川の支流だということだ。彼はこれを火室の中の炭の山の中に置いて、焚口戸を閉め、手を冷たい鉄の戸に貼り付けて、火屎（ひぐそ）が徐々に熱をもち、周りに伝わって行くのを感じ取った。炭が目を覚まし、パチパチと目を開け、どの炭もみんな酒をぞんぶんに飲んだような赤い目になった。

　バタンと音がして、赤く燃える石炭の入った鉄のバケツを提げた作業員たちがドアから入ってきて、火室にそれらを移して焚きつけようとした。彼らは趙阿塗が目を閉じて、手を鉄の焚口戸の上に置き、何やら奇妙なことをしているのが目に入った。事は急を要するので、しかたなく大声で火をつけるぞ、と声をかけた。一人の作業員が、趙阿塗が動じないのを見て、前に一歩進み出て彼の体を揺さぶったところ、雨合羽が焚口戸に当たってシューシューと水蒸気を出したので、ようやく焚口あたりの空気が熱くなっているのを知った。みんなは驚いて、鬼を見たような表情をしたが、もとの顔に戻すのはもっと速かった。一人の作業員が急いで趙阿塗の手を引っ張った。彼がやっと正気に戻ったときには、手に水ぶくれができていた。趙阿塗は彼らが持ってきた燃えている石炭を急いで火室に移そうとはしなかった。中の火はすでに燃え上がり、炭は跳ね、汽車の心臓が徐々に生き返っている途中だったので、このとき焚口戸を開ければ冷風が中に入って、火をダメにしてしまう。作業員たちは黙っていた。

鉄の戸を触るだけで炉に火がつくところなど見たことがなかった。だが、見たとしても検証する必要はなく、伝説として広まればそれでよかった。彼らは汽車を降りて、幕を張ったような雨の中を歩いて帰った。大粒の雨がバシャバシャと体を打ち、その音は雨合羽を突き抜けてさらに拡大したが、頭の中にある今しがたの一幕は水がかかっても消えはしなかった。

そのあと、白虎隊が続々とやってきて、窓や椅子やプレートなど前に取り外していた備品を元どおりに付けなおした。砂箱に砂が入り、炭庫は満タンになり、汽車の踏板も付いた。紫電はそれほどみすぼらしく見えなくなり、あるべき備品が付いて、車体がさらに重みを増すと、むしろ風雨がいかに紫電を好き勝手にいじめているかが一段と明らかになった。帕もやってきた。肌脱ぎになって、肩に背負い袋を下げ、銀蔵がくれた航空眼鏡をかけて風雨を防いでいた。彼はあっちを触り、こっちを触りして、ぐずぐずと汽車から出たくなさそうな様子だった。このとき、練兵場の伝令がやってきた。ぶるぶる震えて鳥肌を立てている。やっとの思いで天の覇王までたどり着いたのだろう、帕に直ちに河原へ行き、橋に危険を及ぼしている流木を収拾するようにと伝えた。帕は兵士たちを直ちに下車させ、即刻河原へ向かわせた。白虎隊が途中まで行ったところで、帕は彼らを立ち止まらせ、趙阿塗に敬礼をさせた。

趙阿塗はドアを開けて、まっすぐに立ち、鉄のシャベルで靴の横を打って、機関助士の礼をして応えた。彼らの姿が消え、自分の心の中にはっきりと栄誉に思う気持ちが湧き起こってくるまで、ずっと彼らを目で見送った。帕がまた戻ってきた。風雨の中を、体を斜めにして歩きながらやってきて、運転室に入ると航空眼鏡を外し、体に掛けていた背負い袋を逆さにして中のお守りを全部出した。さまざまな道教信仰のお守り袋、千人針、それに布に五圓（えん）や十圓を縫いつけたものもあった。帕は趙阿塗に言った。「これらは白虎隊が家族からもらったものの御裾分けだ、自分は信じてないが、たぶんお前は信じるだろうからな」。趙阿塗は気前よく受け取り、帕にはお返しに、あの天の覇王の「愛子の秘密」が詰まったガラスの筒を渡して、これでこの世に紫電の秘密を知る者が一人増えたと言った。そして帕を急（せ）かして、速く河原に応援に行くように言った。帕はうなずいて、汽車を降りたが、橋のそばの山道に沿って河原へ下りるのではなく、橋梁伝いに這って行き、猿のように何度か手を持ちかえて跳び下りた。途中で、彼は上を向いてあの大きな鉄の塊が空中に宙づりになり、風雨にでたらめに打たれているのを見た。そこで彼は口にくわえていたガラスの筒を橋の梁に結びつけた。お守りを一番必要としているのは彼ではなく、天の覇王でもなく、軽便橋なのだ。それから、帕は手を緩めて下へ向かってジャンプし、雲霧を突き抜け、近道をして川面に落ちた。

　趙阿塗は投炭の際に、お守り袋、千人針、それに「死線」を乗り越えるという意味の五圓玉が縫い付けられた布を運転室に縛りつけて、微笑んでうなずいた。半時間後、気圧計が基準値に達した。趙阿塗はドアを開けて、歩み板（ランボード）を通って車体の側面にあるシリンダーのところに行き、排水弁を開いて水を排出した。最初の蒸気がシリンダーに入ると水に変化するので、これらの水を排出したあとようやく作動できるのだ。左右両側のシリンダーの水の排出は終わったが、いちばん難しいのが底板のところにあるシリンダーだった。風雨が吹きこんでくるので、枕木に腹這いになると身震いがとまらなかった。やっとのことで排水が終わり、彼は汽車の底から這い出して成瀬に手で合図を送り、大きな声で言った。「蒸気升騰」。成瀬は汽笛を鳴らして応えた。しかし趙阿塗が風雨に耐えて運転室に戻ってきたとき、焚き口側のドアがどうしてもあかず、窓も内側から鍵が掛かっていた。彼は歩み板（ランボード）を渡って運転席のほうに回り、窓を激しくたたいた。その表情は風雨とおなじくらい険しかった。だが成瀬は何が何でもドアを開けようとせず、頑として彼を追い払おうとした。趙阿塗が靴で窓を割って入ろうとしたとき、手を切って、血があふれ出た。成瀬は鉄の棒で追い払いながら、趙阿塗を強くたたいた。まるで一番たちの悪いコソ泥——彼が紫電と一人ですごす最後の時を盗もうとするコソ泥に向かうように。

「先輩、俺を中に入れてください。俺にはまだ投炭作業があります」、趙阿塗が大声で叫んだ。

「帰るんだ！　お前は他の汽車の世話をするがいい、みんなお前を必要としている。この足の悪い奴は俺に任せろ！」

「俺たちは汽車を必ず無事に橋を通過させることができます」

「もういい、お前にはまだあじあ号の夢がある、この汽車は俺の夢だ」

「でもあじあ号は走行停止になりました、聖戦が緊迫しているので、三年前に走行停止になっています」

「心の中の列車は永遠に止まらないものだ、今はただ駅にしばらく身を寄せているだけだ」。成瀬はドアを開けて、手に持った鉄の棒を振り回し、趙阿塗を追いたてるように汽車から降ろすと、深みのある口調で言った。「さあ行け！　お前の死んだ母親のためによく考えろ！　お袋さんはお前に汽車を運転してもっと遠くのもっと広いところに行ってほしいと願っていたはず、橋に引っかかることではないはずだ」

趙阿塗は軽便橋の上まで追いつめられ、もはや自分が汽車には乗れないとわかると、気をつけの姿勢をして成瀬に九十度のお辞儀をした。彼は小学校の六年間ずっとこれを習ってきたが、あのときは日本の校長が毎週最初の授業のときに、五本の指を文官の制服のズボンの脇に揃えて指令台に立ち、全学生徒に九十度のお辞儀をさせた。そのときの彼は、誰がこんなわざとらしいニセの礼儀を受けたりするのかわからなかったが、このときそのお辞儀をした。強風が吹きつける中を、彼は五秒間腰を折り、それから体を起こしてその場を離れた。目は涙であふれていた。

成瀬は鉄棒でつま先をつついて、機関士の礼で返答した。彼はまず焚口の前に戻って投炭をした。「たとえこれが最後でも、最初のときのようにやらねばならない」と言って、空っぽの運転室に向かってではなく、自分に訓示と激励を与えた。ひざを曲げ、ショベルで注意深く、石炭が万遍なくいきわたるように投げ入れた。その姿勢は基本通りで、仕事に就いたばかりの若いころの情熱に満ちていた。排水弁操作バルブを開け、蒸気圧力を全開にした。そして客車に入って行き、すみずみまで巡視した。もし今、切符を買わずに乗車した奴がいて見つからずに残っていれば、命を差し出すことになる。途中、強風で橋が激しく揺れたので、成瀬はよろけて座席に倒れこんだが、すぐに体を起こして揺れつづける車体を撫でて言った。「紫電、怖がるんじゃない、この年寄りの俺がついているからな」。歩きながらズボンからふんどしを引っ張り出し、自分を運転席にしっかり縛りつけた。強風にまた吹きつけられて、紫電が大きく揺れた。成瀬は汽笛を鳴らし、ブレーキを解除し、加減弁のバーを徐々に下まで押して、叫んだ。「発車」。彼の目的は紫電を着陸させることであり、それは前方二〇メートル先の橋の出入り口にではなく、百メートル下の橋のふもとにだった。

軽便橋を引き返していた趙阿塗も身を切るような風に引き倒され、枕木のうえに腹這いになって動けなくなっていた。成瀬の安否が心配で、振り返ったとき、彼は最も感動的な場面を目にした。確かに、ほんの一秒の短い瞬間ではあったけれども、それはまさに「愛子の秘密」だった。時速一二〇キロを超える瞬間風速によって、機関車の先頭に付いている丸い菊の紋様が開いたのだ。言い方を変えれば、風雨が菊の紋様の筋を伝って広がり、雨が降りかからない隙間ができて、そこにふわっと白い椿の花を咲かせたのだ。風雨が強くなればなるほど、花はますます大きく開いて、機関車全体を覆った。これは、汽車が止まった状態でおこった、趙阿塗がはじめて見る「愛子の秘密」だった。たった一秒だったが、これで十分だった。汽笛が彼を現実に戻した。彼は急いで体を起こして橋の端へ向かって駆けだし、大きな声で叫んだ、橋が崩れるぞ。軽便橋の橋桁がこれ以上たえられなくなり、よく響く鋭い音をたてた。それは長いあいだ我慢したあげくに倒壊するのを悟った音だった。帕が橋の梁に結びつけていたガラスの筒が揺れて、紐がほどけ、筒は谷間に墜落し、風に吹かれてさらに遠くの上空を飛んで、谷川に落ちた。

谷間一帯に音が充満していた。流れの急な川の水が押し寄せてくるたびに、浮かんでいる流木が激しくぶつかり合った。二百人余りの兵士が、継ぎ足して長くした竹竿で流木を押しとどめ、橋に衝突しないようにした。馬も応援に投入され、危険な雑木を引き離した。一人帕だけはいつもと変わらない様子で、腰に荒縄を締めて、一人で逆巻く荒波の中に立ち、自分を鉄の鉤(かぎ)フックに見立てて流木を引っ掛けては脇に押しやっていた。突然、帕はよく知っているガラスの筒が上流から流れてきて、波と一緒に飛び跳ねているのを見つけ、全力で泳いで行って拾った。このために彼は紫電が谷間に墜落する華麗なシーンを見損なった。

一人の学徒兵が一番はやく天の覇王が墜落したのを目撃した。天の覇王のヘッドライト、客車の室内灯、車両の側灯それに腹部の作業用照明のすべてが点灯し、主動輪と連結棒が影も見えないほどの猛スピードで、興奮して回転していた。煙突から激しく煙を噴き出し、水まき管から水が吹き出して、水の霧が巨大な薄い膜の翼を広げたように上下に揺れた。この学徒兵は帕が話してくれた『銀河鉄道の夜』の物語を思い出した。宇宙を走る銀河列車は流星雨の中を駆け巡り、線路も万有引力もない時代に生きている。美の極限は人を驚かせるものなのだろう、彼が甲高い声を上げたので、川のほとりで作業をしていた兵士たちは頭を上げて空を見た。夢の情景が広がっていた。空から落ちてきた天の覇王は先頭を花びらが幾重にも重なった巨大な白い椿で覆われ、激情を秘めて咲き誇り、武士が首を落とすときの悲しい美しさがあった〔椿の花は萼を残して丸ごと落ちるため、首が落ちる様子を連想させるといわれている〕。ゴォーという音とともに、それは渓流の底へたたきつけられるように落ちて、川の水が舞い上がり、そのあと金属の火花が飛び散った。谷間は明るく眩しく光り、瞬時にまたもとのあるべき暴風雨の姿に戻った。天の覇王はくず鉄になってしまった。車両はねじ曲がり、運転室は水に浸かり、器管は破裂し、機関車の血液——水蒸気が水の中でシューシュー音を立てて噴き出した。機械油が川面に幾つも七色の油膜の花を咲かせ、空気中に石炭の焦げたにおいと油のにおいが漂い、霊魂が離れて行くにおいのようだった。残ったのは急流に流されている車両の抜け殻で、その霊魂は消え失せていた。

　帕はこの一幕を見なかった。天の覇王が川底にたたきつけられて燃え上がった火の光が彼の注意を引いた。米軍の爆撃かと勘違いしかけたが、そのあとすぐにそれが何なのかわかった。帕は腰の荒縄を引きちぎって、体で何度か水をかきわけ、すぐに天の覇王の運転室に着いた。そこの水温はすこし高く、蜂の巣状になった石炭の燃えかすが一面に浮いていた。彼は大声で「趙阿塗、どこだ」。と言い、さらに火室の鉄の焚口戸を開けて中を探そうとして、噴き出してきた強烈な熱気でやけどを負った。彼はすこしむなしい気持ちであちこちに浮いているお守りの御札をつかんだが、すでにそれらが効力を発揮したことを知らなかった。帕は客車に回り、それから運転室に移った。扇風機が電気コードを引っ張って上から垂れ、椅子はめくれてひっくり返り、流入してきた水にさまざまな木切れが浮かんでいていた。帕の目がぱっと輝き、この世にまだ希望があるのだと思った。成瀬がまだ生きており、そこでハンドルを激しく回しながら、汽車を前進させる操作をしているのが見えたのだ。帕は感激して叫んだ。「列車長、汽車はもうすぐ沈みますよ」。彼は泳いで行って、成瀬の襟をつかんで出口へ逃げようとした。服は上がって来たが、体はそのまま動こうとしない。ふんどしで体を座席に縛りつけ、ネクタイとベルトで手をハンドルに縛りつけて、彼は死んでいた。加減弁のハンドルが胸を突き破り、流れ出た血が計器の文字盤を赤く染めていた。死んでも彼は原則を守りつづけ、目を大きく開けて前方を凝視し、手はハンドルに合わせて回転していた――それはくねくねした川底を踏みつけて動いている車輪の動きがハンドルに伝わってくる信号に過ぎなかった。

帕は絶望的な気持ちになったが、人は自分の夢の中に入ってしまうと二度と戻ってこないのだとすぐに悟って、言った。「列車長、俺もしばらく乗せてくれ！」

成瀬に服をきちんと着せ、機関士帽を拾ってきてかぶせ、ざっと運転室を整えると、なんとなくまだ使えそうに見えてきた。帕はひどい疲れを覚え、筋肉がぶるぶる震えだしたので、椅子に腰かけて休んだ。窓の外の車体に当たる水面が高くなったり低くなったりするのを眺めていると、流木があちこちに逃げ回り、列車は混濁した光の流れの中に浸かって、乗客は全員、あの出たり入ったりする切符を買っていない川の水ばかりになった。次の大木がぶつかってくる前に、帕は体を起こして入り口に向かった。ひっかかって動かなくなったドアを蹴破り、振り返って成瀬を一目見てから、大波に向かって身をひるがえし、荒れ狂う水の中にもぐって行った。その勢いはまるで自分の体温で川全体を温めようとしているかに見えたが、実際には川につれなくちょっとからかわれたにすぎなかった。岸にたどり着くと、彼は振り返りもせずに坂を登った。坂は勾配がきつく、手で地面を押さえて登らねばならなかった。豪雨はますます激しさを増し、小道は川に変わり、土石がすさまじい勢いで流れていた。帕が腹を立てて声を張り上げると、反対に雨水が口にどっと入ってきたので、筆筒樹（ひかげへご）を一本引き抜いて傘代わりにさした。彼は振り向いた。何かの音が彼を引きつけたのだ。

怒りに燃える川の中を走っていた汽車が、最初の谷川の曲がり角であっという間に姿を消した。ポーッと汽笛が鳴り、音が関牛窩じゅうに伝わった。

訳者略歴

白水紀子（しろうず・のりこ）

一九五三年福岡県生まれ

東京大学大学院人文科学研究科（中国文学）修了

横浜国立大学大学院都市イノベーション研究院教授

国立台湾大学客員教授、北京日本学研究センター主任教授を歴任

著書『中国女性の二〇世紀――近現代家父長制研究』（明石書店）ほか

台湾文学の訳書に、紀大偉『紀大偉作品集「膜」』（作品社）、陳雪『橋の上の子ども』（現代企画室）、陳玉慧『女神の島』（人文書院）、甘耀明『神秘列車』（白水社）など。

〈エクス・リブリス〉

鬼殺し　上

二〇一六年一二月二〇日　印刷
二〇一七年　一月一〇日　発行

著　者　甘　耀　明
訳　者　©白　水　紀　子
発行者　及　川　直　志
印刷所　株式会社　三　陽　社
発行所　株式会社　白　水　社

東京都千代田区神田小川町三の二四
電話　営業部〇三（三二九一）七八一一
　　　編集部〇三（三二九一）七八二一
振替　〇〇一九〇-五-三三二二八
郵便番号　一〇一-〇〇五二
http://www.hakusuisha.co.jp

乱丁・落丁本は、送料小社負担にてお取り替えいたします。

誠製本株式会社

ISBN978-4-560-09048-0

Printed in Japan

JASRAC 出 1614609-601

神秘列車　◆甘耀明　白水紀子 訳

政治犯の祖父が乗った神秘列車を探す旅に出た少年が見たものとは――。ノーベル賞作家・莫言に文才を賞賛された実力派が、台湾の歴史の襞に埋もれた人生の物語を劇的に描く傑作短篇集！

歩道橋の魔術師　◆呉明益　天野健太郎 訳

一九七九年、台北。物売りが立つ歩道橋には、不思議なマジックを披露する「魔術師」がいた――。子供時代のエピソードがノスタルジックな寓話に変わる瞬間を描く、九つのストーリー。

ブラインド・マッサージ　◆畢飛宇　飯塚容 訳

盲目のマッサージ師たちの奮闘と挫折、人間模様を活写。中国二〇万部ベストセラーの傑作長篇。茅盾文学賞受賞作品。映画化原作。

河・岸　◆蘇童　飯塚容 訳

文化大革命の時代、父と息子の一三年間にわたる船上生活と、少女への恋と性の目覚めを、少年の視点から伝奇的に描く。中国の実力派作家による、哀愁とユーモアが横溢する傑作長篇！

年月日　◆閻連科　谷川毅 訳

大日照りの村に残った老人と盲目の犬。一本のトウモロコシの苗を守り、ネズミやオオカミと闘う。命をつなぐための最後の手段とは？